④

马瑞芳新校新评

聊斋志异

[清]蒲松龄 著 马瑞芳 评注

商务印书馆
创于1897
The Commercial Press

卷七

云萝公主

安大业，卢龙人[1]。生而能言，母饮以犬血始止。既长，韶秀，顾影无俦[2]，又慧而能读。世家争婚之。母梦曰："儿当尚主[3]。"信之。至十五六，迄无验，亦渐自悔。

一日，安独坐，忽闻异香。俄一美婢奔入。曰："公主至。"即以长毡贴地，自门外直至榻前。方骇疑间，一女郎扶婢肩入；服色容光，映照四堵。婢即以绣垫设榻上，扶女郎坐。安仓皇不知所为，鞠躬便问："何处神仙，劳降玉趾？"女郎微笑，以袍袖掩口。婢曰："此圣后府中云萝公主也。圣后属意郎君，欲以公主下嫁，故使自来相宅。"安惊喜不知置词，女亦俯首，相对寂然。

安故好棋，楸枰尝置坐侧[4]。一婢以红巾拂尘，移诸案上，曰："主日耽此，不知与粉侯孰胜[5]？"① 安移坐近案，主笑从之。甫三十余着，婢竟乱之，曰："驸马负矣！"敛子入盒，曰："驸马当是俗间高手，主仅能让六子。"乃以六黑子实局中，主亦从之。主坐次，辄使婢伏座下，以背受足；左足踏地，则更一婢右伏。又两小鬟夹侍之②；每值安凝思时，辄曲一肘伏肩上。局阑未结，小鬟笑云："驸马负一子。"婢进曰："主惰，宜且退。"

女乃倾身与婢耳语。婢出，少顷而还，以千金置榻上，告生曰："适主言居宅湫隘[6]，烦以此少致修饰，落成相会也。"一婢曰："此月犯天刑[7]，不宜建造；月后吉。"女起；生遮止，闭门。婢出一物，状类皮排，就地鼓之；云气突出，俄顷四合，冥不见物，索之已杳。③母知之，疑以为妖。而生神驰梦想，不能复舍。急于落成，无暇禁忌；刻日敦迫[8]，廊舍一新。

先是，有滦州生袁大用，侨寓邻坊，投刺于门；生

---

① 此文与其他《聊斋》故事极不同，其他故事往往一见钟情乃至成婚，此文见面先下棋。有趣。

② 此套用杨贵妃故事。杨贵妃与唐明皇玩双陆，高力士伏，以背承杨贵妃足，久之，力士曰："陛下与娘娘掷六掷四，且叫奴婢起来直直腰。"

③ 云萝也，行动有云。

素寡交，托他出，又窥其亡而报之。后月余，门外适相值，二十许少年也。宫绢单衣，丝带乌履，意甚都雅。略与顷谈，颇甚温谨。悦之，揖而入。请与对弈，互有赢亏。已而设席流连，谈笑大欢。明日，邀生至其寓所，珍肴杂进，相待殷渥。有小僮十二三许，拍板清歌，又跳掷作剧。生大醉，不能行，便令负之，生以其纤弱，恐不胜，袁强之。僮绰有余力，荷送而归。生奇之。明日，犒以金，再辞乃受。由此交情款密，三数日辄一过从。袁为人简默，而慷慨好施。市有负债鬻女者，解囊代赎，无吝色。生以此益重之。过数日，诣生作别，赠象箸、楠珠等十余事，白金五百，用助兴作。生反金受物，报以束帛。

后月余，乐亭有仕宦而归者，橐资充牣。盗夜入，执主人，烧铁钳灼，劫掠一空。家人识袁，行牒追捕。邻院屠氏，与生家积不相能，因其土木大兴，阴怀疑忌。适有小仆窃象箸，卖诸其家，知袁所赠，因报大尹。尹以兵绕舍，值生主仆他出，执母而去。母衰迈受惊，仅存气息，二三日不复饮食。尹释之。生闻母耗，急奔而归，则母病已笃，越宿遂卒。收殓甫毕，为捕役执去。尹见其少年温文，窃疑诬枉，故恐喝之。生实述其交往之由。尹问："其何以暴富？"生曰："母有藏镪，因欲亲迎，故治昏室耳。"尹信之，具牒解郡。邻人知其无事，以重金赂监者，使杀诸途。路经深山，被曳近削壁，将推堕之，计逼情危，时方急难，忽一虎自丛莽中出，啮二役皆死，衔生去。至一处，重楼叠阁，虎入，置之。见云萝扶婢出，凄然慰吊曰："妾欲留君，但母丧未卜窀穸。可怀牒去，到郡自投，保无恙也。"因取生胸前带，连结十余扣，嘱云："见官时，拈此结而解之，可以弭祸。"生如其教，诣郡自投。太守喜其诚信，又稽牒知其冤，销名令归。

至中途，遇袁，下骑执手，备言情况。袁愤然作色，默不一语。生曰："以君风采，何自污也？"袁曰："某所杀皆不义之人，所取皆非义之财。不然，即遗于路者不拾也。君教我固自佳，然如君家邻，岂可留在人间耶！"言已，超乘而去。

生归，殡母已，柴门谢客。忽一夜，盗入邻家，父子十余口尽行杀戮，止留一婢。席卷资物，与僮分携之。临去，执灯谓婢："汝认之：杀人者我也，与人无涉。"并不启关，飞檐越壁而去。明日告官。疑生知情，又捉生去。邑宰词色甚厉，生上堂握带，且辨且解。宰不能诘，又释之。既归，益自韬晦〔9〕，读书不出，一跛妪执炊而已。服既阕，日扫阶庭，以待好音。

一日，异香满院。登阁视之，内外陈设焕然矣。悄揭画帘，则公主凝妆坐，急拜之。女挽手曰："君不信数，遂使土木为灾；又以苦块之戚，迟我三年琴瑟：是急之而反以得缓，天下事大抵然也。"生将出资治具。女曰："勿复须。"婢探棂，有肴羹热如新出于鼎，酒亦芳烈。酢移时，日已投暮，足下所踏婢，渐都亡去。女四肢娇惰，足股屈伸，似无所着，生狎抱之。女曰："君暂释手。今有两道，请君择之。"生揽项问故，曰："若为棋酒之交，可得三十年聚首；若作床笫之欢，可六年谐合耳。君焉取？"生曰："六年后再商之。"女乃默然，遂相燕好。女曰："妾固知君不免俗道，此亦数也。"因使生蓄婢媪，别居南院，炊爨纺织以作生计。北院中并无烟火，惟棋枰、酒具而已。户常阖，生推之则自开，他人不得入也。然南院人作事勤惰，女辄知之，每使生往谴责，无不具服。女无繁言，无响笑，与有所谈，但俯首微哂。每骈肩坐，喜斜倚人。生举而加诸膝，轻如抱婴。生曰："卿轻若此，可作掌上舞。"曰："此何难！但婢子之为，所不屑耳。飞燕原九姊侍儿，屡以轻佻获罪，怒谪尘间，又不守女子之贞；今已幽之。"④

阁上以锦袱布满，冬未尝寒，夏未尝热。女严冬皆着轻縠，生为制鲜衣，强使着之。逾时解去，曰："尘浊之物，几于压骨成劳！"一日抱诸膝上，忽觉沉倍曩昔，异之。笑指腹曰："此中有俗种矣。"过数日，颦黛不食，曰："近病恶阻，颇思烟火之味。"生乃为具甘旨。从此饮食遂不异于常人。

一日，曰："妾质单弱，不任生产。婢子樊英颇健，可使代之。"⑤乃脱衷服衣英，闭诸室。少顷闻儿啼声，启扉视之，男也。喜曰："此儿福相，大器也！"因名大器。绷纳生怀，俾付乳媪，养诸南院。女自免身，腰细如初，不食烟火矣。

忽辞生，欲暂归宁。问返期，答以"三日"。鼓皮排如前状，遂不见。至期不来；积年余，音信全渺，亦已绝望。生键户下帏，遂领乡荐。终不肯娶；每独宿北院，沐其余芳。一夜，辗转在榻，忽见灯火射窗，门亦自辟，群婢拥公主入。生喜，起问爽约之罪。女曰："妾未愆期，天上二日半耳。"生得意自诩，告以秋捷，意主必喜。

④ 以真实的汉代皇后做虚拟的仙女侍女，调侃赵飞燕，抬云萝之身份。

⑤《聊斋》真是想象丰富，连代孕代产这类20世纪才出现的先进科技都被它捷足先登！

⑥蔑视功名、飘然自得的人生态度，估计是作者晚年看透人生、功名之后的作品。

⑦叙事人称变化，前段写人仙情缘，故曰"安大业"，后段写悍妇治家，安大业成为"父"。冯镇峦评："前半天仙化人，后半罗刹度世，亦雅亦俗，俗不伤雅。"

女愀然曰："乌用是倪倪者为〔10〕！无足荣辱，止折人寿数耳。三日不见，入俗嶂又深一层矣〔11〕。"⑥生由是不复进取。过数月又欲归宁，生殊凄恋，女曰："此去定早还，无烦穿望。且人生合离，皆有定数，撙节之则长，恣纵之则短也。"既去，月余即返。从此一年半载辄一行，往往数月始还，生习为常，亦不之怪。

又生一子。女举之曰："豺狼也！"立命弃之。生不忍而止，名曰可弃。甫周岁，急为卜婚。诸媒接踵，问其甲子，皆谓不合。曰："吾欲为狼子治一深圈，竟不可得，当令倾败六七年，亦数也。"嘱生曰："记取四年后，侯氏生女，左胁有小赘疣，乃此儿妇。当婚之，勿较其门第也。"即令书而志之。后又归宁，竟不复返。生每以所嘱告亲友。果有侯氏女，生有疣赘，侯贱而行恶，众咸不齿，生竟媒定焉。

大器十七岁及第，娶云氏，夫妻皆孝友。父钟爱之⑦。可弃渐长，不喜读，辄偷与无赖博赌，恒盗物偿戏债。父怒挞之，卒不改。相戒提防，不使有所得。遂夜出，小为穿窬。为主所觉，缚送邑宰。宰审其姓氏，以名刺送之归。父兄共絷之，楚掠惨棘，几于绝气。兄代哀免，始释之。父忿恚得疾，食锐减。乃为二子立析产书，楼阁沃田，悉归大器。可弃怨怒，夜持刀入室，将杀兄，误中嫂。先是，主有遗裤绝轻煖，云拾作寝衣。可弃斫之，火星四射，大惧，奔去。父知，病益剧，数月寻卒。可弃闻父死，始归。兄善视之，而可弃益肆。年余所分田产略尽，赴郡讼兄。官审知其人，斥逐之。兄弟之好遂绝。

又逾年，可弃二十有三，侯女十五矣。兄忆母言，欲急为完婚。召至家，除佳宅与居；迎妇入门，以父遗良田，悉登籍交之，曰："数顷薄田，为若蒙死守之，今悉相付。吾弟无行，寸草与之，皆弃也。此后成败，在于新妇。能令改行，无忧冻饿；不然，兄亦不能填无底壑也。"

侯虽小家女，然固慧丽，可弃雅畏爱之，所言无敢违。

每出限以晷刻〔12〕，过期则诟厉不与饮食，可弃以此少敛。年余生一子，妇曰："我以后无求于人矣。膏腴数顷，母子何患不温饱？无夫焉，亦可也。"会可弃盗粟出赌，妇知之，弯弓于门以拒之。大惧，避去。窥妇入，逡巡亦入。妇操刀起，可弃反奔，妇逐斫之，断幅伤臀，血沾袜履。⑧忿极，往诉兄，兄不礼焉，冤惭而去。过宿复至，跪嫂哀泣，乞求先容于妇，妇决绝不纳。可弃怒，将往杀妇，兄不语。可弃忿起，操戈直出。嫂愕然，欲止之；兄目禁之。俟其去，乃曰："彼固作此态，实不敢归也。"⑨使人觇之，已入家门。兄始色动，将奔赴之，而可弃已垒息入。

⑧ 极度的悍，却是受到作者肯定的，是"狼子的深闺"也。

⑨ 兄先是不语，后是目禁之，乃是对其弟有充分了解。嫂愕然欲止，则是长嫂之爱心。

盖可弃入家，妇方弄儿，望见之，掷儿床上，觅得厨刀；可弃惧，曳戈反走，妇逐出门外始返。兄已得其情，故诘之。可弃不言，惟向隅泣，目尽肿。兄怜之，亲率之去，妇乃内之。俟兄出，罚使长跪，要以重誓，而后以瓦盆赐之食。自此改行为善。妇持筹握算，日致丰盈，可弃仰成而已。后年七旬，子孙满前，妇犹时捋白须，使膝行焉。

异史氏曰："悍妻妒妇，遭之者如疽附于骨，死而后已，岂不毒哉！然砒、附，天下之至毒也，苟得其用，瞑眩大瘳，非参、苓所能及矣。⑩而非仙人洞见脏腑，又乌敢以毒药贻子孙哉！"

⑩ 妙论。

章丘李孝廉善迁，少通傥不泥，丝竹词曲之属皆精之。两兄皆登甲榜，而孝廉益佻脱。娶夫人谢，稍稍禁制之。遂亡去，三年不返，遍觅不得。后得之临清勾栏中。家人入，见其南向坐，少姬十数左右侍，盖皆学音艺而拜门墙者也。临行，积衣累笥，悉诸妓所贻。既归，夫人闭置一室，投书满案。以长绳系榻足，引其端自棂内出，贯以巨铃，系诸厨下。凡有所需则蹴绳，绳动铃响则应之。夫人躬设典肆，垂帘纳物而估其直；左持筹，右握管〔13〕；老仆供奔走而已。由此居积致富。每耻不及诸姒贵。锢闭三年，而孝廉捷。喜曰："三卵两成，

⑪ 语言太生动了。

吾以汝为鰕矣〔14〕，今亦尔耶？"⑪

又耿进士崧生，亦章丘人。夫人每以绩火佐读：绩者不辍，读者不敢息也。或朋旧相诣，辄窃听之，论文则瀹茗作黍〔15〕；若恣谐谑，则恶声逐客矣。每试得平等〔16〕，不敢入室门；超等，始笑逆〔17〕之。设帐得金，悉内献，丝毫不敢隐匿。故东主馈遗，恒面较锱铢。人或非笑之，而不知其销算良难也。后为妇翁延教内弟。是年游泮，翁谢仪十金，耿受椷返金。夫人知之曰："彼虽固亲，然舌耕谓何也？"追之返而受之。耿不敢争，而心终歉焉，思暗偿之。于是每岁馆金，皆短其数以报夫人。积二年余得若干数。忽梦一人告之曰："明日登高，金数即满。"次日试一临眺，果拾遗金，恰符缺数，遂偿岳。后成进士，夫人犹诃谴之。耿曰："今一行作吏，何得复尔？"夫人曰："谚云：'水长则船亦高。'即为宰相，宁便大耶？"⑫

⑫ "水长船高"极妙比喻，宰相固大，哪知夫人更大？

校勘

底本：手稿本。参校：异史、二十四卷本、铸雪斋本、青柯亭本。

注释

〔1〕卢龙：明清县名，属永平府，今河北省秦皇岛市卢龙县。〔2〕无俦：没人能比。〔3〕尚主：娶公主。〔4〕揪枰（jiū píng）：棋盘。〔5〕粉侯：对驸马的称呼。三国时，何晏人物秀丽，面如傅粉，娶魏公主，封列侯。后人遂以帝王之婿为"粉侯"。〔6〕湫隘：窄小低湿。〔7〕犯天刑：星相家术语，主凶。不宜动土、拆迁。〔8〕刻日敦迫：定下日期，极力督促按期完成。〔9〕韬晦：掩蔽自己的光彩，不使暴露。〔10〕乌用是傥来者为：功名富贵都是无意中得来的，要来何用。〔11〕俗幛：俗世贪欲。〔12〕晷（guǐ）刻：日晷与刻漏，古代计时仪器。〔13〕左持筹，右握管：左手打算盘，右手记账。筹，筹码，即打算盘；管，笔，用来记账。〔14〕三卵两成，吾以汝为鰕（duàn）：三兄弟有两个考中功名，我以为你是考不中的。原意是：三只蛋孵出两只鸟儿，我以为你是

那只孵不出鸟的蛋。鷇，孵不出鸟的蛋。〔15〕瀹茗作黍：招待茶饭。〔16〕试得平等：考试考到不升不降的名次。秀才考试分六等，考到中间二等不升不降。〔17〕逆：迎接。

点评

　　本文篇幅较长、时间跨度大（从安大业与公主相识到他们的儿子七十岁，近八十年）、内容复杂。全文分成两部分，前半部分仙乐飘飘，诗情画意，既有充满幻想的美丽爱情，又以风恶浪险的现实人生衬托仙女法力。邻院对安大业的窥伺、陷害既是其社会背景，又对男女主角爱情起到"好事多磨""横云断岭"作用，使得故事曲折好看。后半部分完全是现实人生，写兄弟情深、逆子回头。小说成功地塑造了男女主角形象。云萝公主亦仙亦人，是飘然世外的仙，她以超然物外的态度，将安大业从功名之求引向高尚、自由的精神追求，把夫妇生活变得像诗友、棋友聚会，高雅悠然，她有仙的法术，未卜先知，既能脱安大业于官司，又能预见孽子之逆，"为狼子治一深圈"，安排悍妇治之。与一般《聊斋》狐女不同的是，云萝非常矜持，处处是娇贵公主派头，连生产都要派婢女代替。但她同时又是贤妻良母，对子女的未来有细心周到的安排。蒲松龄一向对悍妇深恶痛绝，此文中的悍妇却成为治逆子的能手，跟两则附文中真实的记载联系，可以看出蒲松龄在"悍妇"问题上的矛盾态度：当男子上进时，悍妇是"附骨之疽"；当男子不上进时，悍妇就成了苦口之良药。

鸟语

中州境有道士募食乡村。食已，闻鹂鸣，因告主人使慎火。问故，答曰："鸟云：'大火难救，可怕！'"众笑之，竟不备。明日果火，延烧数家，始惊其神。好事者追及之，称为仙。道士曰："我不过知鸟语耳，何仙也！"适有皂花雀鸣树上，众问何语。曰："雀言：'初六养之，初六养之；十四、十六殇之。'想此家双生矣。今日为初十，不出五六日，当俱死也。"询之，果生二子，无何，并死，其日悉符。①

邑令闻其奇，招之，延为客。时群鸭过，因问之。对曰："明公内室必相争也。鸭云：'罢罢！偏向他！偏向他！'"令大服，盖妻妾反唇，令适被喧聒而出也。因留居署中，优礼之。时辨鸟言，多奇中〔1〕。而道士朴野肆言，辄无所忌。令最贪，一切供用诸物，皆折为钱以入之。一日，方坐，群鸭复来，令又诘之。答曰："今日所言，不与前同，乃为明公会计耳〔2〕。"问："何计？"曰："彼云：'蜡烛一百八，银朱一千八〔3〕。'"②令惭，疑其相讥。道士求去，令不许。逾数日，宴客，忽闻杜宇〔4〕。客问之，答云："鸟曰：'丢官而去。'"③众愕然失色。令大怒，立逐而出。未几，令果以墨败。呜呼！此仙人儆戒之，而惜乎危厉熏心者〔5〕，不之悟也！

齐俗呼蝉曰"稍迁"，其绿色者曰"都了"。邑有父子，俱青、社生〔6〕，将赴岁试，忽有蝉集襟上。父喜曰："稍迁，吉兆也。"一僮视之，曰："何物稍迁，都了而已。"父子不悦。已而，果皆被黜。

①黄鹂和麻雀的叫声跟道士解释的话语，在音调上颇相似，构思巧妙。鸭叫声"哑哑"，与"罢""他""八"音相似，妙。

②无孔不入的贪污由鸟语揭露，妙不可言。

③杜鹃叫声与"丢官而去"近似。

校勘

底本：手稿本。参校：异史、二十四卷本、铸雪斋本、青柯亭本。

注释

〔1〕奇中：预言与实际情况出奇的相符。〔2〕明公：对有名位者的尊称。〔3〕银朱：官衙盖章用的红色颜料。〔4〕杜宇：杜鹃鸟的别名。〔5〕危厉熏心：醉心于贪赃枉法等凶险行为。〔6〕青、社生：即"青衣"和"青衣发社"。科举制度规定，秀才岁试分六等，考五等者，附生降青衣、青衣发社。发社，发往社学肄业。

点评

作者观察大自然各种鸟的叫声，利用其和人类语言的契合点，构思巧妙"鸟语"讽世。道士听懂的鸟语，火灾、子殇是为后文铺垫，乃写贪官前奏。对贪官的描写也是一步妙似一步，一步深似一步：先写其妻妾不合，这无伤大雅之事，令道士得到县令婉留；再挖苦县令聚敛钱财，令其尴尬又无奈；最后才预言丢官，县令恼羞成怒。附则将蝉的俗称和秀才考试的结果结合起来，秀才求功名勉强附会的可笑状，僮儿直言与落榜吻合导致秀才的不悦状，取得令人喷饭的喜剧效果。

鸟语

鸟语嘲啾
未易知何
来道士善通
词银硃蜡烛
贪无厌待玉
抛官悔已迟

天宫

郭生,京都人,年二十余,仪容修美。一日,薄暮,有老妪贻尊酒,怪其无因,妪笑曰:"无须问;但饮之,自有佳境。"遂径去。揭尊微嗅,冽香四射[1],遂饮之,忽大醉,冥然罔觉;及醒,则与一人并枕卧。抚之,肤腻如脂,麝兰喷溢,盖女子也。问之,不答,遂与交。交已,以手扪壁,壁皆石,阴阴有土气,酷类坟冢。① 大惊,疑为鬼迷。因问女子:"卿何神也?"女曰:"我非神,乃仙耳。此是洞府。与有夙缘,勿相讶,但耐居之。再入一重门,有漏光处,可以溲便。"既而,女起,闭户而去。久之,腹馁,遂有女僮来,饷以面饼、鸭臄[2],使扪索而啖之。黑漆不知昏晓。无何,女子来寝,始知夜矣。

郭曰:"昼无天日,夜无灯火,食炙不知口处;常常如此,则姮娥何殊于罗刹,天堂何别于地狱哉!"② 女笑曰:"为尔俗中人,多言喜泄,故不欲以形色相见。且暗中摸索,妍媸亦当有别,何必灯烛!"

居数日,幽闷异常,屡请暂归。女曰:"来夕与君一游天宫,便即为别。"

次日,忽有小鬟笼灯入,曰:"娘子伺郎久矣。"从之出。星斗光中,但见楼阁无数。经几曲画廊,始至一处,堂上垂珠帘,烧巨烛如昼。入,则美人华妆南向坐,年约二十许;锦袍炫目;头上明珠,翘颤四垂;地下皆设短烛,裙底皆照③:诚天人也。郭迷乱失次[3],不觉屈膝。女令婢扶曳入坐。俄顷,八珍罗列[4]。女行酒曰:"饮此以送君行。"郭鞠躬曰:"向觌面不识仙人,实所惶悔;如容自赎,愿收为没齿不二之臣[5]。"④

女顾婢微笑,便命移席卧室。室中流苏绣帐,衾褥

① 是没有墓碑的坟墓。

② 是姮娥外貌罗刹内心。貌类天堂实为地狱。

③ 奢靡之极。

④ 无耻。

香软。使郭就榻坐。饮次,女屡言:"君离家久,暂归亦无所妨。"更尽一筹,郭不言别。女唤婢笼烛送之,郭不言,伪醉眠榻上,抗之不动。女使诸婢扶裸之,一婢排私处曰:"个男子,容貌温雅,此物何不文也!"举置床上,大笑而去。女亦寝,郭乃转侧。女问:"醉乎?"曰:"小生何醉!甫见仙人,神志颠倒耳。"女曰:"此是天宫。未明,宜早去。如嫌洞中怏闷,不如早别。"郭曰:"今有人夜得名花,闻香扪干,而苦无灯烛,此情何以能堪?"⑤女笑,允给灯火。

⑤倒也善于词令。

漏下四点,呼婢笼烛抱衣而送之。入洞,见丹垩精工[6],寝处褥革棕毡尺许厚。郭解屦拥衾,婢徘徊不去。郭凝视之,风致娟好,戏曰:"谓我不文者,卿耶?"婢笑,以足蹴枕曰:"子宜僵矣!勿复多言。"视履端嵌珠如巨菽[7]⑥。捉而曳之,婢仆于怀,遂相狎,而呻楚不胜。郭问:"年几何矣?"答云:"十七。"问:"处子亦知情乎?"曰:"妾非处子,然荒疏已三年矣。"郭研诘仙人姓氏,及其清贯、尊行。婢曰:"勿问!即非天上,亦异人间。若必知其确耗,恐觅死无地矣。"郭遂不敢复问。

⑥从丫鬟的脚上的贵重名珠,可想见主人如何。

次夕,女果以烛来,相就寝食,以此为常。

一夜,女入曰:"期以永好,不意人情乖阻。今将粪除天宫,不能复相容矣。请以卮酒为别。"郭泣下,请得脂泽为爱,女不许,赠以黄金一斤、珠百颗。三盏既尽,忽已昏醉。既醒,觉四体如缚,纠缠甚密,股不得伸,首不得出。极力转侧,晕堕床下。出手摸之,则锦被囊裹,细绳束焉。起坐凝思,略见床棂,始知为己斋中。

时离家已三月,家人谓其已死。郭初不敢明言,惧被仙谴,然心疑怪之。窃间一告知交,莫有测其故者。被置床头,香盈一室;拆视,则湖绵杂香屑为之,因珍藏焉。后某达官闻而诘之,笑曰:"此贾后之故智也[8]。仙人乌得如此?虽然,此事亦宜慎秘,泄之,族矣!"

1397

有巫尝出入贵家，言其楼阁形状，绝似严东楼家〔9〕。郭闻之，大惧，携家亡去。未几，严伏诛，始归。

异史氏曰："高阁迷离，香盈绣帐；雏奴蹀躞，履缀明珠。非权奸之淫纵，豪势之骄奢，乌有此哉！顾淫筹一掷〔10〕，金屋变而长门〔11〕；唾壶未干〔12〕，情田鞠为茂草〔13〕。空床伤意，暗烛销魂。含颦玉台之前，凝眸宝幄之内。遂使糟丘台上，路入天宫；温柔乡中，人疑仙子。伧楚之帷薄固不足羞〔14〕，而广田自荒者〔15〕，亦足戒已！"

校勘

底本：手稿本。参校：异史、二十四卷本、铸雪斋本、青柯亭本。

注释

〔1〕冽香：清醇的香气。〔2〕鸭臛（huò）：鸭汤。〔3〕迷乱失次：神智混乱，举止失当。〔4〕八珍：珍羞佳肴。〔5〕没齿不二：到死也不变心。〔6〕丹垩（è）：墙壁用红白二色抹饰。〔7〕巨菽：特别大的豆粒。〔8〕贾后：晋惠帝皇后贾南风（256—300），性酷虐荒淫，经常让人寻找美男子，暗地供她寻欢作乐，多数在供其淫乐后被杀。《晋书·后妃传上》有记载。〔9〕严东楼：即严世蕃（？—1565），明代嘉靖奸相严嵩之子，官工部左侍郎，仗权营私，淫纵豪奢，嘉靖四十三年（1564）伏诛。〔10〕淫筹：严世蕃以白绫巾为秽巾，每与妇人交合，即弃其一，终岁计之，谓之"淫筹"。"淫筹"一丢，就意味着失宠。〔11〕金屋变长门：意思是原来受宠的被冷落。用"金屋藏娇"典故。汉武帝娶表姐陈阿娇为皇后，阿娇因无子和巫蛊事件失宠，被安置在冷宫长门宫，以黄金百斤求司马相如写《长门赋》，复宠。〔12〕唾壶：本来是吐痰的器皿，据冯梦龙《古今谭概·汰侈部·吐壶》：严世蕃吐痰时，让美丽的丫鬟用嘴接着，"刚发声，婢口已巧就，谓曰'香唾壶'"。〔13〕情田：心地，情感的田地。鞠为茂草：衰败荒芜、杂草丛生。《诗经·小雅·小弁》："踧踧周道，鞠为茂草。"意为荒废。〔14〕伧楚之帷薄固不足羞：像严世蕃那样的男人的家丑固然不足为耻。伧楚：魏晋南北朝时，吴人对楚人以上国自居，认为楚人粗鄙，谓之"伧楚"，也用作楚地人的代称。严世蕃为江西分宜人，古属楚地。帷薄：帷幕和帘子，借指家庭生活。〔15〕广田自荒者：像严世蕃那样广蓄姬妾却让姬妾独守空房的人。

> **点评**
>
> 号称"天宫"的地方是地地道道的人世，而且是人世最肮脏的角落。晋惠帝的皇后贾南风，经常将美男子骗到宫中做面首，谎称自己所住的地方是"天上"。《聊斋》"天宫"则是严东楼的内宅。严东楼即严世蕃，明代奸相严嵩之子，官工部左侍郎，靠卖官鬻爵、贪赃枉法，聚敛大量财富，骄奢淫逸达到无耻地步，留下香唾壶、淫筹等著名淫逸典故。从小说的艺术描写看，所谓"天宫"的"仙女"是严世蕃身边的女人。不是一家人，不进一家门，丈夫玩美女，妻妾玩俊男，支持其放荡的是不义之财、薰天权势。"天宫"的极其奢华，从丫鬟脚上的大珍珠可见一斑。这是《聊斋》最著名的细节之一。

乔女

卷七

平原乔生有女黑丑,鏊一鼻,跛一足。年二十五六,无问名者〔1〕。邑有穆生,四十余,妻死,贫不能续,因聘焉。三年,生一子。未几,穆生卒,家益索,大困,则乞怜其母。母颇不耐之。女亦愤不复返,惟以纺织自给。

有孟生丧偶,遗一子乌头,裁周岁,以乳哺乏人,急于求配;然媒数言,辄不当意。忽见女,大悦之①,阴使人风示女。女辞焉,曰:"饥冻若此,从官人得温饱,夫宁不愿?然残丑不如人,所可自信者,德耳。又事二夫②,官人何取焉!"孟益贤之,向慕尤殷,使媒者函金加币而说其母,母悦,自诣女所,固要之,女志终不夺。母惭,愿以少女字孟,家人皆喜,而孟殊不愿。

居无何,孟暴疾卒,女往临哭尽哀③。孟故无戚党,死后,村中无赖悉凭陵之,家具携取一空。方谋瓜分其田产,家人亦各草窃以去〔2〕,惟一妪抱儿哭帷中。女问得故,大不平。闻林生与孟善,乃踵门而告曰:"夫妇、朋友,人之大伦也。妾以奇丑为世不齿,独孟生能知我。前虽固拒之,然固已心许之矣④。今身死子幼,自当有以报知己。然存孤易,御侮难,若无兄弟父母,遂坐视其子死家灭而不一救,则五伦可以无朋友矣。妾无所多须于君,但以片纸告邑宰;抚孤,则妾不敢辞。"⑤林曰:"诺。"女别而归。林将如其所教;无赖辈怒,咸欲以白刃相仇。林大惧,闭户不敢复行。女听之,数日寂无音,及问之,则孟氏田产已尽矣。

女忿甚,挺身自诣官。官诘女属孟何人,女曰:"公宰一邑,所凭者理耳。如其言妄,即至戚无所逃罪;如非妄,则道路之人可听也。"官怒其言戆,呵逐而出。女冤愤无以自伸,哭诉于缙绅之门。某先生闻而义之,代剖于宰。宰按之果真,穷治诸无赖,尽返所取。⑥

① 孟生对乔女知己忘形,他对乔女之妹掉头不顾,说明了他对乔女感情的牢固性和道德感。因而乔女说"孟生知我",知己之恋。

② "不事二夫"是乔女的道德准则,封建色彩。

③ 毫无瓜葛的女子到陌生男子家中尽哀,已超出封建妇德要求的范围。

④ "不事二夫"而"固已心许"是矛盾的。

⑤ 但明伦评:"告林一篇议论,激昂慷慨,正大光明,所谓堂堂之鼓,正正之旗,不惟当作程婴、杵臼传读,直可作诸葛武侯前后《出师表》读。"

⑥ 以上是乔女代孟生御侮,以下则是乔女付出终生辛劳为孟生抚孤。

1401

或议留女居孟第，抚其孤；女不肯。扃其户，使媪抱乌头从与俱归，另舍之。凡乌头日用所需，辄同媪启户出粟，为之营辨；已锱铢无所沾染，抱子食贫，一如曩日。⑦

积数年，乌头渐长，为延师教读；己子则使学操作。媪劝使并读，女曰："乌头之费，其所自有；我耗人之财以教己子，此心何以自明？"⑧

又数年，为乌头积粟数百石，乃聘于名族，治其第宅，析令归。乌头泣要同居，女乃从之；然纺绩如故。乌头夫妇夺其具，女曰："我母子坐食，心何安矣？"遂早暮为之纪理，使其子巡行阡陌，若为佣然。乌头夫妻有小过，辄斥谴不少贷；稍不悛〔3〕，则怫然欲去。夫妻跪道悔词，始止。

未几，乌头入泮，又辞欲归。乌头不可，捐聘币，为穆子完婚。女乃析子令归。乌头留之不得，阴使人于近村为市恒产百亩而后遣之。

后女疾，求归。乌头不听。病益笃，嘱曰："必以我归葬！"乌头诺。既卒，阴以金啖穆子，俾合葬于孟。及期，棺重，三十人不能举。穆子忽仆，七窍血出，自言曰："不肖儿，何得遂卖汝母！"⑨乌头惧，拜祝之，始愈。乃复停数日，修治穆墓已，始合厝之。

异史氏曰："知己之感，许之以身，此烈男子之所为也。彼女子何知，而奇伟如是？若遇九方皋，直牡视之矣〔4〕。"

⑦抚孤而不居其第，不染其财，界限分明，心地坦然。

⑧光明磊落，可对鬼神。

⑨乔女以柔弱的双肩为孟生御侮、抚孤，使乌头聘婚名族、功名到手，家业重兴，她尽了母亲的最大职责，乌头认为让乔女同父亲合葬天经地义。乔女的灵魂却不同意。这是真实故事中唯一的神奇情节，至死"不事二夫"。实际上，乔女早就背叛了"不事二夫"。何垠评："女为穆守，孟生欲娶之，矢志不移，是也。厥后之所为，虽曰愤于义，似非妇之所宜，故但谓之乔女而不谓之穆妇。"

校勘

底本：手稿本。参校：异史、二十四卷本、铸雪斋本、青柯亭本。

注释

〔1〕问名：提亲。〔2〕草窃：掠夺、偷盗。〔3〕不悛：不改悔。〔4〕若遇九方皋，直牡视之矣：如果遇到识人者，必定把她跟伟男子一样看待。九方皋，

春秋时善于相马的人；牡，公马。此处以九方皋比喻慧眼识人者，以牡比喻男子。

点评

古人常用"生不同衾死同穴"喻爱情坚贞，乔女和孟生是知己之恋，却死也不肯同穴。然而乔女如此恂劳地终生为乌头尽母亲之责，动力何来？因为她对孟生的爱。她为这柏拉图式的爱耗尽了整个生命、全部心血。她跟孟生强烈的精神联系、灵魂交往，她终生拥抱理想云雾的热情，恰好是对"不事二夫"的背叛，精神的背叛，是更坚决、彻底的背叛。

乔女

阿承丑女,竟知名
何意倾心目
孟生乐伴存
报知己居然
节义一身并

蛤〔1〕

东海有蛤，饥时浮岸边，两壳开张；中有小蟹出，赤线系之，离壳数尺，猎食既饱乃归，壳始合。或潜断其线，两物皆死。亦物理之奇也〔2〕。

校勘

底本：手稿本。参校：异史、二十四卷本、铸雪斋本。

注释

〔1〕蛤（gé）：蛤蜊。有介壳的软体动物，肉可食。〔2〕物理：事物的常理。

点评

这应该是寄生蟹。但寄生蟹和蛤蜊之间不会有线相连，更不会剪断线双方都死，这可能是蒲松龄的想象。

而後遣之。後女疾求歸,烏頭不聽,病益篤,囑曰:必以我歸葬,勿便魂魄失所陰以金啗楊,子僞合葬於孟,及期,棺重三十人不能舉,楊乃仆七竅血出,言曰:不肖兒何得逐賣汝母,為頭俱非祝之,始愈,乃復停數日,修治楊墓,已始合厝之。

異史氏曰:知己之感,許之以身,此烈男子之所為也,彼女子何知而奇偉如是若遇九方皋,直牡視之笑。

蛤

東海有蛤觚,時浮岸邊,而殼開張,中有小辮出,赤線繫之,離殼數尺,獵食既飽,乃歸殼始合,或斷其線,而物皆死,亦物理之奇也。

刘夫人

廉生者，彰德人〔1〕。少笃学；然早孤，家綦贫。一日他出，暮归失途。入一村，有媪来谓曰："廉公子何之？夜得毋深乎？"生方皇惧，更不暇问其谁何，便求假榻。媪引去，入一大第。有双鬟笼灯，导一妇人出，年四十余，举止大家〔2〕。媪迎白："廉公子至。"生趋拜。妇喜曰："公子秀发〔3〕，何但作富家翁乎〔4〕！"即设筵，妇侧坐，劝醑甚殷，而自己举杯未尝饮，举箸亦未尝食。①生惶惑，屡审阀阅。笑曰："再尽三爵告君知。"生如命饮已。妇曰："亡夫刘氏，客江右〔5〕，遭变遽殒。未亡人独居荒僻，日就零落。虽有两孙，非鸱鸮即驽骀耳〔6〕。公子虽异姓，亦三生骨肉也〔7〕；且至性纯笃，②故遂觍然相见。无他烦，薄藏数金，欲倩公子持泛江湖，分其赢余，亦胜案头萤枯死也〔8〕。"生辞以少年书痴，恐负重托。妇曰："读书之计，先于谋生。公子聪明，何之不可？"遣婢运资出，交兑八百余两。生惶恐固辞，妇曰："妾亦知公子未惯懋迁〔9〕，但试为之，当无不利。"生虑重金非一人可任，谋合商侣。妇云："勿须。但觅一朴悫谙练之仆〔10〕，为公子服役足矣。"遂轮纤指一卜之曰："伍姓者吉。"命仆马囊金送生出，曰："腊尽涤盏，候洗宝装矣。"又顾仆曰："此马调良，可以乘御，即赠公子，勿须将回。"生归，夜才四鼓，仆系马自去。

明日多方觅役，果得伍姓，因厚价招之。伍老于行旅，又为人戆拙不苟〔11〕，资财悉倚付之。往涉荆襄〔12〕，岁杪始得归，计利三倍。生以得伍力多，于常格外，另有馈赏，谋同飞洒〔13〕，不令主知。

甫抵家，妇已遣人将迎，遂与俱去。见堂上华筵已设；妇出，备极慰劳。生纳资讫，即呈簿籍；妇置不顾。

①不饮不食，这是女性待客的特点，还是冥世待客的特点？

②刘夫人以鬼之功能知廉之品格，预知其将成为甥婿。她深知自己嫡孙没有创业能力，"非鸱鸮即驽骀"，驽骀本难任重，鸱鸮且更相残，但他们是她的嫡孙，她仍然要为他们的未来想办法，使他们避免饥馁。因此运筹帷幄，让廉生经商，再给廉生"选配"得力助手，慈祖母之心之情十分感人。

少顷即席，歌舞鞺鞳，伍亦赐筵外舍，尽醉方归。因生无家室，留守新岁。

次日，又求稽盘[14]，妇曰："后无须尔，妾会计久矣。"乃出册示生，登志甚悉，并给仆者亦载其上。③生愕然，曰："夫人真神人也！"过数日，馆谷丰盛，待若子侄。一日，堂上设席，一东面，一南面；堂下设一筵西向。谓生曰："明日财星临照[15]，宜可远行。今为主价粗设祖帐[16]，以壮行色。"少间伍亦呼至，赐坐堂下。一时鼓钲鸣聒。女优进呈曲目，生命唱《陶朱》[17]。妇笑曰："此先兆也，当得西施作内助矣[18]。"宴罢，仍以全金付生，曰："此行不可以岁月计，非获巨万勿归也。妾与公子，所凭者在福命，所信者在腹心。④勿劳计算，远方之盈绌[19]，妾自知之。"生唯唯而退。

往客淮上，进身为齹贾，逾年利又数倍。然生嗜读，操筹不忘书卷，所与游皆文士；所获既盈，隐思止之，渐谢任于伍。桃源薛生与最善，适过访之，薛一门俱适别业，昏暮无所复之，阍人延生入，扫榻作炊。细诘主人起居，盖是时方讹传朝廷欲选良家女犒边庭，民间骚动。闻有少年无妇者，不通媒约，竟以女送诸其家，至有一夕而得两妇者。薛亦新婚于大姓，犹恐舆马喧动，为大令所闻，故暂迁于乡。

初更向尽，方将拂榻就寝，忽闻数人排阖入。阍人不知何语，但闻一人云："官人既不在家，秉烛者何人？"阍人答："是廉公子，远客也。"俄而问者已入，袍帽光洁，略一举手，即诘邦族。生告之。喜曰："吾同乡也。岳家谁氏？"答云："无之。"益喜，趋出，急招一少年同入，敬与为礼。卒然曰："实告公子：某慕姓。今夕此来，将送舍妹于薛官人，至此方知无益。进退维谷之际，适逢公子，宁非数乎！"生以未悉其人，故踌躇不敢应。慕竟不听其致词，急呼送女者。少间，二媪扶女郎入，坐生榻上。睨之，年十五六，佳妙无双。生喜，

③神灵预知。

④"所凭者在福命，所信者在腹心"，是人际交往的至理名言。虽然是个鬼故事，却蕴藏着许多人世重要哲理。

始整巾向慕展谢；又嘱阍人行沽，略尽款洽。慕言："先世彰德人，母族亦世家，今陵夷矣。闻外祖遗有两孙⑤，不知家况何似。"生问："伊谁？"曰："外祖刘，字恽若，闻在郡北三十里。"生曰："仆郡城东南人，去北里颇远；年又最少，无多交知。郡中此姓最繁，止知郡北有刘荆卿，亦文学士，未审是否？然贫矣！"慕曰："某祖墓尚在彰郡，每欲扶两榇归葬故里，以资斧未办，姑犹迟迟。今妹子从去，归计益决矣。"生闻之，锐然自任。二慕俱喜。酒数行，辞去。生却仆移灯，琴瑟之爱，不可胜言。次日薛已知之，趋入城，除别院馆生。生诣淮，交盘已，留伍居肆，装资返桃源，同二慕启岳父母骸骨，两家细小，载与俱归。入门安置已，囊金诣主。前仆已候于途。

从去，妇逆见，色喜曰："陶朱公载得西子来矣！前日为客，今日吾甥婿也。"置酒迎尘，倍益亲爱。生服其先知，因问："夫人与岳母远近？"妇云："勿问，久自知之。"乃堆金案上，瓜分为五；自取其二，曰："吾无用处，聊贻长孙。"生以过多，辞不受。凄然曰："吾家零落，宅中乔木被人伐作薪；孙子去此颇远，门户萧条，烦公子一营办之⑥。"生诺，而金止收其半，妇强内之。送生出，挥涕而返。生疑怪间，回视第宅，则为墟墓。始悟妇即妻之外祖母也。⑦

既归，赎墓田一顷，封植伟丽。刘有二孙，长即荆卿；次玉卿，饮博无赖，皆贫。⑧兄弟诣生申谢，生悉厚赠之。由此往来最稔。生颇道其经商之由，玉卿窃意家中多金，夜合博徒数辈，发墓搜之，剖棺露胔〔20〕，竟无少获，失望而散。生知墓被发，以告荆卿。荆卿诣生同验之，入圹，见案上累累，前所分金具在。荆卿欲与生共取之。生曰："夫人原留此以待兄也。"荆卿乃囊运而归，告诸邑宰，访缉甚严。

后一人卖坟中玉簪，获之，穷讯其党，始知玉卿为首。宰将治以极刑，荆卿代哀，仅得赎死。墓内外两家

---

⑤即夫人所谓"非鸱鸮即驽骀"也。鸱鸮，恶鸟，即玉卿；驽骀，无能，即荆卿。

⑥刘夫人良苦用心全部揭晓。创业挣下的金钱通过廉生交给长孙，驽骀虽无用，尚可守门户。

⑦鬼祖母、鬼外祖母的谜底揭晓。

⑧与开头刘夫人的话相呼应。两人皆贫，一个是因为没有能力，一个是因为赌博无赖。

并力营缮,较前益坚美。由此廉、刘皆富,惟玉卿如故。生及荆卿常河润之[21],而终不足供其赌博。

一夜,盗入生家,执索金资。生所藏金皆以千五百为个,发示之。盗取其二,止有鬼马在厩[22],用以运之而去。使生送诸野,乃释之。村众望盗火未远,噪逐之。贼惊遁。共至其处,则金委路侧,马已倒为灰烬。始知马亦鬼也。⑨是夜止失金钏一枚而已。

先是,盗执生妻,悦其美,将欲淫。一盗带面具,力呵止之,声似玉卿。盗释生妻,但脱腕钏而去。生以是疑玉卿,然心窃德之。后盗以钏质赌,为捕役所获,诘其党,果有玉卿。宰怒,备极五毒[23]。兄与生谋,欲为重贿脱之,谋未成而玉卿已死。生犹时恤其妻子。生后登贤书[24],数世皆素封焉。呜呼!"贪"字之点画形象甚近乎"贫"⑩。如玉卿者,可以鉴矣!

⑨开头刘夫人让仆人把马留在廉生处,伏笔此马是阴世来的。此处起作用,以鬼马身份保护刘夫人遗金。前后呼应,一丝不乱。

⑩贪而致贫,因贪败家也;贫而致贪,因心思不正也。

校勘

底本:手稿本。参校:异史、二十四卷本、铸雪斋本、青柯亭本。

注释

[1]彰德:明清府名,今河南安阳市。[2]举止大家:一举一动像大户人家出身的人。[3]秀发:才气俊逸,风度不凡。[4]富家翁:财主。[5]江右:长江下游以西。[6]非鸱鸮即驽骀:不是能力不强就是品格低下的人。鸱鸮,恶鸟;驽骀,劣马。[7]三生骨肉:暗指廉生将和刘夫人亲属成亲。[8]案头萤枯死:读书得不到功名最后郁郁而死。杜甫曾有这样两句诗:"穷巷悄然车马绝,案头干死读书萤。"[9]懋迁:经商,贸易。[10]朴悫(què)谙练:朴实谨慎,懂得经商之道。[11]戆拙不苟:耿直倔强,一丝不苟。[12]荆襄:湖北一带。[13]谋同飞洒:将多赏伍某的钱分摊在各项其他开支中记账。[14]稽盘:稽查盘算,审核账目。[15]财星临照:财神星位临照民间,是经商的好时机。[16]为主价粗设祖帐:为主仆简单地摆下送行宴席。主价,主人和伙计,指廉生和伍某;祖帐,送行的宴席。[17]《陶朱》:戏名。写陶朱公经商致富的戏目。陶朱公即春秋越国名臣范蠡。[18]得西施为内助:传说范蠡归隐后与

西施泛舟太湖而去，西施成为其发家致富的贤内助。〔19〕盈绌：盈利和亏损。〔20〕胔（zì）：腐尸。〔21〕河润：资助。语出《庄子》："河润九里，泽及三族。"〔22〕鬼马：即开头刘夫人送给廉生并说不必还的马。〔23〕备极五毒：用尽酷刑。五毒，五种刑罚。〔24〕登贤书：即考中举人。

点评

跟一般人鬼恋故事不同，这是个人鬼合作共同经商创业的特殊故事，人鬼同心，其利断金。蒲松龄给传统鬼故事增添了近代文明色彩。跟一般纯洁文弱的鬼少女与阳世间青年书生恋爱的故事不同，本文成功地创造了历经沧桑、成熟老练、智谋过人的"女鬼强人"形象。封建社会女性是"第二性"，在家庭中处于次要地位，支撑家庭的是男性。刘夫人是鬼，却担负起人世间男子才能担当的责任，她运用超强能力帮助"非鸱鸮即驽骀"的后代维持生存条件。她未卜先知，洞察一切，料事如神，是鬼的特点。她深谙人情物理，善于识别人才、使用人才，宽以待人，擅长管理，是人的特点。鬼性激发人性张扬，《聊斋》点评家谓之"世情倦倦，鬼亦犹人"。刘夫人像在大帐里摇羽毛扇的诸葛亮，指点着廉生商海冲浪，一浪高过一浪。男主角廉生其实是听从刘夫人的指挥棒在台前表演者，他以"廉"为姓，作者显然想颂扬人与人交往中廉隅自律、洁身自好的品格，所谓"鬼借人谋，人资鬼力，虽云福命，亦由至性纯笃所致耳"。作者还借刘夫人的嘴说明做一个成功的商人，"胜案头萤枯死"，这是作者人生蹉跌得出的经验，也跟他父亲的经历有关。小说结构像一张细密的网，无一处无来历，无一处无照应，上接下联，纲举目张。语言雅洁而有韵味。

陵县狐

陵县李太史家[1]，每见瓶鼎古玩之物，移列案边，势危将堕。疑厮仆所为，辄怒谴之。仆辈称冤，而亦不知其由，乃严扃斋扉[2]，天明复然。心知其异，暗觇之。一夜，光明满室，讶为盗。两仆近窥，则一狐卧椟上[3]，光自两眸出，晶莹四射。恐其遁，急入捉之。狐啮腕肉欲脱，仆持益坚，因共缚之。举视则四足皆无骨，随手摇摇若带垂焉。太史念其通灵[4]①，不忍杀；覆以柳器[5]，狐不能出，戴器而走。乃数其罪而放之，怪遂绝。

① 古代传统观念。纪昀《阅微草堂笔记》对狐的通灵提出两种途径：一是采精气拜斗，渐至通灵变化，然后积修正果；一是先炼形为人，然后讲习金丹，由人求仙。

校勘

底本：手稿本。参校：异史、二十四卷本、铸雪斋本。

注释

[1]陵县李太史：陵县，明清县名，属济南府，今山东省德州市陵城区。李太史，事迹不详。太史，原为春秋掌记历史的官员，后世以翰林院任职者为太史。而在翰林院任职必须是进士出身者，查陵县县志，明清时期并无李姓中进士者。"陵县李太史"可能是误记官职、姓氏、地域。[2]严扃斋扉：把书房的门严密地关起来。[3]椟：书柜。[4]通灵：智能通神，有灵性。[5]柳器：柳条编的筐或篮。

点评

此狐介于真狐和狐仙之间，它的眼睛居然亮到光明满室的程度，大概很美；它很调皮，将古玩之类移到案边，"势危将堕"，其实并没真掉下来跌碎，似乎只是让人受到惊吓；它的体形非狐非仙，"随手摇摇若带焉"，像是一幅好玩的图画。太史不忍杀，可能就是因为它并未真正作恶，而且带几分顽童特点。狐被教训了一顿就再也不来了，可能是到其他地方搞恶作剧去了。

未遂譁逐之既驚為道其室庭則金委路側鳴已倒為灰燼始知馬亦鬼也是夜止尖金劍一枚而已先是盜執生妻将就淫之盜帶面其刀呵止之聲似玉卿盜釋生妻但脫腕釧而去生以是疑玉卿訟心窃德之後溢以劍質賭為捕役所獲詰其當果有玉卿案怒備極五毒兄與生謀欲以重賄脫之謀未成而玉卿已死生後登賢書救世浩素封為鳴呼貪字之點畫形象甚近乎貧如玉卿者可以險笑

陵縣狐

陵縣李太史 家每見窺鼠古玩之物移引棄邊势必尼将隨疑斷僕所為輒怒譴之僕辄辨宽而亦不知其出乃嚴橋齋与脏天明窺
心知其異情硯之一夜光明溢堂評為盜兩僕近窺則一狐卧檀上光自兩眸出晶瑩四射怒其道怎人掟之狐嚙腕叫欲僕恃益陞同共練之擊視則四足皆無骨隨手搖之若带密扁太史念其通靈不忍殺复以柳器狐不能出戴器而走乃數其罪而放之怪遂絶

王货郎

济南业酒人某翁，遣子小二如齐河索赊价〔1〕。出西门，见兄阿大——时大死已久，二惊问："哥那得来？"答云："冥府一疑案，须弟一证之。"二作色怨訕〔2〕。大指后一人如皂状者〔3〕，曰："官役在此，我岂自由耶！"但引手招之，不觉从去①，尽夜狂奔，至泰山下，忽见官廨，方将并入，见群众纷出。皂拱问②："事何如矣？"一人曰："勿须复入，结矣。"皂乃释令归。

大忧弟无资斧。皂思良久③，即引二去，走二三十里，入村至一家檐下，嘱云："如有人出，便使相送；如其不肯，便道王货郎言之矣④。"遂去。

二冥然而僵。既晓，第主出，见人死门外，大骇。守移时，微苏，扶入饵之，始言里居，即求资送，主人难之，二如皂言。主人惊绝⑤，急赁骑送之归。偿之不受，问其故，亦不言⑥，别而去。

①鬼役并不作威作福，而是像常人一样招呼。

②注意拱手动作。在老百姓面前一点儿不耀武扬威，礼貌周全的小鬼。

③鬼居然替人想办法。

④王货郎即此鬼隶也。不知与第主有何关联？

⑤由主人表现看，王货郎在其心中有非同寻常的地位。从小鬼的处事表现看，肯定不是以权挟制，而是恩重如山。

⑥倘若絮絮告之，此文神秘气氛全无。妙。

校勘

底本：手稿本。参校：异史、二十四卷本、铸雪斋本、青柯亭本。

注释

〔1〕遣子小二如齐河索赊价：派次子到齐河县要他人赊欠的酒钱。小二，次子；齐河，山东县名，在德州；赊价，赊欠的酒钱。〔2〕作色怨訕：变了脸色，埋怨嘲骂。〔3〕如皂状者：好像衙役模样的人。皂，皂隶。

点评

小鬼难缠，小鬼要钱，小鬼敲诈，是公认的法则。生前是王货郎的小鬼，却与人为善、礼貌周全、替人周旋、为人设法。他在完成了阴司交办的任务后，居然利用自己的"关系户"将小二从泰山送回齐河。小二到阴司去证明什么官司？小鬼到底是不是王货郎？王货郎和第主到底是什么关系？一概如云里雾里，神秘含蓄，而美感生焉。

王寶郎

無端證累，
竟夜奔馳，走非
姑聽之一語
鬻心貨騎
送此中情
事費猜疑

罢龙[1]

胶州王侍御出使琉球[2]。舟行海中，忽自云际堕一巨龙，激水高数丈。龙半浮半沉，仰其首，以舟承颔；睛半含，嗒然若丧[3]。阖舟大恐，停桡不敢少动。舟人曰："此天上行雨之疲龙也。"王悬敕于上[4]①。焚香共祝之，移时，悠然遂逝。舟方行，又一龙堕，如前状。日凡三四。

又逾日，舟人命多备白米，戒曰："去清水潭不远矣。如有所见，但糁米于水[5]，寂无哗。"俄至一处，水清澈底。下有群龙，五色，如盆如瓮，条条尽伏。有蜿蜒者，鳞鬣爪牙，历历可数。众神魂俱丧，闭息含眸，不惟不敢窥，并不能动。惟舟人握米自撒。久之，见海波深黑，始有呻者。因问掷米之故，答曰："龙畏蛆，恐入其甲。白米类蛆，故龙见辄伏②，舟行其上，可无害也。"

① 皇帝被认为是"真龙天子"。

② 一物降一物，有趣。

校勘

底本：手稿本。参校：异史、二十四卷本、铸雪斋本。

注释

[1]罢(pí)龙：疲惫不堪的龙。罢，衰弱、疲劳。[2]胶州：明清州名，属莱州府，今山东省青岛市胶州市。王侍御，即王垓（1618—1684），字汉京，号巢云，胶州人。著有《使琉球记》（已佚），乾隆十七年（1752）《胶州志》有传。琉球：古代王国，今日本冲绳县。[3]嗒(tà)然若丧：形容懊丧的样子。[4]敕：圣旨。[5]糁米：撒米。

点评

中国人自称龙的传人，龙在中国人心中占有至高无上的地位，龙是古代传说神奇的全能神物，有角有鳞有脚，能飞能跑能游，能腾云驾雾，能兴云布雨。中国人在一代一代的传说故事中，不断创造着、丰富着龙的形象。蒲松龄借真实官员出使框架，具体而微地描写神奇的龙：它可以因为行雨而累坏，不得不借舟休息，是所谓"疲龙"；它可以伏于海底，休养生息，此所谓"潜龙"。跟生动的疲龙相对应的是龙的传人舟人，他有丰富的航海经验，有遇事不乱的大将作风，神奇无比的龙偏偏害怕蛆，舟人即利用龙的错觉保护航船。众人的魂魄俱散，成为舟人的烘托。笔墨极其简捷，描写颇为生动。

须臾入结笑旱乃粽令归大夏弟无资介旱君良久即引二、走二三十里入村至一家檐下嘱云山有人出便便相送如其不肯便道王倩即言之笑遂去二実悲而僵既晓弟主出见人死门外大骇守移时微苏扶入饵之始言里方即求资送主人骇之二如旱言主人慷慨备价骑送之之归僧之不受阿其故亦不言别而去

罢龙

胶州王侍御出使琉球舟行海中忽见云际陨一巨龙激水高数丈龙半浮半况仰其首以舟承领晴牛舍恶若丧胆舟大恐停榄不敢少动舟人曰此天上行雨之疲龙也王悬勒於上焚香共祝之移时终遂逝舟方行又一龙降如前状日九三四又踰日舟人命多备归米戒曰去清水潭不远笑如有所见但糁之米於水舟无谏俄空一言波清激底下有庵龙立邑如釜俅之盡伏有碗碟者鳞鼠爪牙歴歴可数众神视俱丧胆息舍胖不敢容颊並不能动惟舟人握米自撒之之見海波深黑始有呷者因阿榔米之故答曰龙畏蚬恐入其甲曰米類蚬故龙見輒伏舟行其上可无害也

真生

①一真一贾（假）。

②贾（假）总是给真出难题。

③贾（假）一而再、再而三给真出难题

④宣言也，能否实现？

⑤见利忘义，在这一刻，他是假的。

　　长安士人贾子龙，偶过邻巷，见一客风度洒如〔1〕，问之，则真生①，咸阳傀寓者也〔2〕。心慕之。明日往投刺〔3〕，适值其出；凡三谒皆不遇。乃阴使人窥其在舍而后过之，真走避不出；贾搜之始出。促膝倾谈，大相知悦。贾就逆旅，遣僮行沽。真又善饮，能雅谑，乐甚。酒欲尽，真搜箧出饮器，玉卮无当〔4〕，注杯酒其中，盎然已满；以小盏挹取入壶，并无少减。贾异之，坚求其术②。真曰："我不愿相见者，君无他短，但贪心未静耳。此乃仙家隐术，何能相授。"贾曰："冤哉！我何贪？间萌奢想者徒以贫耳！"一笑而散。由此往来无间，形骸尽忘〔5〕。每值乏窘，真辄出黑石一块，吹咒其上，以磨瓦砾，立刻化为白金，便以赠生；仅足所用，未尝赢余。贾每求益，真曰："我言君贪，如何，如何！"贾思明告必不可得，将乘其醉睡，窃石而要之③。一日，饮既卧，贾潜起，搜诸衣底。真觉之，曰："子真丧心，不可处也！"遂辞别，移居而去。

　　后年余，贾游河干，见一石莹洁，绝类真生物。拾之，珍藏若宝。过数日，真忽至，瞥然若有所失〔6〕。贾慰问之，真曰："君前所见，乃仙人点金石也。曩从抱真子游，彼怜我介，以此相贻。醉后失去，隐卜当在君所。如有还带之恩〔7〕，不敢忘报。"贾笑曰："仆生平不敢欺友朋，诚如所卜。但知管仲之贫者，莫如鲍叔，君且奈何〔8〕？"真请以百金为赠。贾曰："百金非少，但授我口诀，一亲试之无憾矣。"真恐其寡信。贾曰："君自仙人，岂不知贾某宁失信于朋友者乎！"④直授其诀。贾顾砌石上有巨石〔9〕，将试之。真掣其肘，不听前。贾乃俯掬半砖置砧上曰："若此者非多耶？"真乃听之。贾不磨砖而磨砧⑤；真变色欲与争，而砧已化为浑金。

⑥贾实际不假，特别是在人命关天、关乎到朋友命运时，他是真的。

⑦贾实际是真的。

⑧真的做人依据。

⑨真假融合。

⑩这样的解释消解了前文的价值。

反石于真。真叹曰："业如此，复何言。然妾以福禄加人，必遭天谴。如逭我罪〔10〕，施材百具、絮衣百领，肯之乎？"贾曰："仆所欲得钱者，原非窖藏之也。君尚视我为守钱虏耶？"⑥真喜而去。

贾得金，且施且贾，不三年施数已满⑦。真忽至，握手曰："君信义人也！别后被福神奏帝〔11〕，削去仙籍；蒙君博施，今幸以功德消罪。愿勉之，勿替也。"贾问真："系天上何曹？"曰："我乃有道之狐耳。出身綦微。不堪孽累，故生平自爱，一毫不敢妄作⑧。"贾为设酒，遂与欢饮如初。贾至九十余，狐犹时至其家。⑨

长山某卖解信药〔12〕，即垂危，灌之无不活。然秘其方，即戚好不传也。一日以株累被逮。妻弟饷狱食，隐置信焉。坐待食已，乃告之，某不信，少顷，腹中溃动，始大惊，骂曰："畜产速行！家中虽有药末，恐道远难俟，急于城中物色薜荔为末，清水一盏，速将来！"妻弟如教，迨觅至，某已呕泻欲死，急服之，立刻而安，其方自此遂传。此亦犹狐之秘其石也。⑩

校勘

底本：手稿本。参校：异史、二十四卷本、铸雪斋本、青柯亭本。

注释

〔1〕洒如：潇洒自如。〔2〕咸阳侨寓者：咸阳人在西安租房子住。〔3〕投刺：送名片求见。〔4〕玉卮无当：无底玉杯。〔5〕形骸尽忘：亲密无间。〔6〕睇（tì）然若有所失：带着失意的神情看人。〔7〕还带之恩：归还珍贵失物的恩情。《芝田录》载，裴度最初被相者判定将来要饿死，后来他在香山寺捡到三条玉带，是一位妇人为救父亲准备的，他还给了妇人，相者再见裴时说：你一定有阴德，现在你前途万里。后世把捡到他人珍贵的东西归还叫"还带之恩"。〔8〕"知管仲"三句：管仲、鲍叔皆春秋时齐国人，他们年轻时一起做生意，鲍叔知管仲家贫，分钱时多要，不以为贪。这句话的意思是，你是知道我贫穷的，你怎么帮助我？〔9〕砌石：台阶。〔10〕逭（huàn）：逃避。〔11〕福神：应为福、

禄、寿三星之福星。〔12〕解信药：解除砒霜毒的药物。

点评

"假作真时真亦假，无为有时有还无"是《红楼梦》纲领性的语言。真假宝玉更为人津津乐道。而早在曹雪芹出生之前，《聊斋》已创造了用"真"和"贾（谐音"假"）"为人物命名的故事，已经风趣而辩证地写到了真和假互相交替、互相消融、互相取代的辩证关系。真生，真诚的书生，深知自己"出身微贱"，是以狐的身份入仙，事事谨慎；贾生，虚假的书生，一次一次想从朋友手中骗取发财的法术，又一次一次用贫穷作借口。但真的未必全然是真，永远是真，假的未必全然是假，永远是假。真的可以因炫才受到仙界的惩罚，假的又可以因为讲信用得到好报。真的不是百分之百的真，假的不是百分之百的假。真中有假，假中有真，真去假来，假去真来，真就是假，假就是真。真真假假，假假真真。蒲松龄才如江海，笔如巨椽，想不从《聊斋》找《红楼》的渊源都难。相信即使像《真生》这样虽非名作的篇章，也得到过曹雪芹的细心研究，并给他以启迪。

真财本流通故绕泉且
真施且贾计良便真
生生章得知心仁侔术
何妨信口传

布商

①巧言相诱，言必称佛，心存鬼意。

②慢慢将客引入寺院，控制在自己手中。

③凶相毕露。

④布商亦算识时务，破财免灾。

⑤恶僧之恶无以复加。

⑥死到临头还嘴硬。

布商某至青州境，偶入废寺，见其院宇零落，叹悼不已。僧在侧曰："今如有善信〔1〕，暂起山门，亦佛面之光。"①客慨然自任。僧喜，邀入方丈，款待殷勤②。既而举内外殿阁，并请装修；客辞以不能。僧固强之，词色悍怒③。客惧，请即倾囊，于是倒装而出，悉授僧④。将行，僧止之曰："君竭资实非所愿，得毋甘心于我乎〔2〕？不如先之。"遂握刀相向⑤。客哀之切，弗听。请自经，许之。逼置暗室而迫促之。

适有防海将军经寺外〔3〕，遥自缺墙外望见一红裳女子入僧舍，疑之。下马入寺，前后冥搜，竟不得。至暗室所，严扃双扉，僧不肯开，托以妖异⑥。将军怒，斩关入，则见客缢梁上。救之，片时，复苏，诘得其情。又械问女子所在，实则乌有，盖神佛现化也〔4〕。杀僧，财物仍以归客。客益募修庙宇，从此香火大盛。赵孝廉丰原言之最悉〔5〕。

校勘

底本：手稿本。参校：异史、二十四卷本、铸雪斋本、青柯亭本。

注释

〔1〕善信：做善事的诚意。〔2〕得毋甘心于我乎：是不是想报复我以得到满足？甘心，满意，满足。〔3〕防海将军：康熙年间曾设青州海防道。〔4〕神佛现化：神佛现身变化为红衣女子引起将军对寺院的注意。〔5〕赵孝廉丰原：即赵于京（1652—1707），字丰原，号香坡。山东历城人，康熙三十二年（1681）由举人出任城武教谕。官至河南知府，后迁任苏州知府，未赴任而卒。这个故事当是他还没做官时讲给蒲松龄听的。蒲松龄在青州有姻亲，青州是其常来常往之地。

点评

  青州历史古老,寺院很盛,名山古刹,景色如画。恶僧不过佛头增秽耳。蒲松龄善于用细节雕塑人物,僧人阴险狡诈、心狠手辣,一步一步写来,僧人对布商,先劝诱,后命令,再胁迫,最后白刃相向,应该四大皆空的僧人完全变成了强盗,令人惊心动魄。最终因神佛显灵,恶僧受到严惩,表达了作者多行不义必自毙的道德意念。

齊齋

谿壑難盈禿子
心憎將佛面乞多
金若非善薩慈
悲力防海將軍

何霰尋

彭二挣

禹城韩公甫自言〔1〕：与邑人彭二挣并行于途，忽回首不见之，惟空蹇随行〔2〕，但闻号救甚急，细听，则在被囊中〔3〕。近视，囊内累然，虽则偏重，亦不得堕。欲出之，则囊口缝纫甚密；以刀断线，始见彭犬卧其中〔4〕，既出，问："何以入？"亦茫不自知。盖其家有狐为祟，事如此类甚多云。

校勘

底本：手稿本。参校：异史、二十四卷本、铸雪斋本。

注释

〔1〕禹城：明清县名，属济南府，今山东省德州禹城市。韩公甫：生平不详。〔2〕空蹇：无人乘坐的驴子。〔3〕被囊：盛物的袋子，搭在驴背上，一边一个。下文"偏重不得堕"，意思是人装在其中一个袋子里，另一边是空袋。〔4〕犬卧其中：像狗一样趴在里边。

点评

简短的怪异故事却写得颇有曲折，骑在驴上的人突然不见了，同行者听到呼救声，发现行李袋里有东西，但口袋的口却缝得密密麻麻，拿刀断开，那个突然不见的人居然像狗一样趴在里边！妖狐不是害人而是祟人，让人不得安宁又伤不到性命，啼笑皆非。

彭二挣
只知柴塞後
盧隨碌碡盧。
不可憐問爾何
年堪脫穎笑
君常作橐裝錐

何仙

①康熙三十年（1691）辛未，此前康熙二十六年（1687）、康熙二十九年（1690），蒲松龄参加乡试落榜，受到极大刺激，聊斋词有明确记载。本文所反映的情绪跟这两次乡试失利有关。

②公开点名批评提学使，而且说他的心思并不在文上，在什么上？贪赃枉法。皮里阳秋。

③钱买的贡生给真正的秀才批卷，笑话。

④骂得痛快。

⑤这样的说法不过是给朱雯留面子。

长山王公子瑞亭〔1〕，能以乩卜〔2〕。乩神自称何仙〔3〕，为纯阳弟子〔4〕，或谓是吕祖所跨鹤云〔5〕。每降，辄与人论文作诗。李太史质君师事之〔6〕，丹黄课艺，理绪明切；太史揣摩成，赖何仙力居多焉，因之文学士多皈依之。然为人决疑难事，多凭理，不甚言休咎。

辛未岁〔7〕①，朱文宗案临济南〔8〕，试后，诸友请决等第〔9〕。何仙索试艺，悉月旦之〔10〕。座中有与乐陵李忭相善者〔11〕，李固好学深思之士，众属望之，因出其文，代为之请。乩注云："一等。"少间，又书云："适评李生，据文为断。然此生运数大晦〔12〕，应犯夏楚〔13〕。异哉！文与数适不相符，岂文宗不论文耶？诸公少待，试一往探之。"

少顷，又书云："我适至提学署中，见文宗公事旁午〔14〕，所焦虑者殊不在文也。②一切置付幕客六七人，粟生、例监都在其中〔15〕③，前世全无根气〔16〕，大半饿鬼道中游魂，乞食于四方者也。曾在黑暗狱中八百年〔17〕，损其目之精气④，如人久在洞中，乍出，则天地异色，无正明也。中有一二为人身所化者，阅卷分曹，恐不能适相值耳。"

众问挽回之术，书云："其术至实，人所共晓，何必问？"众会其意以告李。李惧，以文质孙太史子未〔18〕，且诉以兆。太史赞其文，因解其惑。李以太史海内宗匠〔19〕，心益壮，乩语不复置怀。后案发〔20〕，竟居四等。太史大骇，取其文复阅之，殊无疵摘。评云："石门公祖〔21〕，素有文名，必不悠谬至此〔22〕。是必幕中醉汉，不识句读者所为。"⑤于是众益服何仙之神，共焚香祝谢之。乩书云："李生勿

⑥造舆论还是起作用的。

以暂时之屈，遂怀惭怍。当多写试卷，益暴之〔23〕⑥，明岁可得优等。"李如其教。久之，署中颇闻，悬牌特慰之。次岁，果列前名，其灵应如此。

异史氏曰："幕中多此辈客，无怪京中丑妇巷中，至夕无闲床也。"

校勘

底本：手稿本。参校：异史、二十四卷本、铸雪斋本、青柯亭本。

注释

〔1〕王瑞亭：生平事迹不详。〔2〕乩（jī）卜：扶乩问卜。做法是：设一沙盘，由二人扶一丁字架，神降临时即在沙盘上写字。〔3〕乩神：乩卜请来的神仙。何仙：虚拟的仙名，王瑞亭自诩。〔4〕纯阳弟子：吕洞宾的弟子。〔5〕吕祖所跨鹤：吕洞宾的坐骑。〔6〕李太史质君：即李斯义，生卒年不详，康熙二十七年（1668）进士，曾任庶吉士、御史、福建巡抚。嘉庆六年（1801）《长山县志》有传。〔7〕辛未：康熙三十年（1691）。〔8〕朱文宗案临济南：朱雯担任山东学政，到济南考察秀才的成绩。朱雯，浙江桐乡人，康熙三十年（1691）以山东按察司副使提督全省学政。〔9〕请决等第：让何仙判断考了几等。〔10〕月旦：评论。《后汉书·许邵传》："初，邵与靖俱有高名，好共核论乡党人物，每月辄更其品题，故汝南俗有'月旦评'焉。"〔11〕乐陵：山东县名。〔12〕运气大晦：运气非常不好。〔13〕夏楚：古代学校两种体罚学生的用具。此处借指被责打。〔14〕旁午：繁杂。〔15〕粟生：不由考选而由生员捐纳钱粮入国子监肄业。例监：普通百姓用钱捐入京师国子监的监生。这两类人可以免除秀才参加乡试前的岁考。〔16〕根气：禀赋。〔17〕黑暗狱：地狱的一种。〔18〕孙太史子未：孙勷（1657—1740），字子未，德州人，曾任翰林院庶吉士。〔19〕海内宗匠：因为文章写得好被举国推崇。〔20〕案发：考试名次公布。〔21〕石门公祖：石门，朱雯是浙江石门人；公祖，是对知府以上官员的称呼。朱雯官提学使，是省级官员，故称。〔22〕悠谬：错误。〔23〕暴之：宣扬。

点评

主考官毫不负责任，由捐功名者阅卷，而他们是些在黑暗地狱中把眼睛熏瞎的角色，文章写得再好，也得不到赏识。如果抓住小辫大造舆论，今年四等明年一等，毫无章法。乩卜的虚幻情节写出真实的科举弊病：考试制度错位，选拔人才成压抑人才，这是蒲松龄终生关心的话题，直接提到考官名字且挖苦得如此尖刻，尚属少见。按说此后蒲松龄应该放弃参加科举考试，但后来的事实表明，他还在考。这是蒲松龄的悲哀，也是文学史的幸事。

何儸

五色绣绵目
易迷可知才
命两难齐乱
仙不作棋棱语
好待宗工典
品题

牛同人①

①此篇仅见于《聊斋》手稿本，其他各种抄本都没有。在手稿本中排在《何仙》之后、《神女》之前，全篇共十五行零十七字，前边缺正文六行，约一百三十字。手稿本目录中本篇题目为"牛同人"。此手稿非蒲松龄笔迹，为其家人抄写。

（前缺）

牛过父室①，则翁卧床上未醒，以此知为狐。怒曰："狐可忍也，胡败我伦〔1〕！关圣号为'伏魔〔2〕'，今何在，而任此类横行！"因作表上玉帝，内微诉关帝之不职。久之，忽闻空中喊嘶声，则关帝也。怒叱曰："书生何得无礼！我岂专掌为汝家驱狐耶？若禀诉不行，咎怨何辞矣〔3〕。"即令杖牛二十，股肉几脱。少间，有黑面将军缚一狐至〔4〕，牵之而去，其怪遂绝。

后三年，济南游击女为狐所惑，百术不能遣。狐语女曰："我生平所畏惟牛同人而已。"游击亦不知牛何里，无可物色。适提学按临，牛赴试在省，偶被营兵迕辱〔5〕，忿诉游击之门，游击一闻其名，不胜惊喜，伛偻甚恭。立捉兵至，捆责尽法。已，乃实告以情，牛不得已，为之呈告关帝。俄顷，见金甲神降于其家。狐方在室，颜猝变，现形如犬，绕屋嗥窜。旋出，自投阶下。神言："前帝不忍诛，今再犯不赦矣！"縶系马颈而去。

> **校勘**
>
> 底本：手稿本。

> **注释**
>
> 〔1〕胡败我伦：为何败坏我家伦常。伦常，人与人之间相处、家庭成员之间相处必须遵守的道德准则。从上下文联系看，似乎是妖狐以牛父名义蛊惑儿媳。〔2〕伏魔：明万历三十三年（1605）关羽被加封"三界伏魔大帝神威天尊关圣帝君"。〔3〕咎怨：责怪怨恨。〔4〕黑面将军：应为关羽随身侍从周仓。〔5〕营兵：绿营士兵。绿营是清代汉人组成的常备兵，以绿旗为标志，以营为单位。

点评

  这是残篇，内容是牛同人跟妖狐斗争的故事，估计丢失的部分写到妖狐冒充牛同人的父亲，做出违背封建道德的丑事，陷害牛父。牛同人认为，关帝既然叫"伏魔"大帝，就理应替他家驱狐，关帝一方面愤怒地斥责并责打牛同人，一方面立即派黑脸将军（周仓）捉狐。牛同人管了自家的事，还要管闲事，而关帝照样帮助。济南游击将军之女受祟，牛同人向关帝申诉，关帝立即再派人捉狐。呼之即来，来之即战。小说虽是残篇，牛同人的刚直不阿，关帝的雷厉风行，都给人留下深刻印象。

牛过父室，则翁卧床上未醒，以此知为狐。怒曰：狐可忍也，胡欺我伦关圣号为伏魔，今何在，而任此类横行。因作表上玉帝，内微诉关帝之不职。久之，关帝忽闻空中喊嘶声，则关帝也。怒叱曰：书生何得无礼，我岂常掌为汝家驱狐耶？若禀诉不行，必何辞笑，即令杖牛二十。股肉几脱，少间有黑面将军缚一狐至庭，而去其怪。遂绝。后三年，济南游击之女为狐所惑，百术不能遣。狐语女曰：我生平所畏惟牛同人而已，游击亦不知牛何里无可物色，适提学按临牛赴试在省，偶被警兵连辱忿，想游击之门游击一闻其名，不胜惊喜，倨偻其恭，立捉兵室捆责，尽法已乃实告以情，牛不得已，为之呈告关帝，俄顷见金甲神降于其家，狐方在室，颖猝变现形如犬，逸屋瞿窜，旋出自投指下，神言

卷七

神女

米生者，闽人，传者忘其名字、郡邑。偶入郡，醉过市廛，闻高门中箫鼓如雷。问之居人，云是开寿筵者，然门庭亦殊清寂。听之，笙歌繁响，醉中雅爱乐之，并不问其何家，因就街头市祝仪，投晚生刺焉〔1〕①，或见其衣冠朴陋，便问："君系此翁何亲？"答言："无之。"或言："此流寓者，侨居于此，不审何官，甚贵倨也。既非亲属，将何求？"生闻而悔之，而刺已入矣。

无何，两少年出逆客，华裳炫目，丰采都雅，揖生入。见一叟南向坐，东西列数筵，客六七人，皆似贵胄；见生至，尽起为礼，叟亦杖而起。生久立，待与周旋，而叟殊不离席。两少年致词曰："家君衰迈，起拜良难，予兄弟代谢高贤之见枉也。"生逊谢而罢。遂增一筵于上，与叟接席。未几，女乐作于下。座后设琉璃屏，以幛内眷。②鼓吹大作，座客不复可以倾谈。筵将终，两少年起，各以巨杯劝客，杯可容三斗；生有难色，然见客受，亦受。顷刻四顾，主客尽醺，生不得已，亦强尽之。少年复斟；生觉惫甚，起而告退。少年强挽其裾。生大醉遏地〔2〕，但觉有人以冷水洒面，恍然若寤。起视，宾客尽散，惟一少年捉臂送之，遂别而归。后再过其门，则已迁去矣。

自郡归，偶适市，一人自肆中出，招之饮，不识；姑从之入，则座上先有里人鲍庄在焉。问其人，乃诸姓，市中磨镜者也。③问："何相识？"曰："前日上寿者，君识之否？"生曰："不识。"诸言："予出入其门最稔。翁，傅姓，但不知何省何官。先生上寿时，我方在墀下，故识之也。"日暮，饮散。鲍庄夜死于途。鲍父不识诸，执名讼生。检得鲍庄体有重伤，生以谋杀论死，备历械梏；以诸未获，罪无申证，颂系之〔3〕。年余直指巡方〔4〕，廉知其冤，释之。

①米生真风流倜傥之人，素不相识，只因为听到音乐喜欢居然就买上礼物，贸然祝寿。

②神女在内，已对米生做了细致观察。

③根本不认识的贵家可以一起饮酒，市中磨镜者也可以一起饮酒尽欢。米生真是不拘形迹。这段饮酒，只是起到让米生革除功名的作用，而革除功名引出神女与其交往。对鲍庄到底为哪个所杀，作者一直未交代，也不需要交代。

1437

家中田产荡尽，而衣巾革褫，冀其可以辨复〔5〕，于是携囊入郡。日将暮，步履颇殆，休于路侧。遥见小车来，二青衣夹随之。既过，忽命停舆，车中不知何言，俄，一青衣问生："君非米姓乎？"生惊起，诺之。问："何贫窭若此？"生告以故。又问："安之？"又告之。青衣去，向车中语；俄，复返，请生至车前。车中以纤手搴帘，微睨之，绝代佳人也。谓生曰："君不幸得无妄之祸，闻之太息。今日学使署非白手可以出入者，途中无可解赠，……"④乃于髻上摘珠花一朵授生，曰："此物可鬻百金，请缄藏之。"生下拜，欲问官阀，车行甚疾，其去已远，不解何人。执花悬想，上缀明珠，非凡物也。珍藏而行。至郡，投状，上下勒索甚苦；出花展视，不忍置去⑤，遂归，归而无家，依于兄嫂，幸兄贤，为之经纪，贫不废读。

过岁，赴郡应童子试，误入深山。会清明节，游人甚众。有数女骑来，内一女郎，即曩年车中人也。见生停骖，问其所往。生具以对。女惊曰："君衣顶尚未复耶〔6〕？"生惨然于衣下出珠花，曰："不忍弃此，故犹童子也。"女郎晕红上颊⑥，既嘱，坐待路隅，款段而去。久之，一婢驰马来，以裹物授生，曰："娘子言：'今日学使之门如市，赠白金二百，为进取之资。'"生辞曰："娘子惠我多矣！自分掇芹非难，重金所不敢受。但告以姓名，绘一小像，焚香供之，足矣。"婢不顾，委地下而去。生由此用度颇充，然终不屑夤缘，后入邑庠第一。以金授兄，兄善居积，三年，旧业尽复。

适有闽巡抚为生祖门人，优恤甚厚，兄弟称巨家矣。然生素清鲠，虽属大僚通家，而未尝有所干谒。一日，有客裘马至门，都无识者。生出视，则傅公子也。揖而入，各道间阔。治具相款，客辞以冗，然亦不竟言去，已而肴酒既陈，公子起而请间；相将入内，拜伏于地。生惊："何事？"怆然曰："家君适罹大祸，欲有求于抚台，非兄不可。"生力辞曰："渠虽世谊，而以私干人，生

④神女如神龙，东鳞西爪，若隐若现。既是神女又是贵家少女：侍女前导，纤手搴帘，完全是不谙世事的娇女情态，而赠珠花谈学使，又对社会有深刻认识。实际是作者借神女之口讽刺学界恶风。

⑤非爱珠花，乃爱赠珠花之人，米生对神女的感情写得隐隐约约。

⑥心有灵犀。

平所不为也。"公子伏地哀泣。生厉色曰:"小生与公子,一饮之知交耳,何遂以丧节强人!"公子大惭,起而别去。

越日,方独坐,有青衣人入,视之,即山中赠金者。生方惊起,青衣曰:"君忘珠花否?"生曰:"唯唯,不敢忘。"曰:"昨公子,即娘子胞兄也。"生闻之窃喜,伪曰:"此难相信。若得娘子亲见一言,则油鼎可蹈耳;不然,不敢奉命。"青衣出,驰马而去。更尽复返,扣扉入曰:"娘子来矣。"言未已,女郎惨然入,向壁而哭,不作一语。生拜曰:"小生非卿,无以有今日。但有驱策,敢不惟命!"女曰:"受人求者常骄人,求人者常畏人。中夜奔波,生平何解此苦,只以畏人故耳,亦复何言!"生慰之曰:"小生所以不遽诺者,恐过此一见为难耳。使卿凤夜蒙露,吾知罪矣!"因挽其袪,隐抑搔之。女怒曰:"子诚敝人也!不念畴昔之义,而欲乘人之厄。予过矣!予过矣!"忿然而出,登车欲去。生追出谢过,长跪而要遮之。青衣亦为缓颊,女意稍解,就车中谓生曰:"实告君:妾非人,乃神女也。家君为南岳都理司〔7〕,偶失礼于地官〔8〕,将达帝所;非本地都人官印信〔9〕,不可解也。君如不忘旧义,以黄纸一幅,为妾求之。"言已,车发遂去。

生归,悚惧不已。乃假驱祟,言于巡抚。巡抚以事近巫蛊,不许。生以厚金赂其心腹,诺之,而未得其便也。既归,青衣候门,生具告之,默然遂去,意似怨其不忠。生追送之曰:"归告娘子:如事不谐,我以身命殉之!"既归,终夜辗转,不知计之所出。适院署有宠姬购珠,生乃以珠花献之⑦。姬大悦,窃印为生嵌之。怀归,青衣适至。笑曰:"幸不辱命。然数年来贫贱乞食所不忍鬻者,今还为主人弃之矣!"因告以情。且曰:"黄金抛置,我都不惜。寄语娘子:珠花须要偿也⑧。"

逾数日,傅公子登堂申谢,纳黄金百两。生作色曰:"所以然者,为令妹之惠我无私耳;不然,即万金岂足以易名节哉!"再强之,声色益厉。公子惭而去,曰:"此

⑦珍爱珠花,却不得不以珠花走门子,既写米生对神女感情之深,亦写社会之黑暗,官场之险恶。

⑧米生希望以赠珠花之人为偿,但不敢直说。

事殊未了！"翼日，青衣奉女郎命，进明珠百颗，曰："此足以偿珠花否耶？"生曰："重花者，非贵珠也。设当日赠我万镒之宝〔10〕，直须卖作富家翁耳；什袭而甘贫贱〔11〕，何为乎？娘子神人，小生何敢他望，幸得报洪恩于万一，死无憾矣！"青衣置珠案间，生朝拜而后却之。

越数日，公子又至。生命治肴酒。公子使从人入厨下，自行烹调，相对纵饮，欢若一家。有客馈苦糯〔12〕，公子饮而美，引尽百盏，面颊微赧。乃谓生曰："君贞介士，愚兄弟不能早知君，有愧裙钗多矣。家君感大德，无以相报，欲以妹子附为婚姻，恐以幽明见嫌也。"生喜惧非常，不知所对。公子辞出，曰："明夜七月初九，新月钩辰〔13〕，天孙有少女下嫁，吉期也，可备青庐。"

次夕，果送女郎至，一切无异常人。三日后，女自兄嫂以及婢仆，大小皆有馈赏。又最贤，事嫂如姑。数年不育，劝纳副室，生不肯。适兄贾于江淮，为买少姬而归。姬，顾姓，小字博士，貌亦清婉，夫妇皆喜。见髻上插珠花⑨，甚似当年故物；摘视，果然。异而诘之，答云："昔有巡抚爱妾死，其婢盗出鬻于市，先人廉其直，买而归。妾爱之。先人无子，生妾一人，故所求无不得。后父死家落，妾寄养于顾媪之家。顾，妾姨行，见珠，屡欲售去，妾投井觅死，故至今犹存也。"夫妇叹曰："十年之物，复归故主，岂非数哉。"女另出珠花一朵，曰："此物久无偶矣！"因并赐之，亲为簪于髻上。

姬退，问女郎家世甚悉，家人皆讳言之。阴语生曰："妾视娘子，非人间人也，其眉目间有神气。昨簪花时得近视，其美丽出于肌里，非若凡人以黑白位置中见长耳。"生笑之。姬曰："君勿言，妾将试之；如其神，但有所须，无人处焚香以求，彼当自知。"女郎绣袜精工，博士爱之，而未敢言，乃即闺中焚香祝之。女早起，忽捡箧中出袜，遣婢赠博士。生见之而笑。女问故，以实告。女曰："黠哉婢乎！"因其慧，益怜爱之；然博士益恭，

⑨《聊斋》小说中经常出现"主题导具"，即在故事中起重要作用的导具，珠花即其一。珠花是神女赠米生恢复功名用的，米生不舍得，却用来救神女之父，珠花再经巡抚爱妾返回米家。作者设计顾姬其实是为交代珠花下落。也体现了作者好人娇妻美妾、多子多福的酸腐思想。

昧爽时，必薰沐以朝。

后博士一举两男，两人分字之。生年八十，女貌犹如处子。生抱病，女鸠匠为材，令宽大倍于寻常。既死，女不哭；男女他适，女已入材中死矣。因并葬之。至今传为"大材冢"⑩云。

异史氏曰："女则神矣，博士而能知之，是遵何术欤？乃知人之慧，固有灵于神者矣！"

⑩美丽的传说，永恒的爱情。

校勘

底本：手稿本。参校：异史、二十四卷本、铸雪斋本、青柯亭本。

注释

〔1〕晚生刺：自称"晚生"的名片。〔2〕逿（dàng）：倒在地上。〔3〕颂系之：不用刑具关押。颂，宽容。〔4〕直指巡方：皇帝委派到各地巡察的官员。〔5〕辨复：被革除功名者证明无罪可以恢复功名，谓"辨复"。〔6〕衣顶：秀才的冠服。〔7〕南岳都理司：道教神名。〔8〕地官：道教以天官、地官、水官为三官。天官赐福，地官赦罪，水官解困。〔9〕本地都人官：与南岳对应的人间官吏，即福建巡抚。〔10〕万镒之宝：无价之宝。〔11〕什袭：一层一层地包裹。〔12〕苦糯：一种米酒。〔13〕新月钩辰：新月与钩辰星同时出现，是吉日良辰。钩辰，星名。

点评

《聊斋》故事常表现为士子、爱情、科举、官场、神鬼各种主题。本文是复调小说，既是美丽的爱情故事，又对社会做鞭辟入里的揭露；既写人神交往，又做官场素描。小说成功地创造了米生和神女的形象。米生风流倜傥，耿直自爱，不拘小节，重情重义。他可以对素不相识的老翁登堂祝寿，却不肯对权势赫赫的祖父门人入门求情；他宁肯不要功名，也要保留神女珠花，却又为帮助神女自愿献出珠花。在他身上，"情"占最重要的位置，"情"在心中，功名、权势都靠边站。而为了情，他又可以去行贿求情，甚至走巡抚爱妾的门子。神女美丽端庄，聪慧练达，施人不傲，求人不馁，既堂堂正正，落落大方，又仁爱助人，柔情似水。米生和神女是经过长时期交往才走到一起，而"走"的过程，正是作者揭露、鞭挞黑暗时世的过程。连远离人世的神女都知道学使门中不可以白手出入，对"清水衙门"的学府是多巧妙的讽刺。神女赠米生的珠花，在整个小说的结构当中起到非常重要的作用。像戏剧《桃花扇》的主题导具桃花扇一样，珠花身上凝结着男女主角的爱情与社会的恩恩怨怨、兴亡交替。

神女

樸陌衣冠頎介身車中
慰贈亦前因為卿風夜
蒙霜露不惜珠
苓持與人

湘裙

晏仲，陕西延安人。与兄伯同居，友爱敦笃。伯三十而卒，无嗣；嫂亦继亡。仲痛悼之，每思生二子，则以一继兄后。甫举一男，而仲妻又死。仲恐继室不恤其子，将购一妾。邻村有货婢者，仲往相之，略不称意，情绪无聊，被友人留酌，醺醉而归。途中遇故窗友梁生，握手殷殷，邀过其家。醉中忘其已死，从之而去。入其门，并非旧第，疑而问之。曰："新移于此耳。"入而谋酒，则家酿已竭，嘱仲坐待，挈瓶往沽。仲出立门外以俟之。见一妇人控驴而过，有童子随之，年可八九岁，面目神色，绝类其兄。心恻然动，急委绥之，便问："童子何姓？"答言："姓晏。"仲益惊，又问："汝父何名？"答言："不知。"言次已至其门，妇人下驴入。仲执童子曰："汝父在家否？"童诺而入，顷之，一媪出窥，真其嫂也。讶叔何来。仲大悲，随之而入。见庐落亦复整顿，因问："兄何在？"嫂曰："责负未归。"问："跨驴者何人？"曰："此汝兄妾甘氏，生两男矣。长阿大，赴市未返；汝所见者阿小。"坐久，酒渐解，始悟所见皆鬼。以兄弟情切，即亦不惧。嫂温酒治具。仲急欲见兄，促阿小觅之。良久哭而归，云："李家负欠不还，反与父闹。"仲闻之，与阿小奔去，见有两人方捽兄地上。仲怒，奋拳直入，当者尽踣。急救兄起，敌已俱奔。追捉一人，捶楚无算，始起。执兄手，顿足哀泣。兄亦泣。① 既归，举家慰问，乃具酒食，兄弟相庆。居无何，忽一少年入，年约十六七。伯呼阿大，令拜叔。仲挽之，哭向兄曰："大哥地下有两男子，而坟墓不扫；弟又子少而孱，奈何？"伯亦凄恻。嫂曰："遣阿小从叔去，亦得。"阿小闻之，依叔肘下，眷恋不去。仲抚之，倍益酸辛，问："汝乐从否？"答云："乐从。"仲念鬼虽非人，慰情亦胜无也，

① 兄弟之情，跨越死生。

因为解颜。伯曰:"从去但勿娇惯,宜哜以血肉,驱向日中曝之,午过乃已。六七岁儿,历春及夏,骨肉更生,可以娶妻育子;但恐不寿耳。"②

言间,门外有少女窥听,意致温婉。仲疑为兄女,便以问兄。兄曰:"此名湘裙,吾妾妹也。孤而无归,寄食十年矣。"问:"已字否?"伯曰:"尚未。近有媒议东村田家。"女在窗外小语曰:"我不嫁田家牧牛子。"仲颇有动于中,而未便明言。既而伯起,设榻于斋,止弟宿。仲本不欲留,意恋湘裙,将设法以窥兄意,遂别兄就榻。时方初春,气候犹寒,斋中夙无烟火,森然起栗,对烛冷坐,思得小饮。俄而阿小推扉入,以杯羹斗酒置案上。仲喜极,问:"谁之为?"答云:"湘姨。"③酒将尽,又以灰覆盆火,掷床下。仲问:"爷娘寝乎?"曰:"睡已久矣。""汝寝何所?"曰:"与湘姨共榻耳。"阿小俟叔眠,乃掩门去。仲念湘裙慧而解意,益爱慕之,又以其能抚阿小,欲得之心益坚,辗转床头,终夜不寐。早起,告兄曰:"弟孑然无偶,愿大哥留意也。"伯曰:"吾家非一瓢一担者〔1〕,物色当自有人。地下即有佳丽,恐于弟无所利益。"仲曰:"古人亦有鬼妻,何害?"伯会意,曰:"湘裙亦佳。但以巨针刺人迎〔2〕,血出不止者,乃可为生人妻④,何得草草。"仲曰:"得湘裙抚阿小,亦得。"伯但摇首。仲求之不已,嫂曰:"试捉湘裙强刺验之,不可乃已。"遂握针出,门外遇湘裙,急捉其腕,则血痕犹湿。盖闻伯言时,早自试之矣。嫂释手而笑,反告伯曰:"渠作有意乔才久矣〔3〕,尚为之代虑耶?"妾闻之怒,趋近湘裙,以指刺眶而骂曰:"淫婢不羞!欲从阿叔奔走耶?我定不如其愿!"湘裙愧愤,哭欲觅死,举家腾沸。仲乃大惭,别兄嫂,率阿小而出。兄曰:"弟姑去;阿小勿使复来,恐损其生气也。"仲诺之。

既归,伪增其年,托言兄卖婢之遗腹子。众以其貌酷类,亦信为伯遗体。仲教之读,辄遣抱一卷就日中诵之。

1445

初以为苦,久而渐安。六月中,几案灼人,而儿戏且读,殊无少怨。儿甚慧,日尽半卷,夜与叔抵足,恒背诵之。仲甚慰,又以不忘湘裙,故不复作"燕楼"想矣〔4〕。

一日,双媒来为阿小议姻,中馈无人,心甚躁急。忽甘嫂自外入曰:"阿叔勿怪,吾送湘裙至矣。缘婢子不识羞,我故挫辱之。叔如此表表,而不相从,更欲从何人者?"见湘裙立其后,心甚欢悦。肃嫂坐;具述有客在堂,乃趋出。少间复入,则甘氏已去。湘裙卸妆入厨下,刀砧盈耳矣。俄而肴胾罗列,烹饪得宜。客去,仲入,见湘裙凝妆坐室中,遂与交拜成礼。至晚,女仍欲与阿小共宿。仲曰:"我欲以阳气温之,不可离也。"因置女别室,惟晚间杯酒一往欢会而已。湘裙抚前子如己出,仲益贤之。⑤

一夕,夫妻款洽,仲戏问:"阴世有佳人否⑥?"女思良久,答曰:"未见。惟邻女葳灵仙,群以为美;顾貌亦犹人,要善修饰耳。与妾往还最久,心中窃鄙其荡也。如欲见之,顷刻可致。但此等人,未可招惹。"仲急欲一见。女把笔似欲作书,既而掷管曰:"不可,不可!"强之再四,乃曰:"勿为所惑。"仲诺之。遂裂纸作数画若符,于门外焚之。少时,帘动钩鸣,吃吃作笑声。女起曳入,高髻云翘,殆类画图。扶坐床头,酌酒相叙间阔。初见仲,犹以红袖掩口,不甚纵谈;数盏后,嬉狎无忌,渐伸一足压仲衣。仲心迷乱,不知魂之所舍,目前惟碍湘裙;湘裙又故防之,顷刻不离于侧。葳灵仙忽起,搴帘而出;湘裙从之,仲亦从之。葳灵仙握仲,趋入他室。湘裙甚恨,而无可如何,愤然归室,听其所为而已。既而仲入,湘裙责之曰:"不听我言,后恐却之不得耳。"仲疑其妒,不乐而散。次夕,葳灵仙不召自来。湘裙甚厌见之,傲不为礼;仙竟与仲相将而去。如此数夕。女望其来,则诟辱之,而亦不能却也。月余,仲病不起,始大悔,唤湘裙与共寝处,冀可避之;昼夜防稍懈,则人鬼已在阳台。湘裙操杖逐之,鬼忿与争,

⑤贤惠的鬼妻。

⑥鬼荡妇的出现完全没有必要,可能作者想突出哥哥如何救弟弟一事,故加此段。

湘裙荏弱，手足皆为所伤。仲寖以沉困。湘裙泣曰："吾何以见吾姊矣！"

又数日，仲冥然遂死。初见二隶执牒入，不觉从去。至途，患无资斧，邀隶便道过兄所。兄见之，惊骇失色，问："弟近何作？"仲曰："无他，但有鬼病耳。"实告之。兄曰："是矣。"乃出白金一裹，谓隶曰："姑笑纳之。吾弟罪不应死，请释归，我使豚子从去，或无不谐。"便唤阿大陪隶饮。返身入家，遍告以故。乃令甘氏隔壁唤葳灵仙。俄至，见仲欲遁，伯揪返，骂曰："淫婢！生为荡妇，死为贱鬼，不齿群众久矣；又祟吾弟耶！"立批之，云鬟蓬飞，妖容顿减。久之，一妪来，伏地哀恳。伯又责妪纵女宣淫，呵詈移时，始令与女俱去。

伯乃送仲出，飘忽间已抵家门，直抵卧室，豁然若寤，始知适间之已死也。伯责湘裙曰："我与若姊谓汝贤能，故使从吾弟，反欲促吾弟死耶！设非名分之嫌〔5〕，便当挞楚！"湘裙惭惧啜泣，望伯伏谢。伯顾阿小喜曰："儿居然生人矣！"湘裙欲出作黍，伯曰："弟事未办，我不遑暇。"阿小年十三，渐知恋父；见父出，零涕从之。伯曰："从叔最乐，我行复来耳。"转身便逝，从此不复相闻问矣。

后阿小娶妇，生一子，亦年三十而卒。仲抚其孤，如侄生时。仲年八十，其子二十余矣，乃析之。湘裙无所出。一日，谓仲曰："我先驱狐狸于地下可乎〔6〕？"⑦盛妆上床而殁。仲亦不哀，半年亦殁。

异史氏曰："天下之友爱如仲，几人哉！宜其不死而益之以年也。阳绝阴嗣，此皆不忍死兄之诚心所格〔7〕；在人无此理，在天宁有此数乎？地下生子，愿承前业者，想亦不少；恐承绝产之贤兄贤弟，不肯收恤耳！"

⑦本来就是鬼，现在她倒先死了。有趣。

校勘

底本：手稿本。参校：异史、二十四卷本、铸雪斋本、青柯亭本。

注释

〔1〕一瓢一担：贫苦的意思。〔2〕人迎：穴位名，位于喉结两旁一寸五分，胸锁乳突肌前缘处。〔3〕乔才：坏蛋。这是嫂子对小叔子的戏谑语。〔4〕燕楼：燕子楼。唐代工部尚书张愔纳名妓关盼盼作妾。张死，关独居徐州的燕子楼十余年。用以代指纳妾。〔5〕名分之嫌：按封建礼法，大伯子不可以过问弟妇之事。〔6〕先驱狐狸于地下："先死"的婉辞。狐狸居于荒坟中，将其驱走，即占据了坟墓。〔7〕阳绝阴嗣，此皆不忍死兄之诚心所格：在阳间绝了后的在阴间生子，这都是因为弟弟对死去哥哥的友爱之心感动了上天所致。

点评

鬼可以在阴世纳妾生子，鬼儿子可以到阳世读书长大再生子，女鬼可以给阳世男子做妻子，大活人可以跑到阴世带个小鬼儿子回阳世，还可以死了再被鬼哥哥救回阳世。蒲松龄甚至创造了两种新的"鬼模式"即：阴世出生的小鬼可以采用晒太阳食血肉的办法取得阳世留存的资格；女鬼针刺人迎出血则可以为生人妻……通篇是鬼兄、鬼嫂、鬼妾、鬼小姨、鬼儿子、鬼荡妇，鬼话连篇，到处是鬼，真是活见了鬼。但作者实际讴歌的是人世间最可宝贵的兄弟之间、夫妇之间、叔嫂之间、叔侄之间的亲情。晏氏兄弟不管是人是鬼，都千方百计为对方设想，晏仲一直想让哥哥有后嗣，晏伯也想让弟弟有接班人。作为篇名的湘裙善解人意、聪明贤惠，虽为鬼女，却是封建家庭最需要的善良、勤快、疼爱前房子的后母。家庭之中其乐融融，鬼故事充满了人情味。

湘裙

弟兄握手聚泉臺，
酒盞羹匙憤未私試，
血痕出玉腕，早知有
意的寫才

三生

湖南某，能记前生三世。一世为令尹〔1〕，闱场入帘〔2〕。有名士兴于唐被黜落①，愤懑而卒，至阴司执卷讼之。此状一投，其同病死者以千万计，推兴为首，聚散成群。某被摄去，相与对质。阎罗问曰："某既衡文，何得黜佳士而进凡庸②？"某辨言："上有总裁〔3〕，某不过奉行之耳。"阎罗即发一签，往拘主司〔4〕。久之，勾至，阎罗即述某言。主司曰："某不过总其大成；虽有佳章，而房官不荐〔5〕，吾何由而见之？"阎罗曰："此不得相诿，其失职均也，例合笞。"方将施刑，兴不满志，戛然大号〔6〕；两墀诸鬼，万声鸣和。阎罗问故，兴抗言曰："笞罪太轻，是必掘其双睛，以为不识文之报。"③阎罗不肯，众呼益厉。阎罗曰："彼非不欲得佳文，特其所见鄙耳。"众又请剖其心。阎罗不得已，使人褫去袍服，以白刃剚胸④，两人沥血鸣嘶。众始大快，皆曰："吾辈抑郁泉下，未有能一伸此气者；今得兴先生，怨气都消矣。"哄然遂散。

某受剖已，押投陕西为庶人子。年二十余，值土寇大作，陷入贼中。有兵巡道往平贼，俘掳甚众，某亦在中。心犹自揣非贼，冀可辩释。及见堂上官亦年二十余，细视，则兴生也。惊曰："吾合尽矣！"既而俘者尽释，惟某后至，不容置辨，竟斩之。某至阴司投状讼兴。阎罗不即拘，待其禄尽。迟之三十年，兴始至，面质之。兴以草菅人命，罚作畜。稽某所为，曾挞其父母，其罪维均。某恐来生再报，请为大畜。阎罗判为大犬，兴为小犬。某生于顺天府市肆中。一日，卧街头，有客自南中来，携金毛犬，大如狸。某视之，兴也。心易其小，龁之。小犬咬其喉下，系缀如铃。大犬摆扑嗥窜，市人解之不得。俄顷，俱毙。

① 极其特殊的姓，更加特殊的名，此寓言也。

② 要害。

③ 挖去双眼，因为有眼不识好文章，好人才。

④ 白刃剚胸，因其心存鄙见。

并至阴司，互有争论。阎罗曰："冤冤相报，何时可已？今为若解之。"乃判兴来世为某婿。某生庆云，二十八举于乡，生一女，娴静娟好，世族争委禽焉；某皆弗许。偶过临郡，值学使发落诸生，其第一卷李生，实兴也。遂挽至旅舍，优厚之。问其家，适无偶，遂订姻好。人皆谓怜才，而不知有夙因也。既而娶女去，相得甚欢。然婿恃才辄侮翁，恒隔岁不一至其门。翁亦耐之。后婿中岁淹蹇，苦不得售，翁百计为之营谋⑤，始得志于名场。由此和好如父子焉。

异史氏曰："一被黜而三世不解，怨毒之甚至此哉！阎罗之调停固善；然墀下千万众，如此纷纷，毋亦天下之爱婿，皆冥中之悲鸣号动者耶⑥？"

⑤还是得营谋，完全靠真本事，仍然不行。

⑥调侃。

校勘

底本：手稿本。参校：异史、二十四卷本、青柯亭本。

注释

〔1〕令尹：县令。〔2〕闱场入帘：科举考试做同考官。〔3〕总裁：明代直省主考、清代会试主试官，都称"总裁"。〔4〕主司：主考官。〔5〕房官不荐：按科举考试制度，乡试考三场。头场考完，试卷由外帘官送内帘官，监试请主考官升堂分卷。然后房官分头阅卷，房官可将当意者向主考官推荐，因此，房房不推荐，就不可能录取。〔6〕戛然大号：大声叫。

点评

鬼故事隐藏着山岳样沉重的历史。科举考官心存鄙见、瞎眼冬烘，黜佳士而进凡庸，从唐代以来，历朝历代，陈陈相因，害死千百万书生。阴司告状名士姓"兴"，名"于唐"，而决定千百万读书人命运的科举制度，正是兴盛于唐代。从唐代以来，无数知识分子抱着"朝为田舍郎，暮登天子堂"的幻想，为金榜题名费尽毕生心血，最终名落孙山，成为冤鬼，作者用幻想的情节给这些书生伸张正义。而作者最终给这类知识分子支的招儿，还是要找一个有地位的岳父，为自己"营谋"，这自然是讽刺。

三生

三载研钻一
日季何堪瞋
睒掌文衡
仇寻果立
煌消释
不扶焚睛
怨不平

长亭

石太璞，泰山人，好厌禳之术。有道士遇之，赏其慧，纳为弟子。启牙签[1]，出二卷，上卷驱狐，下卷驱鬼，乃以下卷授之曰："虔奉此书，衣食佳丽皆有之。"问其姓名，曰："吾汴城北村玄帝观王赤城也。"留数日，尽传其诀。石由此精于符箓[2]，委贽者接踵于门[3]。

一日，有叟来，自称翁姓，炫陈币帛，谓其女鬼病已殆，必求亲诣。石闻病危，辞不受贽，姑与俱往。十余里，入山村，至其家，廊舍华好。入室，见少女卧縠幛中，婢以钩挂幛。望之年十四五许，支缀于床[4]，形容已槁。近临之，忽开目云："良医至矣。"举家皆喜，谓其不语已数日矣。石乃出，因诘病状。叟曰："白昼见少年来，与共寝处，捉之已杳；少间复至，意其为鬼。"石曰："其鬼也驱之匪难；恐其是狐，则非余所敢知矣。"叟曰："必非必非。"① 石授以符，是夕宿于其家。

① 翁自己心里有数，因为他就是狐狸精。

夜分，有少年入，衣冠整肃。石疑是主人眷属，起而问之。曰："我鬼也。翁家尽狐。偶悦其女红亭，姑止焉。鬼为狐祟，阴骘无伤，君何必离人之缘而护之也？女之姊长亭，光艳尤绝。敬留全璧，以待高贤。彼如许字，方可为之施治；尔时我当自去。"② 石诺之。是夜少年不复至，女顿醒。天明，叟喜，以告石，请石入视。石焚旧符，乃坐诊之。见绣幕有女郎，丽若天人，心知其长亭也。诊已，索水洒幛。女郎急以碗水付之，蹀躞之间，意动神流。石生此际，心殊不在鬼矣。出辞叟，托制药去，数日不返。鬼益肆，除长亭外，子妇婢女俱被淫惑。又以仆马招石，石托疾不赴。③

② 驱鬼者与鬼达成妥协，狼狈为奸。

③ 恶劣。

明日，叟自至。石故作病股状，扶杖而出。叟问故，曰："此鳏之难也！曩夜婢子登榻，倾跌，堕汤夫人泡两足耳。"叟问："何久不续？"石曰："恨不得清门

1453

④ 暗示，亦要挟。

⑤ 图穷匕首现，前此装病表演过于夸张，此时欢喜之情毫不掩饰，此人亦性情中人。

⑥ 狐狸精家亦有贤内助。

如翁者。"④叟默而出。石走送曰："病瘥当自至，无烦玉趾也。"又数日，叟复来，石跛而见之。叟慰问三数语，便曰："顷与荆人言，君如驱鬼去，使举家安枕，小女长亭，年十七矣，愿遣奉事君子。"石喜，顿首于地。乃谓："叟雅意若此，病躯何敢复爱。"立刻出门，并骑而去。⑤入视祟者既毕，石恐负约，请与媪盟。媪出曰："先生何见疑也？"即以长亭所插金簪，授石为信。石朝拜之，已，乃遍集家人，悉为祓除。惟长亭深匿无迹，遂写一佩符，使人持赠之。是夜寂然，鬼影尽灭，惟红亭呻吟未已，投以法水，所患若失。石欲辞去，叟挽止殷恳。至晚，肴核罗列，劝酬殊切。漏二下，主人乃辞客去。石方就枕，闻叩扉甚急；起视，则长亭掩入，辞气仓皇，言："吾家欲以白刃相仇，可急遁！"言已，径返身去。石战惧无色，越垣急窜。遥见火光，疾奔而往，则里人夜猎者也。喜，待猎毕，乃与俱归。心怀怨愤，无之可伸，思欲往汴城寻赤城。而家有老父，病废已久，日夜筹思，莫决进止。

忽一日，双舆至门，则翁媪送长亭至，谓石曰："曩夜之归，胡再不谋？"石见长亭，怨恨都消，故亦隐而不发。媪促两人庭拜讫。石欲设筵，辞曰："我非闲人，不能坐享甘旨。我家老子昏耄，倘有不悉，郎肯为长亭一念老身，为幸多矣。"⑥登车遂去。盖杀婿之谋，媪不之闻；及追之不得而返，媪始知之。颇不能平，与叟日相诟谇。长亭亦饮泣不食。媪强送女来，非翁意也。

长亭入门，诘之，始知其故。过两三月，翁家取女归宁。石料其不返，禁止之。女自此时一涕零。年余，生一子，名慧儿，买乳媪哺之。然儿善啼，夜必归母。一日，翁家又以舆来，言媪思女甚。长亭益悲，石不忍复留。欲抱子去，石不可，长亭乃自归。别时，以一月为期，既而，半载无耗。遣人往探之，则向所僦宅久空。

又二年余，望想都绝；而儿啼终夜，寸心如割。既而石父病卒，倍益哀伤；因而病惫，苦次弥留〔5〕，不能受宾朋之吊。方昏愦间，忽闻妇人哭入。视之，则缞绖者长亭也。石大悲，一恸遂绝。婢惊呼，女始啜泣，抚之良久，始渐苏。自疑已死，谓相聚于冥中。女曰："非也。妾不孝，不得严父心，尼归三载〔6〕，诚所负心。适家人由海东经此，得翁凶问。妾遵严命而绝儿女之情，不敢循乱命而失翁媳之礼。妾来时，母知而父不知也。"⑦言间，儿投怀中。言已，始抚之，泣曰："我有父，儿无母矣！"儿亦噭啕，一室掩泣。女起，经理家政，柩前牲盛洁备，石乃大慰。而病久，急切不能起。女乃请石外兄款洽吊客。丧既闭，石始能杖而起，相与营谋斋葬。葬已，女欲辞归，以受背父之谴。夫挽儿号，隐忍而止。未几，有人来告母病，乃谓石曰："妾为君父来，君不为妾母放令去耶？"石许之。女使乳媪抱儿他适，涕洟出门而去。去后数年不返。石父子渐亦忘之。

一日，昧爽启扉，而长亭飘入。石方骇问，女戚然坐榻上，叹曰："生长闺阁，视一里为遥；今一日夜而奔千里，殆矣！"细诘之，女欲言复止。请之不已，哭曰："今为君言，恐妾之所悲，而君之所快也。迩年徙居晋界，僦居赵缙绅之第。主客交最善，以红亭妻其公子。公子数逋荡〔7〕，家庭颇不相安。妹归告父；父留之，半年不令还。公子忿恨，不知何处聘一恶人来，遣神缚锁缚老父去。一门大骇，顷刻四散矣。"石闻之，笑不自禁。女怒曰："彼虽不仁，妾之父也。妾与君琴瑟数年，止有相好而无相尤。今日人亡家败，百口流离，即不为父伤，宁不为妾吊乎！闻之怃舞，更无片语相慰藉，何不义也！"⑧拂袖而出。石追谢之，亦已渺矣。怅然自悔，拚已决绝。

过二三日，媪与女俱来，石喜慰问。母女俱伏。惊而询之，母子俱哭。女曰："妾负气而去，今不能自坚，又欲求人，复何颜面！"石曰："岳固非人；母之惠，卿之情，所不忘也。然闻祸而乐，亦犹人情，卿何不能暂忍？"女曰："顷于途中遇母，始知絷吾父者，盖君

⑦言辞恳切悲伤，如泣如诉，孝女和贤妻不能兼得的苦闷表现无遗。

⑧长亭一向温柔婉转，此时忽然做此强烈之语，乃出于真情。笔锋犀利，《聊斋》文笔确为小说家中最当行出色者。

1455

⑨是实话，也隐含要挟之意。

⑩可恶的坏包！此段写真实的狐狸与人间女婿会面，描写的老狐，既有狐性更有人性，有趣。

师也。"石曰："果尔，亦大易。然翁不归，则卿之父子离散；恐翁归，则卿之夫泣儿悲也。"⑨媪矢以自明，女亦誓以相报。石乃即刻治任如汴，询至玄帝观，则赤城归未久。入而参之，便问："何来？"石视厨下一老狐，孔前股而系之〔8〕，笑曰："弟子之来，为此老魅。"赤城诘之，曰："是吾岳也。"因以实告。道士谓其狡诈，不肯轻释；固请，乃许之。石因备述其诈，狐闻之，塞身入灶，似有惭状。道士笑曰："彼羞恶之心未尽亡也。"石起，牵之而出，以刀断索抽之。狐痛极，齿龈龈然〔9〕。石不遽抽，而顿挫之〔10〕⑩，笑问之曰："翁痛之勿抽可耶！"狐睛睒焖〔11〕，似有愠色。既释，摇尾出观而去。石辞归。

三日前，已有人报叟信，媪先去，留女待石。石至，女逆而伏。石挽之曰："卿如不忘琴瑟之情，不在感激也。"女曰："今复迁还故居矣，村舍邻迹，音问可以不梗。妾欲归省，三日可旋，君信之否？"曰："儿生而无母，未便殇折。我日日鳏居，习已成惯。今不似赵公子，而反德报之，所以为卿者尽矣。如其不还，在卿为负义，道里虽近，当亦不复过问，何不信之与有？"女去，二日即返。问："何速？"曰："父以君在汴曾相戏弄，未能忘怀，言之絮叨；妾不欲复闻，故早来也。"自此闺中之往来无间，而翁婿间尚不通吊庆云。

异史氏曰："狐情反复，谲诈已甚。悔婚之事，两女而一辙，诡可知矣。然要而婚之，是启其悔者犹在初也。且婿既爱女而救其父，止宜置昔怨而仁化之；乃复狎弄于危急之中，何怪其没齿不忘也！天下之有冰玉而不相能者〔12〕，类如此。"

校勘

底本：手稿本。参校：异史、二十四卷本、铸雪斋本、青柯亭本。

注释

〔1〕牙签：图书函套上的牙签。借指图书。〔2〕符箓：道家使用的文书，是似字非字的图形。用来驱鬼、镇魔、却病。〔3〕委贽：送礼品。〔4〕支缀于床：气息奄奄地躺在床上。〔5〕苫次弥留：居丧期间自己也陷入弥留状态。〔6〕尼归：受到阻碍不能回来。〔7〕数逋荡：外出嫖娼赌博。〔8〕孔前股而系之：将其前腿穿上孔拴住。〔9〕龈龈然：咬牙出声，十分愤恨的样子。〔10〕顿挫之：不马上将绳子抽出来，而是抽出一段再拉回去一点儿，故意延长抽绳子的时间。〔11〕狐睛睒炯：狐狸眼睛闪闪发亮。〔12〕冰玉而不相能者：翁婿感情不合。冰玉，冰清玉润的略语。是岳父和女婿的代称。《晋书·卫玠传》有语："妇公冰清，女婿玉润。"

点评

人狐相恋的故事，蒲松龄写了很多，此篇重点描绘的是翁婿感情不和，并在翁婿感情不合的背景下创造了长亭这一美丽而聪慧、柔婉而刚强的狐女形象。石某娶长亭本身就带"敲诈"因素，长亭处父女、夫妇之间，斟酌尽善，不背其父，孝；石父病卒缞绖而至，礼；对石某父子时时在心，情。小说中尤为精彩的是长亭几次与石某对话，时而深情，时而委婉，时而刚强，时而推心置腹，时而据理力争，时而如泣如诉。可谓面面生风。石某娶长亭虽带点儿乘人之危的意思，但他对长亭的真情却始终不变，即使长亭离去多年，他仍不变心，是一个真情痴心人物。小说写翁婿矛盾，从石某开头有挟而求，装病迫使狐叟将长亭嫁他，到石某以怨报德，救狐叟又故意恶作剧，虽然有一定的神异色彩，但符合封建时代翁婿关系分寸。将家庭关系纳入《聊斋》重要描写范畴，是蒲松龄终生所关注的。

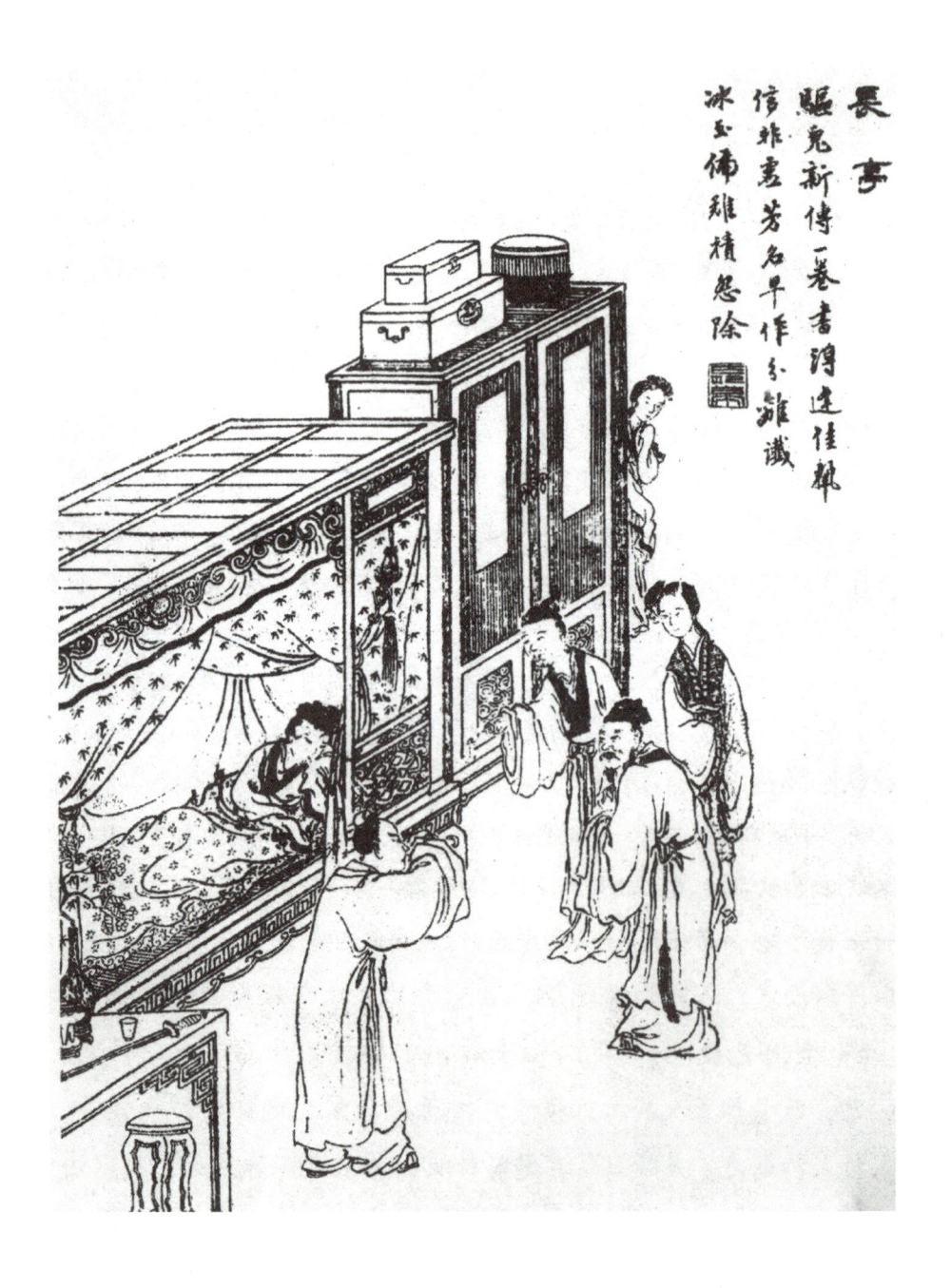

长亭
驱鬼新传一卷书鸿运佳耦
信非虚画芳名早作小雏识
冰玉俱雅积怨除

卷七

席方平

席方平，东安人〔1〕。其父名廉，性戆拙〔2〕。因与里中富室羊姓有郤，羊先死，数年，廉病垂危，谓人曰："羊某今贿嘱冥使榜我矣〔3〕①。"俄而身赤肿，号呼遂死。席惨怛不食，曰："我父朴讷，今见陵于强鬼；我将赴地下，代伸冤气耳。"自此不复言，时坐时立，状类痴，盖魂已离舍矣〔4〕。

席觉初出门，莫知所往，但见路有行人，便问城邑。少选，入城，其父已收狱中。至狱门，遥见父卧檐下，似甚狼狈。举目见子，潸然涕流，便谓："狱吏悉受赇嘱〔5〕，日夜搒掠，胫股摧残甚矣！"席怒，大骂狱吏："父如有罪，自有王章〔6〕，岂汝等死魅所能操耶！"遂出，抽笔为词〔7〕，值城隍早衙，喊冤以投。羊惧，内外贿通，始出质理〔8〕。城隍以所告无据，颇不直席〔9〕。席忿气无所复伸，冥行百余里，至郡，以官役私状，告之郡司〔10〕。迟之半月②，始得质理。郡司扑席，仍批城隍覆案〔11〕。席至邑，备受械梏〔12〕，惨冤不能自舒〔13〕。城隍恐其再讼，遣役押送归家。役至门辞去。席不肯入，遁赴冥府，诉郡邑之酷贪。冥王立拘质对。二官密遣腹心与席关说，许以千金。席不听。

过数日，逆旅主人告曰："君负气已甚，官府求和而执不从，今闻于王前各有函进〔14〕，恐事殆矣。"席以道路之口，犹未深信。俄有皂衣人唤入〔15〕。升堂，见冥王有怒色，不容置词，命笞二十③。席厉声问："小人何罪？"冥王漠若不闻。席受笞，喊曰："受笞允当〔16〕，谁教我无钱耶④！"冥王益怒，命置火床。两鬼摔席下。见东墀有铁床，炽火其下，床面通赤。鬼脱席衣，掬置其上，反复揉捺之〔17〕。痛极，骨肉焦黑，苦不得死。约一时许，鬼曰："可矣。"遂扶起，

① "贿嘱"是全文关键，即最后二郎神判词"金光盖地""铜臭熏天"。上上下下官场全部信奉金钱拜物教。金钱所向无敌。

② 迟审半月，暗藏贿嘱。奇闻！先打原告，再交被告处理原告。

③ 不打被告打原告。

④ 愤极之语，含蓄无尽。

1459

促使下床着衣,犹幸跛而能行。复至堂上,冥王问:"敢再讼乎?"席曰:"大冤未伸,寸心不死,若言不讼,是欺王也。必讼!"⑤又问:"讼何词?"曰:"身所受者,皆言之耳。"冥王又怒,命以锯解其体。

二鬼拉去,见立木,高八九尺许,有木板二,仰置其下,上下凝血模糊。方将就缚,忽堂上大呼"席某",二鬼即复押回。冥王又问:"尚敢讼否?"答云:"必讼!"冥王命捉去速解。既下,鬼乃以二板夹席〔18〕,缚木上。锯方下,觉顶脑渐辟〔19〕,痛不可禁,顾亦忍而不号⑥。闻鬼曰:"壮哉此汉!"锯隆隆然寻至胸下。又闻一鬼云:"此人大孝无辜,锯令稍偏,勿损其心。"遂觉锯锋曲折而下⑦,其痛倍苦。俄顷,半身辟矣。板解,两身俱仆。鬼上堂大声以报。堂上传呼,令合身来见。二鬼即推令复合,曳使行。席觉锯缝一道,痛欲复裂,半步而踣。一鬼于腰间出丝带一条授之,曰:"赠此以报汝孝。⑧"受而束之,一身顿健,殊无少苦,遂升堂而伏。冥王复问如前,席恐再罹酷毒,便答:"不讼矣。"冥王立命送还阳界。隶率出北门,指示归途,反身遂去。

席念阴曹之暗昧尤甚于阳间,奈无路可达帝听。世传灌口二郎为帝勋戚〔20〕,其神聪明正直,诉之当有灵异。窃喜两隶已去,遂转身南向。奔驰间,有二人追至,曰:"王疑汝不归,今果然矣。"摔回,复见冥王。窃意冥王益怒,祸必更惨;而王殊无厉容,谓席曰:"汝志诚孝。但汝父冤,我已为若雪之矣。今已往生富贵家,何用汝鸣呼为?今送汝归,予以千金之产、期颐之寿,于愿足乎?"乃注籍中,笺以巨印〔21〕,使亲视之。席谢而下⑨。鬼与俱出,至途,驱而骂曰:"奸滑贼!频频翻覆,使人奔波欲死。再犯,当捉入大磨中,细细研之!"席张目叱曰:"鬼子胡为者!我性耐刀锯,不耐挞楚。请反见王,王如令我自归,亦复何劳相送。"乃返奔。二鬼惧,温语劝回。席故蹇缓〔22〕,行数步,辄憩路侧。鬼含怒不敢复言。约半日,至一村,一门半辟,

⑤铁骨铮铮!泰山压不弯腰。直来直去,像赤膊上阵只知与敌火拼的许褚。

⑥人死了,灵魂犹存,还组成个完整社会。灵魂居然还被锯成两半儿!多奇异的构思,多生动感人的细节。席方平被锯解是小说最激动人心处,人物形象大放光芒。

⑦蒲松龄即使不懂解剖学,难道不知心脏就在左胸?

⑧谚曰"阎王好见,小鬼难缠",席方平居然感动了小鬼。小鬼赠丝带,充满人间温情。

⑨阎王软硬兼施,席方平更清醒、聪明、机智了,直接向阎王们要公道,等于与虎谋皮。他下定决心找二郎神,把大小贪官一锅端。

鬼引与共坐，席便据门阈〔23〕。二鬼乘其不备，推入门中。惊定自视，身已生为婴儿。愤啼不乳，三日遂殇。

魂摇摇不忘灌口，约奔数十里，忽见羽葆来，幡戟横路〔24〕。越道避之，因犯卤簿，为前马所执，絷送车前。仰见车中一少年，丰仪瑰玮〔25〕，问席："何人？"席冤愤正无所出，且意是必巨官，或当能作威福，因缅诉毒痛〔26〕。车中人命释其缚，使随车行。俄至一处，官府十余员，迎谒道左。车中人各有问讯。已而指席谓一官曰："此下方人，正欲往诉，宜即为之剖决。"席询之从者，始知车中即上帝殿下九王，所嘱即二郎也。席视二郎，修躯多髯〔27〕，不类世间所传。九王既去，席从二郎至一官廨，则其父与羊姓并衙隶俱在。少顷，槛车中有囚人出，则冥王及郡司、城隍也。当堂对勘〔28〕，席所言皆不妄。三官战慄，状若伏鼠。二郎援笔立判，顷之，传下判语，令案中人共视之。

判云⑩："勘得冥王者：职膺王爵，身受帝恩。自应贞洁以率臣僚，不当贪墨以速官谤〔29〕。而乃繁缨棨戟〔30〕，徒夸品秩之尊；羊很狼贪〔31〕，竟玷人臣之节。斧敲斨〔32〕，斨入木，妇子之皮骨皆空；鲸吞鱼，鱼食虾，蝼蚁之微生可悯。当掬西江之水〔33〕，为尔湔肠；即烧东壁之床〔34〕，请君入瓮。

城隍、郡司：为小民父母之官，司上帝牛羊之牧〔35〕。虽则职居下列，而尽瘁者不辞折腰；即或势逼大僚，而有志者亦应强项〔36〕。乃上下其鹰鸷之手〔37〕，既罔念夫民贫；且飞扬其狙狯之奸〔38〕，更不嫌乎鬼瘦。惟受赃而枉法，真人面而兽心！是宜剔髓伐毛〔39〕，暂罚冥死；所当脱皮换革〔40〕，仍令胎生。

隶役者：既在鬼曹，便非人类，只宜公门修行，庶还落蓐之身〔41〕；何得苦海生波，益造弥天之孽？飞扬跋扈，狗脸生六月之霜〔42〕；隳突叫号〔43〕，虎威断九衢之路。肆淫威于冥界，咸知狱吏为尊〔44〕；助酷虐于昏官，共以屠伯是惧〔45〕。当于法场之内，

⑩二郎神判词展现作者的美好愿望。聊斋先生跨越小说艺术界限变成政治演讲，借二郎神发出血泪呼喊。痛骂黑暗社会，骂得大气磅礴、正气凛然、痛快淋漓。

剁其四肢；更向汤镬之中，捞其筋骨。

羊某：富而不仁，狡而多诈。金光盖地〔46〕，因使阎摩殿上，尽是阴霾；铜臭熏天，遂教枉死城中，全无日月。余腥犹能役鬼〔47〕，大力直可通神。宜籍羊氏之家〔48〕，以赏席生之孝。即押赴东岳施行〔49〕。"又谓席廉："念汝子孝义，汝性良懦，可再赐阳寿三纪〔50〕。"因使两人送之归里。⑪

⑪ 手稿本某甲评："写贿赂之焰，毒龙猛虎；写孝义之苦，烈日严霜。"

席乃抄其判词，途中父子共读之。既至家，席先苏，令家人启棺，视父，僵尸犹冰，俟之终日，渐温而活。及索抄词，则已无矣。自此，家日益丰；三年间，良沃遍野。而羊氏子孙微矣〔51〕，楼阁田产，尽为席有。里人或有买其田者，夜梦神人叱之曰："此席家物，汝乌得有之！"初未深信，既而种作，则终年升斗无所获，于是复鬻归席。席父九十余岁而卒。

异史氏曰："人人言净土〔52〕，而不知生死隔世，意念都迷。且不知其所以来，又乌知其所以去。而况死而又死，生而复生者乎？忠孝志定〔53〕，万劫不移，异哉席生，何其伟也！"

校勘

底本：手稿本。参校：异史、二十四卷本、铸雪斋本、青柯亭本。

注释

〔1〕东安：东汉末置东安郡，今山东沂水。〔2〕戆（zhuàng）拙：脾气倔强，认死理。〔3〕榜（péng）：拷打。〔4〕魂已离舍：灵魂已离开身体。〔5〕赇（qiú）嘱：行贿并嘱咐如何如何。〔6〕王章：王法。〔7〕抽笔为词：提笔撰写状纸。〔8〕质理：对质理论。〔9〕不直席：认为席方平投诉无理。不直，不以之为是。〔10〕郡司：府一级长官。〔11〕覆案：重审。〔12〕械梏：戴上手铐脚镣。〔13〕不能自舒：冤屈无处申诉。〔14〕函进：求情的信和行贿的银子。函，装钱的盒子。〔15〕皂衣：黑衣。〔16〕受笞允当：活该挨打，这是反语。〔17〕揉捺：揉搓挤压。〔18〕二板夹席：用两块木板把席方平夹起来。〔19〕

1462

顶脑渐辟：脑袋渐渐裂成两半。〔20〕灌口二郎：二郎神杨戬，玉帝外甥。灌口，今四川都江堰市。〔21〕箧（qiàn）：盖。〔22〕蹇缓：脚步缓慢。〔23〕门阈（yù）：门槛、门限。〔24〕旛戟：旌旗和棨戟。〔25〕丰仪瑰玮：仪态雍容奇伟，秀美而有气派。〔26〕缅诉毒痛：备述遭受的迫害和痛苦。〔27〕修躯多髯：身材高大，胡须浓密。〔28〕对勘：对证、查实。〔29〕贪墨以速官谤：因为贪污而招致居官不称职的责难。速，招致。〔30〕"繁（pán）缨棨戟"两句：耀武扬威，夸耀官高位尊。繁缨，君王、诸侯用来络马的装饰。繁，马腹带；缨，马颈革。棨戟，有缯衣或油漆的木戟，官吏所用的仪仗。品秩，官位和俸禄。〔31〕"羊很狼贪"两句：凶狠贪婪，玷污了重臣的名节。"羊很狼贪"语自《史记·项羽本纪》："宋义因下令军中曰：'猛如虎，很如羊，贪如狼，强不可使者皆斩之。'"很，同"狠"，暴戾、凶狠。〔32〕"斧敲斫（zhuó）"三句：层层盘剥，妇孺的脂膏都被吸尽。斫，砍木工具。〔33〕"掬西江之水"两句：用长江之水洗净冥王的污肠。湔（jiān），洗涤。〔34〕"烧东壁之床"两句：即以其人之道还治其人之身，让冥王也受酷刑。请君入瓮典故见于《新唐书·周兴传》。〔35〕司上帝牛羊之牧：代替上帝管理人民。牛羊，代指受管理的百姓。〔36〕强项：刚正不阿、不为权势威武所屈。〔37〕上下其鹰鸷之手：凶狠地上下其手、颠倒是非、贪赃枉法。〔38〕飞扬其狙狯（jū kuài）之奸：任意施展狡猾的奸谋。狙狯，狡猾、奸诈。〔39〕剔髓伐毛：脱胎换骨，改恶从善。〔40〕"所当"二句：让其转世为畜生，不得为人。〔41〕落蓐（rù）之身：投胎做人。落蓐，婴儿落草。〔42〕狗脸生六月之霜：狗脸布满杀气。〔43〕"隳（huī）突叫号"两句：横行霸道、大喊大叫、狐假虎威骚扰百姓。隳，毁坏。〔44〕狱吏为尊：狱吏对囚犯有生杀的权威。〔45〕屠伯：刽子手。〔46〕"金光盖地"六句："金光盖地""铜臭熏天"都是指金钱起作用，使阎王殿乌烟瘴气，整个阴世暗无天日。〔47〕"余腥"两句：仍是说金钱的作用，小钱可以使唤小鬼，大钱能够买动冥王。〔48〕籍羊氏之家：抄了羊某的家。〔49〕东岳：泰山。民间传说泰山神总管人间生死祸福。〔50〕三纪：三十六年。〔51〕微：衰败。〔52〕净土：西天佛土，清净无污染的极乐世界。〔53〕忠孝志定：忠于君国、孝敬父母是做人的立身之本。

点评

魑魅魍魉，妖魔乱舞。如果没有跟邪恶势力殊死搏斗的勇士，没有为伸张正义上刀山下火海的志士，没有拍案而起、横眉冷对恶魔的血性男儿，社会就没了理想，人生就没了希望，社会就没了前途。孝子席方平，是黑暗王国最耀眼的一线光明。席方平与一级级冥世官吏抗争，演出四幕"民告官"的壮烈正剧，终于告倒冥世大小官吏。二郎神主持了正义，发出音韵铿锵的判词。席方平冥世告状这一荒诞神奇的故事是对现实的特殊表现，吏治黑暗是封建社会最突出的社会问题，钱能通神是吏治黑暗的关键。蒲松龄天才地创造一个模仿现实的冥世。活动在幻境中的席方平，是中国古代小说人物画廊中最成功的人物之一，几百年来牵动着无数善良人的心。1942年延安文艺座谈会前夕，毛泽东跟文艺界人士谈话时说："《聊斋志异》可以做历史读，《席方平》就可以做清朝历史读，它实际上写的是官官相护，残害人民。"毛泽东特别欣赏小鬼同情席方平，故意锯偏，给他保留一颗完整的心。

席方平

心悲父兄
竟離魂紅
日何由照覆
益不遇二郎
神訊決九幽
呼籲怨無門

素秋

①正人君子的名字。

②面如冠玉、行动儒雅，因其是书中蠹鱼所化。

③"捉臂""把臂"是蒲松龄给俞慎设计的动作，这是胸无城府、对人热情者特有的动作。

④命名带有悲剧意味。

⑤《聊斋》众多美女中独独对其皮肤做细致描写者，唯素秋。有寓意。

⑥素秋帛剪小人场面成为《聊斋》最著名的场面之一。好看煞。

　　俞慎，字谨庵①，顺天旧家子。赴试入都，舍于郊郭。时见对户一少年，美如冠玉；心好之，渐近与语，风雅尤绝②。大悦，捉臂③邀至寓，便相款宴。审其姓氏，自言："金陵人，姓俞，名士忱，字恂九④。"公子闻与同姓，又益亲洽，因订为昆仲；少年遂以名减字为忱。明日，过其家，书舍光洁，然门庭踧落〔1〕，更无厮仆。引公子入内，呼妹出拜，年十三四已来，肌肤莹澈，粉玉无其白⑤也。少顷，托茗献客，似家中亦无婢媪。公子异之，数语遂出。由是友爱如胞，恂九无日不来寓所，或留共宿，则以弱妹无伴为辞。公子曰："吾弟留寓千里，曾无应门之僮；兄妹纤弱，何以为生矣？计不如从我去，有斗舍可共栖止，如何？"恂九喜，约以闱后。

　　试毕，恂九邀公子去，曰："中秋月明如昼，妹子素秋，具有蔬酒，勿违其意。"竟挽入内。素秋出，略道温凉，便入复室，下帘治具。少间，自出行炙。公子起曰："妹子奔波，情何以忍！"素秋笑入。顷之，搴帘出，则一青衣婢捧壶；又一媪托柈进烹鱼。公子讶曰："此辈何来？不早从事，而烦妹子？"恂九微哂曰："素秋又弄怪矣。"但闻帘内吃吃作笑声，公子不解其故。既而筵终，婢媪撤器，公子适嗽，误堕婢衣。婢随唾而倒，碎碗流炙。视婢，则帛剪小人，仅四寸许。恂九大笑。素秋笑出，拾之而去。俄而婢复出，奔走如故。⑥公子大异之。恂九曰："此不过妹子幼时，卜紫姑之小技耳〔2〕。"公子因问："弟妹都已长成，何未婚姻？"答云："先人即世，去留尚无定所，故此迟迟。"遂与商定行期，鬻宅，携妹与公子俱西。

　　既归，除舍舍之，又遣一婢为之服役。公子妻，韩侍郎之犹女也。尤怜爱素秋，饮食共之。公子与恂九亦然。

1466

而恂九又最慧，目下十行，试作一艺，老宿不能及之〔3〕。公子劝赴童子试。恂九曰："姑为此业者，聊与君分苦耳。自审福薄，不堪仕进；且一入此途，遂不能不戚戚于得失，故不为也。"

居三年，公子又下第。恂九大为扼腕，奋然曰："榜上一名，何遂艰难若此！我初不欲为成败所惑，故宁寂寂耳；今见大哥不能自发舒，不觉中热，十九岁老童，当效驹驰也。"公子喜，试期，送入场，邑、郡、道皆第一⑦。益与公子下帷攻苦。逾年科试，并为郡、邑冠军。恂九名大噪，远近争婚之，恂九悉却去；公子力劝之，乃以场后为解。无何，试毕，倾慕者争录其文，相与传颂；恂九亦自觉第二人不屑居也。榜既放，兄弟皆黜。时方对酌，公子尚强作豁〔4〕；恂九失色，酒盏倾堕，身仆案下。扶置榻上，病已困殆。急呼妹至，张目谓公子曰："吾两人情虽如胞，实非同族。弟自分已登鬼箓，衔恩无可相报，素秋已长成，既蒙嫂氏抚爱，媵之可也。"公子作色曰："是真吾弟之乱命矣！其将谓我人头畜鸣者耶⑧！"恂九泣下。公子即以重金为购良材。恂九命舁至，力疾而入，嘱妹曰："我没后，急阖棺，无令一人开视。"公子尚欲有言，而目已瞑矣。公子哀伤，如丧手足。然窃疑其嘱异，俟素秋他出，启而视之，则棺中袍服如蜕；揭之，有蠹鱼径尺，僵卧其中⑨。骇异间，素秋促人，惨然曰："兄弟何所隔阂？所以然者，非避兄也；但恐传布飞扬，妾亦不能久居耳。"公子曰："礼缘情制，情之所在，异族何殊焉？妹宁不知我心乎？即中馈当无漏言，请勿虑。"⑩遂速卜吉期，厚葬之。

初，公子欲以素秋论婚于世家，恂九不欲。既没，公子以商素秋，素秋不应。公子曰："妹年已二十矣，长而不嫁，人其谓我何？"对曰："若然，但惟兄命。然自顾无福相，不愿入侯门，寒士而可。"公子曰："诺。"不数日，冰媒相属，卒无所可。

先是，公子之妻弟韩荃来吊，得窥素秋，心爱悦之，

⑦蒲松龄在十九岁时县、府、道三试第一，小说人物身上隐化了作者的身世追求和苦恼。

⑧文雅的用语，符合名士身份。

⑨鲁迅先生谓之"偶见鹘突，知复非人"。

⑩恳切、坦荡。"礼缘情制"很有深度。礼义由感情来决定，真正的感情可以超越生与死、人与非人的界限，与日月共存。"中馈当无漏言"并非对妻子不忠，而是恪守异姓兄妹的高洁友谊和承诺。一番话给人物平添一层圣洁色彩。

欲购作小妻。谋之姊，姊急戒勿言，恐公子知。韩去，终不能释，托媒风示公子，许为买乡场关节〔5〕。公子闻之，大怒，诟骂，将致意者批逐出门。自此交往遂绝。

适有故尚书之孙某甲，将娶而妇忽卒，亦遣冰来。其甲第云连，公子之所素识；然欲一见其人，因与媒约，使甲躬谒。及期，垂帘于内，令素秋自相之。甲至，裘马驺从，炫耀闾里。又视其人，秀雅如处女。公子大悦，见者咸赞美之。而素秋殊不乐。公子不听，竟许之。⑪盛备奁装，计费不资。素秋固止之，但讨一老大婢，供给使而已。公子亦不之听，卒厚赠焉。

既嫁，琴瑟甚敦。然兄嫂常系念之，每月辄一归宁。来时，奁中珠绣，必携数事，付嫂收贮。嫂未知其意，亦姑从之。甲少孤，止有寡母，溺爱过于寻常，日近匪人，渐诱淫赌，家传书画鼎彝〔6〕，皆以鹭还戏债。而韩荃与有瓜葛，因招饮而窃探之，愿以两妾及五百金易素秋。甲初不肯，韩固求之，甲意似摇，然恐公子不甘。韩曰："我与彼至戚，此又非其支系。若事已成，则彼亦无如何，万一有他，我身任之。有家君在，何畏一俞谨庵哉！"遂盛妆两姬出行酒，且曰："果如所约，此即君家人矣。"甲惑之，约期而去。至日，虑韩诈谖〔7〕，夜候于途，果有舆来，启帘照验不虚，乃导去，姑置斋中。韩仆以五百金交兑俱明。甲奔入，伪告素秋，言公子暴病相呼。素秋未遑理妆，草草遂出。舆既发，夜迷不知何所，迳行良远〔8〕，殊不可到。忽有二巨烛来，众窃喜其可以问途。无何，至前，则巨蟒两目如灯。众大骇，人马俱窜，委舆路侧；将曙复集，则空舆存焉，意必葬于蛇腹，归告主人，垂首丧气而已。

数日后，公子遣人诣妹，始知为恶人赚去，初不疑其婿之伪也。取婢归，细诘情迹，微窥其变，忿甚，遍愬郡邑〔9〕。某甲惧，求救于韩。韩以金妾两亡，正复懊丧，斥绝不为力。甲呆憨无所复计，各处勾牒至，但以赂嘱免行。月余，金珠服饰，典货一空。公子于宪

⑪ 俞慎处理素秋婚事表现得既高尚自重又主观武断。俞忱一死，他立即要嫁素秋，实际是爱惜自己的声名。他决不借素秋的婚事为自己捞"乡场"关节，只是为素秋殚精竭虑，但他又有点儿家长作风。不尊重素秋从寒门选婿的意见，坚持从世家子弟选婿，以甲第、裘马、容貌为主要标准。素秋后来被丈夫所卖，其实就源于处处关怀她、照顾她、替她着想的兄长乱点鸳鸯谱。如此描写人物间的复杂关系，高明。

府究理甚急〔10〕，邑官皆奉严令，甲知不可复匿，始出，至公堂，实情尽吐。蒙宪票拘韩对质。韩惧，以情告父。父时休致，怒其所为不法，执付隶。既见诸官府，言及遇蟒之变，悉谓其词枝〔11〕；家人榜掠殆遍，甲亦屡被敲楚。幸母日鬻田产，上下营救，刑轻，得不死，而韩仆已瘐毙矣。韩久困囹圄，愿助甲赂公子千金，哀求罢讼，公子不许⑫；甲母又请益以二姬，但求姑存疑案，以待寻访，妻又承叔母命，朝夕解免，公子乃许之。甲家綦贫，货宅办金，而急切不能得售，因先送姬来，乞其延缓。

逾数日，公子夜坐斋头，素秋偕一媪，蓦然忽入。公子骇问："妹固无恙耶？"笑曰："蟒变乃妹之小术耳。当夜窜入一秀才家，依于其母。彼自言识兄，今在门外，请入之也。"公子倒屣而出，烛之，非他，乃周生——宛平之名士也，素以声气相善，把臂入斋⑬，款洽臻至。倾谈既久，始知颠末。

初，素秋眛爽款生门，母纳入，诘之，知为公子妹，便将驰报。素秋止之，因与母居。慧能解意，母悦之。以子无妇，窃属意素秋；微言之，素秋以未奉兄命为辞。生亦以公子交契，故不肯作无媒之合，但频频侦听。知讼事已有关说，素秋乃告母欲归。母遣生率一媪送之，即嘱媪媒焉。公子以素秋居生家久，窃有心而未言也，及闻媪言，大喜，即与生面订为好。

先是，素秋夜归，将使公子得金而后宣之，公子不可，曰："向愤无所泄，故索金以败之耳。今复见妹，万金何能易哉！"⑭即遣人告诸两家，顿罢之。又念生家故不甚丰，道赊远，亲迎殊艰，因移生母来，居以俞九旧第。生亦备币帛鼓乐，婚嫁成礼。

一日，嫂戏素秋："今得新婿，曩年枕席之爱，犹忆之否？"⑮素秋微笑，因顾婢曰："忆之否？"⑯嫂不解，研问之。盖三年床第，皆以婢代。每夕，以笔画其两眉，驱之去，即对烛而坐，婿亦不之辨也。益奇之，求其术，但笑不言。

次年大比，生将与公子偕往。素秋以为不必，公子强挽之而去。是科，公子荐于乡，生落第归，隐有退志。逾岁，母卒，遂不复言进取矣。一日，素秋告嫂曰："向问我术，固未肯以此骇物听也。今远别，行有日矣，请秘授之，亦可以避兵燹。"惊而问之，答云："三年后，此处当无人烟。妾荏弱不堪惊恐，将蹈海滨而隐。大哥富贵中人，不可以偕。故言别也。"乃以术悉授嫂。数日，又告公子。留之不得，至于泣下。问："往何所？"即亦不言。鸡鸣早起，携一白须奴，控双卫而去。公子阴使人委送之，至胶莱之界，尘雾幛天，既晴，已迷所往。三年后，闯寇犯顺〔12〕，村舍为墟。韩夫人剪帛置门内，寇至，见云绕韦驮高丈余〔13〕，遂骇走，以是得无恙焉。

后村中有贾客至海上，遇一叟甚似老奴，而髭发尽黑⑰，猝不敢认。叟停足而笑曰："我家公子尚健耶？借口寄语：秋姑亦甚安乐。"问其居何里，曰："远矣，远矣！"匆匆遂去。公子闻之，使人于所在遍访之，竟无踪迹。

异史氏曰："管城子无食肉相〔14〕，其来旧矣。初念甚明，而乃持之不坚。宁知糊眼主司〔15〕，固衡命不衡文〔16〕耶？一击不中，冥然遂死，蠹鱼之痴，一何可怜！伤哉雄飞，不如雌伏〔17〕。"

⑰ 走时白须，此时髭发皆黑，成仙也。

校勘

底本：手稿本。参校：异史、二十四卷本、铸雪斋本、青柯亭本。

注释

〔1〕踧（cù）落：冷落。〔2〕卜紫姑：旧时民间一种请紫姑神的占卜方法。此处指剪帛为人的幻术。紫姑，见《花姑子》注。〔3〕老宿：宿儒，很有经验、很会写八股文的读书人。〔4〕强作噱：勉强说些开玩笑的话。〔5〕买乡场关节：出钱买通主管乡试的考官。〔6〕鼎彝：商周时代的青铜器，此处借指珍

贵古玩。〔7〕诈谖(xuān)：欺诈。〔8〕逴(chuō)行：远行。〔9〕遍愬(sù)郡邑：告遍了县、府衙门。愬，同"诉"。〔10〕宪府：御史府、巡抚府皆可称为"宪府"。〔11〕词枝：语言无根据。〔12〕闯寇犯顺：李自成造反。闯寇，是对李自成义军的蔑称；犯顺，以逆犯顺，即造反。〔13〕韦驮：佛教的护法神。〔14〕管城子无食肉相：一心读书的人没有做官的福相。管城子，因韩愈《毛颖传》以笔拟人，故称读书人"管城子"。〔15〕糊眼主司：眼盲的主考官。〔16〕衡命不衡文：录取考生不按照才学，而听任命运的捉弄。这是科举时代读书人对于自己不能高中的宿命论解释。〔17〕伤哉雄飞，不如雌伏：像俞忱那样参加乡试失败而死，不如像周生这样归隐田园。

点评

素秋温雅秀丽，聪明机智，明睿达观，有神秘、淡丽、富谐趣的魅力，是颇有神采的《聊斋》人物，给神鬼狐妖的世界增添了书中蠹鱼化姝丽、富有诗意的特殊品类。她帛剪小人行走，帛剪巨蟒自救，帛剪佛像帮助兄嫂脱难，她用画笔把丫鬟描成自己的样子和纨绔子弟周旋，用灵巧的小手给自己剪出、画出一派新天地，素秋花样层出不穷，令人眼花缭乱。而本文给人印象更深刻、更有思想意蕴的，却是现实世界中人、素秋的结义兄长俞慎。他胸怀坦荡，光明磊落，在任何情况下都不存私利之想，说话直来直去，绝不转弯抹角；办事干净利落，绝不敷衍了事。他按照圣人之教行事，待人以诚，待友以义。耿直而不免主观，是他鲜明的个性。俞慎是个洁身自好的读书人，笃于情谊，信守道德准则，金钱不能移，权势不能压，蒲松龄以生动的笔墨、曲折的故事，活画出封建时代血肉丰满的正人君子形象。小说还富有情趣地写到书中蠹鱼化俊美书生，与人间读书人交往，成为至交，蠹鱼化成的书生参加人间的科举考试，居然落榜，居然因落榜郁郁而死，也有深刻的含意：主考官是"衡命"的，其实就是看你有没有钱支持你命中的富贵；不是"衡文"的，也就是不管你读了多少书，不管你如何用功读书，即使你读成了书中蠹虫，对那些只认银子的考官，仍然无济于事。这是对科举制度的巧妙讽刺。而在这个蠹鱼变成的，县府道三试第一的书生俞忱身上，又明显的有作者本人身世的影子。

簪阿无脉望已成佛阿妹侨
人剧可怜控衔息之苗秘
秋火衔逢莱远望只云烟

贾奉雉

卷七

① 贾奉雉的文章是好的，到了考场上就变成坏的。为什么？郎生揭开谜底：贾的文章不是写得不够好而是写得不够差，他只要把自己降低到考官要求的水平就成了。石破天惊的绝妙高论。

② 贾奉雉不懂，功名像地狱入口，在这个入口，必须丢弃一切宝贵的东西：人格、真才实学等。指望出现有真才实学的考官比登天还难。所以求功名者必须迁就低能考官。妙！

③ 贾奉雉是理想主义者，他不可能降低人格迎合他不喜欢的文体，如何让秉性高洁的贾写出烂污文章？只能是鬼使神差。

贾奉雉，平凉人[1]，才名冠一时，而试辄不售。一日，途中遇一秀才，自言郎姓，风格洒然，谈言微中[2]。因邀俱归，出课艺就正[3]。郎读罢，不甚称许，曰："足下文，小试取第一则有余[4]，闱场取榜尾则不足[5]。"贾曰："奈何？"郎曰："天下事，仰而跂之则难[6]，俯而就之甚易①。此何须鄙人言哉！"遂指一二人、一二篇以为标准，大率贾所鄙弃而不屑道者。闻之，笑曰："学者立言[7]，贵乎不朽，即味列八珍，当使天下不以为泰耳。如此猎取功名，虽登台阁，犹为贱也。"郎曰："不然。文章虽美，贱则弗传。君欲抱卷以终也则已；不然，帘内诸官，皆以此等物事进身，恐不能因阅君文，另换一副眼睛肺肠也。"②贾终嘿然。郎起而笑曰："少年盛气哉！"遂别而去。

是秋入闱，复落[8]，郁邑不得志，颇思郎言，遂取前所指示者强读之。未至终篇，昏昏欲睡，心惶惑无以自主。又三年，闱场将近，郎忽至，相见甚欢。因出所拟七题，使贾作之。越日，索文而阅，不以为可，又令复作；作已，又訾之。贾戏于落卷中[9]，集其冗泛滥、不可告人之句[10]，连缀成文，俟其来而示之。郎喜曰："得之矣！"因使熟记，坚嘱勿忘。贾笑曰："实相告：此言不由中，转瞬即去，便受榎楚[11]，不能复忆之也。"郎坐案头，强令自诵一过；因使袒背，以笔写符而去，曰："只此已足，可以束阁群书矣。"验其符，濯之不下，深入肌理。至场中，七题无一遗者。回思诸作，茫不记忆，惟戏缀之文，历历在心。然把笔终以为羞；欲少窜易[12]，而颠倒苦思，竟不能复更一字。日已西坠，直录而出③。

郎候之已久，问："何暮也？"贾以实告，即求拭符。视之，已漫灭矣。再忆场中文，遂如隔世。大奇之，因问："何不自谋？"笑曰："某惟不作此等想，故能不读此等文也。"遂约明日过诸其寓，贾诺之。郎既去，贾取文稿自阅之，大非本怀，怏怏不自得，不复访郎，嗒丧而归。未几，榜发，竟中经魁〔13〕。又阅旧稿，一读一汗；读竟，重衣尽湿。自言曰："此文一出，何以见天下士乎！"④方惭怍间〔14〕，郎忽至，曰："求中，既中矣，何其闷也？"曰："仆适自念，以金盆玉碗贮狗矢，真无颜出见同人。行将遁迹山丘，与世长绝矣。"郎曰："此亦大高，但恐不能耳。果能之，仆引见一人，长生可得，并千载之名，亦不足恋。况傥来之富贵乎〔15〕！"贾悦，留与共宿，曰："容某思之。"天明，谓郎曰："予志决矣！"不告妻子，飘然遂去。

渐入深山，至一洞府，其中别有天地。有叟坐堂上，郎使参之，呼以师。叟曰："来何早也？"郎白："此人道念已坚，望加收齿〔16〕。"叟曰："汝既来，须将此身并置度外，始得。"贾唯唯听命。郎送至一院，安其寝处，又投以饵〔17〕，始去。房亦精洁，但户无扉，窗无棂，内惟一几一榻。贾解屦登榻，月明穿射矣。觉微饥，取饵啖之，甘而易饱。窃意郎当复来，坐久寂然，杳无声响。但觉清香满室，脏腑空明，脉络皆可指数。忽闻有声甚厉，似猫抓痒，自牖睨之〔18〕，则虎蹲檐下。乍见，甚惊，因忆师言，即复收神凝坐。虎似知其有人，寻入，近榻，气咻咻，遍嗅足股。少顷，闻庭中嗥动，如鸡受缚，虎即趋出。

又坐少时，一美人入，兰麝扑人，悄然登榻〔19〕，附耳小言曰："我来矣。"一言之间，口脂散馥，贾瞑然不少动。又低声曰："睡乎？"声音颇类其妻，心微动⑤。又念曰："此皆师相试之幻术也。"瞑如故。美人笑曰："鼠子动矣！"初，夫妻与婢同室，狎亵惟恐婢闻〔20〕，私约一谜曰："鼠子动，则相欢好。"忽闻是语，不觉大动，开目凝视，真其妻也。问："何能

④贾的愤懑表现了正直知识分子的清高、守节、纯良，对创造《聊斋志异》中最有神采的书生形象是至关重要的一笔。

⑤但明伦评："神仙可学而成，无奈脏腑空明以后，又有许多惊怖，许多阻挠，许多牵缠，许多挂碍。情缘道念两相持而不能下。"

来？"答云："郎生恐君岑寂思归，遣一妪导我来。"言次，因贾出门不相告语，偎傍之际，颇有怨怼。贾慰藉良久，始得嬉笑为欢。既毕，夜已向晨，闻叟谯呵声，渐近庭院。妻急起，无地自匿，遂越短墙而去。俄顷，郎从叟入。叟对贾杖郎，便令逐客。郎亦引贾自短墙出，曰："仆望君奢，不免躁进；不图情缘未断，累受扑责。从此暂去，相见行有日也。"指示归途，拱手遂别。

贾俯视故村，故在目中，意妻弱步〔21〕，必滞途间。疾趋里余，已至家门。但见房垣零落，旧景全非，村中老幼，竟无一相识者，心始骇异⑥。忽念刘、阮返自天台〔22〕，情景真似。不敢入门，于对户憩坐。良久，有老翁曳杖出。贾揖之，问："贾某家何所？"翁指其第曰："此即是也。得无欲问奇事耶？仆悉知之。相传此公闻捷即遁，遁时，其子才七八岁。后至十四五岁，母忽大睡不醒。子在时，寒暑为之易衣；迨殁，两孙穷蹴〔23〕，房舍拆毁，惟以木架苫覆蔽之〔24〕。月前，夫人忽醒，屈指百余年矣。远近闻其异，皆来访视，近日稍稀矣。"贾豁然顿悟，曰："翁不知贾奉雉即某是也。"

公大骇，走报其家。时长孙已死，次孙祥至，五十余矣。以贾年少，疑有诈伪。少间，夫人出，始识之，双涕霪霪〔25〕，呼与俱去。苦无屋宇，暂入孙舍。大小男妇，奔入盈侧，皆其曾、玄〔26〕，率陋劣少文。长孙妇吴氏，沽酒具藜藿；又使少子杲及妇，与己共室，除舍舍祖翁姑。贾入舍，烟埃儿溺，杂气熏人。居数日，懊悔殊不可耐〔27〕⑦。两孙家分供餐饮，调饪尤乖〔28〕。里中以贾新归，日日招饮；而夫人恒不得一饱。吴氏故士人女，颇娴闺训，承顺不衰。祥家给奉渐疏，或嚄尔与之〔29〕。贾怒，携夫人去，设帐东里。每谓夫人曰："吾甚悔此一返，而已无及矣。不得已，复理旧业，若心无愧耻，富贵不难致也。"居年余，吴氏犹时馈饷，而祥父子绝迹矣。是岁，试入邑庠。邑令重其文，厚赠之，由此家稍裕。祥稍稍来近就之。贾唤入，计囊

⑥研究者常注意贾奉雉撒手进山，却忽略贾的回归并求取功名。其实，贾的回归才是蒲松龄对书生主体的完满建构，是对知识分子命运的更深入思考，也是对科举这一现实秩序荒谬性的更深刻、更耐人寻味的描写。

⑦仙界半日，世间百年。贾奉雉亲眼看到贾家败落。微贱是理想的敌人，穷困是意志的磨床。心高气傲的贾奉雉不得不复理"金盆玉碗贮狗矢"的旧业。贾奉雉入山前以写狗矢文章为耻，现在自愿捡起，正是因为封建时代知识分子既定的价值观和家族使命感，读书人以光宗耀祖为使命，必须金榜题名。

所耗费，出金偿之，斥绝令去。遂买新第，移吴氏共居之。吴二子，长者留守旧业；次昊颇慧，使与门人辈共笔砚。

贾自山中归，心思益明澈⑧。无何，连捷登进士第〔30〕。又数年，以侍御出巡两浙，声名赫奕〔31〕，歌舞楼台，一时称盛。贾为人鲠峭〔32〕，不避权贵。朝中大僚，思中伤之。贾屡疏恬退〔33〕，未蒙俞旨，未几而祸作矣。先是，祥六子皆无赖，贾虽摈斥不齿〔34〕，然皆窃余势以作威福，横占田宅，乡人共患之。有某乙娶新妇，祥次子篡取为妾〔35〕。乙故狙诈〔36〕，乡人敛金助讼，以此闻于都。于是当道者交章攻贾〔37〕，贾殊无以自剖。被收经年，祥及次子皆瘐死。贾奉旨充辽阳军。

时昊入泮已久，为人颇仁厚，有贤声。夫人生一子，年十六，遂以属昊。夫妻携一仆一媪而去。贾曰："十余年富贵，曾不如一梦之久。今始知荣华之场，皆地狱境界。悔比刘晨、阮肇，多造一重孽案耳。"

数日，抵海岸，遥见巨舟来，鼓乐殷作〔38〕，虞候皆如天神〔39〕⑨。既近，舟中一人出，笑请侍御过舟少憩。贾见，惊喜，踊身而过，押隶不敢禁〔40〕。夫人急欲相从，而相去已远，遂愤投海中。漂泊数步，见一人垂练于水〔41〕，引救而去。隶命篙师荡舟，且追且号，但闻鼓声如雷，与轰涛相间，瞬间遂杳。仆识其人，盖郎生也。⑩

异史氏曰："世传陈大士在闱中〔42〕，书艺既成，吟诵数四，叹曰：'亦复谁人识得！'遂弃去更作，以故闱墨不及诸稿。贾生羞而遁去，此盖有仙骨焉。乃再返人世，遂以口腹自贬。贫贱之中人甚矣哉〔43〕！"

---

⑧明澈什么？柏拉图说："伟大的事物，都是危险的事物。"任何朝代和任何国家，世俗名利和精神守望都不可能兼而有之。贾奉雉学会了"智慧的生存"，确切说是"取巧式生存"。贾奉雉的变化说明科举对知识分子的戕害令人触目惊心。

⑨仙界是蒲松龄的乌托邦，是逃避现实的桃花源和自欺欺人的法宝，是对根本没法解决的问题的解决办法。法国哲学家卢梭有句名言"生活在别处"，米兰·昆德拉将其用作小说名。其实"生活在别处"对中国小说家来说是个古老话题，当作家遇到困难和问题不能解决时，当他们觉醒了没出路时，他们就"生活在别处"，生活在仙界、生活在鬼界、生活在妖界。

⑩仆人如何认识郎生？此时已隔几代，当年仆人难道还在？此处有漏洞。

校勘

底本：手稿本。参校：异史、二十四卷本、铸雪斋本、青柯亭本。

注释

〔1〕平凉：在今甘肃省。〔2〕谈言微中：说话隐约委婉但切中要害。〔3〕课艺：八股文的练习之作。〔4〕小试：秀才参加的岁试和科试。〔5〕闱场：乡试。〔6〕"仰而跂（qí）之"两句：提高很难，降低很容易。仰，仰首；跂，踮脚。〔7〕"学者立言"四句：读书人能够写出可以传世的妙文，即使让他因此享受高官厚禄，天下人也不会认为过分。八珍，古时八种烹饪方法，借指珍馐佳肴。泰，过分，奢侈。〔8〕落：落榜。〔9〕落卷：未被录取的试卷。〔10〕蓎（tà）冗泛滥：格调低下，文字粗劣。〔11〕榎（jiǎ）楚：笞打。榎同"檟"，楸树，其枝条可制成刑具。〔12〕窜易：更改。〔13〕经魁：明清乡试、会试考试八股文，除"四书"外，"五经"也是出题内容，应试者只选一经，录取时每科从"五经"各取第一名，称为经魁。〔14〕惭怍（zuò）：羞愧。〔15〕傥（tǎng）来之富贵：偶然得来、意外得来的富贵。〔16〕收齿：接纳。〔17〕饵：食物。〔18〕牖（yǒu）：窗户。〔19〕悄然登榻：手稿本误"悄"为"俏"。〔20〕狎亵：此处指夫妻交欢。〔21〕弱步：行走缓慢。〔22〕刘、阮返自天台：据南朝刘义庆《幽明录》：东汉时刘晨、阮肇在天台山遇仙，半年后归家，已是晋代，子孙已过七代。〔23〕穷跛：穷困。〔24〕苫覆：用草席覆盖。〔25〕霪（yín）霪：泪流不止。〔26〕曾、玄：曾孙、玄孙。〔27〕懊惋：懊恼惋惜。〔28〕调饪尤乖：饭菜做得很差。〔29〕嘑（hū）尔与之：吃饭时很不客气地叫"尔来！""尔"即"你"，对祖父母称"你"，很不恭敬。〔30〕连捷登进士第：在乡试、会试、殿试中连续中式，成为进士。〔31〕赫奕：显耀、盛大。〔32〕鲠（gěng）峭：刚正耿直。〔33〕屡疏恬退：多次给皇帝奏本要求退休。恬退，安然退休。〔34〕摈斥不齿：不承认是贾家子孙。〔35〕篡取：夺取。〔36〕狙诈：狡猾奸诈。〔37〕当道者交章攻贾：掌权者连续上表弹劾贾奉雉。〔38〕殷作：大作。〔39〕虞候：侍从。〔40〕押隶：解差。〔41〕练：白绢。〔42〕陈大士：陈际泰，临川人，以文名著天下，却一直功名不得志，明代崇祯年间中进士时已六十八岁。〔43〕中人：伤害人。

点评

求仕还是出世？求仙慕道还是留恋红尘？是封建时代知识分子面临的人生选择，《贾奉雉》创造一个在出世、入世，仙界、凡间徘徊挣扎的形象。绘出在科举取士制度下正直的知识分子无路可走的痛苦，为封建时代知识分子的人生提供了一个完整的案例。贾奉雉才气出众却总是名落孙山，当他压低了自己，改变了自己，将锦绣文章变成狗屁不通的烂文时，居然高中榜首。贾奉雉果决地弃恶浊尘世求仙，却忘不了夫妇情缘。再度入世的贾奉雉面对贫困而卑贱的后代，明白功名仍然是改变命运的唯一出路，不得不捡起他鄙弃过的狗屎文章，并借此飞黄腾达。因此进一步深切体会到人生沧桑、宦海险恶，终于大彻大悟，与社会彻底决裂。贾奉雉身上隐含着作者对科举制度的深刻批判，负荷着蒲松龄式书生的理想、追求、困惑、失意。贾奉雉是真实的，是歧路亡羊、荷戟彷徨、上下求索式的人物；郎生是幻想的，是当头棒喝、指点迷津的角色。贾、郎二人源于蒲松龄思想矛盾的两个方面。蒲松龄将现实生活的苦闷衍化为贾奉雉，将对生活的了悟升华幻化为郎生。法国作家福楼拜曾说："包法利夫人就是我。"蒲松龄也可以说："贾奉雉和郎生都是我。"与蒲松龄笔下其他著名的书生形象，如叶生、王子安、司文郎、于去恶相比，贾奉雉反映知识分子的命运是全方位的，他徜徉于出世和红尘之间，完成了封建时代知识分子从求仕到求仙，再到入仕，再到罢官的全过程。《贾奉雉》提供了比其他篇章更丰富的思想，也展示了作者更深刻的矛盾，应看成是聊斋先生科举题材的巅峰之作。

賈奉雉

一枕功仙夢乍回
榮華於眼瞬
寒灰方年盛氣
消磨盡自有
樓船接引來

胭脂

①蒲松龄喜欢用"都"（美好）写青年读书郎。《娇娜》用"丰采甚都"形容书生。

②王氏"戏之"，胭脂却认真。

③"王笑而去"笔有化工，轻佻者笑痴情人。

④王氏仍"戏之"，且将男女私会看作常事。胭脂却坚持明媒正娶。

⑤王氏"戏嘱"是第三次"戏"。第一次引出胭脂对鄂生钟情；第二次引出胭脂正式婚配要求；第三次引出宿介猎艳。次要人物王氏的轻佻是小说发展的重要因素。

东昌卞氏〔1〕，业牛医者〔2〕，有女小字胭脂，才姿惠丽。父宝爱之，欲占凤于清门〔3〕，而世族鄙其寒贱〔4〕，不屑缔盟〔5〕，以故及笄未字。对户龚姓之妻王氏，佻脱善谑〔6〕，女闺中谈友也〔7〕。一日，送至门，见一少年过，白服裙帽〔8〕，丰采甚都①。女意似动，秋波萦转之。少年俯其首，趋而去。去既远，女犹凝眺。王窥其意，戏之曰②："以娘子才貌，得配若人，庶可无恨。"女晕红上颊，脉脉不作一语。王问："识得此郎否？"答云："不识。"王曰："此南巷鄂秀才秋隼，故孝廉之子。妾向与同里，故识之。世间男子，无其温婉。今衣素，以妻服未阕也〔9〕。娘子如有意，当寄语使委冰焉。"女无言，王笑而去③。数日无耗，心疑王氏未暇即往，又疑宦裔不肯俯拾〔10〕。邑邑徘徊，萦念颇苦，渐废饮食，寝疾惙顿〔11〕。王氏适来省视，研诘病因〔12〕。答言："自亦不知，但尔日别后，即觉忽忽不快，延命假息〔13〕，朝暮人也〔14〕。"王小语曰："我家男子负贩未归，尚无人致声鄂郎。芳体违和〔15〕，非为此否？"女赪颜良久。王戏之曰："果为此者，病已至是，尚何顾忌？先令夜来一聚，彼岂不肯可？"女叹息曰："事至此，已不能羞。但渠不嫌寒贱，即遣媒来，病当愈；若私约，则断断不可④！"王颔之，遂去。

王幼时与邻生宿介通，既嫁，宿侦夫他出，辄寻旧好。是夜宿适来，因述女言为笑，戏嘱致意鄂生⑤。宿久知女美，闻之窃喜，幸其机之可乘也。将与妇谋，又恐其妒，乃假无心之词〔16〕，问女家闺闼甚悉。次夜，逾垣入，直达女所，以指叩窗。内问"谁何"，答以"鄂生"。女曰："妾所以念君者，为百年，不为一夕。郎果爱妾，但宜速倩冰人；若言私合，不敢从命。"宿姑诺之，苦求一握纤腕为信。女不忍过拒，力疾启扉〔17〕。宿遽入，即抱求欢。女无力撑拒，仆地上，气息不续。宿急曳之。女曰："何来恶少，必非鄂郎；果是鄂郎，其人温驯，知妾病由，当相怜恤，何遂狂暴如此！若复尔尔，便当鸣呼，品行亏损，两无所益！"宿恐假迹败露，不敢复强，但请后会。女以亲迎为期。宿以为远，又请之。女厌纠缠，约待病愈。宿求信物，女不许，宿捉足解绣履而出。女呼之返，曰："身已许君，复何吝惜？但恐'画虎成狗〔18〕'，致贻污谤。今亵物已入君手〔19〕，料不可反。君如负心，但有一死！"

宿既出，又投宿王所。既卧，心不忘履，阴揣衣袂，竟已乌有。急起篝灯〔20〕，振衣冥索〔21〕。诘之，不应，疑妇藏匿，妇故笑以疑之。宿不能隐，实以情告。言已，遍烛门外，竟不可得，懊恨归寝，窃幸深夜无人，遗落当犹在途也。早起寻之，亦复杳然。

先是，巷中有毛大者，游手无籍〔22〕。尝挑王氏不得，知宿与洽，思掩执以胁之。是夜，过其门，推之未扃，潜入。方至窗外，踏一物，耎若絮帛，拾视，则巾裹女舄。伏听之，闻宿自述甚悉，喜极，抽息而出〔23〕。逾数夕，越墙入女家，门户不悉，误诣翁舍。翁窥窗，见男子，察其音迹，知为女来者。心忿怒，操刀直出。毛大骇，反走，方欲攀垣，而卞追已近，急无所逃，反身夺刃。媪起，大呼，毛不得脱，因而杀之。女稍痊，闻喧始起。共烛之，翁脑裂不复能言，俄顷已绝。于墙下得绣履。媪视之，胭脂物也。逼女，女哭而实实告之〔24〕，但不忍贻累王氏，言鄂生之自至而已。

天明，讼于邑。邑宰拘鄂。鄂为人谨讷〔25〕，年十九岁，见客羞涩如童子。被执，骇绝，上堂不知置词，惟有战慄。宰益信其情真，横加桎梏⑥。书生不堪痛楚，以是诬服。既解郡，敲扑如邑。生冤气填塞，每欲与女面相质，及相遭，女辄诟詈，遂结舌不能自伸，由是论死。

⑥不调查，不询问，只知用刑，酷吏。

往来覆讯，经数官，无异词。

　　后委济南府复案〔26〕。时吴公南岱守济南〔27〕，一见鄂生，疑不类杀人者；阴使人从容私问之，俾得尽其词。公以是益知鄂生冤。筹思数日，始鞫之。先问胭脂："订约后，有知者否？"答："无之。""遇鄂生时，别有人否？"亦答："无之。"乃唤生上，温语慰之⑦。生自言："曾过其门，但见旧邻妇王氏与一少女出⑧。某即趋避，过此并无一言。"吴公叱女曰："适言侧无他人，何以有邻妇也？"欲刑之。女惧曰："虽有王氏，与彼实无关涉。"公罢质〔28〕，命拘王氏⑨。数日已至，又禁不与女通，立刻出审，便问王："杀人者谁？"王对："不知。"公诈之曰："胭脂供言，杀卞某汝悉知之，胡得隐匿？"妇呼曰："冤哉！淫婢自思男子，我虽有媒合之言，特戏之耳。彼自引奸夫入院，我何知焉！"公细诘之，始述其前后相戏之词。公呼女上，怒曰："汝言彼不知情，今何以自供撮合哉？"女流涕曰："自己不肖，致父惨死，讼结不知何年，又累他人，诚不忍耳。"

　　公问王氏："既戏后，曾语何人？"王供："无之。"公怒曰："夫妻在床，应无不言者，何得云无？"王供："丈夫久客未归。"公曰："虽然，凡戏人者，皆笑人之愚，以炫己之慧，更不向一人言，将谁欺！⑩"命桔十指〔29〕。妇不得已，实供："曾与宿言。"公于是释鄂拘宿⑪。宿至，自供："不知。"公曰："宿妓者必无良士！"严械之。宿自供："赚女是真，自失履后，未敢复往。杀人实不知情。"公怒曰："逾墙者何所不至！"⑫又械之。宿不任凌籍〔30〕，遂以自承。招成报上，无不称吴公之神。铁案如山，宿遂延颈以待秋决矣。

　　然宿虽放纵无行，故东国名士〔31〕，闻学使施公愚山贤能称最〔32〕，又有怜才恤士之德，因以一词控其冤枉，语言怆恻。公讨其招供〔33〕，反覆凝思之，拍案曰："此生冤也！"遂请于院、司〔34〕⑬，移案再鞫。问宿生："鞋遗何所？"供言："忘之，但叩妇

---

⑦问得细！从搜寻知情人入手。吴公颇谙侦破技巧。

⑧知情人浮出水面。

⑨王氏是解开冤情的死结。

⑩吴公问得好，推理亦好。

⑪释鄂拘宿，雷厉风行。

⑫"宿妓者必无良士"武断，何况王氏并非"妓"。"逾墙者何所不至！"更武断。

⑬提学道无权审理杀人案件，请于院、司，获得巡抚和臬司授权则可以复审。

门时犹在袖中。"转诘王氏："宿介之外，奸夫有几？"
⑭供言："无有。"公曰："淫乱之人，岂得专私一个？"供言："身与宿介，稚齿交合，故未能谢绝。后非无见挑者，身实未敢相从。"因使指其人以实之，供云："同里毛大，屡挑而屡拒之矣。"公曰："何忽贞白如此？"命榜之。妇顿首出血，力辨无有。乃释之。又诘："汝夫远出，宁无有托故而来者？"曰："有之。某甲，某乙，皆以借贷馈赠，曾一二次入小人家。"

盖甲、乙皆巷中游荡子，有心于妇而未发者也。公悉籍其名，并拘之⑮。既集，公赴城隍庙，使尽伏案前。便谓："曩梦神人相告，杀人者不出汝等四五人中。今对神明，不得有妄言。如肯自首，尚可原宥；虚者，廉得无赦〔35〕！"同声言无杀人之事。公以三木置地〔36〕，将并加之，括发裸身〔37〕，齐鸣冤苦。公命释之，谓曰："既不自招，当使鬼神指之。"使人以毡褥悉障殿窗，令无少隙。袒诸囚背，驱入暗中，始授盆水，一一命自盥讫，系诸壁下，戒令面壁勿动："杀人者，当有神书其背。"⑯少间，唤出验视，指毛曰："此真杀人贼也！"盖公先使人以灰涂壁，又以烟煤濯其手。杀人者恐神来书，故匿背于壁而有灰色；临出，以手护背而有烟色也。

公固疑是毛，至此益信。施以毒刑，尽吐其实⑰。

判曰："宿介：蹈盆成括杀身之道〔38〕，成登徒子好色之名〔39〕。只缘两小无猜，遂野鹜如家鸡之恋；为因一言有漏，致得陇兴望蜀之心。将仲子而逾围墙〔40〕，便如鸟堕；冒刘郎而至洞口〔41〕，竟赚门开。感悦惊龙，鼠有皮胡若此〔42〕？攀花折树，士无行其谓何！幸而听病燕之娇啼，犹为玉惜；怜弱柳之憔悴，未似莺狂。而释幺凤于罗中，尚有文人之意；乃劫香盟于袜底，宁非无赖之尤〔43〕！蝴蝶过墙，隔窗有耳；莲花瓣卸，堕地无踪〔44〕。假中之假以生，冤外之冤谁信？天降祸起，酷械至于垂亡；自作孽盈，断头几于

⑭ 思路对头，故如此问。

⑮ 划定最小范围，其实毛大早在施恩山掌控中。

⑯ 绝妙的心理战。

⑰ 学者通常解释《胭脂》是真实断案故事，实际是真人假事，是蒲松龄根据前人作品虚构的恩师断案故事，主旨是颂扬恩师施闰章。前边两个断案官员都是给他的恩师做铺垫的。吴南岱顺治十二年（1655）担任过济南知府，施闰章顺治十三年（1656）担任过山东学政，他们没有同时出现在山东的机会。怎么可能吴南岱断错案由施闰章纠正？

不续〔45〕。彼逾墙钻隙，固有玷夫儒冠；而僵李代桃，诚难消其冤气。是宜稍宽笞扑，折其已受之惨；姑降青衣〔46〕，开其自新之路⑱。

若毛大者：刁猾无籍，市井凶徒。被邻女之投梭，淫心不死；伺狂童之入巷，贼智忽生〔47〕。开户迎风，喜得履张生之迹；求浆值酒，妄思偷韩掾之香〔48〕。何意魄夺自天，魂摄于鬼。浪乘槎木，直入广寒之宫；径泛渔舟，错认桃源之路〔49〕。遂使情火息焰，欲海生波。刀横直前，投鼠无他顾之意；寇穷安往，急兔起反噬之心〔50〕。越壁入人家，止期张有冠而李借；夺兵遗绣履，遂教鱼脱网而鸿离〔51〕。风流道乃生此恶魔，温柔乡何有此鬼蜮哉！即断首领，以快人心。

胭脂：身犹未字，岁已及笄。以月殿之仙人，自应有郎似玉；原霓裳之旧队，何愁贮屋无金〔52〕？而乃感《关雎》而念好逑，竟绕春婆之梦；怨摽梅而思吉士，遂离倩女之魂〔53〕。为因一线缠萦，致使群魔交至。争妇女之颜色，恐失胭脂；惹鸳鸯之纷飞，并托秋隼〔54〕。莲钩摘去，难保一瓣之香；铁限敲来，几破连城之玉〔55〕。嵌红豆于骰子，相思骨竟作厉阶；丧乔木于斧斤，可憎才真成祸水〔56〕。葳蕤自守，幸白璧之无瑕；缧绁苦争，喜锦衾之可覆〔57〕。嘉其入门之拒，犹洁白之情人；遂其掷果之心，亦风流之雅事〔58〕。仰彼邑令，作尔冰人。"

案既结，遐迩传颂焉⑲。自吴公鞫后，女始知鄂生冤。堂下相遇，靦然含涕，似有痛惜之词，而未可言也。生感其眷恋之情，爱慕殊切，而又念其出身微，且日登公堂，为千人所窥指，恐娶之为人姗笑，日夜萦回，无以自主。判牒既下，意始安帖。邑宰为之委禽，送鼓吹焉。

异史氏曰："甚哉！听讼之不可以不慎也！纵能知李代为冤，谁复思桃僵亦屈？然事虽暗昧，必有其间，要非审思研察，不能得也。呜呼！人皆服哲人之折狱明，而不知良工之用心苦矣。世之居民上者，棋局消日，绅

⑱ 学使对名士存恻隐之心。宿介如此作孽，仅将其秀才级别降一下，通过考试仍可复位。

⑲ 施闰章断案办法也是从前人作品移花接木。宋代《折狱龟鉴》《梦溪笔谈》两书都写过类似故事。

被放衙，下情民艰，更不肯一劳方寸〔59〕。至鼓动衙开，巍然高坐，彼哓哓者直以桎梏静之〔60〕，何怪覆盆之下多沉冤哉〔61〕！"

愚山先生吾师也，方见知时，余犹童子〔62〕。窃见其奖进士子，拳拳如恐不尽，小有冤抑，必委曲呵护之，曾不肯作威学校，以媚权要。真宣圣之护法〔63〕，不止一代宗匠〔64〕⑳，衡文无屈士也，而爱才如命，尤非后世学使虚应故事者所及。尝有名士入场，作《宝藏兴》〔65〕文，误记"水下"，录毕而后悟之，料无不黜之理，作词曰："宝藏在山间，误认却在水边。山头盖起水晶殿，珊长峰尖，珠结树颠。这一回崖中跌死撑船汉，告苍天：留点蒂儿〔66〕，好与友朋看。"先生阅文至此，和之曰："宝藏将山夸，忽然见在水涯。樵夫漫说渔翁话。题目虽差，文字却佳，怎肯放在他人下？尝见他，登高怕险，那曾见，会水淹杀？"此亦风雅之一斑，怜才之一事也㉑。

⑳《胭脂》后所附学政奖进士子，把审错题考生录取的事，也非施闰章所做。民国三十五年《重修博兴县志》记载，写错题目的考生叫魏基，破格录取他的学政并不是施闰章。

㉑朱一玄在《聊斋志异资料汇编》指出《胭脂》原型是《醒世恒言·陆五汉硬留五色鞋》。

校勘

底本：手稿本。参校：异史、二十四卷本、铸雪斋本、青柯亭本。

注释

〔1〕东昌：明清府名，今山东聊城市。〔2〕业牛医：为牛看病的兽医。〔3〕占凤于清门：到读书人家挑女婿。占凤，挑女婿。清门，既不操贱业又不做官的人家。〔4〕世族：世家大族。〔5〕缔盟：缔结婚约。〔6〕佻脱善谑：轻薄活跃，喜欢开玩笑。〔7〕谈友：聊天的朋友。〔8〕白服裙帽：夫为妻服丧的装束。〔9〕妻服未阕：为亡妻服丧尚未期满。〔10〕宦裔：官宦人家后代。俯拾：俯就。〔11〕寝疾惙顿：病重卧床，有气无力。〔12〕研诘：仔细盘问。〔13〕延命假息：苟延残喘。〔14〕朝暮人：朝不保夕的人。〔15〕芳体：对女子身体的敬称。违和：称他人生病的婉辞。〔16〕无心之词：漫不经心的话。〔17〕力疾：勉强支撑身体。启扉：开门。〔18〕画虎成狗：语出《后汉书·马援传》。此处引申意思是，想求好的婚姻办不到，倒惹人们笑话。〔19〕亵物：

贴身之物，指绣鞋。〔20〕篝灯：点灯。〔21〕振衣冥索：抖动衣服暗中寻找。〔22〕游手无籍：游手好闲。无籍，无正当职业。〔23〕抽息：屏气。〔24〕实实告之：老老实实告诉母亲。〔25〕谨讷：为人老实，不善言辞。〔26〕济南府复案：复案，复审。济南府与东昌府为平行官署，但济南为山东巡抚衙门所在地，可受部院委托复审。〔27〕吴公南岱：吴南岱，江南武进人士，进士。顺治时任济南知府。事迹见《济南府志》卷三十。〔28〕罢质：停止审讯。〔29〕梏十指：封建时代拶指酷刑。用绳串五根木棍夹犯人手指，再用力收绳以逼供。〔30〕凌藉：摧残折磨。〔31〕东国：古代指齐、鲁等为东方之国，此处指山东。〔32〕施公愚山：施闰章，字尚白，号愚山，安徽宣城人，清初著名诗人，顺治进士，曾任山东提学道。事见《济南府志》卷三十七。蒲松龄十九岁时，在县、府、道三试都取得第一，被施闰章录取为秀才，施闰章是蒲松龄的恩师。〔33〕招供：供词。〔34〕院、司：巡抚和按察使衙门。〔35〕虚者：说谎者。廉得：查访出。〔36〕三木：加在犯人颈、手、足上的木制刑具。〔37〕括发裸身：束起头发，脱掉上衣，做用刑准备。〔38〕盆成括：宿介招致杀身之祸，像战国时因不走正道丧命的盆成括。盆成括，战国时人。《孟子·尽心下》："盆成括仕于齐，孟子曰：'死矣盆成括！'盆成括见杀，门人问曰：'夫子何以知其将见杀？'曰：'其为人也小有才，未闻君子之大道，则足以杀其躯已矣。'"〔39〕登徒子：战国时宋玉《登徒子好色赋》的人物。后世以"登徒子"代指好色之人。登徒，复姓，子，古代男子通称。〔40〕将仲子：《诗经·郑风·将仲子》："将仲子兮，无逾我墙。"原意是女方拒绝男方越矩的求爱行为。〔41〕冒刘郎：刘晨和阮肇天台山遇仙，此处指宿介冒充鄂生。〔42〕"感悦"两句：《诗经·召南·野有死麕》："无感我帨兮，无使尨（máng）也吠。"《诗经·鄘风·相鼠》："相鼠有皮，人而无仪；人而无仪，不死何为？"意思是宿介没脸没皮，逾墙折花。〔43〕"而释幺凤"四句：从罗网中放走凤鸟儿，多少有点儿文人意味；从袜子底下抢绣鞋做信物，真是无赖之极。幺凤，有五色彩羽的小鸟，亦称"桐花凤"，比喻少女胭脂。〔44〕"蝴蝶"四句：宿介和王氏偷情，话被毛大听到，宿介强夺来的绣鞋恰好丢失。莲花瓣即"莲瓣"，女人绣鞋。〔45〕"自作"二句：宿介自作自受，几乎丧命。〔46〕青衣：秀才的降等处分。商衍鎏《清代科举考试述录》："（生员）由蓝衫改着青衫曰青衣。"〔47〕"被邻女"四句：被邻居妇人拒绝了，淫心不死；看到狂妄书生（宿介）走进小巷，以捉奸胁迫王氏的坏主意相应就来。〔48〕"开户"四句：打开门迎接春风，得意地追踪张生会莺莺的脚步；本想挑逗王氏却巧遇玷污胭脂的机会，就像找水喝找到美酒，妄想偷来贾充家的异香。

偷韩掾之香，用《晋书·贾充传》典故。贾充女儿钟情韩寿，把晋武帝赐给贾充的西域异香偷来送给韩寿。〔49〕"浪乘"四句：想进胭脂的闺房，却误闯其父之房，就像径直驾着渔船，错认了桃花源的路。〔50〕"刀横"四句：竟然横刀向前，连投鼠忌器都不想一想；没了退路的强贼，反咬一口。〔51〕"越壁"四句：翻墙进入姑娘家，只希望能张冠李戴，夺下刀刃却丢了绣鞋，自己逃脱却害他人被拘。〔52〕"以月殿"四句：一个月宫美人似的美女，自然应有个冠玉似郎君；原来就是霓裳羽衣舞的旧队，还愁没有金屋藏娇？〔53〕"而乃感"四句：有感于关关雎鸠、君子好逑，竟然做场春梦；怨恨着梅子飘落思念郎君，于是像倩女一样灵魂离开身体。怨摽（biào）梅而思吉士，指胭脂钟情鄂生，相思成疾。《诗经·召南·摽有梅》："摽有梅，其实七兮；求我庶士，迨其吉兮。"〔54〕"争妇女"四句：争夺妇女的颜色，恐怕丧失"胭脂"；凶恶的老鹰飞来，却假托是什么"秋隼"。〔55〕"莲钩摘去"四句：小小绣鞋被宿介抢走，一双金莲难以保全；敲开铁门者到来，几乎使连城美玉的贞操差点儿丧失。铁限，铁门槛。〔56〕"嵌红豆"四句：对情郎的刻骨相思，竟成了惹祸根源，带累父亲丢失性命，痴情人成了真祸水。可憎才，对情人的昵称。典出《西厢记》张生怨莺莺"则为这可憎才熬得心肠耐"。〔57〕"葳蕤（wēi ruí）自守"四句：幸亏还能贞操自守，保住白玉无瑕；囚禁狱中还能为报父仇一次次抗争，幸而可以用一条锦被遮盖这些丑事。葳蕤，草名，形容柔弱女性。〔58〕"嘉其入门"四句：欣赏她对入门狂徒的坚决拒绝，还是个洁白的情人，干脆成全她对鄂生的情意，也算是风流雅事。掷果之心，指女子对美男子的爱慕，典出《晋书·潘岳传》，美男子潘岳外出，妇女都丢果子给他，于是满载而归。〔59〕"棋局"四句：下棋消磨光阴，胡乱断完案回家睡大觉，对百姓疾苦一点儿也不放到心上。绸（chóu），同"绸"。放衙，官吏退堂。〔60〕唏（xiāo）唏：争辩声。桎梏：刑具。〔61〕覆盆：倒扣的盆，比喻暗无天日。〔62〕童子：童生。〔63〕宣圣之护法：保护儒教的人。〔64〕宗匠：有重大成就的人。清初诗坛以"南施北宋"著称，即指安徽宣城人施闰章与山东莱阳人宋琬。他们都是有成就的大诗人，一代宗匠。〔65〕宝藏兴：考试题目。出自《礼记·中庸》。〔66〕留点蒂儿：留点面子。

点评

这是《聊斋》中最著名的破案故事，多次被搬上舞台和屏幕。梅兰芳大师曾演出《牢狱鸳鸯》。作为断案故事最突出的优点是情节曲折生动，一环扣一环。胭脂和鄂秀才一见钟情，本可成为爱侣，但因为佻脱的王氏、风流的宿介、凶残的毛大介入，爱的线索变成杀人因由。案发后，县令不调查不研究不思考，只知道一味用刑，错判了案。吴南岱聪明过人，一眼就看出鄂秀才是李代桃僵，却没想到宿介也是冤屈的。身为学使的施闰章是天才的心理学大师，巧施小技，真凶落网。爱情是最美丽的感情，却导致凶杀；杀人是最重的罪名，却一再错判。奇而又奇，奇中有奇；冤而又冤，冤中有冤。小说一波一波向前推进，令人目不暇接。

《胭脂》虽是断案小说，却着力于人物创造，人各一面，个个生动。胭脂既美丽多情又纤弱自重；鄂秀才文弱娴雅又幼稚单纯；宿介风流放荡又怜香惜玉；王氏轻佻油滑又巧舌如簧；毛大凶残狡诈又愚蠢无比。三个断案的官员，县令鲁莽审案、草菅人命；吴南岱少年气盛、风头十足、聪明机智又刚愎自用；施闰章仁爱稳重、精细睿智，巧用心理战，料事如神明。诱王氏讲出线索，再设下鱼钩钓真凶，玩凶顽于股掌之中。施闰章断案，尤其是他断定宿介非杀人犯，并在最后仅仅将其降级处理，体现了学政对读书人的爱护。篇末附则更以一个真实的有趣故事将施闰章爱护人才的一代宗师风采，写得栩栩如生。施闰章是清初大诗人，他的诗歌朴实严谨，本文中的判词文采斐然，其丰赡繁富的用典、叠屋架床的排比，与《聊斋》其他故事的判词（如《席方平》中二郎神的判词），如出一辙，应并非施闰章所作。施闰章《学余堂集》中也查不到所谓他写的判词。显然是蒲松龄替他的恩师捉刀创造。根据历史记载，施闰章和吴南岱也没有同时在济南做官的机会，不可能有吴断错案由施重新审案的事。

胭脂

小劫情天又惹四辨明冤枉
謝良媒五花妙判寫
鸳朦東國争傳折獄才

阿纤

奚山者，高密人〔1〕，贸贩为业，往往客蒙沂之间〔2〕。一日，途中阻雨，及至所常宿处，而夜已深；遍叩肆门，无有应者，徘徊庑下〔3〕。忽二扉豁开，一叟出，便纳客入。山喜从之。縶蹇登堂，堂上迄无几榻。叟曰："我怜客无归，故相容纳。我实非卖食沽饮者。家中无多手指，惟有老荆弱女，眠熟矣。虽有宿肴，苦少烹饪〔4〕，勿嫌冷啜也。"言已，便入；少顷，以足床来，置地上，促客坐；又入，携一短足几至，拔来报往〔5〕，躞蹀甚劳。①山起坐不自安，曳令暂息。

少间，一女郎出行酒，叟顾曰："我家阿纤兴矣。"视之，年十六七，窈窕秀弱②，风致嫣然。山有少弟未婚，窃属意焉，因询叟清贯尊阀。答云："士虚，姓古。子孙皆夭折，剩有此女。适不忍搅其酣睡，想老荆唤起矣。"问："婿家阿谁？"答言："未字。"山窃喜。既而品味杂陈，似所宿具③。食已，致恭而言曰："萍水之人，遂蒙宠惠，没齿所不敢忘。缘翁盛德，乃敢遽陈朴鲁〔6〕：仆有幼弟三郎，十七岁矣。读书肄业，颇不顽冥。欲求援系，不嫌寒贱否？"叟喜曰："老夫在此，亦是侨寓，倘得相托，便假一庐，移家而往，庶免悬念。"山都应之，遂起展谢。叟殷勤安置而去。鸡既唱，叟已出，呼客盥沐。束装已，酬以饭金，固辞曰："客留一饭，万无受金之理；矧附为婚姻乎〔7〕？"

既别，客月余，乃返。去村里余，遇老媪率一女郎，冠服尽素。既近，疑似阿纤。女郎亦频转顾，因把媪袂，附耳不知何辞。媪便停步，向山曰："君奚姓耶？"山唯唯。媪惨然曰："不幸老翁压于败堵④，今将上墓。家虚无人，请少待路侧，行即还也。"遂入林去，移时始来。途已昏冥，遂与偕行。道其孤弱，不觉哀啼；山

①没有几榻，饭菜陈冷，拔来报往。表面看是清贫人家，细琢磨是鼠穴。

②可爱的小老鼠。

③鼠穴何来新粮？妙。

④要害的一笔，与此后巨鼠压于败堵相对应。

亦酸恻。媪曰："此处人情大不平善，孤孀难以过度。阿纤既为君家妇，过此恐迟时日，不如早夜同归。"山可之。

既至家，媪挑灯供客已，谓山曰："意君将至，储粟都已粜去；尚存廿余石，远莫致之。北去四五里，村中第一门，有谈二泉者，是吾售主。君勿惮劳，先以尊乘运一囊去，叩门而告之，但道南村古姥有数石粟，粜作路用，烦驱蹄躈一致之也。"即以囊粟付山。山策蹇去，叩户，一硕腹⑤男子出，告以故，倾囊先归。俄有两夫以五骡至。媪引山至粟所，乃在窖中。山下，为操量执概〔8〕。母放女收〔9〕，顷刻盈装，付之以去。凡四返而粟始尽。既而以金授媪。媪留其一人二畜，治任遂东。行二十里，天始曙。至一市，市头赁骑，谈仆乃返。

既归，山以情告父母。相见甚喜，即以别第馆媪，卜吉为三郎完婚。媪治奁妆甚备⑥。阿纤寡言少怒；或与语，但有微笑；昼夜绩织无停晷⑦，以是上下悉怜悦之。嘱三郎曰："寄语大伯：再过西道，勿言吾母子也。"⑧居三四年，奚家益富，三郎入泮矣。

一日，山宿古之旧邻，偶及曩年无归，投宿翁媪之事。主人曰："客误矣。东邻为阿伯别第，三年前，居者辄睹怪异，故空废甚久，有何翁媪相留？"山甚讶之，而未深言。主人又曰："此宅向空十年，无敢入者。一日，第后墙倾，伯往视之，则石压巨鼠如猫⑨，尾在外犹摇。急归，呼众共往，则已渺矣。群疑是物为妖。后十余日，复入试，寂无形声；又年余，始有居人。"山益奇之。

归家私语，窃疑新妇非人，阴为三郎虑；而三郎笃爱如常。久之，家中人纷相猜议。女微察之，夜中语三郎曰："妾从君数载，未尝少失妇德。今置之不以人齿。请赐离婚书，听君自择良耦。"因泣下。三郎曰："区区寸心，宜所夙知。自卿入门，家日益丰，咸以福泽归卿，乌得有异言？"女曰："君无二心，妾岂不知？但众口纷纭，恐不免秋扇之捐。"三郎再四慰解，乃已。山终

⑤一只胖老鼠。

⑥阿纤嫁奚家不缺礼。

⑦阿纤做人无可指责。

⑧但明伦评："寄语大伯数语，先为下文漏泄消息，若有意，若无意，若用力，若不用力。此等处闲中着笔，淡处安根，遂使遍体骨节灵通，血脉贯注，所谓闲着即是要着，淡语皆非泛语也。"

⑨与老翁压于败堵符合。

不释，日求善扑之猫，以觇其意。女虽不惧，然戚戚不快。一夕，谓媪小恙，辞三郎省侍之。天明，三郎往讯，则室内已空。骇极，使人于四途踪迹之，并无消息。中心营营，寝食都废。而父兄皆以为幸，交慰藉之，将为续婚；而三郎殊不怿。俟之年余，音问已绝；父兄辄相诮责，不得已，以重金买妾，然思阿纤不衰。又数年，奚家日渐贫，由是咸忆阿纤⑩。

有叔弟岚以故至胶，迂道宿表戚陆生家。夜闻邻哭甚哀，未遑诘也。既返，复闻之。因问主人。答云："数年前，有寡母孤女，僦居于是，月前姥死，女独处，无一线之亲，是以哀耳。"问："何姓？"曰："姓古。尝闭户不与里社通，故未悉其家世。"岚惊曰："是吾嫂也！"因往款扉。有人挥涕出，隔扉应曰："客何人？我家故无男子。"岚隙窥而遥审之，果嫂。便曰："嫂启关，我是叔家阿遂。"女闻之，拔关纳入，诉其孤苦，意凄怆悲怀。岚曰："三兄忆念颇苦。夫妻即有乖迕，何遂远遁至此？"即欲赁舆同归。女怆然曰："我以人不齿数故，遂与母偕隐；今又返而依人，谁不加白眼？如欲复还，当与大兄分炊；不然，行乳药求死耳！"岚既归，以告三郎。三郎星夜驰去。夫妻相见，各有涕洟。次日，告其屋主。屋主谢监生，窥女美，阴欲图致为妾，数年不取其值，频风示媪，媪绝之。媪死，窃幸可谋，而三郎忽至，通计房租以留难之，三郎家故不丰，闻金多，颇有忧色。女言："不妨。"引三郎视仓储，约粟三十余石，偿租有余。三郎喜，以告谢。谢不受粟，故索金。女叹曰："此皆妾身之恶幛也！"遂以其情告三郎。三郎怒，将诉于邑。陆氏止之，为散粟于里党，敛资偿谢，以车送两人归。三郎实告父母，与兄析居。阿纤出私金，日建仓廪，而家中尚无儋石〔10〕，共奇之。年余验视，则仓中盈矣。不数年，家大富。而山苦贫，女移翁姑自养之；辄以金粟周兄，狃以为常〔11〕。三郎喜曰："卿可云不念旧恶矣。"女曰："彼自爱弟耳，且非渠，

⑩势利。

妾何缘识三郎哉？"后亦无甚怪异。

校勘

底本：手稿本。参校：异史、二十四卷本、铸雪斋本、青柯亭本。

注释

〔1〕高密：明清县名，属莱州府，今山东省潍坊高密市。〔2〕蒙沂：蒙阴、沂水。〔3〕庑：屋檐。〔4〕烹鬵（xín）：煮饭的大锅。〔5〕拔来报（fù）往：迅速地一趟一趟跑来跑去。暗示老鼠窜来窜去。〔6〕朴鲁：朴实而有点鲁莽的心意。〔7〕矧（shěn）：何况。〔8〕操量执概：用斗量粟。概，量粟时用来刮平升斗的用具。〔9〕母放女收：母亲往里边倒粟，女儿撑开口袋接。〔10〕儋石：担石，少量米粟。〔11〕狃（niǔ）以为常：习以为常。

点评

表面上看，这个故事很像日常生活中下层人家的联姻、矛盾、夫妻聚合。一位长兄替幼弟订了一门亲事，而大伯对弟妇有偏见，影响到夫妇之间，经过分分合合，最后皆大欢喜。实际上，小说巧妙地利用"异类"做文章，天才地将通常人们不齿、不悦的动物，幻化成可爱的艺术形象，写出特殊的美感，令人在阅读中不时感到新奇，觉得有趣。小说开始描写奚山与古翁交往就隐隐埋伏其"异类"身份。古翁忠厚老实良善，但家居简陋，带鼠穴特点；吃的东西不少，却是冷的，带鼠粮特点；招待客人拔来报往，也带鼠类多动的特点。阿纤身上也有细微之处暗点鼠类特点，如体形瘦弱，善积蓄。但她身上怪异成分非常之少，"鼠"的特点已完全消失，甚至连猫都不怕了。因此，可以将她看成是小家碧玉式的美丽女性，一位寻常的、娘家地位不高、在婆家受歧视的、忍辱负重的女性。阿纤窈窕秀美、聪明机智、勤劳善良、为人低调，是贤妻良媳。对阿伯的怀疑，她先是据理力争，然后毅然离开，返回后，则通情达理，以德报怨。《聊斋》点评家认为，"文贵肖题，各从其类，风人咏物，比、兴、赋体遂为词翰滥觞"。《阿纤》充分体现了这一特点。

阿纤

故剑飘零思不禁 重来应为感恩深 分居不惜分金粟 犹谅区区爱弟心

瑞云

瑞云，杭之名妓，色艺无双。年十四岁，其母蔡媪，将使出应客。瑞云告曰："此奴终身发轫之始〔1〕，不可草草。价由母定，客则听奴自择之。"媪曰："诺。"乃定价十五金，遂日见客。客求见者必以贽〔2〕，贽厚者，接一弈，酬一画；薄者，留一茶而已。瑞云名噪已久，自此富商贵介，日接于门。

余杭贺生，才名夙著，而家仅中资。素仰瑞云，固未敢拟同鸳梦；亦竭微贽，冀得一睹芳泽。窃恐其阅人既多，不以寒畯在意〔3〕，及至相见一谈，而款接殊殷。坐语良久，眉目含情，作诗赠生，曰："何事求浆者，蓝桥叩晓关。有心寻玉杵，端只在人间〔4〕。"生得之狂喜，更欲有言，忽小鬟来白客，生仓猝遂别。既归，吟玩诗词，梦魂萦扰。①

① 贺生对瑞云开头是以玩赏态度出现，瑞云赠诗后，其感情产生了飞跃，从欣慕名妓，到喜欢知书达理、善解人意的少女并希望终生相守，好奇的猎艳变成了知己之恋。

过一二日，情不自已，修贽复往。瑞云接见，良欢，移坐近生，悄然谓："能图一宵之聚否？"生曰："穷踧之士，惟有痴情可献知己。一丝之贽，已竭绵薄。得近芳容，意愿已足，若肌肤之亲，何敢作此梦想？"瑞云闻之，戚然不乐，相对遂无一语。生久坐不出，媪频唤瑞云以促之，生乃归。心甚邑邑，思欲馨家以博一欢，而更尽而别，此情复何可耐？筹思及此，热念都消，由是音息遂绝。

瑞云择婿数月，更不得一当，媪颇恚，将强夺之而未发也。一日，有秀才投贽，坐语少时，便起，以一指按女额曰："可惜，可惜！"遂去。瑞云送客返，共视额上有指印，黑如墨，濯之益真。数日，墨痕渐阔；年余，连颧彻准矣〔5〕。见者辄笑，而车马之迹以绝。媪斥去妆饰，使与婢辈伍。瑞云又荏弱，不任驱使，日益憔悴。贺闻而过之，见蓬首厨下，丑状类鬼；起首见

1495

生，面壁自隐。贺怜之，便与媪言，愿赎作妇。媪许之，贺货田倾装〔6〕，买之而归。入门，牵衣揽涕，且不敢以伉俪自居，愿备妾媵，以俟来者。贺曰："人生所重者知己。卿盛时犹能知我，我岂以衰故忘卿哉！"②遂不复娶。闻者共姗笑之。而生情益笃。居年余，偶至苏，有和生③与同主人，忽问："杭有名妓瑞云，近如何矣？"贺以"适人"对。又问："何人？"曰："其人率与仆等〔7〕。"和曰："若能如君，可谓得人矣。不知价几何许？"贺曰："缘有奇疾，姑从贱售耳。不然，如仆者，何能于勾栏中买佳丽哉？"又问："其人果能如君否？"贺以其问之异，因反诘之，和笑曰："实不相欺：昔曾一觌其芳仪，甚惜其以绝世之姿，而流落不偶，故以小术晦其光而保其璞〔8〕，留待怜才者之真鉴耳。"贺急问曰："君能点之，亦能涤之否？"和笑曰："乌得不能，但须其人一诚求耳〔9〕。"贺起拜曰："瑞云之婿，即某是也。"和喜曰："天下惟真才人为能多情，不以妍媸易念也〔10〕。请从君归，便赠一佳人。"遂与同返。

既至，贺将命酒，和止之曰："先行吾法，当先令治具者有欢心也。"即令以盥器贮水，戟指而书之，曰："濯之当愈。然须亲出一谢医人也。"贺笑捧而去，立俟瑞云自靧之〔11〕，随手光洁，艳丽一如当年。夫妇共德之，同出展谢，而客已渺，遍觅之不可得，意者其仙欤？

② 在士子嫖妓并以容貌论妓女价值的衰颓世风中，在整个社会视妓女为至贱的情况下，贺生娶个丑妓女为正妻，选择悖于常理，因此也激动人心。

③ "和生"暗含"和事佬"的意思。

校勘

底本：手稿本。参校：异史、二十四卷本、铸雪斋本、青柯亭本。

注释

〔1〕发轫：事情的开头。此指妓女的初次接客。〔2〕贽：见面礼。〔3〕寒畯（jùn）：出身寒微。〔4〕"何事"四句：瑞云的诗是借传奇故事表达对贺生的钟情。唐传奇《裴航》写秀才裴航在蓝桥向云英要水喝，并向她求婚，

其母要裴航弄到玉杵后才同意。后裴航找到，夫妻成仙。浆，酒或水；蓝桥，陕西蓝桥驿；玉杵，月宫捣药所用。〔5〕连颧彻准：墨迹漫延到面颊鼻子。〔6〕货田倾装：变卖田产，倾囊而出。〔7〕率与仆等：大概和我这样的人差不多。〔8〕晦其光而保其璞：遮盖住其光芒，保护其纯真。〔9〕一诚求：言语恳切地求一次。〔10〕不以妍媸易念：不以美丽丑陋而改变感情。〔11〕靧（huì）：洗脸。

点评

《聊斋》点评家冯镇峦说："《聊斋》之妙，同于化工赋物，人各面目，每篇各具局面，排场不一，意境翻新，令读者每至一篇另长一番精神。"蒲松龄即如此，极力求取新意，尽力营造新人。写妓女题材的小说向来有比较固定的构思套路：以色慕情，好事多磨，历经苦难，终成眷属。瑞云乃杭州名妓，按说她的故事也脱不了这样的模式。但蒲松龄就是敢对几百年间文人约定俗成的程式说"不"。他通过瑞云在奇丑情况下与多情郎结百年之好的动人故事，说明"天下惟真才人能多情，不以妍媸为念"的道理。《瑞云》是支优美的"知己之恋"小夜曲。最成功的形象不是作为篇名的女主角，而是男主角贺生。西方有谚语：男女双方的爱情是否经得起考验，要待一方得过一次重感冒之后。瑞云经历了远远超过重感冒的不幸，却换来了贺生始终如一的真情，贺生对她的爱是无条件的知己之爱，金钱、美丑等世俗因素已不起作用，两颗心和谐相知，能战胜人生任何困难。可以说，贺生将瑞云做正妻迎娶回家，这个爱情故事已完成。或者说，中国小说最传统的"大团圆"已在男女主角心中完成。而《瑞云》的构思支点，与其说是和生的神奇的手指，不如说是作者予取予夺，"忽扬忽抑，忽盛忽衰，以人之妍媸，作文之开合，借化工之颠倒，为笔阵之纵横"（但明伦语）。

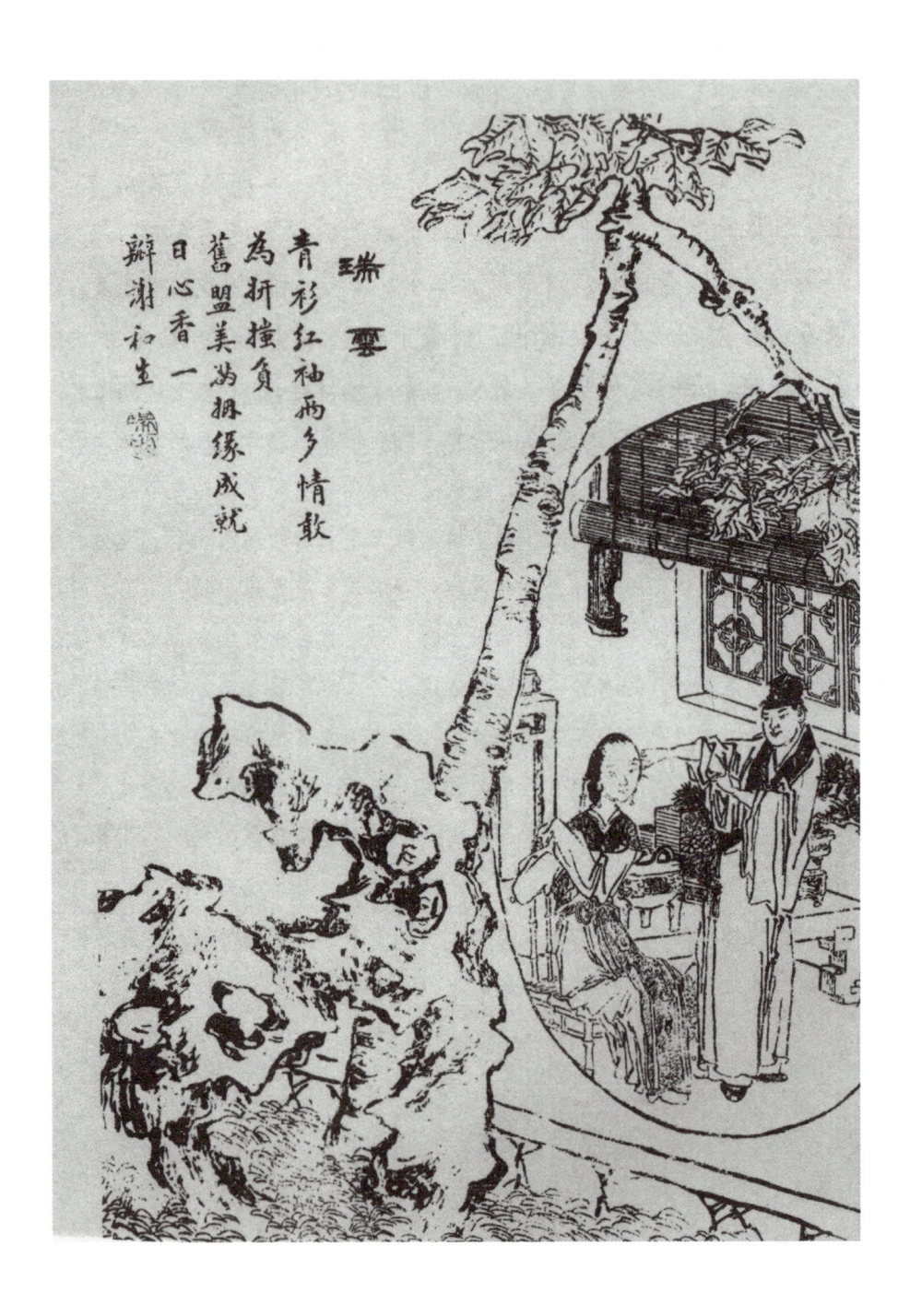

瑞云

青衫红袖两多情,
为折撑负
旧盟美为姻缘成就
日心香一
辨谢和生

仇大娘

卷七

仇仲，晋人，忘其郡邑。值大乱，为寇俘去。二子福、禄俱幼；继室邵氏，抚双孤，遗业幸能温饱。而岁屡祲〔1〕，豪强者复凌藉之〔2〕，遂至食息不保〔3〕。仲叔尚廉利其嫁，屡劝驾，邵氏矢志不摇。廉阴券于大姓〔4〕，欲强夺之；关说已成，而他人不之知也。里人魏名，凤狡狯，与仲家积不相能〔5〕，事事思中伤之。因邵寡，伪造浮言以相败辱。大姓闻之，恶其不德而止。①久之，廉之阴谋与外之飞语，邵渐闻之，冤结胸怀，朝夕陨涕，四体渐以不仁，委身床榻。福甫十六岁，因缝纫无人，遂急为毕姻。妇，姜秀才屺瞻之女，颇称贤能，百事赖以经纪。由此用渐裕，仍使禄从师读。

魏忌嫉之，而阳与善，频招福饮，福倚为腹心交。魏乘间告曰："尊堂病废，不能理家人生产，弟坐食，一无所操作，贤夫妇何为作马牛哉！且弟买妇，将大耗金钱。为君计，不如早析，则贫在弟而富在君也。"福归，谋诸妇，妇咄之。奈魏日以微言相渐渍〔6〕，福惑焉，直以己意告母，母怒，诟骂之。福益悉，辄视金粟为他人物而委弃之。魏乘机诱与博赌，仓粟渐空，妇知而未敢言。既至粮绝，被母骇问，始以实告。母愤怒而无如何，遂析之。幸姜女贤，旦夕为母执炊，奉事一如平日。福既析，益无顾忌，大肆淫赌，数月间，田屋悉偿戏债，而母与妻皆不及知。福资既罄，无所为计，因券妻代资，苦无受者。邑人赵阎罗，原系漏网之巨盗，武断一乡，固不畏福言之食也，慨然假资。福持去，数日复空。意踟蹰，将背券盟。赵横目相加。福惧，赚妻付之。魏闻窃喜，急奔告姜，实将倾败仇也。姜怒，讼兴；福惧甚，亡去。②姜女至赵家，始知为婿所卖，大哭，但欲觅死。赵初慰谕之，不听；既而威逼之，益骂；大怒，鞭挞之，

①魏名陷害仇家第一件事，给邵氏造谣，仇家反而因祸得福，阻止了仇尚廉嫁侄妇以霸占田产的阴谋。坏人治坏。

②魏名陷害仇家第二件事，调拨兄弟关系，教唆仇福做不肖子弟，卖掉妻子，将仇家置于家破人亡的悲惨境地。而魏给姜家报信却导致姜氏的解脱，并留日后团圆的可能。

1499

终不肯服。因拔笄自刺其喉，急救，已透食管，血溢出。赵急以帛束其项，犹冀从容而挫折焉。

明日，拘牒已至，赵行行殊不置意〔7〕。官验女伤重，命笞之，隶相顾，无敢用刑。官久闻其横暴，至此益信，大怒，唤家人出，立毙之。姜遂舁女归。自姜之讼也，邵氏始知福不肖状，一号几绝，冥然大渐〔8〕。禄时年十五，茕茕无以自主。

先是，仲有前室女大娘，嫁于远郡，性刚猛，每归宁，馈赠不满其志，辄迕父母，往往以愤去，仲以是怒恶之；又以道远，遂数载不一存问。邵氏垂危，魏欲使招之来而启其争③。适有贸贩者，与大娘同里，便托寄语大娘，且歆以家之可图〔9〕。数日，大娘果与少子至。入门，见幼弟侍病母，景象惨澹，不觉怆恻。因问弟福，禄备告之。大娘闻之，忿气塞吭，曰："家无成人，遂任人蹂躏至此！吾家田产，诸贼何得赚去！"因入厨下，爇火炊糜，先供母，而后呼弟及子共啖之。啖已，忿出，诣邑投状，讼诸博徒。众惧，敛金赂大娘。大娘受其金而仍讼之④。邑令拘甲、乙等，各加杖责，田产殊置不问。大娘愤不已，率子赴郡。郡守最恶博者。大娘力陈孤苦，及诸恶局骗之状，情词慷慨。守为之动，判令邑宰追田给主；仍惩仇福以儆不肖。既归，邑令奉令敲比，于是故产尽反。

大娘时已久寡，乃遣少子归，且嘱从兄务业，勿得复来⑤。大娘从此止母家，养母教弟，内外有条。母大慰，病渐瘳，家务悉委大娘。里中豪强，少见陵暴，辄握刀登门，侃侃争论，罔不屈服。居年余，田产日增。时市药饵珍肴，馈遗姜女。又见禄渐长成，频嘱媒为之觅姻。魏告人曰："仇家产业，悉属大娘，恐将来不可复返矣。"人咸信之，故无肯与论婚者。

有范公子子文，家中名园为晋第一。园中名花夹路，直通内室。或不知而误入之，值公子私宴，怒，执为盗，杖几死。会清明，禄自塾中归，魏引与游邀⑥，遂至园所。

③招仇大娘来，本是魏名祸害仇家的第三件事，却成为仇大娘兴家的开始，仇家再次因祸得福。仇大娘在家庭危难情况下出场。在文言短篇小说里，女主角在八百余字后才登场，实为罕见。而其登场前山雨欲来风满楼。

④真是所谓"女光棍"也。仇大娘有头脑、有胆略、有才干。

⑤伏后文"恐人议其私"之语，思谋周到。

⑥魏名陷害仇家的第四件事，在仇福已经逃亡情况下，企图借范公子的手置仇禄于死地，而仇家再次因祸得福，仇禄娶得家世显赫的美妻。

魏故与园丁有旧，放令入，周历亭榭。俄至一处，溪水汹涌，有画桥朱槛，通一漆门；遥望门内，繁花如锦，盖即公子内斋也，魏绐之曰："君请先入，我适欲私焉。"禄信之，寻桥入户，至一院落，闻女子笑声。方停步间，一婢出，窥见之，旋踵即返。禄始骇奔。无何，公子出，叱家人绹索逐之。禄大窘，自投溪中。公子反怒为笑，命诸仆引出。见其容裳都雅，便令易其衣履，曳入一亭，诘其姓氏。蔼容温语，意甚亲昵。俄，趋入内；旋出，笑握禄手，过桥，渐达曩所。禄不解其意，逡巡不敢入。公子强曳之入，见花篱内隐隐有美人窥伺。既坐，则群婢行酒。禄辞曰："童子无知，误践闺闼，得蒙赦宥，已出非望。但求释令早归，受恩非浅。"公子不听。俄顷，肴炙纷纭。禄又起，辞以醉饱，公子捺坐，笑曰："仆有一乐拍名，若能对之，即放君行。"禄唯唯请教。公子云："拍名'浑不似'。"禄默思良久，对曰："银成'没奈何'。"公子大笑曰："真石崇也！"禄殊不解。

盖公子有女名蕙娘，美而知书，日择良偶。夜梦一人告之曰："石崇，汝婿也。"问："何在？"曰："明日落水矣。"早告父母，共以为异。禄适符梦兆，故邀入内舍，使夫人女辈共觇之也。公子闻对而喜，乃曰："拍名乃小女所拟，屡思而无其偶，今得属对，亦有天缘。仆欲以息女奉箕帚；寒舍不乏第宅，更无烦亲迎耳。"禄惶然逊谢，且以母病不能入赘为辞。公子姑令归谋，遂遣园人负湿衣，送之以马。既归，告母，母惊为不详。于是始知魏氏险；然因凶得吉，亦置不仇，但戒子远绝而已。

逾数日，公子又使人致意母，母终不敢应。大娘应之⑦，即倩双媒纳采焉。未几，禄赘入公子家。年余游泮，才名籍甚。妻弟长成，敬少弛；禄怒，携妇而归，母已杖而能行。频岁赖大娘经纪，第宅亦颇完好。新妇既归，婢仆如云，宛然有大家风焉。

魏又见绝，嫉妒益深，恨无瑕之可蹈，乃引旗下逃

⑦办事果断，有魄力。母不敢应，惧范家权势也；仇大娘敢应，正是要利用范家的权势。

人诬禄寄赀〔10〕⑧。国初立法最严〔11〕，禄依令徙口外。范公子上下贿托，仅以蕙娘免行；田产尽没入官。幸大娘执析产书，锐身告理，新增良沃若干顷，悉挂福名，母女始得安居。禄自分不返，遂写离婚字付岳家，伶仃自去。行数日，至都北，饭于旅肆。有丐子偫营户外〔12〕，貌绝类兄；近致讯诘，果兄。禄因自述，兄弟悲惨。禄解复衣，分数金，嘱令归。福泣受而别。禄至关外，寄将军帐下为奴。因禄文弱，俾主文籍，与诸仆同栖止。仆辈研问家世，禄悉告之。内一人惊曰："是吾儿也！"盖仇仲初为寇家牧马，后寇投诚，卖仲旗下，时从主屯关外。向禄缅述，始知真为父子，抱首悲哀，一室为之酸辛。已而愤曰："何物逃东，遂诈吾儿！"因泣告将军。将军即令禄摄书记；函致亲王，付仲诣都。仲伺车驾出，先投冤状。亲王为之婉转，遂得昭雪，命地方官赎业归仇。仲返，父子各喜。禄细问家口，为赎身计。乃知仲入旗下，两易配而无所出，时方鳏也。禄遂治任返。

初，福别弟归，蒲伏自投。大娘奉母坐堂上，操杖问之："汝愿受扑责，便可姑留；不然，汝田产既尽，亦无汝啖饭之所，请仍去。"⑨福涕泣伏地，愿受笞。大娘投杖曰："卖妇之人，亦不足惩。但宿案未消，再犯首官可耳。"即使人往告姜，姜女骂曰："我是仇氏何人，而相告耶！"大娘频述告福而揶揄之⑩，福惭愧不敢出气。居半年，大娘虽给奉周备，而役同厮养。福操作无怨词，托以金钱辄不苟。大娘察其无他，乃白母，求姜女复归，母意其不可复挽，大娘曰："不然。渠如肯事二主，楚毒岂肯自罹？要不能不有此忿耳。"遂率弟躬往负荆。岳父母诮让良切。大娘叱使长跪，然后请见姜女。请之再四，坚避不出；大娘搜捉以出。女乃指福唾骂，福惭汗无地自容。姜母始曳令起。大娘请问归期，女曰："向受姊惠綦多，今承尊命，岂复敢有异言？但恐不能保其不再卖也！且恩义已绝，更何颜与黑心无

⑧魏名陷害仇家的第五件事，钻政治风云的空子诬告仇禄，本以为可一举搞垮仇家，没想到反而造成了仇家的父子、兄弟、夫妻团圆。世间常有这样的事，害人者反而成了助人者。

⑨教育有方。

⑩故意往伤口撒盐，激发仇福的自尊心。对仇福役同厮养，乃教弟成才，用心良苦。

赖子共生活哉？请别营一室，妾往奉事老母，较胜披削足矣〔13〕。"大娘代白其悔⑪，为翌日之约而别。

次朝，以乘舆取归，母逆于门而跪拜之。女伏地大哭。大娘劝止，置酒为欢，命福坐案侧，乃执爵而言曰："我苦争者，非自利也。今弟悔过，贞妇复还，请以簿籍交纳；我以一身来，仍以一身去耳。"⑫夫妇皆兴席改容，罗拜哀泣，大娘乃止。

居无何，昭雪之命下，不数日，田宅悉还故主。魏大骇，不知其故，自恨无术可以复施。适西邻有回禄之变，魏托救焚而往，暗以缊营爇禄第，风又暴作，延烧几尽；⑬止余福居两三屋，举家依聚其中。未几，禄至，相见悲喜。

初，范公子得离书，持商蕙娘。蕙娘痛哭，碎而投诸地。父从其志，不复强。禄归，闻其未嫁，喜如岳所。公子知其灾，欲留之；禄不可，遂辞而退。大娘幸有藏金，出葺败堵。福负锸营筑，掘见窖镪，夜与弟共发之，石池盈丈，满中皆不动尊也〔14〕。由是鸠工大作，楼舍群起，壮丽拟于世胄。禄感将军义，备千金往赎父。福请行，因遣健仆辅之以去。禄乃迎蕙娘归。未几，父兄同归，一门欢腾。

大娘自居母家，禁子省视，恐人议其私也。父既归，坚辞欲去。兄弟不忍。父乃析产而三之：子得二，女得一也。大娘固辞。兄弟皆泣曰："吾等非姊，乌有今日！"大娘乃安之，遣人招子，移家共居焉。

或问大娘："异母兄弟，何遂关切如此？"大娘曰："知有母而不知有父者，惟禽兽如此耳，岂以人而效之⑭？"福、禄闻之皆流涕，使工人治其第，皆与己等。

魏自计十余年，祸之而益福之⑮，深自愧悔。又仰其富，思交欢之，因以贺仲阶进，备物而往。福欲却之；仲不忍拂，受鸡酒焉。鸡以布缕缚足，逸入灶；灶火燃布，往栖积薪，僮婢见之而未顾也，俄而薪焚灾舍，一家惶骇。幸手指众多，一时扑灭，而厨中已百物俱空矣。兄弟皆

---

⑪性格刚猛者偏会以柔克刚。仇大娘迎姜氏回家，是迎家妇回家，意味着自己管家的结束，有出以公心的气魄。

⑫光明磊落，披肝沥胆。但明伦评："自古勋戚，殊少此智。"

⑬魏名害仇家的第六件事，放火。结果导致仇家重新盖房时发现藏金，作者巧思无奇不有。

⑭在封建社会中如此对待异母兄弟者，少见而弥足珍贵。《聊斋》点评家认为是"至理名言"。

⑮一句总结全文。人生在世，经常想祸害他人者，常常走向自己愿望的反面。给他人出难题的结果，是激他人奋起，二者距离越来越远。害人者空怀嫉妒之心，想再害对方，无奈已不在一个层面，徒唤奈何。

谓其物不祥。后值父寿，魏复馈牵羊[15]。却之不得，系羊庭树。夜有僮被仆殴，忿趋树下，解羊索自经死。兄弟叹曰："其福之不如其祸之也！"自是魏虽殷勤，竟不敢受其寸缕，宁厚酬之而已。后魏老，贫而作丐，仇每周以布粟而德报之。

异史氏曰："嘻嘻！造物之殊不由人也！益仇之而益福之，彼机诈者无谓甚矣。顾受其爱敬，而反以得祸，不更奇哉？此可知盗泉之水[16]，一掬亦污也。"

校勘

底本：手稿本。参校：异史、二十四卷本、铸雪斋本、青柯亭本。

注释

[1]祲（jìn）：受灾。[2]凌藉：欺压。[3]食息不保：饭都吃不上。[4]阴券：偷偷地订下合约。[5]积不相能：长期不和。[6]日以微言相渐渍：整天用些闲话慢慢地影响。[7]行（háng）行：刚强自负貌。《论语·先进》："子路，行行如也；冉有，侃侃如也。"[8]大渐：病危。[9]歆以家之可图：暗示（仇大娘）可以来谋夺仇家的家业。[10]引旗下逃人诬禄寄资：诱引编入旗籍的人诬告仇禄窝藏钱财。[11]国初：清朝建立之初。[12]怔营：惶恐不安。[13]披削：披僧尼衣，剃度出家。[14]不动尊：收藏不动的银子。[15]馈牵羊：古时送羊即有送礼之意，也表示服输改过。[16]盗泉：古泉名，故址在山东泗水县。传说孔子过盗泉，渴而不饮，旧时习惯用"盗泉"比喻不正当的收入。

点评

小说围绕着仇家和魏名的恩恩怨怨展开，魏名居心叵测，六次设计陷害仇家，结果一咒十年旺，反而使得仇家越来越兴旺，越来越发达，真所谓"灾能致福，石可成金"。在这里边起关键作用的，却不是蒲松龄通常津津乐道的宿命，而是一位巾帼英雄。"健妇持门户，亦胜一丈夫。"仇大娘是在娘家面临覆灭的情况下出现的，是被魏名"调回"来闹事的，却顾全大局，摒弃前嫌，挺身而出，抵御外侮，尽返家产，在家中三个男子汉或失踪或堕落或年幼的情况下，她成为家庭的顶梁柱。她有胆有识，有能力有魄力有气派有胸襟。在应对恶邻、恶霸、恶徒时，她果断刚猛，敢作敢为，表现出超强的意志和能力。在对待官府时，她又表现为思虑周到、运筹帷幄。在处理复杂的家庭关系上，她细致入微，敬母教弟，伽劳操作。尤其可贵的是，仇大娘本来为一些细微小事和娘家不合，在娘家处于危急关头时，她目光远大，不图私利，光明磊落，心怀坦荡，正气凛然。真是疾风知劲草，岁寒而知松柏之后凋。封建社会约定俗成的话"女子无才便是德""嫁出的女儿泼出去的水"，都被仇大娘踏在脚下。仇大娘和细柳，都可以算做王熙凤、探春之先声。

仇大娘

咏家已蕭兄
且其阿父生還
晋更增拆典田
園益不變大振矣
值擅才能

曹操冢

许城外有河水汹涌〔1〕，近崖深黯。盛夏时，有人入浴，忽然若被刀斧，尸断浮出；后一人亦如之。转相惊怪。邑宰闻之，遣多人闸断上流，竭其水。见崖下有深洞，中置转轮，轮上排利刃如霜。去轮攻入，有小碑，字皆汉篆〔2〕。细视之，则曹孟德墓也。破棺散骨，所殉金宝尽取之①。

异史氏曰："后贤诗云：'尽掘七十二疑冢，必有一冢葬君尸。'宁知竟在七十二冢之外乎？奸哉瞒也！然千余年而朽骨不保，变诈亦复何益？呜呼，瞒之智，正瞒之愚也！"

① 蒲松龄受《三国演义》影响很深。其实曹操并没有设七十二疑冢，他主张丧葬从简，《遗令》交代："敛以时服，葬于邺之西冈，上与西门豹祠相近，无藏金玉珍宝。"

校勘

底本：手稿本。参校：异史、二十四卷本、铸雪斋本、青柯亭本。

注释

〔1〕许城：今河南许昌。〔2〕汉篆：汉代的篆书，是汉代流行的字体。

点评

曹操"奸绝"，是《三国演义》创造的，现实中曹操也多智谋。在漳河上建七十二疑冢，是"奸"的最后表现，而他偏偏葬在七十二疑冢之外，葬得如此诡秘，真是死而不改奸诈，奸到登峰造极。本文写曹操冢的发现过程很有层次，游泳者不是被淹死，而是被刀斧杀死，说明水下暗藏机关，聪明的邑令排水现洞，千年奸计一朝尽废，邑令既发了笔不小的横财，还落了个好名声。其奸诈也可以跟曹操媲美了。

曹操

藏身誰說九州寬，直欲欺心到蓋棺。
疑冢家空傳七十，二阿瞞今日不能瞞。

龙飞相公

安庆戴生〔1〕，少薄行〔2〕，无检幅〔3〕。一日，自他醉归，途中遇故表兄季生。醉后昏眊，亦忘其死，问："向在何所？"季曰："仆已异物，君忘之耶？"戴始恍然，而醉亦不惧，问："冥间何作？"答曰："近在转轮王殿下司录〔4〕。"戴曰："人世祸福当必知之？"季曰："此仆职也，乌得不知？但过繁，不甚关切，不能尽记耳。三日前偶稽册，尚睹君名。"戴急问其何词，季曰："不敢相欺，尊名在黑暗狱中。"戴大惧，酒亦醒，苦求拯拔。季曰："此非仆所能效力，惟善可以已之①。然君恶籍盈指，非大善不可复挽。穷秀才有何大力？即日行一善，非年余不能相准〔5〕，今已晚矣。但从此砥行〔6〕，则地狱中或有出时。"戴闻之泣下，伏地哀恳；及仰首而季已杳矣。悒悒而归。由此洗心改行，不敢差跌〔7〕。

先是，戴私其邻妇，邻人闻之而不肯发，思掩执之〔8〕。而戴自改行，永与妇绝；邻人伺之不得，以为恨。一日，遇于田间，阳与语，绐窥眢井，因而堕之。井深数丈，计必死。而戴中夜苏，坐井中大号，殊无知者。邻人恐其复上，过宿往听之；闻其声，急投石。戴移避洞中，不敢复作声。邻人知其不死，剧土填井〔9〕，几满之。

洞中冥黑，真与地狱无少异者。空洞无所得食，计无生理。蒲伏渐入，则三步外皆水，无所复之，还坐故处。初觉腹馁，久竟忘之。因思重泉下无善可行，惟长宣佛号而已。既见磷火浮游，荧荧满洞，因而祝之曰："闻青燐悉为冤鬼；我虽暂生，固亦难返，如可共话，亦慰寂寞。"但见诸磷渐浮水来；燐中皆有一人，高约人身之半。诘所自来，答云："此古煤井。主人攻煤，

①中心思想。

1509

震动古墓，被龙飞相公决地海之水，溺死四十三人。我等皆其鬼也。"问："相公何人？"曰："不知也。但相公文学士，今为城隍幕客，彼亦怜我等无辜，三五日辄一施水粥。要我辈冷水浸骨，超拔无日。君倘再履人世，祈捞残骨葬一义冢，则惠及泉下者多矣。"戴曰："如有万分一，此即何难。但深在九地，安望重睹天日乎！"因教诸鬼使念佛，捻块代珠〔10〕，记其藏数〔11〕。不知时之昏晓；倦则眠，醒则坐而已。

忽见深处有笼灯，众喜曰："龙飞相公施食矣！"邀戴同往。戴虑水沮，众强曳扶以行，飘若履虚②。曲折半里许，至一处，众释令自行；步益上，如升数仞之阶。阶尽，睹房廊，堂上烧明烛一支，大如臂。戴久不见火光，喜极，趋上。上坐一叟，儒服儒巾。戴辍步不敢前，叟已睹之，讶问："生人何来？"戴上，伏地自陈。叟曰："我耳孙也〔12〕。"因令起，赐之坐。自言："戴潜，字龙飞。向因不肖孙堂，连结匪类，近墓作井，使老夫不安于夜室，故以海水没之。今其后续如何矣？"

盖戴近宗凡五支，堂居长。初，邑中大姓赂堂，攻煤于其祖茔之侧。诸弟畏其强，莫敢争。无何，地水暴至，采煤人尽死井中。诸死者家群兴大讼，堂及大姓皆以此贫；堂子孙至无立锥。戴乃堂弟裔也。曾闻先人传其事，因告翁。翁曰："此等不肖，其后乌得昌！汝既来此，当毋废读。"因饷以酒馔，遂置卷案头，皆成、洪制艺〔13〕，迫使研读。又命题课文，如师教徒。堂上烛常明，不剪亦不灭。倦时辄眠，莫辨晨夕。翁时出，则以一僮给役。历时觉有数年之久③，然幸无苦。但无别书可读，惟制艺百首，首四千余遍矣。翁一日谓曰："子孽报已满，合还人世。余冢邻煤洞，阴风刺骨，得志后，当迁我于东原。"戴敬诺。翁乃唤集群鬼，仍送至旧坐处。群鬼罗拜再嘱。戴亦不知何计可出。

先是，家中失戴，搜访既穷，母告官，系缧多人，并少踪迹。积三四年，官离任，缉察亦弛。戴妻不安于室，

② 写人被鬼挟而行的飘忽感觉，好像脚在空中似的，生动。

③ 用词准确。

遣嫁去。会里中人复治旧井，入洞见戴，抚之未死。大骇，报诸其家。异归经日，始能言其底里。

自戴入井，邻人殴杀其妇，为妇翁所讼，驳审年余，仅存皮骨而归。闻戴复生，大惧，亡去。宗人议究治之。戴不许；且谓曩时实所自取，此冥中之谴，于彼何与焉。邻人察其意无他，始逡巡而归。井水既涸，戴买人入洞拾骨，俾各为具〔14〕，市棺设地，葬丛冢焉。又稽宗谱名潜，字龙飞，先设品物祭诸其冢。学使闻其异，又赏其文，是科以优等入闱，遂捷于乡。既归，营兆东原，迁龙飞厚葬之；春秋上墓，岁岁不衰。

异史氏曰："余乡有攻煤者，洞没于水，十余人沉溺其中。竭水求尸，两月余始得涸，而十余人并无死者。盖水大至时，共泅高处，得不溺。缒而上之，见风始绝，一昼夜乃渐苏。始知人在地下，如蛇鸟之蛰，急切未能死也。然未有至数年者。苟非至善，三年地狱中，乌复有生人哉！"

校勘

底本：手稿本。参校：异史、二十四卷本、铸雪斋本、青柯亭本。

注释

〔1〕安庆：明清府名，今安徽省安庆市。〔2〕少薄行：年轻时轻薄无行。〔3〕无检幅：不检点。〔4〕转轮王：古印度神话中法力极大的圣王。〔5〕相准：互相抵销。〔6〕砥行：磨砺自己的行为。〔7〕差跌：蹉跌，失足跌倒，喻失误。〔8〕掩执之：当场捉住。〔9〕劚（zhǔ）土：挖土。〔10〕捻块代珠：捻起泥块代替佛珠。〔11〕藏数：佛经的数目。〔12〕耳孙：远房的孙子。〔13〕成、洪制艺：明代成化、弘治年间的八股名作。〔14〕俾各为具：将丧身者每人一副棺木。

点评

坏人恶德总会受到惩罚，修行积善可以解除惩罚，这是一个劝人向善的故事。戴某虽放荡无行，但能一心改正，终于获得重生，他的故事有一定的启发意义。

龜飛相公

自命風流放誕身畫
嗜鬼獄道中人戴生
不勒懸崖馬絕尚幽
泉伴碧燁

珊瑚

安生大成,重庆人。父孝廉,早卒。弟二成,幼。生娶陈氏,小字珊瑚,性娴淑。而生母沈,悍谬不仁〔1〕,遇之虐,珊瑚无怨色。每早旦靓妆往朝。值生疾,母谓其诲淫,诟责之。珊瑚退,毁妆以进。母益怒,投颡自挝〔2〕①。生素孝,鞭妇,母始少解。自此益憎妇。妇虽奉事惟谨,终不与交一语。生知母怒,亦寄宿他所,示与妇绝。久之,母终不快,触物类而骂之,意皆在珊瑚。生曰:"娶妻以奉姑嫜。今若此,何以妻为!"遂出珊瑚,使老妪送诸其家。

方出里门,珊瑚泣曰:"为女子不能作妇,归何以见双亲?不如死!"②袖中出剪刀刺喉。急救之,血溢沾襟。扶归生族婶家。婶王,寡居无偶,遂止焉。妪归,生嘱隐其情,而心窃恐母知。过数日,探知珊瑚创渐平,登王氏门,使勿留珊瑚。王召之入;不入,但盛气逐珊瑚。无何,王率珊瑚出,见生,问:"珊瑚何罪?"生责其不能事母。珊瑚脉脉不作一言,惟俯首鸣泣,泪皆赤,素衫尽染;生惨恻,不能尽词而退。又数日,母已闻之,怒诣王,恶言诮让。王傲不相下,反数其恶,且曰:"妇已出,尚属安家何人?我自留陈氏女,非留安氏妇也,何烦强与他家事!"③母怒甚而穷于词,又见其意气汹汹,惭沮大哭而返。

珊瑚意不自安,思他适。先是,生有母姨于媪,即沈姊也。年六十余,子死,止一幼孙及寡媳;又尝善视珊瑚。遂辞王,往投媪。媪诘得故,极道妹子昏暴,即欲送之还。珊瑚力言其不可,兼嘱勿言,于是与于媪居,类姑妇焉。珊瑚有两兄,闻而怜之,欲移之归而嫁之。珊瑚执不肯,惟从于媪纺绩以自度。

生自出妇,母多方为生谋婚,而悍声流播,远近无

① 儿媳动辄得咎,乃因为儿媳夺走儿子。《孔雀东南飞》再世。

② 封建社会女子受压,无过被出,也只能忍受。

③ 唇枪舌剑。

与为偶。积三四年，二成渐长，遂先为毕姻。二成妻臧姑，骄悍戾沓〔3〕，尤倍于母。母或怒以色，则臧姑怒以声④。二成又懦，不敢为左右袒。于是母威顿减，莫敢撄，反望色笑而承迎之，犹不能得臧姑欢。臧姑役母若婢；生不敢言，惟身代母操作，涤器、洒扫之事皆与焉。母子恒于无人处，相对饮泣。无何，母以郁积病，委顿在床，便溺转侧皆须生；生昼夜不得寐，两目尽赤。⑤呼弟代役，甫入门，臧姑辄唤去之。

　　生于是奔告于媪，冀媪临存。入门，泣且诉；诉未毕，珊瑚自帏中出。生大惭，禁声欲出。珊瑚以两手叉扉⑥。生窘极，自肘下冲出而归，亦不敢以告母。无何，于媪至，母喜止之。从此，媪家无日不有人来，来辄以甘旨饷媪。媪寄语寡媳："此处不饿，后无复尔。"而家中馈遗，卒无少间。媪不肯少尝食，缄留以进病者。母病亦渐瘳。媪幼孙又以母命将佳饵来问病。沈叹曰："贤哉妇乎！姊何修者！"媪曰："妹以去妇何如人？"曰："嘻！诚不至夫臧氏之甚也！然乌如甥妇贤。"媪曰："妇在，汝不知劳；汝怒，妇不知怨⑦，恶乎弗如？"沈乃泣下，且告之悔，曰："珊瑚嫁也未者？"答云："不知，然访之。"又数日，病良已，媪欲别。沈泣曰："恐姊去，我仍死耳！"媪乃与生谋，析二成居。二成告臧姑。臧姑不乐，语侵兄，兼及媪。生愿以良田悉归二成，臧姑乃喜。立析产书已，媪始去。

　　明日，以车来迎沈。沈至其家，先求见甥妇，亟道甥妇德。媪曰："小女子百善，何遂无一疵？余固能容之。⑧子即有妇如吾妇，恐亦不能享也。"沈曰："冤哉！谓我木石鹿豕耶〔4〕！具有口鼻，岂有触香臭而不知者？"媪曰："被出如珊瑚，不知念子作何语？"曰："骂之耳。"媪曰："诚反躬无可骂，亦恶乎而骂之？"曰："瑕疵人所时有，惟其不能贤，是以知其骂也。"⑨媪曰："当怨者不怨，则德焉者可知；当去者不去，则抚焉者可知。向之所馈遗而奉事者，固非予妇也，而妇

④一物降一物，悍妇只能由比她更悍者降服。

⑤此时忆珊瑚否？

⑥好看。

⑦十二个字，将孝妇写尽。

⑧有道理。婆媳相处之至理名言。

⑨强词夺理。

也。"沈惊曰:"如何?"曰:"珊瑚寄此久矣。向之所供,皆渠夜绩之所贻也。"沈闻之,泣数行下,曰:"我何以见吾妇矣!"媪乃呼珊瑚。瑚含涕而出,伏地下。母惭痛自挞,媪力劝始止,遂为姑媳如初。十余日偕归,家中薄田数亩,不足自给,惟恃生以笔耕,妇以针黹。二成称饶足,然兄不之求,弟亦不之顾也。臧姑以嫂之出也鄙之;嫂亦恶其悍,置不齿。兄弟隔院居,臧姑时有凌虐,一家尽掩其耳。臧姑无所用虐,虐夫及婢。婢一日自经死。婢父讼臧姑,二成代妇质理,大受扑责,仍坐拘臧姑。生上下为之营脱,卒不免。臧姑械十指,肉尽脱。官贪暴,索望良奢。二成质田贷资,如数纳入,始释归。而债家责负日亟,不得已,悉以良田鬻于村中任翁。翁以田半属大成所让,要生署券。生往,翁忽自言:"我安孝廉也。任某何人,敢市吾业!"又顾生曰:"冥中感汝夫妻孝,故使我暂归一面。"生出涕曰:"父有灵,急救吾弟!"曰:"逆子悍妇,不足惜也!归家速办金,赎吾血产〔5〕。"生曰:"母子仅自存活,安得多金?"曰:"紫薇树下有藏金,可以取用。"欲再问之,翁已不语;少时而醒,茫不自知。

生归告母,亦未深信。臧姑已率人往发窖,坎地四五尺,止见砖石,并无所谓金者,失意而去。生闻其掘藏,戒母及妻勿往视。后知其无所获,母窃往窥之,见砖石摊杂土中,遂返。珊瑚继至,则见土内悉白镪;呼生往验之,果然。生以先人所遗,不忍私,召二成均分之。数适得揭取之二,各囊之而归。二成与臧姑共验之,启囊则瓦砾满中,大骇。疑二成为兄所愚,使二成往窥兄,兄方陈金几上,与母相庆。因实告兄,生亦骇,而心甚怜之,举金而并赐之。二成乃喜,往酬债讫,甚德兄。

臧姑曰:"即此益知兄诈。若非自愧于心,谁肯以瓜分者复让人乎?"⑩二成疑信半之。次日债主遣仆来,言所偿皆伪金,将执以首官。夫妻皆失色。臧姑曰:"如何哉!我固谓兄贤不至于此,是将以杀汝也!"二成惧,

⑩以小人之心度君子之腹!

往哀债主，主怒不释。二成乃券田于主，听其自售，始得原金而归。细视之，见断金二锭，仅裹真金一韭叶许，中尽铜耳。臧姑因与二成谋：留其断者，余仍反诸兄以觇之。且教之言曰："屡承让德，实所不忍。薄留二锭，以见推施之义〔6〕。所存物产，尚与兄等。余无庸多田也，业已弃之，赎否在兄。"⑪生不知其意，固让之。二成辞甚决，生乃受。称之，少五两余，命珊瑚质奁妆以满其数，携付债主。主疑似旧金，以剪刀夹验之，纹色俱足，无少差谬，遂收金，与生易券。

⑪悍妇偏偏巧舌。

二成还金后，意其必有参差；既闻旧业已赎，大奇之。臧姑疑发掘时，兄先隐其真金，忿诣兄所，责数诟厉。生乃悟反金之故。珊瑚逆而笑曰："产固在耳，何怒为？"使生出券付之。

二成一夜梦父责之曰："汝不孝不弟〔7〕，冥限已迫〔8〕，寸土皆非己有，占赖将以奚为！"醒告臧姑，欲以田归兄。臧姑嗤其愚。是时二成有两男，长七岁，次三岁。无何，长男病痘死。臧姑始惧，使二成退券于兄，言之再三，生不受。未几，次男又死。臧姑益惧，自以券置嫂所。春将尽，田芜秽不耕，生不得已种治之。

臧姑自此改行，定省如孝子，敬嫂亦至。未半年母病卒。臧姑哭之恸，至勺饮不入口。向人曰："姑早死，使我不得事，是天不许我自赎也！"产十胎皆不育，遂以兄子为子。夫妻皆寿终。生三子，举两进士。人以为孝友之报云。

异史氏曰："不遭跋扈之恶，不知靖献之忠〔9〕，家与国有同情哉。逆妇化而母死，盖一堂孝顺，无德以戡之也〔10〕。臧姑自克，谓天不许其自赎，非悟道者何能为此言乎？然应迫死，而以寿终，天固已恕之矣。生于忧患，有以矣夫！"

校勘

底本：手稿本。参校：异史、二十四卷本、铸雪斋本、青柯亭本。

注释

〔1〕悍谬不仁：泼悍蛮横，不讲道理。〔2〕投颡自捣：头碰地，自己打自己嘴巴。〔3〕骄悍庋沓：骄蛮任性，泼悍不讲理，而且怪戾多嘴。〔4〕木石鹿豕：没有知觉的木头石头和没有人类感情的兽类。〔5〕血产：血汗换来的祖业。〔6〕推施之义：推恩施义的情谊。〔7〕不孝不弟：即不孝不悌。孝，孝敬父母；悌，友爱兄弟。〔8〕冥限已迫：冥世追索性命的时限已经到了。此处暗指二成的几个孩子都长不大。〔9〕不遭跋扈之恶，不知靖献之忠：不遇到强横不讲理的人，不知道安分守己尽职尽责的人。〔10〕一堂孝顺，无德以戡之：全家子妇都孝顺，沈氏却没有福气享受。

点评

封建社会婆婆虐待儿媳几乎是普遍现象。这源自于封建法规和道德：妇女必须遵守"三从四德"，男家可按"七出之条"随便休弃妻子，大多数妇女逆来顺受，希望"多年的媳妇熬成婆"，又一轮的压迫开始。珊瑚是贤妇，无条件的贤，可怜巴巴的贤，令人惊心动魄的贤；安大成是孝子，是完全按封建礼法行事的愚孝；沈媪的虐待狂，既是发封建家长之淫威，也有早年守寡、将儿子看作精神支柱、不容儿媳"分享"的精神因素在内；臧姑对"贤妇"反其道而行之，无条件的悍，无奇不有的悍。小说将几个性格各异的人物写得分寸恰当，细致真切。即使次要人物如沈媪，也以其鞭辟入里的语言给人留下深刻印象。蒲松龄对这篇小说特别钟爱，曾经改编为长篇俚曲《姑妇曲》，对恶婆、贤媳、悍妇做进一步描写。可对照阅读。

珊瑚

篝燈課績意
酸辛勞怨相
忘孝掊真試
看于田跪泣
子只將盲票
栖頑罡

五通〔1〕

南有五通，犹北之有狐也。然北方狐祟，尚百计驱遣之；至于江浙五通，则民家美妇，辄被淫占，父母兄弟皆莫敢息，为害尤烈。

有赵弘者，吴之典商也，妻阎氏，颇风格〔2〕。一夜，有丈夫岸然自外入，按剑四顾，婢媪尽奔。阎欲出，丈夫横阻之，曰："勿相畏，我五通神四郎也。我爱汝，不为汝祸。"因抱腰如举婴儿，置床上，裙带自脱，遂狎之。而伟岸甚不可堪，迷惘中呻楚欲绝。四郎亦怜惜，不尽其器。既而下床，曰："我五日当复来。"乃去。弘于门外设典肆，是夜婢奔告之。弘知其五通，不敢问。质明，视妻惫不起，心甚羞之，戒家人勿播。妇三四日始就平复，而惧其复至。婢媪不敢宿内室，悉避外舍；惟妇对烛含愁以伺之。无何，四郎偕两人入，皆少年蕴藉。有僮列肴酒，与妇共饮。妇羞缩低头，强之饮，亦不饮，心惕惕然，恐更番为淫，则命合尽矣。三人互相劝酬，或呼大兄，或呼三弟。饮至中夜，上坐二客并起，曰："今日四郎以美人见招，会当邀二郎、五郎醵酒为贺。"遂辞而去。四郎挽妇入帏，妇哀免；四郎强合之，鲜血流离，昏不知人，四郎始去。妇奄卧床榻，不胜羞愤，思欲自尽，而投缳则带自绝，屡试皆然，苦不得死。幸四郎不常至，约妇痊可始一来。积两三月，一家俱不聊生。

有会稽万生者，赵之表弟，刚猛善射。一日，过赵，时已暮，赵以客舍为家人所集，遂宿赵内院。万久不寐，闻庭中有人行声，伏窗窥之，见一男子入妇室。疑之，捉刀而潜视之，见男子与阎氏并肩坐，肴陈几上矣。忿火中腾，奔而入。男子惊起，急觅剑；刀已中颅，颅裂而踣。视之，则一小马，大如驴①。愕问妇；妇具道之，且曰："诸神将至，为之奈何！"万摇手，禁勿声。灭

①伟岸男子竟然是小马所变，奇甚！

②智勇双全。

③三通已灭。

烛取弓矢，伏暗中。未几，有四五人自空飞堕，万急发一矢，首者殪。三人吼怒，拔剑搜射者。万握刀倚扉后，寂不少动②。一人入，刭颈亦殪。仍倚扉后，久之无声，乃出，叩关告赵。赵大惊，共烛之，一马两豕死室中③，举家相庆。犹恐二物复仇，留万于家，烹豕烹马而供之〔3〕，味美异于常馔。万生之名，由是大噪。

居月余，其怪竟绝，乃辞欲去。有木商某苦要之。先是，某有女未嫁，忽五通昼降，是二十余美丈夫，言将聘作妇，委金百两，约吉期而去。计期已迫，合家惶惧。闻万生名，坚请过诸其家。恐万有难词，隐其情不以告。盛筵既罢，妆女出拜客，年十六七，是好女子。万错愕不解其故，离席伛偻，某捺坐而实告之。万初闻而惊，而生平意气自豪，故亦不辞。至日，某仍悬彩于门，使万坐室中。日昃不至，窃意新郎已在诛数。未几，见檐间忽如鸟坠，则一少年盛服入，见万，返身而奔。万追出，但见黑气欲飞，以刀跃挥之，断其一足，大噪而去。俯视，则巨爪大如手，不知何物；寻其血迹，入于江中。某大喜，闻万无偶，是夕即以所备床寝，使与女合卺焉。于是素患五通者，皆拜请一宿其家。居年余始携妻而去。从此吴中止有一通④，不敢公然为害矣。

④蒲翁不知为何对吴地的读书人特别反感，"吴中止有一通"实际是讽刺南人的文章不通。可参考《司文郎》讽刺"南人不复反"等文字。

异史氏曰："五通、青蛙〔4〕，惑俗已久，遂至任其淫乱，无人敢私议一语。万生真天下之快人也！"

五通又：

金生，字王孙，苏州人。设帐于淮，馆缙绅园中。园中屋宇无多，花木蓁杂〔5〕。夜既深，僮仆散尽，孤影彷徨，意绪良苦。一夜，三漏将残，忽有人以指弹扉。急问之，对以"乞火"，声类馆僮。启户纳之，则二八丽者，一婢从之。生意妖魅，穷诘甚悉。女曰："妾以君风雅之士，枯寂可怜，不畏多露，相与遣此良宵。⑤恐言其故，妾不敢来，君亦不敢纳也。"⑥生又以为

⑤穷书生与神鬼狐妖相恋模式。

⑥暗点神女身份。

邻之奔女，惧丧行检〔6〕，敬谢之。女横波一顾，生觉神魂都迷，忽颠倒不能自主。婢已知之，便云："霞姑⑦，我且去。"女颔之。既而呵之曰："去则去耳，甚得云耶、霞耶⑧！"婢既去，女笑曰："适室中无人，遂偕婢从来。无知如此，遂以小字令君闻矣。"生曰："卿深细如此，故仆惧有祸机。"女曰："久当自知，但不败君行止，勿忧也。"上榻缓其装束。见臂上腕钏，以条金贯火齐〔7〕，衔双明珠；烛既灭，光照一室⑨。生益骇，终莫测其所自至。事甫毕，婢来叩窗，女起，以钏照径，入丛树而去。自此无夕不至。生于去时遥尾之，女似已觉，遽蔽其光，树浓茂，昏不见掌而返。

一日，生诣河北，笠带断绝，风吹欲落，辄于马上以手自按。至河，坐扁舟上，飘风堕笠，随波竟去。意颇自失。既渡，见大风飘笠，团转空际；渐落，以手承之，则带已续矣。异之。归斋向女缅述；女不言，但微哂之。生疑女所为，曰："卿果神人，当相明告，以祛烦惑。"女曰："岑寂之中，得此痴情人为君破闷，妾自谓不恶。纵令妾能为此，亦相爱耳。苦致诘难，欲相绝耶？"生不敢复言。

先是，生养甥女，既嫁，为五通所惑，心忧之，而未以告人。缘与女狎昵既久，肺膈无不倾吐。女曰："此等物事，家君能驱除之。顾何敢以情人之私告诸严君？"生苦哀求计。女沉思曰："此亦易除，但须亲往。若辈皆我奴隶，若令一指得着肌肤，则此耻西江不能濯也。"生哀求不已，女曰："当即图之。"次夕至，告曰："妾为君遣婢南下矣。婢子弱，恐不能便诛却耳。"次夜方寝，婢来叩户，生急起纳入，女问："如何？"答云："力不能擒，已宫之矣。"笑问其状，曰："初以为郎家也；既到，始知其非。比至婿家，灯火已张，入见娘子坐灯下，隐几若寐，我敛魂覆瓿中〔8〕。少时，物至，入室急退，曰：'何得寓生人！'审视无他，乃复入。我阳若迷。彼启衾入，又惊曰：'何得有兵气！'本不欲以秽物污指，

⑦以丫鬟点出名字，妙。

⑧娇聍如闻。

⑨点出龙宫之宝。

奈恐缓而生变，遂急捉而阉之。物惊噑遁去。乃起启瓿，娘子若醒，而婢子行矣。"生喜谢之，女与俱去。

后半月余，绝不复至，亦已绝望。岁暮，解馆欲归，女忽至。生喜逆之，曰："卿久见弃，念必有何处获罪；幸不终绝耶？"女曰："终岁之好，分手未有一言，终属缺事。闻君卷帐〔9〕，故窃来一告别耳。"生请偕归，女叹曰："难言之矣！今将别，情不忍昧。妾实金龙大王之女〔10〕，缘与君有夙分，故来相就。不合遣婢江南，致江湖流传，言妾为君阉割五通。家君闻之，以为大辱，忿欲赐死。幸婢以身自任，怒乃稍解；杖婢以百数。妾一跬步，皆以保姆从之〔11〕，投隙一至，不能尽此衷曲，奈何！"言已，欲别，生挽之而泣。女曰："君勿尔，后三十年可复相聚。"生曰："仆年三十矣；又三十年，皤然一老，何颜复见？"女曰："不然，龙宫无白叟也。且人生寿夭，不在容貌，如徒求驻颜，固亦大易。"乃书一方于卷头而去。⑩

生旋里，甥女始言其异，云："当晚若梦，觉一人捉塞盎中；既醒，则血殷床褥而怪绝矣。"生曰："我曩祷河伯耳〔12〕。"群疑始解。

后生六十余，貌犹类三十许人。一日渡河，遥见上流浮莲叶大如席，一丽人坐其上，近视则神女也。跃从之，人随荷叶俱小，渐渐如钱而灭。此事与赵弘一则，俱明季事，不知孰前孰后。若在万生用武之后，则吴下仅遗半通⑪，宜其不为害也。

⑩顽皮可爱一神女。

⑪再次调侃吴人。

校勘

底本：手稿本。参校：异史、二十四卷本、铸雪斋本、青柯亭本。

注释

〔1〕五通：又名"五圣"，南方淫鬼邪神名字。王士禛《池北偶谈》有"毁

淫祠"记载。〔2〕颇风格：颇有风韵。〔3〕炰（páo）豕：烤猪。炰，同"炮"，烧烤。〔4〕青蛙：青蛙神。长江以南的汉族与壮族信仰的神祇。源于原始图腾崇拜。据《列仙全传》记载，宋琼州葛长庚，母以白玉蟾呼之。民间有玉蟾大王庙，是人化为青蛙神。广西壮族有敬蛙节，也叫"青蛙节"，据说青蛙乃雷婆之女，是保障风调雨顺的神。〔5〕蕞（cóng）杂：同"丛杂"。〔6〕行检：操行。检，约束。〔7〕火齐：宝珠名。〔8〕敛魂覆瓿：把甥女的魂灵藏在缸中，婢附其体并代替她躺在床上。〔9〕卷帐：私塾老师撤帐回家。〔10〕金龙大王：即金龙四大王，朱元璋所封，在苏州建庙，是民间信仰的漕运之神。〔11〕保姆：亦称"保母"，是皇室和贵族家庭负责照顾、教育子女的妾侍之类，并非通常照顾婴儿的人。〔12〕河伯：本来指传说中的黄河之神，也通用于所有河流。

点评

　　五通是民间盛传的江南淫神，蒲松龄对其持批判态度。本文借写五通塑造了两个很有神采的人物，一个是刚猛的人间男子，一个是美丽多情的神女。万生富于正义感，赵家受五通之害，做丈夫的赵弘束手无策、忍气吞声。偶然前来的万生却拍案而起，见义勇为，他既善射又善于思考，以静制动，将五通各个击破。霞姑是天真烂漫、多情多义，又有点儿顽皮的神女形象，她追求爱情来到人间，因帮助恋人受惩罚，仍执着地等待和恋人团聚。像霞姑"卫星"的丫鬟虽着笔不多，也写得聪明机智，灵动可爱。

五通

派俗相传奉鬼雄，其桑濮恣淫风。万生刀箭汤公奏，一样威灵慑五通。

申氏

泾河之侧〔1〕，有士人子申氏者，家窭贫，竟日恒不举火。夫妻相对，无以为计。妻曰："无已〔2〕，子其盗乎！"申曰："士人子不能亢宗而辱门户、羞先人〔3〕，跖而生，不如夷而死〔4〕！"妻忿曰："子欲活而恶辱耶？世不田而食者，止两途：汝既不能盗，我无宁娼乎！"①申怒，与妻语相侵。妻含愤而眠。

申念：为男子不能谋两餐，至使妻欲娼，固不如死！潜起，投缳庭树间。但见父来，惊曰："痴儿，何至于此！"断其绳，嘱曰："盗可以为，须择禾黍深处伏之。此行可富，无庸再矣。"妻闻堕地声，惊寤；呼夫不应，爇火觅之，见树上缳绝，申死其下。大骇。抚捺之，移时而苏，扶卧床上。妻忿气少平。既明，托夫病，乞邻得稀酏饵申。申啜已，出而去。至午，负一囊米至。妻问所从来，曰："余父执皆世家，向以摇尾为羞，故不屑以相求也。古人云：'不遭者可无不为〔5〕。'今且将作盗，何顾焉。速炊，我将从卿言，往行劫。"妻疑其未忘前言不忿，含忍之。因淅米作糜。申饱食讫，急寻坚木，斫作梃，持之欲出。妻察其意似真，曳而止之。申曰："子教我为，事败相累，当无悔！"绝裾而出。

日暮，抵邻村，违村里许伏焉〔6〕。忽暴雨，上下淋湿，遥望浓树，将以投止。而电光一照，已近村垣。②远处似有行人，恐为所窥，见垣下有禾黍蒙密，疾趋而入，蹲避其中。无何，一男子来，躯甚壮伟，亦投禾中。申惧，不敢少动，幸男子斜行去。微窥之，入于垣中。默意垣内为富室亢氏第，此必梁上君子，伺其重获而出，当合有分。又念其人雄健，倘善取不予，必至用武。自度力不敌，不如乘其无备而颠之〔7〕。计已定，伏伺良专。直将鸡鸣，始越垣出，足未至地，申暴起，梃中腰膂，

① 男盗女娼是封建社会最不齿的行为。

② 深夜行动，靠闪电照明，妙。

踣然倾跌，则一巨龟，喙张如盆。大惊，又连击之，遂毙。

先是，亢翁有女，绝惠美，父母甚怜爱之。一夜，有丈夫入室，狎逼为欢。欲号，则舌已入口，昏不知人，听其所为而去。羞以告人，惟多集婢媪，严肩门户而已。夜既寝，更不知扉何自而开，入室，则群众皆迷，婢媪遍淫之。于是相告各骇，以告翁；翁戒家人操兵环绣闼，室中人烛而坐。约近夜半，内外人一时都瞑，忽若梦醒，见女白身卧，状类痴，良久始寤。翁甚恨之，而无如何。积数月，女柴瘠颇殆。每语人："有能驱遣者，谢金三百。"申平时亦悉闻之。是夜得龟，因悟祟翁女者，必是物也。遂叩门求赏。翁喜，筵之上座，使人舁龟于庭厨割之。留申过夜，其怪果绝，乃如数赠之。负金而归。

妻以其隔夜不还，方且忧盼；见申入，急问之。申不言，以金置榻上。妻开视，几骇绝，曰："子真为盗耶！"申曰："汝逼我为此，又作是言！"妻泣曰："前特以相戏耳。今犯断头之罪，我不能受贼人累也。请先死！"乃奔。申逐出，笑曳而返之，具以实告，妻乃喜。自此谋生产，称素封焉。

异史氏曰："人不患贫，患无行耳。其行端者，虽饿不死；不为人怜，亦有鬼祐也。③世之贫者，利所在忘义，食所在忘耻，人且不敢以一文相托，而何以见谅于鬼神乎！"

邑有贫民某乙，残腊向尽，身无完衣。自念：何以卒岁？不敢与妻言，暗操白梃，出伏墓中，冀有孤身而过者，劫其所有。悬望甚苦，渺无人迹；而松风刺骨，不可复耐。意濒绝矣，忽一人伛偻来。心窃喜，持梃遽出。则一叟负囊道左，哀曰："一身实无长物。家绝食，适于婿家乞得五升米耳。"乙夺米，复欲褫其絮袄，叟苦哀求，乙怜其老，释之，负米而归。妻诘其自，诡以"赌债"对。阴念此策良佳，次夜复往。居无几时，见一人荷梃来，亦投墓中，蹲居眺望，意似同道。乙乃逡巡自冢后出。其人惊问："谁何？"答云："行道者。"问：

③ 作者劝世中心。

"何不行？"曰："待君耳。"其人失笑。各以意会，并道饥寒之苦。夜既深，无所猎获。乙欲归，其人曰："子虽作此道，然犹雏也。前村有嫁女者，营办中夜，举家必殆。从我去，得当均之。"乙喜从之。至一门，隔壁闻炊饼声，知未寝，伏伺之。无何，一人启关荷杖出行汲，二人乘间掩入。见灯辉北舍，他屋皆暗黑。闻一媪曰："大姐，可向东舍一瞩，汝奁妆悉在椟中，忘扃镝未也。"闻少女作娇惰声。二人窃喜，潜趋东舍，暗中摸索得卧椟；启复探之，深不见底。其人谓乙曰："入之！"乙果入，得一裹，传递而出。其人问："尽矣乎？"曰："尽矣。"又绐之曰："再索之。"乃闭椟，加锁而去。乙在其中，窘急无计。未几，灯火亮入，先照椟。闻媪云："谁已扃矣。"于是母及女上榻息烛。乙急甚，乃作鼠啮物声。女曰："椟中有鼠！"媪曰："勿坏尔衣。我疲顿已极，汝宜自觇之。"女振衣起，发肩启椟。乙突出，女惊仆。乙拔关奔去，虽无所得，而窃幸得免。嫁女家被盗，四方流播。或议乙。乙惧，东遁百里，为逆旅主人赁作佣。年余浮言稍息，始取妻同居，不业白梃矣。此其自述，因类申氏，故附志之。

校勘

底本：手稿本。参校：异史、二十四卷本、铸雪斋本、青柯亭本。

注释

〔1〕泾河：甘肃境内河流。〔2〕无已：没办法。〔3〕亢宗：光大门户。〔4〕"跖而生"句：与其像盗跖靠盗窃生存，不如像伯夷高洁穷困而死。〔5〕"不遭者"句：困境中什么也可以做。〔6〕违：距离。〔7〕颠之：打倒他。

点评

申氏宁可自杀也不乐意陷入男盗女娼境地，结果得父亲启示，莫名其妙行劫，意外得到厚报。作者想借这个故事说明：人不怕穷，怕不讲品行，只要坐得正站得直，会得到上天、鬼神保佑。某乙故事恰好相反，他见利忘义，结果上了更加见利忘义者的当。小说写申氏夫妇主要采用生动精彩的对话。三言两语，人物如同画出。

申夏心竞咏北门萧生狩
半夜私归歎涟
窘死亢甘为盗跖赏行
应动鬼神慷

恒娘

洪大业,都中人。妻朱氏,姿致颇佳,两相爱悦。后洪纳婢宝带为妾,貌远逊朱,而洪嬖之。朱不平,辄以此反目。洪虽不敢公然宿妾所,然益嬖宝带,疏朱。后徙其居,与帛商狄姓者为邻。狄妻恒娘,先过院谒朱。恒娘三十许,姿仅中人,而言词轻倩。朱悦之。次日,答其拜,见其室亦有小妻,年二十以来,甚娟好。邻居几半年,并不闻其诟谇一语;而狄独钟爱恒娘,副室则虚员而已。

朱一日见恒娘而问之曰:"余向谓良人之爱妾,为其为妾也,每欲易妻之名呼作妾。今乃知不然。夫人何术?如可授,愿北面为弟子。"恒娘曰:"嘻!子则自疏,而尤男子乎?朝夕而絮聒之,是为丛驱雀,其离滋甚耳!其归益纵之①,即男子自来,勿纳也。一月后,当再为子谋之。"

① 先让妾以新变旧。

朱从其言,益饰宝带,使从丈夫寝。洪一饮食,亦使宝带共之。洪时一周旋朱,朱拒之益力,于是共称朱氏贤。如是月余,朱往见恒娘。恒娘喜曰:"得之矣!子归,毁若妆,勿华服,勿脂泽,垢面敝履,杂家人操作。②一月后,可复来。"朱从之:衣敝补衣,故为不洁清,而纺绩外无他问。洪怜之,使宝带分其劳;朱不受,辄叱去之。如是者一月,又往见恒娘。恒娘曰:"孺子真可教也③!后日为上巳节〔1〕,欲招子踏春园。子当尽去敝衣,袍裤袜履,焕然一新,早过我。"朱曰:"诺!"

② 再变成彻底的"旧妻"。

③ 用圣人的话调侃。

至日,揽镜细匀铅黄,一一如恒娘教。妆竟,过恒娘,恒娘喜曰:"可矣!"又代挽凤髻,光可鉴影;袍袖不合时制,拆其线,更作之;谓其履样拙,更于笥中出业履〔2〕,共成之讫,即令易着。临别,饮以酒,嘱曰:"归去,一见男子,即早闭户寝,渠来叩关,勿听也。

④ 多年的黄脸婆忽然变成了"新人"。

⑤ 欲擒故纵。

⑥ "媚"是女人操纵男人的尚方宝剑。杨贵妃是最美的？不，是最媚的，白居易写得很明确："回眸一笑百媚生，六宫粉黛无颜色。"

⑦ 媚的专题课之一：美目盼兮。

⑧ 媚的专题课之二：巧笑倩兮。

⑨ 古今中外，概莫能外。

⑩ 三十六计之外的又一计：易妻为妾计。

三度呼，可一度纳。口索舌，手索足，皆吝之。半月后，当复来。"朱归，炫妆见洪。洪上下凝睇之④，欢笑异于平时。朱少话游览，便支颐作惰态；日未昏，即起入房，阖扉眠矣。未几，洪果来款关；朱坚卧不起，洪始去⑤。次夕复然。明日，洪让之，朱曰："独眠习惯，不堪复扰。"日既西，洪入闺坐守之。灭烛登床，如调新妇，绸缪甚欢。更为次夜之约；朱不可，长与洪约，以三日为率。

半月许，复诣恒娘。恒娘阖门与语曰："从此可以擅专房矣。然子虽美，不媚⑥也。子之姿一媚，可夺西施之宠，况下者乎！"于是试使睇⑦，曰："非也！病在外眦。"试使笑⑧，又曰："非也！病在左颐。"乃以秋波送娇，又嫣然瓠犀微露，使朱效之，凡数十作，始略得其仿佛。恒娘曰："子归矣！揽镜而娴习之，术无余矣。至于床笫之间，随机而动之，因所好而投之，此非可以言传者也。"朱归，一如恒娘教。洪大悦，形神俱惑，惟恐见拒。日将暮，则相对调笑，跬步不离闺闼，日以为常，竟不能推之使去。朱益善遇宝带，每房中之宴，辄呼与共榻坐；而洪视宝带益丑，不终席，遣去之。朱赚夫入宝带房，扃闭之，洪终夜无所沾染。于是宝带恨洪，对人辄怨谤。洪益厌怒之，渐施鞭楚。宝带忿，不自修，拖敝垢履，头类蓬葆，更不复可言人矣。

恒娘一日谓朱曰："我术如何矣？"朱曰："道则至妙，然弟子能由之，而终不能知之也。纵之，何也？"曰："子不闻乎：人情厌故而喜新，重难而轻易⑨。丈夫之爱妾，非必其美也，甘其所乍获，而幸其所难遘也。纵而饱之，则珍错亦厌，况藜羹乎！""毁之而复炫之，何也？"曰："置不留目，则似久别；忽睹艳妆，则如新至。譬贫人骤得粱肉，则视脱粟非味矣。而又不易与之，则彼故而我新，彼易而我难，此即子易妻为妾之法⑩也。"朱大悦，遂为闺中之密友。

积数年，忽谓朱曰："我两人情若一体，自当不昧生平。向欲言而恐疑之也，行相别，敢以实告：妾乃狐也。

幼遭继母之变，鬻妾都中。良人遇我厚，故不忍遽绝，恋恋以至于今。明日老父尸解，妾往省觐，不复还矣。"朱把手唏嘘。早旦往视，则举家惶骇，恒娘已杳。

异史氏曰："买珠者不贵珠而贵椟。新旧难易之情，千古不能破其惑；而变憎为爱之术，遂得以行乎其间矣。古佞臣事君，勿令见人，勿使窥书。乃知容身固宠，皆有心传也。"

校勘

底本：手稿本。参校：异史、二十四卷本、铸雪斋本、青柯亭本。

注释

〔1〕上巳节：农历三月初三，是古代妇女踏春的日子。〔2〕业履：未完工的绣花鞋。

点评

西方报纸杂志多年来最喜欢做这样的文章：教女人如何利用性的魅力掌握男人，而三百年前在封建的中国，蒲松龄早就创造了恒娘这一女人操纵男人的"恶之花"。小说通篇做的都是"狐媚"文章。《封神演义》的狐狸精苏妲己灭纣王靠的是狐媚。所谓"狐媚"就是狐狸精之媚。唐传奇写狐狸精体内有"媚珠"，哪个女人得到了媚珠，就可以得到男人的宠爱。骆宾王骂武则天是"狐媚偏能惑主"，《恒娘》则具体而微地把狐媚写到了家。恒娘掌握男性喜新厌旧的心理并创造了"睨"和"笑"两种具体狐媚术，利用心理战和"狐媚"把男人牢牢地控制在手里，完成了易旧为新、变易为难的"易妻为妾"计。恒娘的狐媚实际上是封建时代一夫多妻制的必然结果，是女人努力做男人的玩偶而且坐稳了玩偶地位的血泪史。其实质，体现出男女不平等的社会中，女人跟男人相处时的根本劣势。我们可以替暂时得宠的朱氏设想：假如比她年轻比她漂亮的宝带从挫折中崛起，也学会了狐媚，假如朱家来了个更年轻、更漂亮、更狐媚的二姨太，朱氏的江山还能永固吗？李白诗："昔日芙蓉花，今成断肠草。以色事他人，能得几时好？"其实，蒲松龄在给人物命名时已经预伏深意：恒娘者，永恒的媚娘也；向她北面而称弟子的是朱氏，朱者，红也，红颜易老，而求永恒，岂非缘木求鱼？所以说，对任何时代的女人来说，对待男人时，狐媚有效亦有限，重要的是，女人要提升自身的人生价值。

恆娘

小加大芳
暗傷悲昔
日專房寵
已哀感激
難忘之種
德一顰一
笑教西施

葛巾

　　常大用，洛〔1〕人，癖好牡丹。闻曹州牡丹甲齐鲁〔2〕，心向往之。适以他事如曹，因假缙绅之园居焉。而时方二月，牡丹未华，惟徘徊园中，目注句萌〔3〕，以望其拆〔4〕，作怀牡丹诗百绝。未几，花渐含苞，而资斧将匮；寻典春衣，流连忘返。①一日凌晨，趋花所，则一女郎及老妪在焉，疑是贵家宅眷；亦遂遄返〔5〕。暮而往，又见之，从容避去。微窥之，宫妆艳绝，眩迷之中，忽转一想：此必仙人，世上岂有此女子乎！急返身而搜之，骤过假山，适与妪遇。女郎方坐石上，相顾失惊。妪以身幛女，叱曰："狂生何为！"生长跪曰："娘子必是神仙。"②妪咄之曰："如此妄言，自当絷送令尹〔6〕！"生大惧。女郎微笑曰："去之。"过山而去。生返，不能徒步，意女郎归告父兄，必有诟辱之来，偃卧空斋，自悔孟浪。窃幸女郎无怒容，或当不复置念。悔惧交集，终夜而病；日已向辰，喜无问罪之师，心渐宁帖；而回忆声容，转惧为想。③如是三日，憔悴欲死。

　　秉烛夜分，仆已熟眠。妪入，持瓯而进曰："吾家葛巾娘子，手合鸩汤，其速饮！"生闻而骇，既而曰："仆与娘子，夙无怨嫌，何至赐死？既为娘子手调，与其相思而病，不如仰药而死！"遂引而尽之。妪笑，接瓯而去。生觉药气香冷④，似非毒者。俄觉肺鬲宽舒，头颅清爽，酣然睡去。既醒，红日满窗；试起，病若失。心益信其为仙。无可夤缘，但于无人时，仿佛其立处、坐处，虔拜而默祷之。

　　一日，行去，忽于深树内，觌面遇女郎，幸无他人，大喜，投地，女郎近曳之，忽闻异香竟体，即以手握玉腕而起，指肤软腻，使人骨节欲酥⑤。正欲有言，老妪忽至。女令隐身石后，南指曰："夜以花梯度墙，四面

① 大用爱牡丹不是一般的爱，是痴迷。

② 在常大用的概念中"神仙"是可以接受的，花妖却存点儿疑问。

③ 层次分明、细致真切的心理描写。

④ 葛巾美丽体贴，用牡丹精髓给常大用治病。

⑤ 聊斋性描写的特点：雅致而富有诗意。

1533

红窗者，即妾居也。"匆匆遂去。生怅然，魂魄飞散，莫能知其所往。至夜，移梯登南垣，则垣下已有梯在，喜而下，果见红窗。室中闻敲棋声，伫立不敢复前，姑逾垣归。少间，再过之，子声犹繁；渐近窥之，则女郎与一素衣美人相对着[7]，老妪亦在坐，一婢侍焉。又返，凡三往复，三漏已催。生伏梯上，闻妪出云："梯也，谁置此？"呼婢共移去之。生登垣，欲下无阶，恨悒而返。

次夕复往，梯先设矣。幸寂无人，入，则女郎兀坐，若有思者，见生，惊起，斜立含羞。生揖之曰："自谓福薄，恐于天人无分，亦有今夕耶！"遂狎抱之。纤腰盈掬，吹气如兰。撑拒曰："何遽尔？"生曰："好事多磨⑥，迟为鬼妒。"言未及已，遥闻人语。女急曰："玉版妹子来矣！君可姑伏床下。"生从之，无何，一女子入，笑曰："败军之将，尚可复言战否？业已烹茗，敢邀为长夜之欢。"女郎辞以困惰。玉版固请之，女郎坚坐不行。玉版曰："如此恋恋，岂藏有男子在室耶？"强拉之，出门而去。生膝行而出，恨绝，遂搜枕簟，冀一得其遗物。而室内并无香奁，只床头有水精如意，上结紫巾，芳洁可爱。怀之，越垣归；自理衿袖，体香犹凝，倾慕益切。然因伏床之恐，遂有怀刑之惧[8]，筹思不敢复往，但珍藏如意，以冀其寻。

隔夕，女郎果至，笑曰："妾向以君为君子也，而不知寇盗也！"生曰："良有之，所以偶不君子者，第望其如意耳。"乃揽体入怀，代解裙结。玉肌乍露，热香四流，偎抱之间，觉鼻息汗薰，无气不馥⑦。因曰："仆固意卿为仙人，今益知不妄。幸蒙垂盼，缘在三生。但恐杜兰香之下嫁[9]，终成离恨耳。"女笑曰："君虑亦过。妾不过离魂之倩女[10]，偶为情动耳。此事要宜慎秘，恐是非之口，捏造黑白，君不能生翼，妾不能乘风，则祸离更惨于好别矣。"生然之，而终疑为仙，因诘姓氏，女曰："既以妾为仙，仙人何必以姓名传。"问："妪何人？"曰："此桑姥。妾少时受其露覆，故

⑥"好事多磨"四字为通篇脉络。

⑦是男子对美女肌体的感受，又蕴含人卧花丛的感受。妙。

不与婢辈同。"遂起，欲去，曰："妾处耳目多，不可久羁，蹈隙当复来。"临别，索如意，曰："此非妾物，乃玉版所遗。"问："玉版为谁？"曰："妾叔妹也。"付钩乃去〔11〕。去后，衾枕皆染异香。由此三两夜辄一至。

生惑之，不复思归，而囊橐既空，欲货马。女知之，曰："君以妾故，泻囊质衣，情所不忍。又去代步，千余里将何以归？妾有私蓄，聊可助装。"生辞曰："感卿情好，抚臆誓肌〔12〕，不足论报；而又贪鄙，以耗卿财，何以为人矣！"女固强之，曰："姑假君。"遂捉生臂，至一桑树下，指一石，曰："转之！"生从之。又拔头上簪，刺土数十下，又曰："爬之。"生又从之。则瓮口已见。女探入，出白镪近五十两许。生把臂止之，不听，又出十余铤，生强反其半而后掩之。

一夕，谓生曰："近日微有浮言，势不可长；此不可不预谋也。"生惊曰："且为奈何？小生素迂谨，今为卿故，如寡妇之失守，不复能自主矣。一惟卿命，刀锯斧钺，亦所不遑顾耳！"女谋偕亡，命生先归，约会于洛。生治任旋里，拟先归而后逆之；比至，则女郎车适已至门。登堂朝家人，四邻惊贺，而并不知其窃而逃也。生窃自危，女殊坦然，谓生曰："无论千里外非逻察所及，即或知之，妾世家女，卓王孙当无如长卿何也〔13〕。"

生弟大器，年十七，女顾之曰："是有惠根，前程尤胜于君。"完婚有期，妻忽夭殒。女曰："妾妹玉版，君固尝窥见之，貌颇不恶，年亦相若，作夫妇可称嘉耦。"生闻之而笑，戏请作伐，女曰："必欲致之，即亦非难。"喜问："何术？"曰："妹与妾最相善。两马驾轻车，费一妪之往返耳。"生惧前情俱发，不敢从其谋，女固言："不害。"即命车，遣桑媪去，数日，至曹。将近里门，媪下车，使御者止而候于途，乘夜入里。良久，偕女子来，登车遂发。昏暮即宿车中，五更复行。女郎计其时日，使大器盛服而逆之，五十里许，乃相遇，御轮而归〔14〕，鼓吹花烛，起拜成礼。由此兄弟皆得美妇，而家又日以富。

一日，有大寇数十骑，突入第。生知有变，举家登楼。寇入，围楼。生俯问："有仇否？"答言："无仇。但有两事相求：一则闻两夫人世间所无，请赐一见；一则五十八人，各乞金五百。"聚薪楼下，为纵火计以胁之。生允其索金之请；寇不满志，欲焚楼，家人大恐。女欲与玉版下楼，止之不听。炫妆而下，阶未尽者三级，谓寇曰："我姊妹皆仙媛，暂时一履尘世，何畏寇盗！欲赐汝万金，恐汝不敢受也。"寇众一齐仰拜，喏声"不敢"。姊妹欲退，一寇曰："此诈也！"女闻之，反身伫立，曰："意欲何作，便早图之，尚未晚也。"诸寇相顾，默无一言，姊妹从容上楼而去。寇仰望无迹，哄然始散。

后二年，姊妹各举一子，始渐自言："魏姓，母封曹国夫人。"生疑曹无魏姓世家，又且大姓失女，何得一置不问？未敢穷诘，而心窃怪之。遂托故复诣曹。入境谘访，世族并无魏姓。于是仍假馆旧主人。忽见壁上有赠曹国夫人诗，颇涉骇异，因诘主人。主人笑，即请往观曹夫人，至则牡丹一本，高与檐等。问所由名，则以此花为曹第一，故同人戏封之。问其何种，曰："葛巾紫也。"心益骇，遂疑女为花妖。既归，不敢质言，但述赠夫人诗以觇之。女蹙然变色，遽出，呼玉版抱儿至，谓生曰："三年前，感君见思，遂呈身相报；今见猜疑，何可复聚！"⑧因与玉版皆举儿遥掷之，儿堕地并没。生方惊顾，则二女俱渺矣，悔恨不已。后数日，堕儿处生牡丹二株，一夜径尺，当年而花，一紫一白，朵大如盘，较寻常之葛巾、玉版，瓣尤繁碎。数年，茂荫成丛；移分他所，更变异种，莫能识其名。自此牡丹之盛，洛下无双焉。

异史氏曰："怀之专一，鬼神可通，偏反者亦不可谓无情也。少府寂寞，以花当夫人，况真能解语，何必力穷其原哉？惜常生之未达也！"⑨

⑧葛巾对常大用既不问其门第、财产，也不管其家居何处，只要证明对自己痴情，她就迈出果敢的一步，先是以身相许，后是毅然私奔。对常大用的猜忌，葛巾最不能忍受。

⑨常大用不达，脑袋里不是缺根弦就是进了水，有如此好的花妖，比普通人美，比普通人善，比普通人能让家业昌盛、子孙绵延，这样的妻子，你就是打着灯笼哪儿找？你就让她是妖好了，你就接受她是妖，就偏偏喜欢她是妖，就永远爱这妖，有什么不好？偏要愚蠢地"打破砂锅问到底"，结果是鸡飞蛋打。把一部本来是花好月圆、娇妻美儿的喜剧，演成了妻离子散的悲剧。"常大用"有什么用？一点儿用没有。

校勘

底本：手稿本。参校：异史、二十四卷本、铸雪斋本、青柯亭本。

注释

［1］洛：明清洛阳县，属河南府，今河南省洛阳市。［2］曹州：明洪武年间至清雍正十三年，称曹县，属兖州府，今山东省菏泽市。［3］句（gōu）萌：植物的幼芽。弯的叫"勾"或"句"，直的叫"萌"。［4］坼：开花。［5］遄（chuán）返：急速返回。［6］令尹：地方官。周代时楚国上大夫称"令尹"，后世用做地方官的代称。［7］对着（zhāo）：对弈，下棋。［8］怀刑：惧怕犯法。［9］杜兰香：《搜神记》故事，仙女杜兰香被谪下凡，和张传有情，但婚姻不能长久，后飞升而去。［10］离魂之倩女：倩女是唐传奇《离魂记》中著名女性形象，为爱情而离魂。［11］付钩：交还水精如意。钩，藏的隐语。［12］抚臆誓肌：誓死竭诚相报。抚臆，抚胸；誓肌，誓死。［13］卓王孙当无如长卿何：

有地位的家庭女子私奔，家长怕丢丑，不乐意张扬。据《史记·司马相如列传》，临邛富商卓王孙之女卓文君与司马相如私奔，卓王孙知道后怕丢人现眼，只好承认其婚姻并送陪嫁。〔14〕御轮而归：古代婚礼中男方到女方亲迎之礼。

点评

  牡丹花国色天香、艳冠群芳。"姚黄魏紫"的"紫"即紫牡丹葛巾。中国有两个牡丹之乡：山东曹州、河南洛阳。蒲松龄用一个别致的爱情故事调侃：洛阳牡丹甲天下，其实是洛阳人常大用从山东曹州把牡丹花神带回家的结果。常大用爱牡丹不是一般的爱，是痴迷。这痴迷感动了牡丹花神葛巾化为美女跟他相爱。作者极擅长写"亦物亦人"，牡丹花神无处不馥，美丽雍容，跟牡丹花本身一样。葛巾对常大用的爱是无条件的爱，没有任何世俗要求，只要一个"情"字。牡丹是富贵之花，牡丹花神下嫁的结果是使得常家家业兴旺。常大用爱牡丹花，得牡丹花神为妻，二美合一，无处不美，无处不善，常大用偏偏出问题了，猜忌，"疑女为花妖"。眼里揉不得沙子的牡丹仙子眨眼间不见了。这个故事给人的最重要启示是：爱情生活中最重要的因素，不是贫富，不是美丑，而是互相信任。蒲松龄在篇末感叹"常生之未达"，真正的爱情可以感天地，泣鬼神，只要真心相爱，就不要管对方是什么身份，哪怕是鬼神。《葛巾》人物美，氛围美，构思美，语言美，是《聊斋》最美的小说。《聊斋》点评家但明伦认为《葛巾》文笔最活："此篇纯用迷离闪烁、夭矫变化之笔，不惟笔笔转，真句句转，且字字转矣。文忌直，转则曲；文忌弱，转则健；文忌腐，转则新；文忌平，转则峭；文忌散，转则聚；文忌松，转则紧；文忌熟，转则生；文忌板，转则活；文忌硬，转则圆；文忌浅，转则深。文忌涩，转则畅；文忌闷，转则醒……事则反复离奇，文则纵横诡变。"

葛巾

蘭氣已是陣雲，平康何必傍源，更淒惶省識秋風，團扇冷不應留，子只當花

卷七

黄英

① 蒲松龄爱菊，其咏菊诗曰"不似别花脂粉气，辄教酒客比红妆"。

② 请注意：与陶渊明同姓。

③ 陶生有菊花的品格。

④ 恰合菊花的生长环境。

⑤ 妙！哪个见过花儿吃肉、吃饭、喝汤的？

⑥ 马子才是传统观念。

⑦ 陶生观点带近代文明色彩。

　　马子才，顺天人。世好菊，至才尤甚①，闻有佳种必购之，千里不惮〔1〕。一日，有金陵客寓其家，自言其中表亲有一二种为北方所无〔2〕。马欣动〔3〕，即刻治装，从客至金陵。客多方为之营求，得两芽，裹藏如宝。归至中途，遇一少年，跨蹇从油碧车〔4〕，丰姿洒落〔5〕。渐近与语，少年自言"陶姓"②，谈言骚雅〔6〕③。因问马所自来，实告之。少年曰："种无不佳，培溉在人。"因与论艺菊之法〔7〕。马大悦，问："将何往？"答云："姊厌金陵，欲卜居于河朔耳〔8〕。"马欣然曰："仆虽固贫，茅庐可以寄榻。不嫌荒陋，无烦他适。"陶趋车前，向姊咨禀〔9〕。车中人推帘语，乃二十许绝世美人也，顾弟言："屋不厌卑，而院宜得广。④"马代诺之，遂与俱归。

　　第南有荒圃，仅小室三四椽。陶喜，居之。日过北院，为马治菊。菊已枯，拔根再植之，无不活。然家清贫，陶日与马共食饮，而察其家似不举火⑤。马妻吕亦爱陶姊，不时以升斗馈恤之。陶姊小字黄英，雅善谈，辄过吕所，与共纫绩〔10〕。陶一日谓马曰："君家固不丰。仆日以口腹累知交〔11〕，胡可为常？为今计，卖菊亦足谋生。"马素介〔12〕，闻陶言，甚鄙之，曰："仆以君风流高士〔13〕，当能安贫，今作是论，则以东篱为市井〔14〕，有辱黄花矣〔15〕。"⑥陶笑曰："自食其力不为贪，贩花为业不为俗⑦。人固不可苟求富，然亦不必务求贫也。"马不语，陶起而出。自是，马所弃残枝劣种，陶悉掇拾而去。由此不复就马寝食，招之始一至。

　　未几，菊将开，闻其门嚣喧如市〔16〕。怪之，过而窥焉，见市人买花者，车载肩负，道相属也。其花皆

1539

异种,目所未睹。心厌其贪,欲与绝;而又恨其私秘佳本,遂款其扉,将就消让。陶出,握手曳入。见荒庭半亩皆菊畦,数椽之外无旷土。剐去者〔17〕,则折别枝插补之;其蓓蕾在畦者,罔不佳妙。而细认之,皆向所拔弃也。陶入屋,出酒馔,设席畦侧,曰:"仆贫不能守清戒,连朝幸得微资,颇足供醉。"少间,房中呼"三郎",陶诺而去。俄献佳肴,烹饪良精。因问:"贵姊胡以不字?"答云:"时未至。"问:"何时?"曰:"四十三月。"又诘:"何说?"但笑不言。尽欢始散。过宿,又诣之,新插者已盈尺矣。大奇之,苦求其术。陶曰:"此固非可言传,且君不以谋生,焉用此?" ⑧

⑧花神绝技岂可传俗人?陶三郎擅言谈,拒绝得有理有礼。

又数日,门庭略寂,陶乃以蒲席包菊〔18〕,捆载数车而去。逾岁,春将半,始载南中异卉而归〔19〕,于都中设花肆,十日尽售,复归艺菊。问之去年买花者,留其根,次年尽变而劣,乃复购于陶。陶由此日富,一年增舍,二年起夏屋。兴作从心,更不谋诸主人。渐而旧日花畦,尽为廊舍。更于墙外买田一区,筑墉四周〔20〕,悉种菊。至秋,载花去,春尽不归。而马妻病卒,意属黄英,微使人风示之。黄英微笑,意似允许,惟专候陶归而已。年余,陶竟不至。黄英课仆种菊,一如陶。得金益合商贾,村外治膏田二十顷〔21〕,甲第益壮。

忽有客自东粤来,寄陶生函信,发之,则嘱姊归马〔22〕。考其寄书之日,即妻死之日;回忆园中之饮,适四十三月也⑨,大奇之。以书示英,请问致聘何所,英辞不受采〔23〕。又以故居陋,欲使就南第居,若赘焉。马不可,择日行亲迎礼。黄英既适马,于间壁开扉通南第,日过课其仆。马耻以妻富,恒嘱黄英作南北籍〔24〕,以防淆乱。而家所须,黄英辄取诸南第。不半岁,家中触类皆陶家物。马立遣人一一赍还之,戒勿复取。未浃旬〔25〕,又杂之。凡数更,马不胜烦。黄英笑曰:"陈仲子毋乃劳乎〔26〕?"马惭,不复稽,一切听诸黄英。鸠工庀料〔27〕,土木大作,马不能禁。经数月,

⑨陶生的神奇表现在育花绝技和预知马家的变故。

楼舍连亘〔28〕，两第竟合为一，不分疆界矣。然遵马教，闭门不复业菊，而享用过于世家。

马不自安，曰："仆三十年清德〔29〕，为卿所累。今视息人间〔30〕，徒依裙带而食〔31〕，真无一毫丈夫气矣⑩。人皆祝富，我但祝穷耳！〔32〕"黄英曰："妾非贪鄙，但不少致丰盈，遂令千载下人，谓渊明贫贱骨，百世不能发迹，故聊为我家彭泽解嘲耳〔33〕⑪。然贫者愿富，为难；富者求贫，固亦甚易。床头金任君挥去之，妾不靳也。"马曰："捐他人之金，抑亦良丑。"黄英曰："君不愿富，妾亦不能贫也。无已，析君居。清者自清，浊者自浊，何害？"乃于园中筑茅茨〔34〕，择美婢往侍马。马安之，然过数日，苦念黄英，招之，不肯至，不得已，反就之。隔宿辄至，以为常。黄英笑曰："东食西宿〔35〕，廉者当不如是。"马亦自笑，无以对，遂复合居如初。

会马以事客金陵，适逢菊秋。早过花肆，见肆中盆列甚烦，款朵佳胜〔36〕，心动，疑类陶制。少间，主人出，果陶也。喜极，具道契阔，遂止宿焉。要之归，陶曰："金陵，吾故土。将婚于是。积有薄资，烦寄吾姊。我岁杪当暂去〔37〕。"马不听，请之益苦，且曰："家幸充盈，但可坐享，无须复贾。"坐肆中，使仆代论价，廉其直，数日尽售。逼促囊装，赁舟遂北。入门，则姊已除舍，床榻裀褥皆设，若预知弟也归者。陶自归，解装课役，大修亭园，惟日与马共棋酒，更不复结一客。为之择婚，辞不愿。姊遣两婢侍其寝处，居三四年，生一女。

陶饮素豪，从不见其沉醉。有友人曾生，量亦无对。适过马，马使与陶相较饮。二人纵饮甚欢，相得恨晚。自辰以讫四漏〔38〕，计各尽百壶。曾烂醉如泥，沉睡座间。陶起归寝，出门践菊畦，玉山倾倒〔39〕，委衣于侧，即地化为菊：高如人，花十余朵，皆大于拳⑫。马骇绝，告黄英。英急往，拔置地上，曰："胡醉至此！"覆以衣，要马俱去，戒勿视。既明而往，则陶卧畦边。

⑩马子才是传统男人传统观念：重农轻商和男尊女卑。黄英不仅养活了自己，还让丈夫过上富裕生活，这反而伤害了马子才的自尊心。

⑪黄英客气而有分寸、句句在理地批评了马子才以贫为清高的酸腐论调。

⑫古代小说人变物、物变人的有趣描写。

1541

马乃悟姊弟菊精也，益爱敬之⑬。而陶自露迹，饮益放，恒自折葇招曾，因与莫逆。值花朝，曾来造访，以两仆异药浸白酒一坛，约与共尽。坛将竭，二人犹未甚醉。马潜以一瓻续入之〔40〕，二人又尽之。曾醉已惫，诸仆负之以去。陶卧地，又化为菊。马见惯不惊，如法拔之，守其旁以观其变。久之，叶益憔悴。大惧，始告黄英。英闻，骇曰："杀吾弟矣！"奔视之，根株已枯。痛绝，掐其梗，埋盆中，携入闺中，日灌溉之。马悔恨欲绝，甚怨曾。越数日，闻曾已醉死矣。盆中花渐萌，九月既开，短干粉朵，嗅之有酒香，名之"醉陶"⑭，浇以酒则茂。后女长成，嫁于世家。黄英终老，亦无他异。

异史氏曰："青山白云人〔41〕，遂以醉死，世尽惜之，而未必不自以为快也。植此种于庭中，如见良友，如对丽人，不可不物色之也。"

⑬ 马子才是达人。知道妻子与妻弟是菊精，越发爱敬。是真爱菊也真懂爱情。

⑭ 妙名、妙花、妙思！

校勘

底本：手稿本。参校：青柯亭本、二十四卷本、异史、铸雪斋本。

注释

〔1〕千里不惮（dàn）：不怕路远。〔2〕中表亲：与祖父、外祖父、父母是兄弟姐妹的亲戚。〔3〕欣动：喜悦心动。〔4〕跨蹇从油碧车：骑着毛驴跟在油壁车后边。油壁车，古代妇女乘坐装有青绿色油幕的车。〔5〕丰姿洒落：风度潇洒飘逸。〔6〕谈言骚雅：说话风流儒雅。〔7〕艺菊：培育菊花。〔8〕河朔：泛指黄河以北地区。〔9〕咨禀：禀报、请示。〔10〕纫绩：缝纫纺织，指女红活。〔11〕口腹：饮食。知交：知心朋友。〔12〕介：耿介。〔13〕风流高士：有才学且品格高尚的文人。〔14〕以东篱为市井：将种菊之处当成做买卖的地方。〔15〕黄花：菊花。〔16〕嚣喧：喧哗吵闹。〔17〕劚（zhǔ）：挖。〔18〕蒲席：蒲草编的席子。〔19〕南中异卉：南方的珍贵花卉。〔20〕墉：土墙。〔21〕青田：良田。〔22〕归马：嫁给马子才。古时称女子出嫁为"于归"。〔23〕采：彩礼。〔24〕南北籍：南北两宅分别记账。〔25〕浃旬：十天。〔26〕陈仲子毋乃劳乎：此句是调侃马子才追求清贫生活太过分。陈仲子，战国时齐国人，因不食乱

世之食而饿死。〔27〕鸠工庀（pǐ）料：聚集工匠、准备建筑材料。〔28〕连亘：绵延不断。〔29〕清德：清廉的品德。〔30〕视息人间：活在人间。视，看；息，呼吸。〔31〕依裙带而食：依靠妻子吃软饭。〔32〕祝穷：祈祷贫穷。〔33〕彭泽：陶渊明做过彭泽令。〔34〕茅茨：茅屋。〔35〕东食西宿：比喻两利兼得，挖苦马子才既想跟黄英一起享受富裕生活，又想得"清廉"名声。《风俗通》载，有一齐女，两家求之。东家富而丑，西家贫而美。父母不能决，问女儿，女儿回答："欲东家食，西家宿。"〔36〕款朵：菊花品种。〔37〕岁杪（miǎo）：年底。〔38〕自辰以讫四漏：自清晨喝到四更天。〔39〕玉山倾倒：形容秀美的人醉倒。〔40〕觯（chī）：陶制酒具。〔41〕青山白云人：《旧唐书·傅奕传》记载，傅奕平生好酒，临终自撰墓志铭："傅奕，青山白云人也，因酒醉死。"后人用作能喝酒的典故。

点评

傲霜挺立的菊花向来是中国文人高洁秉性的象征。屈原用食菊之落英喻高洁情趣；陶渊明采菊东篱下彰显个性之淡泊；蒲松龄终生爱菊，他在西铺坐馆时，曾专程跑到济南替毕际有寻找好的菊种。菊花是与蒲松龄性格最相近的花。菊花花神黄英与牡丹花神葛巾、香玉不同，无脂粉气，有丈夫气，人淡如菊亦人爽如菊。黄英、陶生姐弟一体，以俗为雅，以菊花为致富之道，是古老"东篱"下绽放的、蕴含近代文明色彩的花朵。蒲松龄把马子才"花痴＋迂阔君子"形象和黄英姐弟"花神＋企业家"的形象写得生动似画。小说还有个凌驾于三人之上、无处不在的灵魂般主角——菊花。第一，两家知交情深，缘于菊花；第二，马子才和陶生因卖菊而疏远，因艺菊而复合；第三，黄英对马子才妙论"菊经"，表现出完全不同的人生观念；第四，花神现身菊花，呈现最美《聊斋》场景。三个人物，马子才清高淡泊而不免迂阔，陶生豪放、洒脱、热情，黄英温文尔雅、凝重沉着。三个人的关系以爱菊始，以花神现身终。他们的订交、矛盾、复合，始终以菊花为中心，小说是三个人的性格史，也是一部别致的菊花传。黄英和陶生对于马子才，一为良友，一为爱妻。令人惊奇的是，蒲松龄写良友，不写范张鸡黍般的死生之交，而写朋友间理念的天差地别；写恋人，无一字涉情涉色，却对恋人间的思想交锋津津乐道。此逸想、此笔法，在《聊斋志异》中找不到雷同者，在中国古代小说里也绝无仅有。

赞其

千里萍踪卜隐居酒香荼气
梦醒初疑应为梅花如雾
士风流转不如

书痴

彭城郎玉柱〔1〕，其先世官至太守，居官廉，得俸不治生产〔2〕，积书盈屋。至玉柱尤痴，家苦贫，无物不鬻，惟父藏书，一卷不忍置。父在时，曾书《劝学篇》黏其座右〔3〕。郎日讽诵，又幛以素纱，惟恐磨灭。非为干禄〔4〕，实信书中真有金粟〔5〕。昼夜研读，无间寒暑。年二十余，不求婚配，冀卷中丽人自至。见宾亲，不知温凉〔6〕，三数语后，则诵声大作，客逡巡自去。每文宗临试〔7〕，辄首拔之〔8〕，而苦不得售〔9〕。

一日，方读，忽大风飘卷去。急逐之，踏地陷足。探之，穴有腐草。掘之，乃古人窖粟〔10〕，朽败已成粪土。虽不可食，而益信"千钟"之说不妄①，读益力。一日，梯登高架，于卷中得金辇径尺〔11〕，大喜，以为"金屋"之验。出以示人，则镀金而非真金，心窃怨古人之诳己也。居无何，有父同年观察是道〔12〕，性好佛。或劝郎献辇为佛龛〔13〕。观察大悦，赠金三百、马二匹。郎喜，以为金屋、车马皆有验，因益刻苦。然行年已三十矣，或劝其娶，曰："'书中自有颜如玉。'我何忧无美妻乎？"又读二三年，迄无效，人咸揶揄之。时民间讹言：天上织女私逃。或戏郎："天孙窃奔〔14〕，盖为君也。"郎知其戏，置不辨。

一夕，读《汉书》至八卷〔15〕，卷将半，见纱剪美人夹藏其中。骇曰："书中颜如玉，其以此应之耶？"心怅然自失。而细视美人，眉目如生，背隐隐有细字云"织女"。大异之。日置卷上，反复瞻玩，至忘食寝。一日，方注目间，美人忽折腰起，坐卷上微笑②。郎惊绝，伏拜案下，既起，已盈尺矣。益骇，又叩之。下几亭亭〔16〕，宛然绝代之姝〔17〕。拜问："何神？"

①书呆子哪知道"千钟粟"并非真指存粮食，真有钱者怎么会存不值钱的粮食？

②美人从书本中冉冉飞来。神鬼狐妖新品类——书中仙女。

美人笑曰:"颜氏,字如玉,君固相知已久。日垂青盼〔18〕,脱不一至,恐千载下无复有笃信古人者。"郎喜,遂与寝处。然枕席间亲爱倍至,而不知为人〔19〕。每读,必使女坐其侧。女戒勿读,不听。女曰:"君所以不能腾达者,徒以读耳。试观春秋榜上〔20〕,读如君者几人?若不听,妾行去矣。"郎暂从之。少顷,忘其教,吟诵复起。逾刻,索女,不知所在。神志丧失,嘱而祷之,殊无影迹。忽忆女所隐处,取《汉书》细检之③,直至旧所,果得之。呼之不动,伏以哀祝,女乃下曰:"君再不听,当相永绝!"

因使治棋枰、樗蒱之具〔21〕,日与遨戏。而郎意殊不属。觑女不在,则窃卷流览。恐为女觉,阴取《汉书》第八卷,杂溷他所以迷之〔22〕。一日,读酣,女至,竟不之觉;忽睹之,急掩卷,而女已亡矣。大惧,冥搜诸卷,渺不可得;既仍于《汉书》八卷中得之,页数不爽〔23〕。因再拜祝,矢不复读。女乃下,与之弈,曰:"三日不工〔24〕,当复去。"至三日,忽一局赢女二子。女乃喜,授以弦索〔25〕,限五日工一曲。郎手营目注〔26〕,无暇他及;久之,随指应节,不觉鼓舞。女乃日与饮博④,郎遂乐而忘读。女又纵之出门,使结客,由此倜傥之名暴著。女曰:"子可以出而试矣。"

郎一夜谓女曰:"凡人男女同居则生子,今与卿居久,何不然也?"女笑曰:"君日读书,妾固谓无益。今即'夫妇'一章〔27〕,尚未了悟,'枕席'二字有工夫〔28〕。"郎惊问:"何工夫?"女笑不言。少间,潜迎就之。郎乐极,曰:"我不意夫妇之乐,有不可言传者。"⑤于是逢人辄道,无有不掩口者。女知而责之。郎曰:"钻穴逾隙者〔29〕,始不可以告人;天伦之乐,人所皆有,何讳焉?"过八九月,女果举一男。买媪抚字之。一日,谓郎曰:"妾从君二年,业生子,可以别矣。久恐为君祸,悔之已晚。"郎闻言泣下,伏不起,曰:"卿不念呱呱者耶〔30〕?"⑥女亦凄然。良久曰:"必

---

③蒲松龄在小说里引用某书时,常借用所引书的内容为小说造势。《汉书》卷八《宣帝纪》引用宣帝诏:"父子之亲,夫妇之道,天性也。虽有患祸,犹蒙死而存之。诚爱结于心,仁厚之至也,岂能违之哉!"蒲松龄大概是借用宣帝之诏说明两层意思:其一,郎玉柱连夫妇这样的"天性"也不明白,可以说呆到极点;其二,郎玉柱最终忠于颜如玉,存夫妇之道。

④妙哉!饮博乃社交手段,情商教育。

⑤郎玉柱不知"为人"是中国古代著名趣事。

⑥郎玉柱无师自通,知道可以用孩子来打动妻子的心。

欲妾留，当举架上书尽散之。"郎曰："此卿故乡，乃仆性命，何出此言？"女不之强，曰："妾亦知其有数，不得不预告耳。"

先是，亲族或窥见女，无不骇绝，而又未闻其缔姻何家，共诘之。郎不能作伪语，但默不言。人益疑，邮传几遍，闻于邑宰史公。史，闽人，少年进士。闻声倾动〔31〕，窃欲一睹丽容，因而拘郎及女。女闻知，遁匿无迹。宰怒，收郎，斥革衣衿〔32〕，桎梏备加〔33〕，务得女所自往。郎垂死，无一言。械其婢，略能道其仿佛〔34〕。宰以为妖，命驾亲临其家。见书卷盈屋，多不胜搜，乃焚之，庭中烟结不散，暝若阴霾。

郎既释，远求父门人书，得从辨复〔35〕。是年秋捷，次年举进士。而衔恨切于骨髓，为颜如玉之位，朝夕而祝曰："卿如有灵，当佑我官于闽〔36〕。"后果以直指巡闽〔37〕。居三月，访史恶款〔38〕，籍其家⑦。时有中表为司理，逼纳爱妾⑧，托言买婢寄署中。案既结，郎即日自劾〔39〕，取妾而归⑨。

异史氏曰："天下之物，积则招妒，好则生魔。女之妖，书之魔也。事近怪诞，治之未为不可；而祖龙之虐〔40〕，不已惨乎！其存心之私，更宜得怨毒之报也。呜呼！何怪哉！"

⑦史进士抄郎玉柱的家，郎御史抄史进士的家。

⑧管闲事的表兄为何逼郎玉柱纳史某爱妾？难以理解。可能是构思需要，即以其人之道还治其人之身。你欲夺吾妻，吾亦夺汝妾报复。

⑨用纳妾作御史查案过程的过失，自我弹劾，离开早就不想待的官场。聪明！

校勘

底本：手稿本。参校：异史、二十四卷本、铸雪斋本、青柯亭本。

注释

〔1〕彭城：今江苏省徐州市。〔2〕得俸不治生产：得到俸禄不用来置办田产商铺。〔3〕《劝学篇》：宋真宗《劝学文》："富家不用买良田，书中自有千钟粟；安居不用架高堂，书中自有黄金屋；出门莫恨无人随，书中车马多如簇；娶妻莫恨无良媒，书中自有颜如玉；男儿欲遂平生志，六经勤向窗前读。"后世缩写为"书中自有千钟粟，书中自有黄金屋，书中自有车马簇，书中自有颜

如玉"。〔4〕干禄：求取禄位。〔5〕金粟：黄金屋、千钟粟。〔6〕不知温凉：不知道嘘寒问暖。〔7〕文宗临试：提学使案临考试。〔8〕首拔之：在秀才岁试或科考中取他为榜首。〔9〕不得售：乡试失利，考不上举人。〔10〕窖粟：地窖收藏的粮食。〔11〕金辇：人力拉挽的饰金之车，秦汉之后专用于帝王。〔12〕观察是道：做彭城观察使。〔13〕佛龛：供奉佛像的小室。〔14〕天孙：织女。〔15〕《汉书》：又称《前汉书》，东汉史学家班固编撰。〔16〕下几亭亭：从桌子上下来亭亭玉立。〔17〕绝代之姝：冠绝当代的美人。〔18〕日垂青盼：天天承蒙您的凝视喜爱。〔19〕不知为人：不懂得性爱。〔20〕春秋榜：春天的进士榜和秋天的举人榜。〔21〕棋枰（píng）：围棋的棋子和棋盘。樗（chū）蒲（pú）：博戏工具，骰子用樗木制成。〔22〕杂遝：混杂。〔23〕页数：手稿写成"叶数"。〔24〕工：精良。〔25〕弦索：乐器。〔26〕手营目注：手上弹琴，眼睛看谱。〔27〕夫妇一章：既指现实的性知识，也指经书中有论述夫妇关系的章节。《周易·序卦》："有天地，然后有万物。有万物，然后有男女。有男女，然后有夫妇。"〔28〕"枕席"二字有工夫："枕席"并非专指物品，而代指夫妇性爱。〔29〕钻穴逾隙者：孟子之谓"逾墙相从"，指不正当男女关系。〔30〕呱呱者：哇哇大哭的孩子。〔31〕倾动：倾倒，心动。〔32〕斥革衣衿：革去秀才功名。〔33〕梏械：刑具。〔34〕仿佛：大概。〔35〕辨复：恢复功名。〔36〕官于闽：到福建做官。蒲松龄亲笔手稿为"官于闽"。有的抄本为"官闽"。〔37〕直指巡闽：专管巡视福建。〔38〕恶款：作恶的证据。〔39〕自劾：自我弹劾。〔40〕祖龙之虐：秦始皇焚书坑儒。《史记·秦始皇本纪》集解："祖，始也；龙，人君象。谓皇也。"后世常用"祖龙"代指秦始皇。

点评

　　颜如玉和郎玉柱，一女一男，一仙一俗，一个聪明过人，一个呆头呆脑，两个完全不同的人走到一起，演绎出一段充满谐趣和哲理，富有生活气息和带有几分诗情画意的故事。颜如玉教郎玉柱"为人"，包括广义的为人和夫妻之间的为人，是小说中最好看、最好玩、最耐人寻味的部分。贾宝玉说圣贤书把人读成禄蠹。郎玉柱却死读书，而且越读越傻，三十岁的男子连"为人"都不会了。蒲松龄对书呆子讽刺到家了。颜如玉教郎玉柱社会上的"为人"，让他学习的是那些根本与"读书""功名"不相干的东西。郎玉柱用下棋和赌博的本领交朋友，人们都知道郎玉柱是个"侗傥"的人。最后颜如玉告知他可以出去参加考试，而且肯定会获得成功。颜如玉对郎玉柱这番改造，很像现今社会强调"情商"对

"智商"的帮助。蒲松龄也可能借这样的情节讽刺那些做了大官的人，挖苦他们根本就没有苦读书，而只是靠了类似于赌博之类的"能力"青云直上。郎玉柱受到县令迫害后家破人亡，性格发生了巨变。在他眼中，"黄金屋""千钟粟""颜如玉"是最美好的字眼儿，他过去靠死读书想获得的，现在才知道要想得到它们，必须手脚并用地爬上去，不择手段地爬上去，爬上去就可以作威作福，爬不上去就被人欺凌，连妻子都保不住。黑暗的社会把羊变成了狼。郎玉柱完全"成熟"了，令人可怕地"成熟"了，从书痴变成了官场能手；从只知道苦读书变成了在官场熟练地走门子；从软弱无助的受害者，变成了纵横诡变、像狐狸一样狡猾的复仇者；从"不知为人"到"取妾而归"，前后判若两人。腥风血雨的社会使一个心思单纯的书痴"成长"为一个心机缜密的官员，天差地别，令人触目惊心。《书痴》这个相当虚幻的故事，把社会现实描写得入骨三分。

书痴

不信书中竟有魔玉颜
金屋两无讹
祖龙一炬疑由致此怪
痴尤福未多

齐天大圣

许盛，兖人〔1〕。从兄成贾于闽，货未居积。客言大圣灵著〔2〕，将祷诸祠。盛未知大圣何神，与兄俱往。至则殿阁连蔓，穷极弘丽。入殿瞻仰，神猴首人身，盖齐天大圣孙悟空云。诸客肃然起敬，无敢有惰容。盛素刚直，窃笑世俗之陋。众焚奠叩祝，盛潜去之。既归，兄责其慢。盛曰："孙悟空乃丘翁之寓言〔3〕，何遂诚信如此？如其有神，刀槊雷霆，余自受之！"①逆旅主人闻呼大圣名，皆摇手失色，若恐大圣闻。盛见其状，益哗辨之，听者皆掩耳而走。

① 刚直。

至夜，盛果病，头痛大作。或劝诣祠谢，盛不听。未几，头小愈，股又痛，竟夜生巨疽，连足尽肿，寝食俱废。兄代祷，迄无验；或言：神谴须自祝，盛卒不信。月余疮渐敛，而又一疽生，其痛倍苦。医来，以刀割腐肉，血溢盈碗；恐人神其词，故忍而不呻。② 又月余始就平复。而兄又大病。盛曰："何如矣，神者亦复如是，足征余之疾非由悟空也。"兄闻其言，益恚，谓神迁怒，责弟不为代祷。盛曰："兄弟犹手足。前日支体糜烂而不之祷；今岂以手足之病，而易吾守乎？"但为延医锉药，而不从其祷。药下，兄暴毙。

② 倔强。

盛惨痛结于心腹，买棺殓兄已，投祠指神而数之③曰："兄病，谓汝迁怒，使我不能自白。倘尔有神，当令死者复生。余即北面称弟子，不敢有异词④；不然，当以汝处三清之法，还处汝身，亦以破吾兄地下之惑。"

③ 大胆。

④ 激将法。

至夜，梦一人招之去，入大圣祠，仰见大圣有怒色，责之曰："因汝无状，以菩萨刀穿汝胫股；犹不自悔，嘖有烦言。本宜送拔舌狱，念汝一生刚鲠⑤，姑置宥赦。汝兄病，乃汝以庸医夭其寿数，与人何尤？今不少施法力，益令狂妄者引为口实。"乃命青衣使请命于阎罗。

⑤ 其实孙大圣为人刚鲠，此惺惺相惜。

青衣曰："三日后鬼籍已报天庭，恐难为力。"神取方版，命笔，不知何词，使青衣执之而去。良久乃返。成与俱来，并跪堂上。神问："何迟？"青衣曰："阎摩不敢擅专，又持大圣旨上咨斗宿，是以来迟。"盛趋上拜谢神恩。神曰："可速与兄俱去。若能向善，当为汝福。"兄弟悲喜，相将俱归。醒而异之。急起，启材视之，兄果已苏，扶出，极感大圣力。盛由此诚服信奉，更倍于流俗。而兄弟资本，病中已耗其半；兄又未健，相对长愁。

　　一日，偶游郊郭，忽一褐衣人相之曰："子何忧也？"盛方苦无所诉，因而备述其遭。褐衣人曰："有一佳境，暂往瞻瞩，亦足破闷。"问："何所？"但云："不远。"从之。出郭半里许，褐衣人曰："予有小术，顷刻可到。"因命以两手抱腰，略一点头，遂觉云生足下，腾踔而上，不知几百由旬〔4〕。盛大惧，闭目不敢少启。顷之曰："至矣。"忽见琉璃世界，光明异色，讶问："何处？"曰："天宫也。"信步而行，上上益高。遥见一叟，喜曰："适遇此老，子之福也！"举手相揖。叟邀过诣其所，烹茗献客；止两盏，殊不及盛。褐衣人曰："此吾弟子，千里行贾，敬造仙署，求少赠馈。"叟命僮出白石一柈〔5〕，状类雀卵，莹澈如冰，使盛自取之。盛念携归可作酒枚，遂取其六。褐衣人以为过廉，代取六枚付盛并裹之⑥。嘱纳腰囊，拱手曰："足矣。"辞叟出，仍令附体而下，俄顷及地。盛稽首请示仙号，笑曰："适即所谓筋斗云⑦也。"盛恍然悟为大圣，又求祐护。曰："适所会财星，赐利十二分，何须他求。"盛又拜之，起视已渺。既归，喜而告兄。解取共视，则融入腰囊矣。后辇货而归，其利倍蓰。自此屡至闽，必祷大圣。他人之祷时不甚验，盛所求无不应者。

　　异史氏曰："昔士人过寺，画琵琶于壁而去；比返，则其灵大著，香火相属焉〔6〕。天下事固不必实有其人，人灵之，则既灵焉矣。何以故？人心所聚，而物或托焉耳。若盛之方鲠，固宜得神明之祐，岂真耳内绣针，毫毛能变，

⑥猴儿变得如此细心？

⑦点出孙悟空身份。

⑧蒲松龄深知小说家言是怎么回事。

足下筋斗，碧落可升哉⑧！卒为邪惑，亦其见之不真也。"

校勘

底本：手稿本。参校：异史、二十四卷本、铸雪斋本、青柯亭本。

注释

〔1〕兖：山东兖州。〔2〕灵著：非常灵验。〔3〕丘翁之寓言：金元时著名道士丘处机，为道教全真派代表人物。撰有《长春真人西游记》一书，长期被误为长篇小说《西游记》的作者，鲁迅《中国小说史略》已辨证。〔4〕由旬：四十里为一由旬。〔5〕柈：同"盘"。〔6〕"昔士人"五句：唐传奇《原化记》写这样一个故事：有个书生欲游吴地，道经江南，因阻风泊舟，闲步入寺，见僧房院开，旁有笔砚，书生善画，就在墙上画了一个琵琶，与真琵琶相似。画毕离开。僧归，见画，就告诉村人：这可能是五台山圣琵琶。于是前来烧香求福者很多，后来书生听到此事，回到寺院，以水洗尽所画琵琶。

点评

齐天大圣本是小说人物，正如"异史氏曰"所说，你相信他有，他就有，你相信他无，他就无。许盛从相信他无到笃信他有，经历了人神对话、人神交流、人神谅解、人神和美的过程。许盛本宁折不弯，宁死不相信齐天大圣，为了亲兄，乐意称弟子。孙悟空可能因自己身上有"反骨"，对造反者不仅网开一面，还倍加恩宠。一个刚直的人引出一个刚直的神，刚直的人曾百般羞辱刚直的神，刚直的神却千方百计帮助刚直的人。两个"刚性"人物棱角分明，又有温和色调，演义出相当曲折、十分有趣的人神友谊佳话。

齊天大聖
寓言八九本邱
翁流俗
相沿竟悟空
一自回
生拖法力笑
天剛直
易初衷

青蛙神

卷七

江汉之间〔1〕，俗事蛙神最虔。祠中蛙不知几百千万，有大如笼者。或犯神怒，家中辄有异兆：蛙游几榻，甚或攀缘滑壁不得堕，其状不一，此家当凶。人则大恐，斩牲禳祷之，神喜则已。

楚有薛昆生者〔2〕，幼惠，美姿容。六七岁时，有青衣媪至其家，自称神使，坐致神意，愿以女下嫁昆生。薛翁性朴拙，雅不欲，辞以儿幼。虽固却之，而亦未敢议婚他姓。迟数年，昆生渐长，委禽于姜氏。神告姜曰："薛昆生吾婿也，何得近禁脔〔3〕！"①姜惧，反其仪。薛翁忧之，洁牲往祷，自言不敢与神相匹偶。祝已，见肴酒中皆有巨蛆浮出，蠢然扰动，倾弃，谢罪而归。心益惧，亦姑听之。

一日，昆生在途，有使者迎宣神命，苦邀移趾。不得已，从与俱往。入一朱门，楼阁华好。有叟坐堂上，类七八十岁人。昆生伏谒，叟命曳起之，赐坐案旁。少间，婢媪集视，纷纭满侧。叟顾曰："入言薛郎至矣。"数婢奔去。移时，一媪率女郎出，年十六七，丽绝无俦。叟指曰："此小女十娘，自谓与君可称佳偶，君家尊乃以异类见拒。此自百年事，父母止主其半，是在君耳。"昆生目注十娘，心爱好之，默然不言。媪曰："我固知郎意良佳。请先归，当即送十娘往也。"昆生曰："诺。"趋归告翁。翁仓遽无所为计，乃授之词，使返谢之，昆生不肯行。方诮让间，舆已在门，青衣成群，而十娘入矣。上堂朝拜，翁姑见之皆喜。即夕合卺，琴瑟甚谐。由此神翁神媪时降其家。视其衣，赤为喜，白为财，必见〔4〕，以故家日兴。

自婚于神，门堂藩溷皆蛙，人无敢诟蹴之。惟昆生少年任性，喜则忌〔5〕，怒则践毙，不甚爱惜。十娘

①神亦与人争婿，妙！

1555

虽谦驯，但善怒②，颇不善昆生所为；而昆生不以十娘故敛抑之。十娘语侵昆生，昆生怒曰："岂以汝家翁媪能祸人耶？丈夫何畏蛙也！"十娘甚讳言"蛙"，闻之恚甚，曰："自妾入门为汝家妇，田增粟，贾增价，亦复不少。今老幼皆已温饱，遂于鸮鸟生翼，欲啄母睛耶〔6〕！"昆生益愤曰："吾正嫌所增污秽，不堪贻子孙。请不如早别。"遂逐十娘。翁媪既闻之，十娘已去。呵昆生，使急往追复之。昆生盛气不屈。至夜母子俱病，郁冒不食〔7〕。翁惧，负荆于祠，词义殷切。过三日，病寻愈。十娘已自至，夫妻欢好如初。③

十娘日辄凝妆坐，不操女红，昆生衣履一委诸母。母一日忿曰："儿既娶，仍累媪！人家妇事姑，我家姑事妇④！"十娘适闻之，负气登堂曰："儿妇朝侍食，暮问寝，事姑者，其道如何？所短者，不能吝佣钱自作苦耳。"母无言，惭沮自哭。昆生入，见母涕痕，诘得故，怒责十娘。十娘执辨，不相屈。昆生曰："娶妻不能承欢，不如勿有！便触老蛙怒，不过横灾死耳！"复出十娘。十娘亦怒，出门径去。⑤

次日，居舍灾，延烧数屋，几案床榻，悉为煨烬。昆生怒，诣祠责数曰："养女不能奉翁姑，略无庭训〔8〕，而曲护其短！神者至公，有教人畏妇者耶！且盎盂相敲〔9〕，皆臣所为，无所涉于父母。刀锯斧钺，即加臣身；如其不然，我亦焚汝居室，聊以相报。"言已，负薪殿下，爇火欲举。居人集而哀之，始愤而归。父母闻之，大惧失色。至夜，神示梦于近村，使为婿家营宅。及明，赍材鸠工，共为昆生建造，辞之不止；日数百人相属于道，不数日第舍一新，床幕器具悉备焉。修除甫竟，十娘已至，登堂谢过，言词温婉⑥。转身向昆生展笑，举家变怨为喜。自此十娘性益和，居二年无间言。

十娘最恶蛇，昆生戏函小蛇，绐使启之。十娘变色，诟昆生。昆生亦转笑生嗔，恶相抵。十娘曰："今番不待相迫逐，请自此绝。"遂出门去。薛翁大恐，杖昆生，

②"蛙怒"也。青蛙鼓腹瞪眼，状如发怒。

③十娘和昆生第一次交锋，以昆生家负荆结束。

④实质是有钱的媳妇和一般人家的婆婆。但明伦评："养女嫁小家，往往受此累。"

⑤十娘不听封建家庭的一套，任性骄纵；昆生也不听青蛙神的一套，刚直不阿。颇像现实生活中新婚夫妇各自任性。

⑥生活挫折使得十娘性格变更，而昆生的善谑又再起风波。

请罪于神。幸不祸之，亦寂无音。积有年余，昆生怀念十娘，颇自悔，窃诣神所哀十娘，迄无声应。未几，闻神以十娘字袁氏，中心失望，因亦求婚他族；而历相数家，并无如十娘者，于是益思十娘。往探袁氏，则已垩壁涤庭，候鱼轩矣〔10〕。心愧愤不能自已，废食成疾。父母忧皇，不知所处。忽昏愦中有人抚之曰："大丈夫频欲断绝，又作此态！"开目，则十娘也。喜极，跃起曰："卿何来？"十娘曰："以轻薄人相待之礼，止宜从父命，另醮而去。固久受袁家采币，妾千思万思而不忍也。卜吉已在今夕，父又无颜反币，妾亲携而置之矣。适出门，父走送曰：'痴婢！不听吾言，后受薛家凌虐，纵死亦勿归也！'"昆生感其义，为之流涕。家人皆喜，奔告翁媪。媪闻之，不待往朝，奔入子舍，执手呜泣。由此昆生亦老成，不作恶虐，于是情好益笃⑦。十娘曰："妾向以君儇薄，未必遂能相白首，故不欲留孽根于人世；今已靡他，妾将生子。"居无何，神翁神媪着朱袍，降临其家。次日十娘临蓐，一举两男。由此往来无间。居民或犯神怒，辄先求昆生；乃使妇女辈盛妆入闺，朝拜十娘，十娘笑则解。薛氏苗裔甚繁，人名之"薛蛙子家"。近人不敢呼，远人呼之。

⑦ 度尽劫波夫妇恩情在矣。

青蛙神又⑧：

⑧《青蛙神》手稿中的"又"，后在青柯亭本中改名为《募缘》，插图也以此为名。

青蛙神，往往托诸巫以为言。巫能察神嗔喜：告诸信士曰"喜矣"，神则至；"怒矣"，妇子坐愁叹，有废餐者。流俗然哉？抑神实灵，非尽妄也？

有富贾周某，性吝啬。会居人敛金修关圣祠，贫富皆与有力，独周一毛所不肯拔。久之，工不就，首事者无所为谋。适众赛蛙神，巫忽言："周将军仓命小神司募政，其取簿籍来。"众从之。巫曰："已捐者不复强，未捐者量力自注。"众唯唯敬听，各注已。巫视曰："周某在此否？"周方混迹其后，惟恐神知，闻之失色，次且而前。巫指籍曰:"注金百。"周益窘,巫怒曰:"淫债尚酬二百,况好事耶!"盖周私一妇,为夫掩执,以金二百自赎,故讦之也。周益惭惧,不得已,如命注之。

既归,告妻,妻曰:"此巫之诈耳。"巫屡索,卒不与。一日,方昼寝,忽闻门外如牛喘。视之,则一巨蛙,室门仅容其身,步履蹇缓,塞两扉而入。既入,转身卧,以阈承颔〔11〕,举家尽惊。周曰:"必讨募金也。"焚香而祝,愿先纳三十,其余以次赍送,蛙不动;请纳五十,身忽一缩,小尺许;又加二十,益缩如斗;请全纳,缩如拳,从容出,入墙罅而去。周急以五十金送监造所,人皆异之,周亦不言其故。积数日,巫又言:"周某欠金五十,何不催并?"周闻之,惧,又送十金,意将以次完结。

一日,夫妇方食,蛙又至,如前状,目作怒。少间登其床,床摇撼欲倾;加喙于枕而眠,腹隆起如卧牛,四隅皆满。周惧,即完百数与之。验之,仍不少动。半日间小蛙渐集,次日,益多,穴仓登榻,无处不至;大于碗者,升灶啜蝇,糜烂釜中,以致秽不可食;至三日,庭中蠢蠢,更无隙处。一家皇骇,不知计之所出。不得已,请教于巫。巫曰:"此必少之也。"遂祝之,益以廿金,首始举;又益之,起一足;直至百金,四足尽起,下床出门,狼犺数步,复返身卧门内。周惧,问巫。巫揣其意,欲周即解囊。周无奈何,如数付巫,蛙乃行,数步外,身暴缩,杂众蛙中,不可辨认,纷纷然亦渐散矣。

祠既成,开光祭赛,更有所需。巫忽指首事者曰:"某宜出如干数。"共十五人,止遗二人。众祝曰:"吾等与某某,已同捐过。"巫曰:"我不以贫富为有无,但以汝等所侵渔之数为多寡〔12〕。此等金钱,不可自肥,恐有横灾飞祸。念汝等首事勤劳,故代汝消之也。除某某廉正无苟且外,即我家巫,我亦不少私之,便令先出,以为众倡。"即奔入家,搜括箱椟。妻问之,亦不答,尽卷囊蓄而出,告众曰:"某私克银八两,今使倾囊。"与众衡之,秤得六两余,使人志之。众愕然,不敢置辩,悉如数内入。巫过此茫不自知;或告之,大惭,质衣以盈之。惟二人亏其数,事既毕,一人病月余,一人患疔疮,医药之费,浮于所欠,人以为私克之报云。

异史氏曰:"老蛙司募,无不可与为善之人,其胜刺钉拖索者,不既多乎?〔13〕又发监守之盗而消其灾,则其现威猛,正其行慈悲也。神矣!"

校勘

底本:手稿本。参校:异史、二十四卷本、铸雪斋本、青柯亭本。

注释

〔1〕江汉之间：长江和汉水之间。今湖北地区。〔2〕楚：春秋战国时的楚国，在今湖北。〔3〕近禁脔：染指已被有势力者独占的人或物。〔4〕必见：灵验一定显露。〔5〕喜则忌：高兴的时候还有所禁忌。〔6〕鸮鸟生翼，欲啄母睛：传说猫头鹰幼鸟长成后啄食母亲的眼睛。此处用来说为人忘恩负义。〔7〕郁冒：头晕目眩。〔8〕略无庭训：没有家教。〔9〕盎盂相敲：家庭的矛盾。〔10〕鱼轩：用鱼皮装饰的贵夫人的车子。〔11〕以阈承颔：把下巴搁到门框上。〔12〕侵渔：侵夺他人利益。从非法经营中获益。〔13〕其胜刺钉拖索者，不既多乎：比起用各种酷刑催讨赋税的官府，不是强很多吗？刺钉拖索，指各种刑具。刺，以铁刺身；钉，固定刑具；拖索，拖在身上的绳索。

点评

青蛙神是江南的民间传说，前一个青蛙神的故事并没有多少神异色彩，相反地，它很像封建时代家庭婚姻的写实之作。两个地位不太相当、财富不太相配的家庭结成婚姻，媳妇依恃娘家势力，不按通常的封建礼法行事，儿子性格刚强，偏偏不吃岳家以势欺人的一套，磕磕碰碰，反反复复，经过长期的磨合，终于尘埃落定。当事人经过生活的教训，都向好的方面转化。这样的故事颇具典型意义。蒲松龄擅长写家庭的矛盾，擅长制造一个又一个的事件，并从事件中细致地刻画人物，矛盾一次一次再起，一次一次不同，次次有变，回回不同，人与人之间的外在矛盾变成了个人品性的内在冲突。蛮横的蛙翁，骄纵的十娘，刚直的昆生，委曲求全的薛翁，都生动精彩。后一故事《聊斋志异》最早的刻本青柯亭本篇名定为《募缘》，青蛙神向人募捐，实际是按照人的善恶品性，对悭吝者一募到底，决不宽恕，表现了作者惩恶扬善的道德追求。

青蛙神

不意青蛙点归神郎
情仪薄姜
将真性
诚善怒
猎能解
羞胜初
终怙过
人

任秀

卷七

任建之，鱼台人〔1〕。贩毡裘为业，竭资赴陕。途中逢一人。自言："申竹亭，宿迁人〔2〕。"话言投契，盟为昆弟，行止与俱。至陕，任病不起，申善视之，积十余日，疾大渐〔3〕。谓申曰："吾家故无恒产，八口衣食皆恃一人犯霜露〔4〕。今不幸殂谢异域。君，我手足也，两千里外，更有谁何！囊金二百余金，一半君自取之，为我小备殓具，剩者可助资斧；其半寄吾妻子，俾辇吾榇而归。如肯携残骸旋故里，则装资勿计矣。"乃扶枕为书付申，至夕而卒。申以五六金为市薄材，殓已。主人催其移榇〔5〕，申托寻寺观，竟遁不返。①任家年余方得确耗。

任子秀，时年十七，方从师读，由此废学，欲往寻父柩。母怜其幼，秀哀涕欲死，遂典资治任，俾老仆佐之行，半年始还。殡后，家贫如洗。幸秀聪颖，释服，入鱼台泮。而佻达喜博②，母教戒綦严，卒不改。一日文宗案临，试居四等。母愤泣不食，秀惭惧，对母自矢。于是闭户年余，遂以优等食饩。母劝令设帐〔6〕，而人终以其荡无检幅〔7〕，咸诮薄之。③

有表叔张某贾京师，劝使赴都，愿携与俱，不耗其资。秀喜从之。至临清〔8〕，泊舟关外。时盐航舣集，帆樯如林。卧后，闻水声人声，聒耳不寐。更既静，忽闻邻舟骰声清越，入耳萦心，不觉旧技复痒。窃听诸客，皆已酣寝，囊中自备千文，思欲过舟一戏。潜起解囊，捉钱踟蹰，回思母训，即复束置。既睡，心怔忡〔9〕，苦不得眠；又起又解，如是者三。兴勃发，不可复忍，携钱径去。④

至邻舟，则见两人对博，钱注丰美〔10〕。置钱几上，即求入局。二人喜，即与共掷。秀大胜。一客钱尽，

①申竹亭狼心狗肺。任建之已将资产的二分之一奉送，他仍嫌不足，全部侵吞。

②重要伏笔。一般人善博总会受到《聊斋》指责，任秀之善博却是他冥冥中为父报仇、向申某讨还血资的必要的本领。

③正因为没人接受其坐馆，他才跟表叔外出。情节安排有序。

④写尽嗜赌徒的心理，摄取嗜赌神魄，真切地绘出欲赌还休、翻来覆去之形态。妙笔。

1561

⑤任建之鬼魂来也。前此或许是他调来的鬼朋友？

⑥神差鬼使的要求。

即以巨金质舟主，渐以十余贯作孤注。赌方酣，又有一人登舟来，眈视良久，亦倾囊出百金质主人，入局共博⑤。

张中夜醒，觉秀不在舟，闻骰声，心知之，因诣邻舟，欲挠沮之〔11〕。至，则秀胯侧积资如山，乃不复言，负钱数千而返。呼诸客并起，往来移运，尚存十余千。未几，三客俱败，一舟之钱俱空。客欲赌金，而秀欲已盈，故托非钱不赌以难之〔12〕⑥。张在侧，又促逼令归。三客燥急。舟主利其盆头〔13〕，转贷他舟，得百余千。客得钱，赌更豪，无何又尽归秀。天已曙，放晓关矣〔14〕，共运资而返。三客亦去。主人视所质三百余金，尽箔灰耳〔15〕。大惊，寻至秀舟，告以故，欲取偿于秀，及问里姓名、里居，知为建之之子，缩颈羞汗而退。过访榜人，乃知主人即申竹亭也。秀至陕时，亦颇闻其姓字；至此鬼已报之，故不复追其前郄矣〔16〕。乃以资与张合业而北，终岁获息倍蓰〔17〕。遂援例入监，益权子母，十年间财雄一方。

校勘

底本：手稿本。参校：异史、二十四卷本、铸雪斋本、青柯亭本。

注释

〔1〕鱼台：明清县名，属济宁州，今山东省济宁市鱼台县。〔2〕宿迁：明清县名，属淮安府，今江苏省宿迁市。与鱼台县相隔不远。〔3〕疾大渐：病危。〔4〕犯霜露：形容旅途艰难、奔波辛苦。〔5〕槥（huì）：薄皮棺材。〔6〕设帐：做私塾老师。语本《后汉书·马融传》："（融）常坐高堂，施绛纱帐，前授生徒。"〔7〕荡无检幅：行为放荡，不知道自我约束。〔8〕临清：明清州名，属东昌府，今山东省临清市，位于运河边，是由山东、江苏、安徽进入京城的重要通道。〔9〕怔忡：即"怔忪"，忧思不安。〔10〕钱注：赌注。〔11〕挠沮：阻止。〔12〕非钱不赌：只赌铜钱不赌银子。〔13〕盆头：即所谓"抽头"，赌场的主人向赌客抽取的钱财。〔14〕放晓关：临清码头放行早班船。〔15〕箔灰：烧过的冥纸。箔，涂着金粉、银粉的烧纸。〔16〕前郄（xì）：过去的过失。

〔17〕倍蓰（xǐ）：加倍。

点评

　　善有善报，恶有恶报，不是不报，时候未到，时候一到，全部报销。不仁不义者总会在《聊斋》道德法庭受到应有惩罚。申竹亭侵吞结义兄弟任建之的血本，似乎神不知鬼不觉，若干年后，却因为一次赌局全部归还任建之的儿子任秀。《聊斋》点评家何垠说此篇"鬼报甚巧"，与其说鬼报巧，不如说作家构思巧。赌博本是作者深恶痛绝的行为，但在任秀，却成了巧妙地向不义者复仇的必要手段。任秀夜泊临清，听到临舟赌博声，想去参加，又顾忌母亲的责备；不去参加，又抵挡不住赌博的诱惑。拿了钱再放下，睡下，却心思不宁，再拿起钱想走，如是者三，终于博兴不可忍，毅然跨舟参赌，真把赌徒的心理和形态写活了。赌博场面也相当精彩，四个赌徒，任秀是真赌徒，另外三个是冥冥中帮任秀复仇的鬼魂，是假赌徒，四个赌徒一盘棋，都对着申竹亭的钱包。本来打算制止赌博的表叔，则无意中扮演了将申竹亭的钱一一运回任秀舱的角色。作者极擅长平地起波澜，将一个本来可能是乏味之极的故事，写得灵动活泼，引人入胜。小说开头和结尾遥相呼应，浑成一体。

萍水相逢漫託盟騷罷
任寄語不
勝惆悵負心此難為友
秀振以呼
靈方覺輕

冯木匠

抚军周有德[1]，改创故藩邸为部院衙署[2]。时方鸠工，有木作匠冯明寰直宿其中。夜方就寝，忽见纹窗半开，月明如昼。遥望短垣上立一红鸡，注目间，鸡已飞抢至地[3]①。俄一少女，露半身来相窥。冯疑为同辈所私；静听之，众已熟眠。私心怔忡，窃望其误投也。少间，女果越窗过，径已入怀。冯喜，默不一言。欢毕，女亦遂去。自此夜夜至。初犹自隐，后遂明告。女曰："我非误就，敬相投耳。"两人情日密。既而工满，冯欲归，女已候于旷野。冯所居村，离郡固不甚远，女遂从去。既入室，家人皆莫之睹，冯始知其非人。追数月，精神渐减，心益惧，延师镇驱，卒无少验。一夜，女艳妆来，向冯曰："世缘俱有定数：当来推不去，当去亦挽不住。今与子别矣。"遂去。

① 此女应为鸡妖，是《聊斋》女妖中的另类。缺少思想光芒。

> **校勘**
>
> 底本：手稿本。参校：异史、二十四卷本、铸雪斋本、青柯亭本。

> **注释**
>
> [1]抚军：巡抚。周有德（？—1680）：汉军镶红旗人，康熙二年（1663）为山东巡抚。《清史列传》有传。[2]改创故藩邸为部院衙署：把明代藩王府邸改为巡抚衙门。[3]飞抢（qiāng）至地：飞来落到地上。

> **点评**
>
> 书生跟女妖恋爱常有些感情交流，有诗词唱和，此文主角是木匠，当然没有文学因素在内，这个"命中注定"的人妖情故事显得苍白无力。

馮木匠

月明如畫紙窗閒,草木拥緣自去來。垣上紅雞甜外此,中離合貴穀猜。

晚霞

卷七

　　五月五日，吴越间有斗龙舟之戏〔1〕：刳木为龙〔2〕，绘鳞甲，饰以金碧；上为雕甍朱槛〔3〕，帆旌皆以锦绣〔4〕；舟末为龙尾，高丈余，以布索引木板下垂，有童坐板上，颠倒滚跌，作诸巧剧〔5〕，下临江水，险危欲堕。故其购是童也，先以金啖其父母〔6〕，预调驯之〔7〕，堕水而死，勿悔也。吴门则载美妓①，较不同耳。

①伏晚霞。

　　镇江有蒋氏童阿端，方七岁，便捷奇巧，莫能过，声价益起，十六岁犹用之。至金山下，堕水死。蒋媪止此子，哀鸣而已。

　　阿端不自知死，有两人导去，见水中别有天地；回视，则流波四绕，屹如壁立。俄入宫殿，见一人兜牟坐〔8〕。两人曰："此龙窝君也。"便使拜伏。龙窝君颜色和霁〔9〕，曰："阿端伎巧，可入柳条部。"遂引至一所，广殿四合。趋上东廊，有诸年少出与为礼，率十三四岁。即有老妪来，众呼"解姥"。坐令献技，已，乃教以钱塘飞霆之舞，洞庭和风之乐〔10〕。但闻鼓钲喤聒〔11〕，诸院皆响。既而诸院皆息，姥恐阿端不能即娴〔12〕，独絮絮调拨之；而阿端一过，殊已了了〔13〕。姥喜曰："得此儿，不让晚霞矣！"②

②借解姥之口点出阿端和晚霞是龙宫艺人中出类拔萃者。但明伦评："此处从解姥口中说出晚霞，是逗下笔，是横插笔，却仍是双顶笔。知如此用笔，则为文无散漫之笔，无鹘突之笔，无落空之笔。"

　　明日，龙窝君按部〔14〕，诸部毕集。首按夜叉部：鬼面鱼服〔15〕，鸣大钲，围四尺许，鼓可四人合抱之，声如巨霆，叫噪不复可闻。舞起，则巨涛汹涌，横流空际，时堕一点星光，及着地消灭。龙窝君急止之。命进乳莺部：皆二八姝丽，笙乐细作，一时清风习习，波声俱静，水渐凝如水晶世界，上下通明。按毕，俱退立西墀下。次按燕子部③：皆垂髫人，内一女郎，年十四五已来，振袖倾鬟，作散花舞〔16〕。翩翩翔起，衿袖袜履间，

③柳条、乳莺、燕子、蛱蝶各部，名字美，人物美，构成龙宫美妙的歌舞场面。

1567

皆出五色花朵，随风飏下，飘泊满庭。舞毕，随其部亦下西墀。阿端旁睨之，雅爱好之。问之同部，即晚霞也。

无何，唤柳条部。龙窝君特试阿端。端作前舞，喜怒随腔〔17〕，俯仰中节〔18〕。龙窝君嘉其惠悟，赐五文袴褶〔19〕，鱼须金束发〔20〕，上嵌夜光珠。阿端拜赐下，亦趋西墀，各守其伍。端于众中遥注晚霞，晚霞亦遥注之。少间，端逡巡出部而北，晚霞亦渐出部而南，相去数武，而法严不敢乱部，相视神驰而已④。既按蛱蝶部：童男女皆双舞，身长短、年大小、服色黄白，皆取诸同。诸部按已，鱼贯而出。柳条部在燕子部后，端疾出部前，而晚霞已缓滞在后。回首见端，故遗珊瑚钗，端急内袖中。

既归，凝思成疾，眠餐顿废。解姥辄进甘旨，日三四省，抚摩殷切，病不少瘳。姥忧之，罔所为计，曰："吴江王寿期已促〔21〕，且为奈何？"薄暮，一童子来，坐榻上与语，自言："隶蛱蝶部。"从容问曰："君病为晚霞否？"端惊问："何知？"笑曰："晚霞亦如君耳。"端凄然起坐，便求方计。童问："尚能步否？"答云："勉强尚能自力。"童挽出，南启一户，折而西，又辟双扉，见莲花数十亩，皆生平地上，叶大如席，花大如盖，落瓣堆梗下盈尺。童引入其中，曰："姑坐此。"遂去。少时，一美人拨莲花而入，则晚霞也。相见惊喜，各道相思，略述生平。遂以石压荷盖令侧，雅可幛蔽，又匀铺莲瓣而藉之，忻与狎寝〔22〕⑤。既订后约，日以夕阳为候，乃别。端归，病亦寻愈。由此两人日一会于莲亩。

过数日，随龙窝君往寿吴江王。称寿已，诸部悉还，独留晚霞及乳莺部一人在宫中教舞。数月更无音耗，端怅惘若失。惟解姥日往来吴江府，端托晚霞为外妹〔23〕，求携去，冀一见之。留吴江门下数日，宫禁森严，晚霞苦不得出，怏怏而返。积月余，痴想欲绝。一日，解姥入，戚然相吊曰："惜乎！晚霞投江矣！"⑥端大骇，涕下不能自止。因毁冠裂服〔24〕，藏金珠而出，

④"相视神驰"，好词，比"眉目传情"更传神。

⑤古代小说写男女幽会，美莫过于此。但明伦评："文境之妙，如幽禽对话，野树交花。"冯镇峦评："欲写幽欢，先布一妙境，视桑间野合、濮上于飞者，有仙凡之别。""人间所谓兰闺洞房，贱如粪壤。"

⑥劈空而入。

意欲相从俱死。但见江水若壁，以首力触不得入。念欲复还，惧问冠服，罪将增重，意计穷蹙〔25〕，汗流浃踵。忽睹壁下有大树一章，乃猱攀而上〔26〕，渐至端杪〔27〕，猛力跃堕，幸不沾濡，而竟已浮水上⑦。不意之中，恍睹人世，遂飘然泗去。移时，得岸，少坐江滨，顿思老母，遂趁舟而去。抵里，四顾居庐，忽如隔世。次且至家，忽闻窗中有女子曰："汝子来矣。"音声甚似晚霞⑧。俄，与母俱出，果霞。斯时两人喜胜于悲，而媪则悲疑惊喜，万状俱作矣。

　　初，晚霞在吴江，觉腹中震动。龙宫法禁严，恐旦夕身娩，横遭挞楚；又不得一见阿端，但欲求死，遂潜投江水。身泛起，沉浮波中。有客舟拯之，问其居里。晚霞故吴名妓，溺水不得其尸，自念衔院不可复投〔28〕，遂曰："镇江蒋氏，吾婿也。"客因代赁扁舟〔29〕，送诸其家。蒋媪疑其错误。女自言不误，因以其情详告媪。媪以其风格韵妙，颇爱悦之。第虑年太少，必非肯终寡也者。而女孝谨，顾家中贫，便脱珍饰，售数万。媪察其志无他，良喜。然无子，恐一旦临蓐，不见信于戚里；以谋女，女曰："母但得真孙，何必求人知？"媪亦安之。

　　会端至，女喜不自已。媪亦疑儿不死，阴发儿冢，骸骨具存。因以此诘端。端始爽然自悟〔30〕，然恐晚霞恶其非人，嘱母勿复言。母然之。遂告同里，以为当日所得非儿尸，然终虑其不能生子。未几，竟举一男，捉之无异常儿〔31〕，始悦。久之，女渐觉阿端非人，乃曰："胡不早言！凡鬼衣龙宫衣，七七魂魄坚凝〔32〕，生人不殊矣⑨。若得宫中龙角胶，可以续骨节而生肌肤，惜不早购之也。"

　　端货其珠，有贾胡出资百万〔33〕，家由此巨富。值母寿，夫妻歌舞称觞，遂传闻王邸。王欲强夺晚霞。端惧，见王自陈："夫妇皆鬼。"验之无影而信，遂不之夺。但遣宫人就别院，传其技。女以龟溺毁容而后见之〔34〕⑩。教三月，终不能尽其技而去。

⑦阿端落水而死，龙宫中投水却回到人世。妙想！

⑧天外飞来。

⑨人鬼交替新模式。

⑩晚霞以艳美始，以毁容终。人间与龙宫，都无良民的活路。如此优美的描写，蕴藏如此深刻的内容，妙极。

卷七

1569

校勘

底本：手稿本。参校：异史、二十四卷本、铸雪斋本、青柯亭本。

注释

〔1〕吴越间：古代吴国、越国之间，今江苏、浙江等地区。〔2〕刳（kū）木为龙：将整根木头挖空，雕刻成龙的样子。〔3〕雕甍（méng）朱槛：龙舟上方雕饰的屋脊，龙舟周围有红色的栏杆。〔4〕帆旌：帆蓬旗帜。〔5〕诸巧剧：各种杂技表演。〔6〕啖：收买。〔7〕调驯之：调教、训练他。〔8〕兜牟：头盔。〔9〕颜色和霁：脸色和蔼。〔10〕钱塘飞霆之舞，洞庭和风之乐：这是唐传奇《柳毅传》虚拟的舞蹈和乐曲。柳毅为龙女传书，钱塘君解救龙女，"千雷万霆，激绕其身"；龙女返回龙宫，祥风庆云，箫韶以随。〔11〕喤（huáng）聒：声音宏大刺耳。〔12〕娴：熟悉。〔13〕了了：明白，清楚。〔14〕按部：检查各部。〔15〕鬼面鱼服：戴着鬼怪状假面具，穿着鱼皮做的衣服。〔16〕散花舞：天女散花舞。〔17〕喜怒随腔：喜怒之情随着音乐的变化而变化。〔18〕俯仰中节：舞蹈动作随着音乐节奏而进展。〔19〕五文袴褶（zhě）：五彩军服。袴褶，古时连着上衣的军服裤。〔20〕鱼须金束发：鱼须形的金丝束发用具。〔21〕寿期已促：祝寿日期迫近。〔22〕忻与狎寝：快乐地相拥而憩。〔23〕外妹：表妹。〔24〕毁冠裂服：把龙宫服装毁坏了。〔25〕"意计穷蹙"两句：窘迫困厄，没有主意，极度惶恐，浑身是汗。〔26〕猱攀而上：像猴子一样爬上去。〔27〕端杪：树梢。〔28〕衒院：妓院。〔29〕代贳（shì）扁舟：替晚霞雇了一条小船。〔30〕爽然自悟：豁然开朗明白自己是鬼。〔31〕捉之无异常儿：抚抱时发现跟一般婴儿一样。〔32〕坚凝：凝结。〔33〕贾胡：在华夏经商的胡人。〔34〕龟溺毁容：传说龟尿沾到皮肤上没法洗掉，可以毁容。

点评

本篇是《聊斋》中最富有诗情画意的爱情故事。形式美，内容美，语言更美。开篇是气韵生动的民间风俗画，接着是一组婀娜多姿的龙宫歌舞，然后是幽静美妙的莲池爱巢，还有龙宫与人间任往来的奇思妙想。阿端晚霞双美，龙宫歌舞群美，莲池幽会雅美，少男少女爱美。有静态美，有动态美，有动静相形的美，有动静结合的美，从里美到外，从头美到尾，流光溢彩，美轮美奂。在中国古代小说的长河中，《晚霞》和《柳毅》堪称描写龙宫的双璧。而《晚霞》因为有《柳毅》在前，要想写出新意、写出新境界，更加困难、更加棘手。蒲松龄知难而进，其龙宫的歌舞场面，以梦幻之笔把龙宫的绚丽多彩、变幻莫测写绝了。可贵的是，美丽背后有辛酸，幽雅背后有痛苦。晚霞和阿端都是在人间受压迫的艺人，死后进入龙宫相爱，龙宫也不能相容，他们返回人间。人间的王爷仍要夺晚霞，晚霞不得不毁容以护清白。从人间到龙宫，再从龙宫到人间，都没有普通良民的活路，因为黑恶势力总是赤裸裸站在普通民众的对立面。

晚霞

無端幻出空靈境
補得情天離恨多
畢竟龍宮何處是
居然選舞又徵歌

白秋练

①白秋练对爱情的羞缩态度，为白媪登场做铺垫。

②白媪竟以家长之尊为女儿做红娘。求婚不成，就做法术阻碍船行。

③白氏母女水族神灵的身份在小说开头隐隐显露。白媪沙碛阻舟为二人相爱提供机缘。

④慕翁考虑问题的立足点不是"情"，更不可能是"诗"，而是"利"，是认蝇头小利、缺人情味的角色。

　　直隶有慕生，小字蟾宫，商人慕小寰之子，聪惠喜读。年十六，翁以文业迂〔1〕，使去而学贾。从父至楚，每舟中无事，辄便吟诵。抵武昌，父留居逆旅，守其居积。生乘父出，执卷哦诗，音节铿锵。辄见窗影憧憧，似有人窃听之，而亦未之异也。

　　一夕，翁赴饮，久不归。生吟益苦。有人徘徊窗外，月映甚悉，怪之；遽出窥觇，则十五六倾城之姝。望见生，急避去①。又二三日，载货北旋，暮泊湖滨。父适他出，有媪入曰："郎君杀吾女矣！"生惊问之，答云："妾白姓，有息女秋练，颇解文字。言在郡城，得听清吟，于今结想，至绝眠餐。意欲附为婚姻，不得复拒。"生心实爱好，第虑父嗔，因直以情告。媪不实信，务要盟约〔2〕，生不肯。媪怒曰："人世姻好，有求委禽而不得者。今老身自媒，反不见内，耻孰甚焉！请勿想北渡矣！"②遂去。

　　少间，父归，善其词以告之〔3〕，隐冀垂纳。而父以涉远，又薄女子之怀春也〔4〕，笑置之。泊舟处水深没棹〔5〕；夜忽沙碛拥起〔6〕③，舟滞不得动。湖中每岁客舟必有留住守洲者，至次年桃花水溢〔7〕，他货未至，舟中物当百倍于原直也。以故翁未甚忧怪④。独计明岁南来，尚须揭资〔8〕，于是留子自归。生窃喜，悔不诘媪居里。

　　日既暮，媪与一婢扶女郎至，展衣卧诸榻上，向生曰："人病至此，莫高枕作无事者〔9〕！"遂去。生初闻而惊，移灯视女，则病态含娇，秋波自流。略致讯诘，嫣然微笑。生强其一语，曰："'为郎憔悴却羞郎〔10〕'，可为妾咏。"生狂喜，欲近就之，而怜其荏弱〔11〕，探手于怀，接脑为戏。女不觉欢然展谑〔12〕，乃曰：

1573

⑤白秋练相思而病，病增娇态，更添妩媚。恋人所吟的并非爱情诗，是《春怨词》，借景写情，大自然美景为青年男女增添相爱成分。春莺、芳草、杨柳，像年轻人的浪漫青春。

⑥慕小寰的人生哲学，感情不感情的无所谓，只要财物不受损就成。

⑦慕小寰精于算计，想一箭双雕。既希望儿子病好，又想和富人联姻。"姑"字用得妙！姑，姑且，暂且，不做长远打算。慕小寰不理解也不在乎儿子的相思，指望着传宗接代的儿子病重才着了急。他异想天开，默许儿子与秋练苟合，却不承担任何责任。以自我需要为中心，恶劣的奸商哲学。白媪却将女儿终身大事放到首位。两位完全不同的家长。

"君为妾三吟王建'罗衣叶叶'之作〔13〕，病当愈。"⑤生从其言，甫两过，女揽衣起坐，曰："妾愈矣！"再读，则娇颤相和。生神志益飞，遂灭烛共寝。女未曙已起，曰："老母将至矣。"未几，媪果至。见女凝妆欢坐，不觉欣慰，邀女去，女俯首不语。媪即自去，曰："汝乐与郎君戏，亦自任也。"于是生始研问居止。女曰："妾与君不过倾盖之友〔14〕，婚嫁尚不可必，何须令知家门。"然两人互相爱悦，要誓良坚。

女一夜早起挑灯，忽开卷凄然泪莹。生急起问之，女曰："阿翁行且至〔15〕。我两人事，妾适以卷卜〔16〕，展之得李益《江南曲》〔17〕，词意非祥。"生慰解之，曰："首句'嫁得瞿塘贾〔18〕'，即已大吉，何不祥之与有？"女乃稍欢，起身作别曰："暂请分手，天明则千人指视矣〔19〕。"生把臂哽咽，问："好事如谐，何处可以相报？"曰："妾常使人侦探之。谐否无不闻也。"生将下舟送之，女力辞而去。无何，慕果至。生渐吐其情。父疑其招妓，怒加诟厉〔20〕，细审舟中财物，并无亏损，谯呵乃已⑥。一夕，翁不在舟，女忽至，相见依依，莫知决策。女曰："低昂有数〔21〕，且图目前。姑留君两月，再商行止。"临别以吟声作为相会之约。由此值翁他出，遂高吟，则女自至。四月行尽，物价失时，诸贾无策，敛资祷湖神之庙。端阳后，雨水大至，舟始通。

生既归，凝思成疾。慕忧之，巫医并进〔22〕。生私告母曰："病非药襻可瘳，惟有秋练至耳。"翁初怒之，久之，支离益惫〔23〕，始惧。赁车载子，复如楚。泊舟故处，访居人，并无知白媪者。会有媪操柁湖滨〔24〕，即出自任。翁登其舟，窥见秋练，心窃喜，而审诘邦族，则浮家泛宅而已〔25〕。因实告子病由，冀女登舟，姑以解其沉痼。媪以婚无成约，弗许⑦。女露半面，殷殷窥听〔26〕，闻两人言，眦泪欲堕。媪视女面，因翁哀请，即亦许之。

至夜，翁出，女果至，就榻呜泣曰："昔年妾状，今到君耶！此中况味，要不可不使君知。然羸顿如此〔27〕，急切何能便瘳？妾请为君一吟。"生亦喜。女亦吟王建前作。生曰："此卿心事，医二人何得效？然闻卿声，神已爽矣。试为我吟'杨柳千条尽向西〔28〕'。"女从之。生赞曰："快哉！卿昔诵诗余〔29〕，有《采莲子》云：'菡萏香连十顷陂〔30〕'，心尚未忘，烦一曼声度之。"女又从之。甫阕〔31〕，生跃起曰："小生何尝病哉！"遂相狎抱，沉疴若失。既而问："父见媪何词？事得谐否？"女已察知翁意，直对"不谐"。既而女去，父来，见生已起，喜甚，但慰勉之。因曰："女子良佳。然自总角时，把柁棹歌〔32〕，无论微贱，抑亦不贞。"⑧生不语。

翁既出，女复来。生述父意，女曰："妾窥之审矣〔33〕。天下事，愈急则愈远，愈迎则愈拒。当使意自转，反相求。"生问计，女曰："凡商贾志在利耳。妾有术知物价。适视舟中物，并无少息。为我告翁：居某物，利三之；某物，十之。归家，妾言验，则妾为佳妇矣⑨。再来时，君十八，妾十七，相欢有日，何忧为！"生以所言物价告父。父颇不信，姑以余资半从其教。既归，所自置货，资本大亏；幸少从女言，得厚息，略相准〔34〕。以是服秋练之神。生益夸张之，谓女自言，能使己富。翁于是益揭资而南。至湖，数日不见白媪；过数日，始见其泊舟柳下，因委禽焉⑩。媪悉不受，但涓吉送女过舟〔35〕。翁另赁一舟为子合卺。女乃使翁益南，所应居货，悉籍付之。媪乃邀婿去，家于其舟。翁三月而返，物至楚，价已倍蓰。将归，女求载湖水。既归，每食必加少许，如用醯酱焉〔36〕。由是每南行，必为致数坛而归。后三四年，举一子。

一日，涕泣思归。翁乃偕子及妇俱如楚。至湖，不知媪之所在。女扣舷呼母，神形丧失。促生沿湖问讯。会有钓鲟鳇者〔37〕，得白骥〔38〕。生近视之，巨物也，

⑧浪漫恋人在势利慕父面前再次碰钉子。"不贞"是借口，"微贱"是关键。

⑨柔弱的秋练蹉跌中领悟人生，找到反败为胜的秘诀。以预知货物价格仙术，让慕父经商获利。

⑩被颠倒的一切重新颠倒过来。曾嫌弃秋练的慕父主动下聘，欢天喜地迎秋练进门，再也不提门第、贞洁。金钱说话，一路绿灯。哪儿是迎美丽的儿媳，分明是迎招财进宝的财神！慕父的转变生动地表现了封建社会末期商品经济是怎样改变人的观念。

形全类人,乳阴毕具。奇之,归以告女。女大骇,谓夙有放生愿,嘱生赎放之。生往商钓者,钓者索直昂。女曰:"妾在君家,谋金不下巨万,区区者何遂靳直也!如必不从,妾即投湖水死耳!"生惧,不敢告父,盗金赎放之。既返,不见女。搜之不得,更尽始至。问:"何往?"曰:"适至母所。"问:"母何在?"觍然曰:"今不得不实告矣:适所赎,即妾母也。向在洞庭,龙君命司行旅〔39〕。近宫中欲选嫔妃,妾被浮言者所称道,遂敕妾母,坐相索。妾母实奏之⑪。龙君不听,放母于南滨〔40〕,饿欲死,故罹前难。今难虽免,而罚未释。君如爱妾,代祷真君可免〔41〕。如以异类见憎,请以儿掷还君。妾去,龙宫之奉,未必不百倍君家也。"⑫

生大惊,虑真君不可得见。女曰:"明日未刻〔42〕,真君当至。见有跛道士,急拜之,入水亦从之。真君喜文士,必合怜允。"乃出鱼腹绫一方〔43〕,曰:"如问所求,即出此,求书一'免'字。"生如言候之。果有道士蹩躠而至,生伏拜之。道士急走,生从其后。道士以杖投水,跃登其上。生竟从之而登,则非杖也,舟也。又拜之。道士问:"何求?"生出罗求书。道士展视曰:"此白骥翼也,子何遇之?"蟾宫不敢隐,详陈颠末。道士笑曰:"此物殊风雅,老龙何得荒淫!"⑬遂出笔草书"免"字,如符形,返舟令下。则见道士踏杖浮行,顷刻已渺。归舟,女喜,但嘱勿泄于父母。

归后二三年,翁南游,数月不归。湖水既罄,久待不至,女遂病,日夜喘急⑭。嘱曰:"如妾死,勿瘞,当于卯、午、酉三时〔44〕,一吟杜甫《梦李白》诗〔45〕⑮,死当不朽。候水至,倾注盆内,闭门缓妾衣,抱入浸之,宜得活。"喘息数日,奄然遂毙。后半月,慕翁至,生急如其教,浸一时许,渐苏。自是每思南旋。后翁死,生从其意,迁于楚。

---

⑪宁死也维护女儿的爱情。为可敬的母亲增添亮丽一笔。

⑫柔弱的秋练在母亲危难时的刚直之语。居然说出"要挟"性的话来!语言绝妙!

⑬慕蟾宫求真君,绝妙画面!声形俱妙。

⑭鱼儿离不了水,人之常情。最不可思议的是,诗歌可以起死回生。杜甫《梦李白》写友谊。蒲松龄借朋友之酒杯,浇恋人之块垒。

⑮杜甫《梦李白》诗两首:
其一
死别已吞声,生别常恻恻。
江南瘴疠地,逐客无消息。
故人入我梦,明我长相忆。
君今在罗网,何以有羽翼?
恐非平生魂,路远不可测。
魂来枫林青,魂返关塞黑。
落月满屋梁,犹疑照颜色。
水深波浪阔,无使蛟龙得!
其二
浮云终日行,游子久不至。
三夜频梦君,情亲见君意。
告归常局促,苦道来不易。
江湖多风波,舟楫恐失坠。
出门搔白首,若负平生志。
冠盖满京华,斯人独憔悴。
孰云网恢恢,将老身反累。
千秋万岁名,寂寞身后事。

校勘

底本：手稿本。参校：异史、二十四卷本、铸雪斋本、青柯亭本。

注释

〔1〕文业迂：从事科举不合时宜。〔2〕盟约：婚约。〔3〕"善其词"两句：把媪的意思编成好听的话告诉父亲，期望父亲答应婚事。〔4〕薄女子之怀春：瞧不起女子想嫁人，主动追求男子。〔5〕棹：船桨。〔6〕沙碛（qì）：沙子和小石头。〔7〕桃花水：春汛。颜师古注《汉书·沟洫志》："盖桃方华时，即有雨水。"〔8〕揭资：借钱措办资金。〔9〕高枕：把枕头垫高，舒舒服服地睡觉。〔10〕"为郎憔悴却羞郎"：语出唐代元稹《莺莺传》：张生与崔莺莺相爱，最后张生却视其为"尤物"，自己"善补过"，将莺莺抛弃。各自婚嫁后，张生求见莺莺。莺莺不见，留诗一首："自从消瘦减容光，万转千回懒下床。不为旁人羞不起，为郎憔悴却羞郎。"此处取最后一句诗的直接语意，与整首诗及写诗者的遭遇无关。〔11〕荏（rěn）弱：虚弱。〔12〕展谑：露出快乐的表情。〔13〕"罗衣叶叶"：语出唐代诗人王建的《宫词》："罗衫叶叶绣重重，金凤银鹅各一丛。每遍舞时分两向，太平万岁字当中。"〔14〕倾盖之友：偶尔相遇的朋友。盖，车盖，路遇时停车相语，车盖相接。〔15〕阿翁：公公。〔16〕卷卜：用书占卜。〔17〕李益《江南曲》："嫁得瞿塘贾，朝朝误妾期。早知潮有信，嫁与弄潮儿。"白秋练认为离别的诗句不吉利，慕生却认为第一句"嫁得瞿塘贾"意味着二人婚姻有成。〔18〕瞿塘贾：瞿塘峡商人。〔19〕千人指视：触犯众怒。〔20〕诟厉：指责、诟病。〔21〕低昂有数：成败都由上天决定。〔22〕巫医并进：巫师和医生一起治疗。〔23〕支离益惫：更加瘦弱疲惫。〔24〕柁（duò）：同"舵"。〔25〕浮家泛宅：以船为家，漂泊无定。〔26〕殷殷窥听：专注忧伤地倾听。〔27〕羸顿：病重衰弱。〔28〕杨柳千条尽向西：唐代刘方平《代春怨》："朝日残莺伴妾啼，开帘只见草萋萋。庭前时有东风入，杨柳千条尽向西。"〔29〕诗余：词的别称。〔30〕菡萏（hàn dàn）香连十顷陂（bēi）：唐代皇甫松《采莲子》："菡萏香连十顷陂，小姑贪戏采莲迟。晚来弄水船头湿，更脱红裙裹鸭儿。"〔31〕甫阕：刚吟罢。阕，乐曲结束。〔32〕把柁棹歌：边撑船边唱歌。〔33〕窥之审：观察得明白。〔34〕相准：互相抵销。〔35〕涓吉：选择吉日。〔36〕醯（xī）酱：酱油、醋等调料。〔37〕鲟鳇（xún huáng）：鱼名，形似鲟鱼，背有甲骨。〔38〕白鱀：即白鱀豚，人称"淡水海豚"，产于长江中下游，是水生兽类，嘴狭长，有蓝色背鳍，腹部白色。〔39〕司行旅：管理行旅客商。

〔40〕南滨：湖南岸。〔41〕真君：道家修仙得道的高人。〔42〕未刻：下午一点到三点。〔43〕鱼腹绫：鱼肚白色的绫罗。〔44〕卯、午、酉三时：早上、中午、晚上三个时辰。卯，上午五时至七时；午，上午十一时至下午一时；酉，下午五时至七时。〔45〕杜甫《梦李白》：李白晚年被流放，杜甫写《梦李白》二首深切怀念李白，"魂来枫林青，魂返关塞黑"，蒲松龄曾化用在《聊斋自志》中。

点评

慕蟾宫与白秋练因诗生情，以诗传情，进而以诗治病。诗寄托深刻的眷恋，抒发望穿秋水的等待，相爱者以诗歌互相感知，诗歌给爱情蒙上浪漫主义的狂热和激情洋溢的朝气。文化素养使性爱变得细腻优雅，爱情如诗，如金色的梦。更有甚者，诗歌还可以起死回生，聊斋先生把诗歌魅力通过另类爱情故事写到极点。白秋练有位尊重女儿爱情、以女儿爱情为生活重心、视女儿爱情幸福强于自己生命的母亲白媪。慕蟾宫有位只管利益不管感情、以金钱为中心、视儿子爱情为无物的父亲。慕父是"封建家长＋精明商人"，他打着"三从四德"的幌子嫌贫爱富，始而因白家贫贱而阻挠儿子婚姻，继而因秋练能致富主动求婚。离奇爱情故事，有真实时代背景。鱼儿离不了水，恋人离不了诗，商人离不了利，《白秋练》是诗意和深度有机结合的绝妙小说。

白秋練

織影憧憧檻
外過
美人潛坐聽
吟哦
楚江水塘
為命
王建羅衣不
及他

卷八

王者

卷八

①瞽者引路，有幽默讽刺意味。

②瞽者是王者计划的参与者。

③五日才到目的地，还要再等几日，说明王者处理此类事件甚多，妙。

④当是比巡抚还要坏的官员。不写王者如何惩罚贪官，仅用一个人皮场面，笔墨节省而有力。

⑤数十万银是"区区者"，好大口气。说明贪官贪污之多。

湖南巡抚某公，遣州佐押解饷金六十万赴京〔1〕，途中被雨，日暮愆程〔2〕，无所投宿，远见古刹，因诣栖止。天明，视所解金，荡然无存。众骇怪，莫可取咎〔3〕。回白抚公，公以为妄，将置之法，及诘众役，并无异词。公责令仍反故处，缉察端绪〔4〕。至庙前，见一瞽者，形貌奇异，自榜云："能知心事。"①因求卜筮。瞽曰："是为失金者。"州佐曰："然。"因诉前苦。瞽者便索肩舆，云："但从我去，当自知。"遂如其言，官役皆从之。瞽曰："东。"东之。曰："北。"北之。凡五日，入深山，忽睹城郭，居人辐辏〔5〕。入城，走移时，瞽曰："止。"因下舆，以手南指："见有高门西向，可款关自问之。"拱手自去。②州佐从其教，果见高门；渐入之，一人出，衣冠汉制，不言姓名。州佐述所自来。其人云："请留数日③，当与君谒当事者。"遂导去，令独居一所，给以食饮。暇时闲步，至第后，见一园亭，入涉之，老松翳日，细草如毡；数转廊榭，又一高亭，历阶而入，见壁上挂人皮数张④，五官俱备，腥气流熏，不觉毛骨森竖，疾退归舍。自分留鞭异域〔6〕，已无生望，因念进退一死，亦姑听之。

明日，衣冠者召之去，曰："今日可见矣。"州佐唯唯。衣冠者乘怒马甚驶，州佐步驰从之。俄，至一辕门，俨如制府衙署〔7〕，皂衣人罗列左右，规模凛肃。衣冠者下马，导入。又一重门，见有王者，珠冠绣绂〔8〕，南面坐。州佐趋上伏谒。王者问："汝湖南解官耶？"州佐诺。王者曰："银俱在此。是区区者⑤，汝抚军即慨然见赠，未为不可。"州佐泣诉："限期已满，归必就刑，禀白何所申证？"王者曰："此即不难。"遂付以巨函云："以此复之，可保无恙。"又遣力士送之。

1583

州佐慑息，不敢辨，受函而返。山川道路，悉非来时所经。既出山，送者乃去。

数日抵长沙，敬白抚公。公益妄之，怒不容辨，左右者飞索以缒[9]。州佐解襆出函，公拆视未竟，面如灰土⑥。命释其缚，但云："银亦细事⑦，汝姑出。"于是急檄属官，设法补解讫。数日，公疾，寻卒。

先是，公与爱姬共寝，既醒，而姬发尽失，阖署惊怪，莫测其由。盖函中即其发也。外有书云："汝自起家守令[10]，位极人臣[11]。赇赂贪婪，不可悉数。前银六十万，业已验收在库。当自发贪囊，补充旧额。解官无罪，不得妄加谴责。前取姬发，略示微警。如复不遵教令，旦晚取汝首领。姬发附还，以作明信。"公卒后，家人始传其书。后属员遣人寻其处，则皆重岩绝壑，更无径路矣。

异史氏曰："红线金合[12]，以儆贪婪，良亦快异。然桃源仙人[13]，不事劫掠；即剑客所集[14]，乌得有城郭衙署哉？呜呼！是何神欤？苟得其地，恐天下之赴诉者无已时矣。"⑧

⑥生动。

⑦与"区区者"对应。

⑧蒲松龄虚拟处理贪官的衙门，乃理想的衙门，不可能存在的衙门。

校勘

底本：康熙本。参校：异史、二十四卷本、铸雪斋本、青柯亭本。

注释

[1]州佐：辅佐州长官的副职。清代知州以下的州同、州判，泛称"州佐"。[2]愆程：耽误了行程。[3]莫可取咎：找不到失金的原因。[4]端绪：头绪，原因。[5]辐辏：车多密集。[6]留鞟（kuò）异域：死在异乡。鞟，去毛的皮革，指尸体。[7]俨如制府衙署：像总督府衙门。[8]绣绂（fú）：刺绣的礼服。[9]飞索以缒（tà）：马上用绳索捆起来。[10]起家守令：从县令、太守（知府）的官一路升迁。[11]位极人臣：身处最高的官位。[12]红线金合：传奇《红线》写侠女红线夜间盗走魏节度使田承嗣枕边金盒的故事。[13]桃源仙人：陶渊明写的《桃花源记》里边的人。[14]剑客所集：剑客聚集的地方。

点评

　　这个故事在清初广为流传，王士禛的《池北偶谈·剑侠》、赵吉士的《寄园寄所寄·勇侠》都记其事，都是写侠客取某巡抚数十万银子后，巡抚接到押官带回的姬发偃旗息鼓，再也不敢追查。蒲松龄把这个故事写成由"王者"惩罚贪官，而且不仅是惩罚巡抚一人，不仅取其巨金还要用大义凛然的信斥责其贪赃枉法。如此，思想意义就大大拓展了。故事充满悬念，布满诡异，瞽者为什么能知道失金之事？王者花园里的人皮是怎么回事？王者为什么是"汉制"衣冠？闪闪烁烁，令人猜疑不已而美感生焉。这是装在"侠客"传统酒瓶里刺贪刺虐的新酒。

王者

懲警貪夫聊幻化衣
冠城郭迥非凡飾銀消
息何須向一縷青絲始巨亟

某甲

某甲私其仆妇，因杀仆纳妇，生二子一女。阅十九年〔1〕，巨寇破城，劫掠一空。一少年贼，持刀入甲家。甲视之，酷类死仆①。自叹曰："吾合休矣！"倾囊赎命。迄不顾〔2〕，亦不一言，但搜人而杀，共杀一家二十七口而去。甲头未断，寇去少苏，犹能言之。②三日寻毙。呜呼！果报不爽③，可畏也哉！

①暗示死仆投胎。

②让某甲多活三天以说明因果。

③挑明。

校勘

底本：青柯亭本。参校：异史、二十四卷本、铸雪斋本。

注释

〔1〕阅：经历。〔2〕迄：始终。

点评

杀夫而纳其妇，以强凌弱，官府不问，安然生子。某甲似乎逃过惩罚，少年贼出现，是被杀仆投胎，再世为人仍不忘深仇大恨，痛快报仇。在这个因果报应的故事里蕴藏着阶级压迫成分，是作者惩恶扬善愿望的表现。

某甲

名分何存
嗟业缘粮心毒
于为婵指倾囊
瞋命嗟何及果报
乙返十九年

衢州三怪〔1〕

张握仲从戎衢州〔2〕，云："衢州夜静时，人莫敢独行。钟楼上有鬼，头上一角，像貌狰恶，闻人行声即下。人骇奔，鬼亦遂去。而见之辄病，多死者。又城中一塘，夜出白布一匹，如匹练横地上。过者拾之，即卷入水。又有鸭鬼，夜既定，塘边寂无一物，若闻鸭声即病。"

校勘

底本：青柯亭本。参校：异史、二十四卷本、铸雪斋本。

注释

〔1〕衢州：明清府名，今浙江衢州市。〔2〕张握仲：事迹不详。

点评

中国古代早期的志怪小说多记一些传闻奇事，《聊斋》受其影响，既有完整曲折的小说，也有简短志怪，此文所写的三事，钟楼上鬼，池塘中的白布和鸭鬼，都是怪异，荒唐无稽，价值不大。

衢州三怪

曾聞三怪出衢州惹得行
人戒夜游樓上鬼頭塘下
布鴨穀咽啾使人愁

拆楼人

①视人命如草芥。

②皮里阳秋的叙述。

③做贼心虚。

④以实证幻，将逆子和卖油者联系起来。

何冏卿[1]，平阴人[2]。初令秦中[3]，一卖油者有薄罪，其言戆[4]，何怒，杖毙之①。后仕至铨司[5]，家资富饶②。建一楼，上梁日，亲宾称觞为贺。忽见卖油者入，阴自骇疑。俄报妾生子，愀然曰："楼工未成，拆楼人已至矣③！"人谓其戏，而不知其实有所见也。后子既长，最顽，荡其家。佣为人役，每得钱数文，辄买香油食之④。

异史氏曰："常见富贵家楼第连亘，死后，再过已墟。此必有拆楼人降生其家也。身居人上，乌可不早自惕哉[6]！"

校勘

底本：青柯亭本。参校：异史、二十四卷本、铸雪斋本。

注释

[1]何冏卿：即何海晏（1525—？），字治象，号敬庵，明代人，进士出身，官至太仆寺少卿、河南布政使司左参政。康熙十三年（1674）《平阴县志·人物志》记载，他退休后，还曾经优游林下三十多年，家中亭台楼阁、花木竹石，日以飞觞为乐，说明其子败家可能是人们的愿望或误传，也可能是他死后很久发生的事。冏卿，旧时称太仆寺卿为"冏卿"，语本《书·冏命序》："穆王命伯冏为周太仆正。"[2]平阴：明清县名，属兖州府，今山东省济南市平阴县。[3]秦中：陕西地区。[4]言戆（zhuàng）：语言鲁直、不会拐弯抹角，出言冲撞。[5]铨司：吏部文选清吏司，主管考核文职官员的任免升迁。其主管为郎中，正五品。[6]乌可不早自惕：怎么可以不自我警惧、小心谨慎？

点评

因果报应的故事里隐含着作者对达官贵人欺压百姓、巧取豪夺的批判。何某做县令时因为几句不入耳的话，就将卖油人活活打死。做考察官吏的官后家资富饶，自然是卖官、敲诈、要挟的结果。像这样的人偏偏高官厚禄，偏偏平平安安，岂非上天瞎眼？被害人托生孽子败家，就成了上天开眼的最佳途径。身居人上者必须警惕自己不要做缺德事，就是顺理成章的道理教训。

折人樓

一言拼苦牢官
身憂直
無須發怒瞋
請看閬卿遊里
日費油人是折
樓人

大蝎

明彭将军宏[1]，征寇入蜀。至深山中，有大禅院，云已百年无僧。询之土人，则曰："寺中有妖，入者辄死。"彭恐伏寇，率兵斩茅而入。前殿中有皂雕夺门飞去[2]；中殿无异；又进之，则佛阁，周视亦无所见，但入者皆头痛不能禁。彭亲入，亦然。少顷，有大蝎如琵琶，自板上蠢蠢而下，一军惊走，彭遂火其寺。

校勘

底本：青柯亭本。参校：异史、二十四卷本、铸雪斋本。

注释

[1]彭宏：生平不详。[2]皂雕：黑色的雕鹰。

点评

大蝎虽大，却未直接伤人，人入寺而头痛，当是神经紧张或者是空气长久不流通所致，彭将军不信邪，直接放火烧寺，大蝎自然消失。不过，将军既然有兵刃，何不灭蝎而留寺？

大蝎

祇憐深山有伏戎，
知大蝎蟠琳宮土人，
不能降妖徒怛詫，
將軍善攻。

陈云栖

真毓生,楚夷陵人[1],孝廉之子。能文,美丰姿,弱冠知名。儿时,相者曰:"后当娶女道士为妻。"父母共以为笑。而为之论婚,低昂苦不能就。生母臧夫人,祖居黄冈[2],生以故诣外祖母。闻时人语曰:"黄州'四云',少者无伦。"盖郡有吕祖庵,庵中女道士皆美,故云。

庵去臧氏村仅十余里,生因窃往。扣其关,果有女冠三四人,谦喜承迎,度皆雅洁。中一最少者,旷世真无其俦,心好而目注之。女以手支颐,但他顾①。诸道士觅盏烹茶。生乘间问姓字,答云:"云栖,姓陈。"生戏曰:"奇矣!小生适姓潘。"②陈赪颜发颊,低头不语,起而去。少间瀹茗,进佳果,各道姓字:一白云深,年三十许;一盛云眠,二十已来;一梁云栋,约二十有四五,却为弟。而云栖不至,生殊怅惘,因问之。白曰:"此婢惧生人。"生乃起别,白力挽之,不留而出。白曰:"欲见云栖,明日可复来。"

生归,思恋綦切。次日又诣之。诸道士俱在,独少云栖,未便遽问。诸道士治具留餐,生力辞,不听。白拆饼授箸,劝进良殷。既问:"云栖何在?"答云:"自至。"久之,日势已晚,生欲归。白捉腕留之,曰:"姑止此,我捉婢子来奉见。"生乃止。俄,挑灯具酒,云眠亦去。酒数行,生辞醉。白曰:"饮三觥,则云栖出矣。"生果饮如数。梁亦以此挟劝之,生又尽之,覆盏告辞。白顾梁曰:"吾等面薄,不能劝饮,汝往曳陈婢来,便道潘郎待妙常已久。"梁去,少时而返,具言:"云栖不至。"生欲去,而夜已深,乃佯醉仰卧。两人代裸之,迭就淫焉。终夜不堪其扰。天既明,不睡而别,数日不敢复往,而心念云栖不忘也,但不时于近侧探侦之。

① 娇态、清高状如画。

② 真生挑逗语。道姑陈妙常和潘法成的爱情故事自宋朝就流传,到清初小说、戏剧皆有反映。"潘生"是小说第一个姓氏误会。

一日，既暮，白出门与少年去。生喜，不甚畏梁，急往款关。云眠出应门，问之，则梁亦他适。因问云栖，盛导去，又入一院。呼曰："云栖！客至矣。"但见室门闑然而合。盛笑曰："闭扉矣。"生立窗外，似将有言，盛乃去。云栖隔窗曰："人皆以妾为饵，钓君也。频来，则身命殆矣。妾不能终守清规，亦不敢遂乖廉耻，欲得如潘郎者而事之耳。"生乃以白头相约。云栖曰："妾师抚养，即亦非易，果相见爱，当以二十金赎妾身。妾候君三年。如望为桑中之约，所不能也。"生诺之。方欲自陈，而盛复至，从与俱出，遂别归。中心怊怅，思欲委曲夤缘〔3〕，再一亲其娇范，适有家人报父病，遂星夜而还。无何，孝廉卒。夫人庭训最严，心事不敢使知，但刻减金资〔4〕，日积之。有议婚者，辄以服阕为辞。母不听。生婉告曰："曩在黄冈，外祖母欲以婚陈氏，诚心所愿。今遭大故，音耗遂梗，久不如黄省问；且夕一往，如不果谐，从母所命。"夫人许之。乃携所积而去。至黄，诣庵中，则院宇荒凉，大异畴昔。渐入之，惟一老尼炊灶下，因就问讯。尼曰："前年老道士死，'四云'星散矣。"问："何之？"曰："云深、云栋，从恶少遁去；向闻云栖寓居郡北；云眠消息不知也。"生闻之悲叹。命驾即诣郡北，遇观辄询，并少踪迹。怅恨而归，伪告母曰："舅言：陈翁如岳州，待其归，当遣伻来。"

逾半年，夫人归宁，以事问母，母殊茫然。夫人怒子诳；媪疑甥与舅谋，而未以闻也。幸舅远出，莫从稽其妄。夫人以香愿登莲峰。斋宿山下。既卧，逆旅主人扣扉，送一女道士寄宿同舍，自言："陈云栖。"③闻夫人家夷陵，移坐就榻，告诉坎坷，词旨悲恻。末言："有表兄潘生，与夫人同籍，烦嘱子侄辈一传口语，但道某暂寄栖鹤观师叔王道成所。朝夕厄苦，度日如岁。令早一临存；恐过此以往，未之或知也。"夫人审名字，即又不知。但云："既在学宫，秀才辈想无不闻也。"

③真个是无巧不成书。

④"潘生"身份在母亲跟前明确了,二人爱情却生故障:真母拒绝娶道士为媳。

⑤第二个姓氏误会发生。真母做梦也想不到,她诚心诚意想聘为儿妇的,正是她昔日不肯接受的女道士。

⑥此处有作家故意弄巧的痕迹。陈云栖的外貌可以因为是道装、便装产生差异,让真母一时认不出,而真生经过如此密切的接触仍然认不出?

⑦登徒子类人物。

⑧"何在""何知",语言简练到无法再简练。

未明,早别,殷殷再嘱。夫人既归,向生言及。生长跪曰:"实告母:所谓潘生即儿也。"夫人诘知其故,怒曰:"不肖儿!宣淫寺观,以道士为妇,何颜见亲宾乎!"④生垂头,不敢出词。

会生以赴试入郡,窃命舟访王道成。至,则云栖半月前出游不返。既归,悒悒而病。适臧媪卒,夫人往奔丧,殡后迷途,至京氏家,问之,则族妹也。相便邀入。见有少女在堂,年可十八九,姿容曼妙,目所未睹。夫人每思得一佳妇,俾子不憨〔5〕,心动,因诘生平。妹云:"此王氏女也,京氏甥也。怙恃俱失,暂寄此耳。"问:"婿家谁?"曰:"无之。"把手与语,意致娇婉,母大悦,为之过宿,私以己意告妹。妹曰:"良佳。但其人高自位置,不然,胡蹉跎至今也。容商之。"⑤夫人招与同榻,谈笑甚欢,自愿母夫人。夫人悦,请同归荆州,女益喜。⑥

次日,同舟而还。既至,则生病未起,母欲慰其沉疴,使婢阴告曰:"夫人为公子载丽人至矣。"生未信,伏窗窥之,较云栖尤艳绝也。因念:三年之约已过,出游不返,则玉容必已有主。得此佳丽,心怀颇慰。于是辗然动色,病亦寻瘳⑦。母乃招两人相拜见。生出,夫人谓女:"亦知我同归之意乎?"女微笑曰:"妾已知之。但妾所以同归之初志,母不知也。妾少字夷陵潘氏,音耗阔绝,必已另有良匹。果尔,则为母也妇;不尔,则终为母也女,报母有日也。"夫人曰:"既有成约,即亦不强。但前在五祖山时,有女冠问潘氏,今又潘氏,固知夷陵世族无此姓也。"女惊曰:"卧莲峰下者母耶?询潘氏者即我是也。"母始恍然悟,笑曰:"若然,则潘生固在此矣。"女问:"何在?"夫人命婢导去问生,生惊曰:"卿云栖耶?"女问:"何知?"⑧生言其情,始知以潘郎为戏。女知为生,羞与终谈,急返告母。母问其"何复姓王"。答云:"妾本姓王。道师见爱,遂以为女,从其姓耳。"夫人亦喜,涓吉为之成礼。

先是,女与云眠俱依王道成。道成居隘,云眠遂去之汉口。女娇痴不能作苦，又羞出操道士业，道成颇不善之。会舅京氏如黄冈，女遇之流涕，因与俱去，俾改女子装，将论婚士族，故讳其曾隶道士籍。而问名者女辄不愿，舅及妗皆不知意向，心厌嫌之。是日从夫人归，得所托，如释重负焉。合卺后各述所遭，喜极而泣。女孝谨，夫人雅怜爱之；而弹琴好弈，不知理家人生业，夫人颇以为忧。

积月余，母遣两人如京氏，留数日而归，泛舟江流，欸一舟过，中一女冠，近之，则云眠也。⑨云眠独与女善。女喜，招与同舟，相对酸辛。问："将何之？"盛云："久切悬念。远至栖鹤观。则闻依京舅矣。故将诣黄冈一奉探耳。竟不知意中人已得相聚。今视之如仙，剩此漂泊人，不知何时已矣！"因而欷歔。女设一谋，令易道装，伪作姊，携伴夫人，徐择佳偶。盛从之。

既归，女先白夫人，盛乃入。举止大家，谈笑间，练达世故。母既寡，苦寂，得盛良欢，惟恐其去。盛早起，代母劬劳，不自作客。母益喜，阴思纳女姊，以掩女冠之名，而未敢言也。一日，忘某事未作，急问之，则盛代备已久。因谓女曰："画中人不能作家，亦复何为。新妇若大姊者，吾不忧也。"⑩不知女存心久，但恐母嗔。闻母言，笑对曰："母既爱之，新妇欲效英、皇，如何？"母不言，亦辗然笑。女退，告生曰："老母首肯矣。"

乃另洁一室，告盛曰："昔在观中共枕时，姊言：'但得一能知亲爱之人，我两人当共事之。'犹忆之否？"盛不觉双眦荧荧，曰："妾所谓亲爱者非他，如日日经营，曾无一人知其甘苦；数日来，略有微劳，即烦老母恤念，则中心冷暖顿殊矣。若不下逐客令，俾得长伴老母，于愿斯足，亦不望前言之践也。"女告母。母令姊妹焚香，各矢无悔词，乃使生与行夫妇礼。将寝，告生曰："妾乃二十三岁老处女也。"生犹未信。既而落红殷褥，始奇之。盛曰："妾所以乐得良人者，非不能甘岑寂也；诚以闺阁之身，觍然酬应如勾栏，所不堪耳。借此一度，

⑨盛云眠是次要人物，因而她的踪迹，均是淡笔出之。她的个性又跟陈云栖形成鲜明的对比，并构成蒲松龄所热衷的双美一夫的条件：真母希望有"大姊"这样的儿媳。

⑩本来非常不合情理之语，恰好对着想"效英、皇"的人说，所谓"弯刀对着瓢切菜"。

挂名君籍，当为君奉事老母，作内纪纲，若房闱之乐，请别与人探之。"三日后，襆被从母，遣之不去。女早诣母所，占其床寝，不得已，乃从生去。由是三两日辄一更代，习为常。

夫人故善弈，自寡居，不暇为之。自得盛，经理井井，昼日无事，辄与女弈。挑灯瀹茗，听两妇弹琴，夜分始散。每语人曰："儿父在时，亦未能有此乐也。"盛司出纳，每纪籍报母。母疑曰："儿辈常言幼孤，作字弹棋，谁教之？"女笑以实告。母亦笑曰："我初不欲为儿娶一道士，今竟得两矣。"忽忆童时所卜，始信定数不可逃也。生再试不第。夫人曰："吾家虽不丰，薄田三百亩，幸得云眠纪理，日益温饱。儿但在膝下，率两妇与老身共乐，不愿汝求富贵也。"生从之。后云眠生男女各一，云栖女一男三。母八十余岁而终。孙皆入泮；长孙，云眠所出，已中乡选矣。

校勘

底本：康熙本。参校：异史、二十四卷本、铸雪斋本、青柯亭本。

注释

〔1〕夷陵：明至清雍正十三年（1735）以前的州名，属荆州府，今湖北省宜昌市。〔2〕黄冈：明清县名，属黄州府，今湖北省黄冈市。〔3〕委曲夤缘：找借口想办法接近对方。〔4〕刻减金资：极力节俭日常用度。〔5〕俾子不怼：使儿子不埋怨。

点评

糟粕相当重的小说艺术佳作，以"命中注定"为线，以"双美一夫"为结局。然而小说在结构上极富功力。以悬念和误会巧妙布局谋篇，曲曲折折，起起伏伏。姓氏的误会成为故事的重要契机。作者在姓氏上反复做文章，藏头露尾，半遮半掩，将男女主角的悲欢离合推向步步折、事事曲的境地。一个误会引出另一个误会，一个悬念引出另一个悬念，每个悬念都针对特别需要知情的人物，"潘郎"即真毓生，真母知，陈云栖不知；"王氏女"即陈云栖，真母开始不知，后来终于清楚，而真生却不知……潘郎既假，王氏女也非真，两相假托，终有一真。脉络复杂，却如提线木偶，完全由作家随心所欲地操纵。偶然巧合，出人意外；细针密线，入人意中。前半部密布疑云，后半部真相大白，读之如走迷宫，而兴味盎然。

陳雲樓

羨遣鴛鴦侶
女冠會看琹矣
為承歡焚矣誓
踐笑皇鉤猶訝郎
只說桂潘

司札吏〔1〕

①此鬼不来索命，不来申冤，却来调侃，亦趣鬼也。

②但明伦评："以此等狂谬暴戾之夫而为官，吾不能辨其驴乎？牛乎？犬乎？抑豺狼乎？虎豹乎？即以刺中之名赠之亦可。"

③冯镇峦点评时引用他见过的牛山诗："老僧诗另有门头，《文选》《离骚》一笔勾；扭肚撇肠醃腊句，山神说道不须诌。""那岩打坐这岩眠，听了松声又听泉；多谢风爹多礼数，花香直送到床前。""信心妈妈上山游，一句弥陀一个头；磕到山门开钞袋，纸钱买罢买香油。"

游击官某〔2〕，妻妾甚多。最讳其小字，呼"年"曰"岁"，"生"曰"硬"，"马"曰"大驴"；又讳"败"曰"胜"，"安"为"放"。虽简札往来，不甚避忌，而家人道之，则怒。一日，司札吏白事，误犯；大怒，以研击之，立毙。三日后，醉卧，见吏持刺入，问："何为？"吏曰："'马子安'来拜。"忽悟其鬼，急起，拔刀挥之。吏微笑，掷刺几上，泯然而没。取刺视之，书云："岁家眷硬大驴子放胜〔3〕。"①暴谬之夫〔4〕，为鬼揶揄，可笑甚已！②

牛首山一僧〔5〕，自名铁汉，又名铁屎。有诗四十首，见者无不绝倒。自镂印章二：一曰"混帐行子"，一曰"老实泼皮"。秀水王司直梓其诗〔6〕，名曰：《牛山四十屁》③。款云："混帐行子，老实泼皮放。"不必读其诗，标名已足解颐。

校勘

底本：青柯亭本。参校：异史、二十四卷本、铸雪斋本。

注释

〔1〕司札吏：管理公文案牍的小吏。〔2〕游击：清代绿营兵武官名，从三品。〔3〕岁家眷硬大驴子放胜：这是按游击官的避讳要求写的一份拜帖。正确写法是"年家眷生马子安拜"。科举时代同年登科者为"同年""年家"，两家姻亲晚辈自称"眷生"，此处将"年"改"岁"，将眷生的"生"改"硬"，将"马"改"大驴子"，将"安"改为"放"，将"拜"以同音字"败"改为"胜"，而"胜"在山东土话中是牲畜的阳物。〔4〕暴谬：残暴荒谬。〔5〕牛首山一僧：指南京僧人志明和尚。牛首山在南京江宁区，双峰角立如牛角，故名，又名牛头山。〔6〕秀水：浙江嘉兴县。王司直：生平不详。梓：印刷。

点评

　　避讳是中国古代重要习俗,对君主和长辈不能称呼名字是最主要的,本文的游击却将避讳无限扩大,让人避不胜避,动辄得咎。而且还暴虐之至,竟然因为文字的避讳而致人死命。他受到鬼揶揄,将他可笑的避讳组成一个异常可笑的拜帖,产生了强烈的喜剧效果。附则也以巧合令人笑倒。

司札吏
内讧从来莫出门，武
夫暴戾不堪论。刀挥
研擊空含怒，鬼物揶
揄刺尚存

蚰蜒〔1〕

学使朱矞三家〔2〕，门限下有蚰蜒，长数尺。每遇风雨即出，盘旋地上如白练。按：蚰蜒形若蜈蚣，昼不能见，夜则出，闻腥辄集。或云：蜈蚣无目而多贪也。

校勘

底本：青柯亭本。参校：异史、铸雪斋本。

注释

〔1〕蚰蜒（yóu yán）：软体动物，似蜈蚣而稍小。〔2〕学使朱矞三：山东学政朱雯。见卷七《何仙》注8。

点评

表面上看，这不过是一则荒诞不经的传闻，写的是自然界的怪异事物。如果联系《何仙》来看，则可以发现，这篇极短、极不起眼的文章，表达了作者对主管学运者的憎恶之情。朱雯做学使，结果是有学问的人考不上，没学问的人考得上。替他看卷子的都是在黑暗地狱中把眼睛熏瞎的角色。而他自己在忙着其他赚钱的事。学使家的蚰蜒似蜈蚣，而蜈蚣既没有眼睛又非常贪婪，这是说谁？说学使。蒲松龄骂人真是骂得既巧且痛，令人绝倒。

司训〔1〕

①教官是很低的官职，可由贡生担任，此教官耳聋，当然是年纪颇大，应该是"挨贡"即做了多年的廪生后得到的。

②学官公然当众行贿。

③学使公然当众索贿。

　　教官某甚聋①，而与一狐善，狐耳语之亦能闻。每见上官，亦与狐俱，人不知其重听也〔2〕。积五六年，狐别而去，嘱曰："君如傀儡，非挑弄之，则五官俱废。与其以聋取罪，不如早自高也〔3〕。"某恋禄，不能从其言，应对屡乖。学使欲逐之，某又求当道者为之缓颊〔4〕。一日执事文场〔5〕，唱名毕〔6〕，学使退与诸教官燕坐〔7〕。教官各扪籍靴中〔8〕，呈进关说〔9〕②。已而学使笑问："贵学何独无所呈进③？"某茫然不解。近坐者肘之，以手入靴，示之势〔10〕。某为亲戚寄卖房中伪器，辄藏靴中，随在求售。因学使笑语，疑索此物，鞠躬起对曰："有八钱者最佳，下官不敢呈进。"一座匿笑。学使叱出之，遂免官。

　　异史氏曰："平原独无，亦中流之砥柱也〔11〕。学使而求呈进，固当奉之以此〔12〕。由是得免〔13〕。冤哉！"

④四字乃为官写照。

⑤四字乃悭吝写照。

　　朱公子子青《耳录》云〔14〕："东莱〔15〕一明经迟某〔16〕，司训沂水。性颠痴，凡同人咸集时，皆默不语；迟坐片时，不觉五官俱动，笑啼并作，旁若无人焉者。若闻人笑声，顿止。日俭鄙自奉，积金百余两，自埋斋房，妻子亦不使知。一日独坐，忽手足动，少刻云：'作恶结怨④，受冻忍饥⑤，好容易积蓄者，今在斋房。倘有人知，竟如何？'如此再四。一门斗在旁〔17〕，殊亦不觉。次日迟出，门斗入，掘取而去。过二三日，心不自宁，发穴验视，则已空空。顿足拊膺，叹恨欲死。"教职中可云千态万状矣。

校勘

底本：青柯亭本。参校：异史、二十四卷本、铸雪斋本。

注释

〔1〕司训：即儒学训导，县学副教官，可由贡生担任。〔2〕重听：耳聋。〔3〕早自高：早早地辞官以表示清高。〔4〕缓颊：求情。〔5〕执事文场：主持秀才的岁试或科试。〔6〕唱名：对考生点名入场。〔7〕燕坐：闲坐。〔8〕扣籍靴中：从靴筒里取出打算为其通关节的考生名单。〔9〕关说：打通关节的银子。〔10〕示之势：向他示意。〔11〕平原独无，亦中流之砥柱也：这是反话。意思是：聋教官不跟其他人同流合污，向上司行贿，是一个中流砥柱式的人物。其实教官是因为聋而不知道这样做。"平原"的典故出自《后汉书·史弼传》，桓帝灵帝时有"党锢之祸"，朝廷下令捕党人，各州县都抓了，只有担任平原相的史弼没从平原抓出"党人"，史弼受到责问："青州六郡，其五有党，平原何理，而得独无？"史弼回答："先王疆理天下，画界分境，水土异齐，风俗不同，它郡自有，平原自无，胡可相比？若承望上司，诬陷良善，淫刑滥罚，以逞非理，则平原之人，户可为党。相有死而已，所不能也。"〔12〕学使而求呈进，固当奉之以此：学使索贿，就应该把房中伪器送给他。〔13〕由是得免：因为这件事被罢官。〔14〕朱公子子青《耳录》：朱子青即朱缃（1670—1707），济南的贵公子，闽浙总督朱弘祚长子，两个弟弟分别做广东、湖南布政使，王士禛说朱家"家世翔贵，门有列戟"，朱子青捐了个候补主事虚衔，终生不曾做官，他是蒲松龄最忠诚热诚的"粉丝"，是蒲松龄晚年的忘年交。著有《橡村集》《云根清罄山房诗》及笔记小说《耳录》。朱子青英年早逝，王士禛撰写《候补主事子青朱君墓志铭》。〔15〕东莱：即山东掖县。〔16〕一明经迟某：一个姓迟的贡生。〔17〕门斗：学宫的仆役。

点评

蒲松龄做了一辈子秀才，七十二岁成为贡生，得到"候选儒学训导"的"官衔"，理论上可以做官了。也就是说：他有"候选儒学训导"的虚衔，能不能做成，还要看山东省除淄川县之外有没有县空出名额，如果空出名额，还要再看有没有排在他前边的贡生。对于七十二岁的蒲松龄来说，这个"官衔"成了地地道道的虚衔。结果蒲松龄到死也没能做上大约相当于县中学副校长的"官"，他的儿子蒲箬给他写传，题目是《清故显考岁进士候选儒学训导柳泉公行述》。人已经驾鹤西去，官职仍在"候选"，实在悲哀到家。蒲松龄一直关心科举问题，对跟自己非常接近的"学官"更是有特殊兴趣，他记录稀奇古怪的教职中人，写下他们的可笑人生。司训（即蒲松龄未做成的儒学训导）或当众卖伪器，或千方百计敛财存钱，为钱成神经质。学使当众索贿，这是科举制度下一个非常普通的角落，却堕落得异常彻底，异常生动。

司凱

屢因重聽欺達窮
倪倨登場笑絢
躬也算人間清白
吏更無間節
出禪中

黑鬼

胶州李总镇[1]，买二黑鬼，其黑如漆。足革粗厚，立刃为途[2]，往来其上，毫无所损。总镇配以娼，生子而白，僚仆戏之[3]，谓非其种。黑鬼亦疑，因杀其子，检骨则尽黑，始悔焉。公每令两鬼对舞，神情亦可观也。

校勘

底本：青柯亭本。参校：异史、二十四卷本、铸雪斋本。

注释

[1]胶州李总镇：胶州：明清州名，属莱州府，今山东胶州市。总镇：清代总兵俗称。顺治十七年（1660）、康熙五年（1666），李永盛、李克德先后任胶州总镇。此处当指其中一人。[2]足革粗厚，立刃为途：因长期不穿鞋，足底有厚茧，把刀立起来，刀尖向上，可在上边行走。[3]僚仆：同做奴仆者。

点评

"黑鬼"，乃对黑色人种的蔑称，当是指买来的非洲奴隶。黑人之子看来是接受母亲的遗传基因，皮肤为白，其实此"白"是相对"黑"而言，应是黄种人。黑人误听人言，认为不是自己的血统而杀子，"检骨皆黑"恐不可能，传言耳。

黑鬼

異邦人物競相看，對舞神情亦可觀。
非種必鋤推刃日，分明黑白悔摧殘。

织成

洞庭湖中往往有水神借舟，遇有空船，缆忽自解，飘然游行。但闻空中音乐并作，舟人蹲伏一隅，瞑目听之，莫敢仰视，任所往。游毕，仍泊旧处。

有柳生，落第归，醉卧舟上，笙乐忽作，舟人摇生，不得醒，急匿舱下〔1〕。俄有人捽生。生醉甚，随手堕地，眠如故，即亦置之。少间，鼓吹鸣聒。生微醒，闻兰麝充盈，睨之，见满船皆佳丽。心知其异，目若瞑〔2〕。少间，传呼"织成"。即有侍儿来，立近颊际，翠袜，紫绡履，细瘦如指。①心好之，隐以齿啮其袜。少间，女子移动，牵曳倾踣。上问之，因白其故。在上者怒，命即行诛。

① 紫袜类似于"戏胆"。中国古代戏曲学家擅长用戏胆，现代戏剧家称为"主题导具"，本文的紫袜就起这样作用。紫袜乃男女主角的离合关键。

遂有武士入，捉缚而起。见南面一人，冠服类王者。因行且语，曰："闻洞庭君为柳氏〔3〕，臣亦柳氏；昔洞庭落第，今臣亦落第；洞庭得遇龙女而仙，今臣醉戏一姬而死：何幸不幸之悬殊也！"②王者闻之，唤回，问："汝秀才下第者乎？"生诺。便授笔札，令赋《风鬟雾鬓》〔4〕。生固襄阳名士，而构思颇迟，捉笔良久。上诮让曰："名士何得尔？"生释笔自白："昔《三都赋》十稔而成〔5〕，以是知文贵工、不贵速也。"王者笑听之。自辰至午〔6〕，稿始脱。王者览之，大悦曰："真名士也！"遂赐以酒。顷刻，异馔纷纶。

② 语委婉动人，但明伦评："虽狡缠无赖，却有理有趣。"

方问对间，一吏捧簿进白："溺籍告成矣〔7〕。"问："人数几何？"曰："一百二十八人。"问："签差何人矣〔8〕？"答云："毛、南二尉。"生起拜辞，王者赠黄金十斤，又水晶界方一握③，曰："湖中小有劫数，持此可免。"忽见羽葆人马〔9〕，纷立水面，王者下舟登舆，遂不复见。久之，寂然，舟人始自舱下出，荡舟北渡，风逆不得前。忽见水中有铁猫浮出，舟人骇曰：

③ 水晶界方和紫袜交替成为主题导具。

"毛将军出现矣！"各舟商客俱伏。又无何，湖中一木直立，筑筑动摇〔10〕。益惧曰："楠将军又出〔11〕矣！"少时，波浪大作，上翳天日，四顾湖舟，一时尽覆。生举界方危坐舟中，万丈洪涛，近舟顿灭，以是得全。

既归，每向人语其异，言：舟中侍儿，虽未悉其容貌，而裙下双钩，亦人世所无。

后以故至武昌〔12〕，有崔媪卖女，千金不售，蓄一水晶界方，言有能配此者，嫁之。生异之，怀界方而往。媪忻然承接，呼女出见，年十五六以来，媚曼风流，更无伦比，略一展拜，返身入帏。生一见，魂魄动摇，曰："小生亦蓄一物，不知与老姥家藏颇相称否？"因各出相较，长短不爽毫厘。媪喜，便问寓所，请生即归命舆，界方留作信。生不肯留。媪笑曰："官人亦大小心！老身岂为一界方抽身窜去耶？"生不得已，留之。出即赁舆急返，而媪室已空。大骇，遍问居人，迄无知者。日已向西，形神懊丧，悒悒而返；中途，值一舆过，忽搴帘曰："柳郎何迟也？"视之，则崔媪。喜问："何之？"媪笑曰："必将疑老身略骗者矣。别后，适有便舆，顿念官人亦侨寓，措办亦艰，故遂送女归舟耳。"生邀回车，媪必不可。生仓皇不能确信，急奔入舟，女果及一婢在焉。见生入，含笑承迎。生见翠袜紫履④，与舟中侍儿妆饰，更无少别。心异之，徘徊凝注，女笑曰："眈眈注目，生平所未见耶？"⑤生益俯窥之，则袜后齿痕宛然。惊曰："卿织成耶？"女掩口微哂。生长揖曰："卿果神人，早请直言，以祛烦惑。"女曰："实告君：前舟中所遇，即洞庭君也。仰慕鸿才，便欲以妾相赠；因妾过为王妃所爱，故归谋之。妾之来，从妃命也。"生喜，沐手焚香，望湖朝拜，乃归。后诣武昌，女求同去，将便归宁。既至洞庭，女拔钗掷水，忽见一小舟自湖中出，女跃登，如鸟飞集，转瞬已杳。生坐船头，于没处凝盼之。遥遥一楼船至，既近窗开，忽如一彩禽翔过，则织成至矣⑥。一人自窗中递掷金珠珍物甚多，皆妃赐也。自是，岁一

④仙界何其节约？一双咬破的袜子一直穿着？作者构思之需要也。

⑤织成第一次开口，即顾盼生姿。

⑥"彩禽翔过"，妙。

两觐，以为常。故生家富有珠宝，每出一物，世家所不识焉。

相传唐时柳毅遇龙女，洞庭君以为婿，后巽位于毅〔13〕，又以毅貌文，不能慑服水怪，付以鬼面，昼戴夜除，久之渐习，遂与面合为一。毅揽镜自惭，故行人泛湖，或以手指物，则疑为指己也；以手覆额，则疑其窥己也；风波辄起，舟多覆。故初登舟，舟人必以此告戒之。不则设牲牢祭享，乃得渡。许真君偶至湖〔14〕，浪阻不得行，真君怒，执毅付郡狱〔15〕。狱吏检囚，恒多一人，莫测其故。一夕，毅示梦郡伯〔16〕，哀求拔救，伯以幽冥异途，谢辞之。毅云："真君于某日临境，但为求恳，必合有济。"既而真君果至，因代求之，遂得释。嗣后湖禁稍平。

校勘

底本：青柯亭本。参校：康熙本、异史、二十四卷本、铸雪斋本。

注释

〔1〕舻下：大船的船仓下。〔2〕目若瞑：假装闭眼。〔3〕闻洞庭君为柳氏：听说洞庭君姓柳。洞庭君柳毅，据唐传奇《柳毅传》，洞庭龙女受夫君欺凌，柳毅为之传书，后二人结为夫妇，柳毅继位为洞庭君。〔4〕风鬟雾鬓：在唐传奇《柳毅传》中，柳毅传书，在洞庭龙宫见到龙王时说："见大王爱女牧羊于野，风鬟雾鬓，所不忍视。"〔5〕《三都赋》十稔而成：左思当年写《三都赋》十年时间才写成。〔6〕自辰至午：自早晨辰时写到午时。辰时，相当于早七点到九点。午时，相当于十一点到十三点。〔7〕溺籍：淹死者的名单。〔8〕签差：派遣执行任务者。〔9〕羽葆：仪仗队。〔10〕筑筑动摇：上下摇动，像筑杵捣物的样子。〔11〕楠将军：即楠木大王，传说中的水怪。〔12〕武昌：明清府名，明代属湖广布政司，今湖北省武汉市武昌区。〔13〕巽位：同"逊位"，帝王退位。巽，谦让。〔14〕许真君：东晋道士许逊，传说其修道成功全家成仙飞升，宋代封"神功妙济真君"。〔15〕郡狱：此处应当指岳州府的监狱。〔16〕郡伯：岳州府知府。

点评

《织成》故事以水神借舟开头，大异于《聊斋》习惯采用的"某某，姓如何"。写柳生奇遇，"冠服类王者"之人的身份之谜成为情节构成的妙笔。王者始而震怒，继而被柳生的雄辩折服并欣赏其才华，赠界方免死，以侍儿婚之，原来，王者即柳毅。在柳生和织成的悲欢离合中，作者像连弩箭一样使用主题导具，即紫袜（柳生咬紫袜获罪）→界方（洞庭君赠界方免死）→界方（崔媪要求有水晶界方者嫁女）→紫袜（崔媪之女穿着留有咬痕的紫袜）。紫袜是二人悲欢离合的见证，也是识别之标志。但紫袜毕竟不具备操纵人命运的神力，所以界方出现，李代桃僵。周而复始，巧密构思。主题导具自如运用，使得故事集中简练，以尽量少的篇幅容纳尽量多的生活，也使情节主线鲜明，构思别致而不落窠臼。

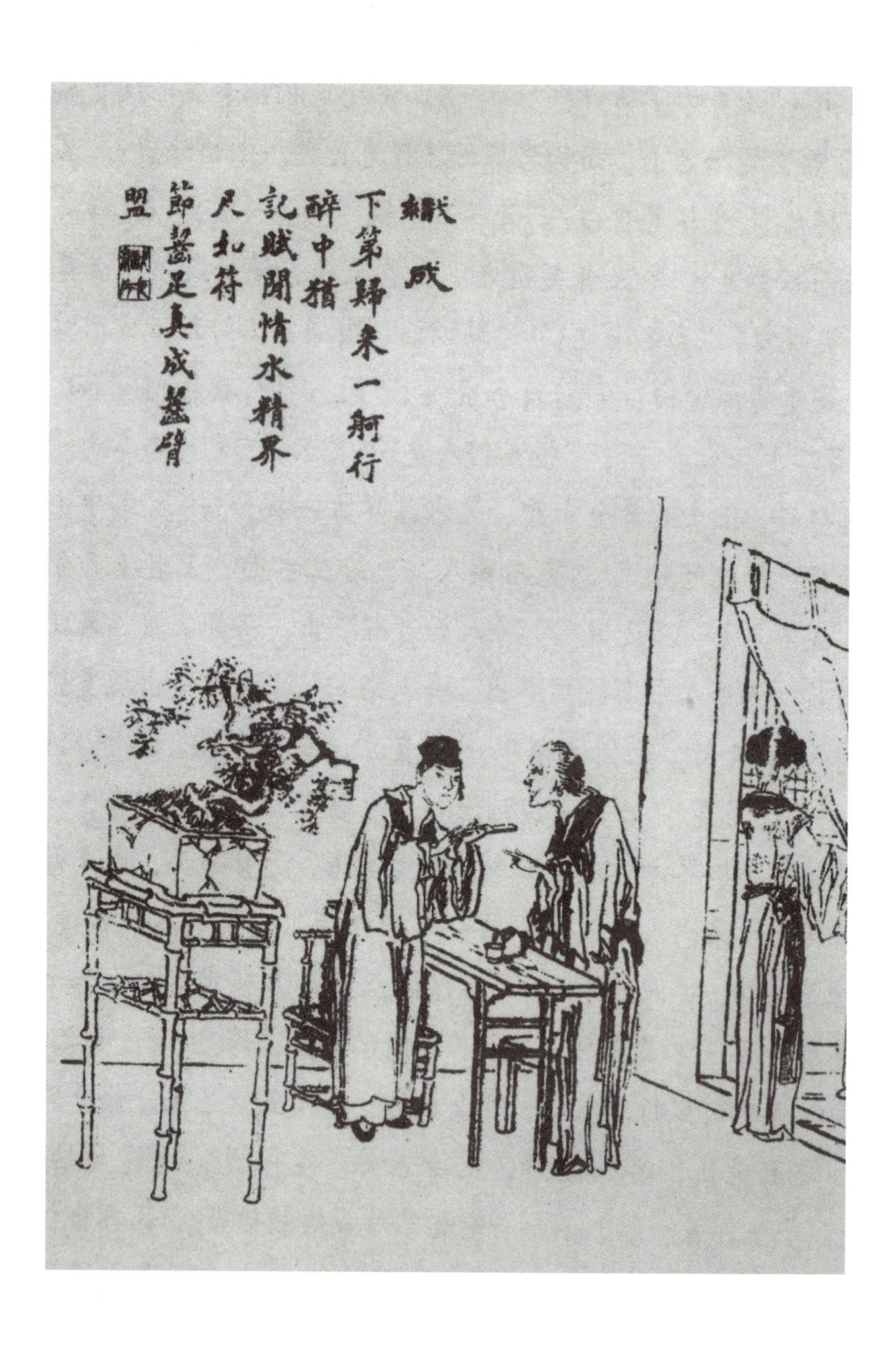

> 蟋蟀
> 下第归来一舸行
> 醉中猎
> 记赋闲情水精界
> 尺丑符
> 节蓋足臾成盍臂
> 盟

竹青

卷八

鱼容，湖南人，谈者忘其郡邑，家綦贫。下第归，资斧断绝，羞于行乞，饿甚，暂憩吴王庙中〔1〕，因以愤懑之词拜祷神座。出卧廊下，忽一人引去，见吴王，跪白："黑衣队尚缺一卒，可使补缺。"吴王可，即授黑衣。既着，身化为乌。振翼而出，见乌友群集，相将俱去，分集帆樯。舟上客旅，争以肉饵抛掷。群于空中接食之。因亦尤效〔2〕，须臾果腹。翔栖树杪，意亦甚得①。逾二三日，吴王怜其无偶，配以雌，呼之"竹青"，雅相爱乐。鱼每取食，辄驯无机〔3〕。竹青恒劝谏之，卒不能听。一日，有满兵过〔4〕，弹之中胸。幸竹青衔去之，得不被擒。群乌怒，鼓翼扇波，波涌起，舟尽覆。竹青乃摄饵哺鱼。鱼伤甚，终日而毙，忽如梦醒，则身卧庙中。②

先是，居人见鱼死，不知谁何，抚之未冰，故不时以人逻察之。至是，讯知其由，敛资送归。

后三年，复过故所，参谒吴王。设食，唤乌下集群啖，乃祝曰："竹青如在，当止。"食已，并飞去。后领荐归，复谒吴王庙，荐以少牢〔5〕。已，乃大设以飨乌友〔6〕，又祝之。是夜宿于湖村，秉烛方坐，忽几前如飞鸟飘落，视之，则二十许丽人，嫣然曰："别来无恙乎？"鱼惊问之。曰："君不识竹青耶？"鱼喜，诘所来，曰："妾今为汉江神女，返故乡时常少。前乌使两道君情，故来一相聚也。"鱼益欣感，宛如夫妻之久别，不胜欢恋。生将偕与俱南，女欲邀与俱西，两谋不决。寝初醒，则女已起。开目见高堂中巨烛荧煌，竟非舟中。惊起，问："此何所？"女笑曰："此汉阳也。妾家即君家，何必南！"天渐晓，婢媪纷集，酒炙已进。就广床上设矮几，夫妇对酌。鱼问仆之所在，答："在舟上。"生虑舟人

① 请问聊斋先生：子非鸟，焉知鸟之乐？

② 魂离而成鸟，魂归而鸟亡。鸟亡而人活。

1617

不能久待，女言："不妨，妾当助君报之。"于是日夜谈宴，乐而忘归。舟人梦醒，忽见汉阳，骇绝。仆访主人，杳无信兆。舟人欲他适，而缆结不解，遂共守之。

积两月余，生忽忆归，谓女曰："仆在此，亲戚断绝。且卿与仆，名为琴瑟，而不一认家门，奈何？"女曰："无论妾不能往，纵能之，君家自有妇，将何以处妾也？不如置妾于此，为君别院可耳。"③生恨道远，不能时至。女出黑衣④，曰："君旧衣尚在。如念妾时，衣此可至。至时，为君解之。"乃大设肴珍，为生祖饯。既醉而寝，醒，则身在舟中。视之，洞庭旧泊处也，舟人及仆俱在。相视大骇，诘其所往，生故怅然自惊。枕边一襆，检视，则女赠新衣袜履，黑衣亦折置其中；又有绣囊维絷腰际，探之，则金资充牣焉⑤。于是南发，达岸，厚酬舟人而去。

归家数月，苦忆汉水，因潜出黑衣着之，两胁生翼，翕然凌空，经两时许，已达汉水。回翔下视，见孤屿中有楼舍一簇，遂飞堕。有婢子已望见之，呼曰："官人至矣！"无何，竹青出，命众手为之缓结，觉羽毛划然尽脱。握手入舍曰："郎来恰好，妾旦夕临蓐矣。"生戏问曰："胎生乎？卵生乎？"⑥女曰："妾今为神，则皮骨已更，应与曩异。"⑦至数日，果产，胎衣厚裹，如巨卵然⑧，破之，男也。生喜，名之"汉产"。三日后，汉水神女皆登堂以服食珍物相贺。并皆佳妙，无三十以上人。俱入室就榻，以拇指按儿鼻，名曰"增寿"。既去，生问："皆谁何？"女曰："此皆妾辈。其末后着藕白者，所谓'汉皋解佩〔7〕'，即其人也。"⑨

居数月，女以舟送之，不用帆楫，飘然自行。抵陆，已有人絷马道左，遂归。由此往来不绝。积数年，汉产益秀美，生珍爱之。妻和氏苦不育，每思一见汉产。生以情告女，女乃治任，送儿从父归，约以三月。既归，和爱之过于己出，过十余月，不忍令返。一日，暴病而殇，和氏悼痛欲死。生乃诣汉告女，入门，则汉产赤足卧床上，喜以问女，女曰："君久负约。妾思儿，故招之也。"

③但明伦评："不卑不亢，慧心巧舌。"

④黑衣乃人鸟之变关键。

⑤《聊斋》想象中的男人真艳福不浅且财福不浅。

⑥妙谑。

⑦巧答。

⑧巧妙构想，既是鸟也是神。

⑨时时让前辈作家创造的神仙为《聊斋》跑龙套。

生因述和氏爱儿之故。女曰："待妾再育，放汉产归。"又年余，女双生男女各一：男名"汉生"，女名"玉佩"。生遂携汉产归。然岁恒三四往，不以为便，因移家汉阳。汉产十二岁入郡庠。女以人间无美质，招去，为之娶妇，始遣归。妇名"卮娘"，亦神女产也。后和氏卒，汉生及妹皆来擗踊，葬毕，汉生遂留；生携玉佩去，自此不返。

校勘

底本：康熙本。参校：异史、二十四卷本、铸雪斋本、青柯亭本。

注释

〔1〕吴王庙：原名吴将军庙，祭甘宁，在湖北黄石县富池口镇。〔2〕尤效：仿效。语自《左传·襄公二十一年》："尤而效之，其又甚矣。"〔3〕驯无机：驯良而不机警。〔4〕满兵：清兵。〔5〕荐以少牢：用羊和猪祭祀。荐，祭祀时献牲。旧时祭祀时的牺牲，牛、羊、猪俱用，叫太牢，只用羊和猪，叫少牢。《礼记·王制》："天子社稷皆太牢，诸侯社稷皆少牢。"〔6〕大设：大设食物。飨（xiǎng）：用隆重的礼仪招待客人。〔7〕汉皋解佩：《韩诗外传》载，郑交甫路过汉皋台下，遇见两个女子，每人佩带一颗巨珠，郑交甫注目相挑，二女解下佩珠给他。郑交甫接到珠子就走了，回头看时，仙女不见了，手中的珠子也不见了。汉皋，山名。在湖北襄樊市西北。佩，佩带的玉饰。

点评

这是一个优美的人鸟之恋故事。人与鸟恋，不亦奇乎？作家让男主人公披上一袭乌衣，也变成了鸟。然后，这袭乌衣就成了人变鸟、鸟变人的契合点。最初，鱼容在神庙中得一黑衣，披衣而变乌鸦，与雌鸟竹青相恋，这是鸟与鸟之恋；因鱼容"驯无机"被打中，复为人形，再过故所，设食飨鸟，几前飞鸟飘落，变为丽人，原来竹青已成神女，这是人与神之恋。鱼容随竹青到汉南后思归，竹青出黑衣，让鱼容穿着来往，这是人忽变鸟。等他从家里飞回，羽毛脱落，鸟复为人，恰好竹青临盆，为他生下传宗接代的儿子。鱼容跟竹青开起是胎生还是卵生的玩笑……波澜丛生，变幻叠出，一袭乌衣，使作家聚散低昂，随意变换，如骊龙之珠，左盘右旋，搜妙创奇，神之又神。这又是个男性爱情乌托邦。读书人遇美人儿，美人儿既不向他要求家庭地位也不向他要求家庭奉养，倒过来在经济上

1619

帮助这男人，帮助这可能"无后为大"的男人生儿子。让这个男人享受着内妻外室、有儿有女有享乐的惬意生活。人世间能有这样的女人吗？不可能，只能是神鬼狐妖，竹青为《聊斋》的神鬼狐妖增加了一个新品类，带来新的、充满雅趣的优美情事。

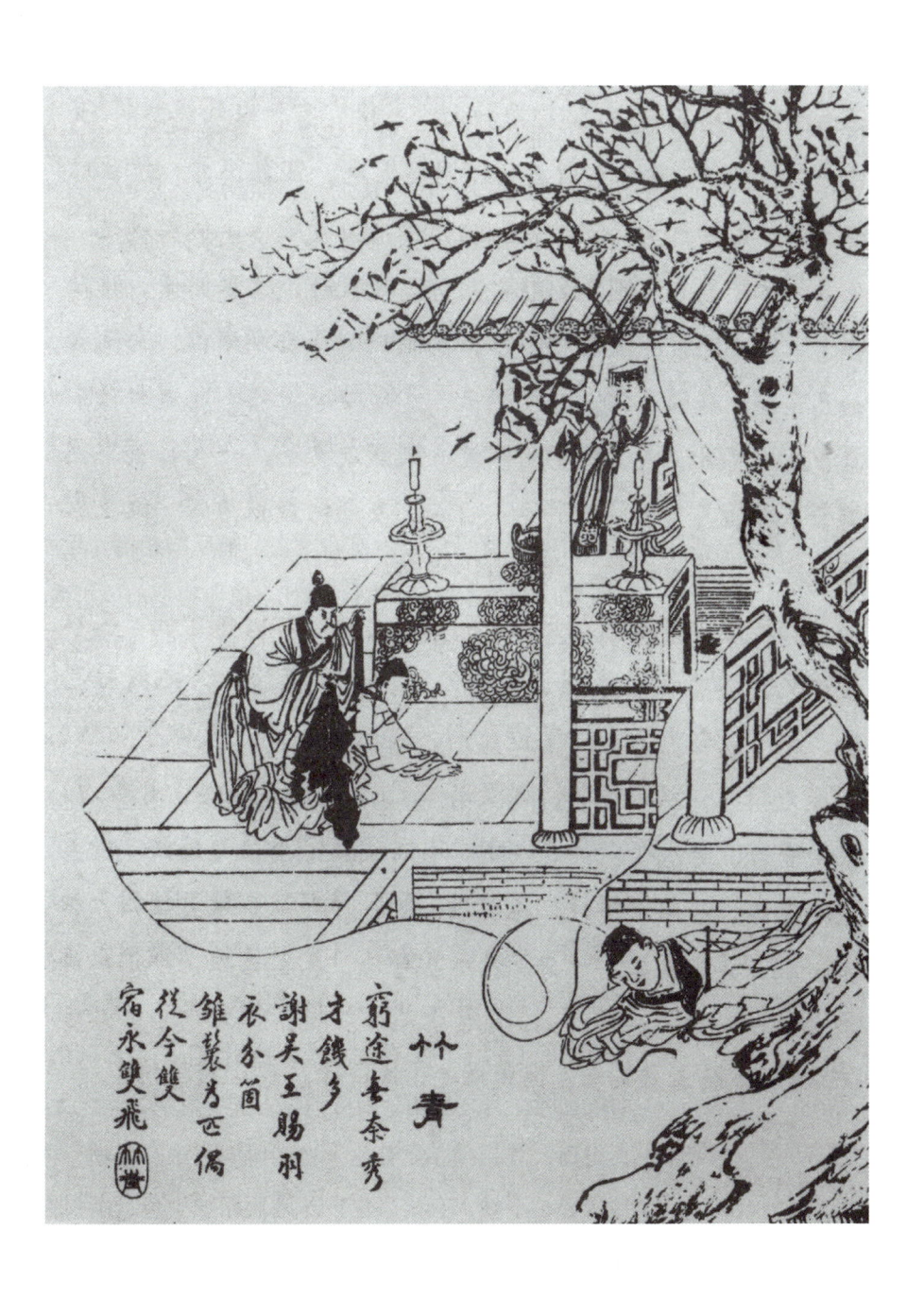

竹青

窮途奎秦秀
才餓鄉
謝吳王賜羽
衣分菌
雛翡為匹偶
從今雙
宿永雙飛

段氏

段瑞环,大名富翁也[1]。四十无子。妻连氏又最妒,欲买妾而不敢,私一婢,连觉之,挞婢数百,鬻诸河间栾氏之家[2]。段日益老,诸侄朝夕乞贷,一言不相应,怒征声色[3]。段思不能给其求,而欲嗣一侄,则群侄阻挠之,连之悍亦无所施,始大悔。愤曰:"翁年六十余,安见不能生男!"遂买两妾,听夫临幸,不之问。居年余,二妾皆有身,举家皆喜。于是气息渐舒,凡诸侄有所强取,辄恶声梗拒之。无何,一妾生女,一妾生男而殇。夫妻失望。又年余,段中风不起,诸侄益肆,牛马什物,竟自取去。连诟斥之,辄反唇相稽。无所为计,朝夕鸣哭。段病益剧,寻死。诸侄集柩前议析遗产,连虽痛切,然不能禁止之。但留沃墅一所,赡养老稚,侄辈不肯。连曰:"汝等寸土不留,将令老妪及呱呱者饿死耶!"日不决,惟忿哭自挝。

忽有客入吊,直趋灵所,俯仰尽哀。哀已,便就苫次[4]。众不知其谁,诘之,客曰:"亡者吾父也。"众益骇。客始从容自陈。先是,婢嫁栾氏,逾五六月,生子怀,栾抚之等诸男。十八岁入泮。后栾卒,诸兄析产,置不与诸栾齿。问母,始知其故,曰:"既属两姓,各有宗祧[5],何必在此承人百亩田哉!"乃命骑诣段,而段已死。言之凿凿,确可信据。连方忿痛,闻之大喜,直出曰:"我今亦复有儿①!诸所假去牛马什物,可好自送还;不然,有讼兴也!"诸侄相顾失色,渐引去。怀乃移妻来,共居父忧。诸段不平,共谋逐怀。怀知之,曰:"栾不以为栾,段复不以为段,我安适归乎!"忿欲质官,诸戚党为之排解,群谋亦寝。而连以牛马故,不肯已,怀劝置之,连曰:"我非为牛马也,杂气积满胸,汝父以愤死,我所以吞声忍泣者,为无儿耳。今有儿,何畏

① 如闻其扬眉吐气之声,如见其得意扬扬之状。

卷八

哉②！前事汝不知状，待予自质审。"怀固止之，不听，具词赴宰控。宰拘诸段，对状，连气直词恻，吐陈泉涌。宰为动容，并惩诸段，追物给主。既归，其兄弟之子有不与党谋者，招之来，以所追物，尽散给之。

连七十余岁，将终，呼女及孙媳嘱曰："汝等志之：如三十不育，便当典质钗珥，为夫纳妾。无子之情状实难堪也！"

异史氏曰："连氏虽妒，而能疾转，宜天以有后伸其气也。观其慷慨激发，吁！亦杰矣哉！"

济南蒋稼，其妻毛氏不育而妒。嫂每劝谏，不听，曰："宁绝嗣，不令送眼流眉者忿气人也〔6〕！"年近四旬，颇以嗣续为念。欲继兄子，弟与兄言，诺之；妇与嫂言，嫂亦诺，然故悠忽之〔7〕。儿每至叔所，夫妻曲意抚儿，饵以甘脆，而问之曰："肯来吾家乎？"儿亦应之。兄私嘱儿曰："倘再问，答以不肯。如问何故不肯，答云：'待汝死后，何愁田产不为吾有。'"一日稼出行贾，儿复来。毛又问，儿果对如父教。毛大怒，逐儿，曰："妻孥在家，固日日盘算吾田产耶！其计左矣！"③急不能待夫归，立招媒媪为夫买妾。

时有卖婢者，其直昂，倾资不能取盈，势将不就。兄恐迟焉而悔，窃以金付媒媪，伪为媪转贷者玉成之〔8〕。毛大喜，购婢而归，稼既还，毛以情告，稼亦忿，遂与兄绝。年余妾生子。夫妻共喜。毛曰："媪不知假贷何人，年余竟不置问，此德不可忘。岂子已生，尚不偿母价耶！"稼乃囊金诣媪，媪笑曰："当大谢大官人。无谢老身矣，身贫如水，谁敢贷一金者。"因以实告。稼始悟，归与妻言，相为感泣。遂治具邀兄嫂至，夫妇皆膝行，出金偿兄，兄不受，尽欢而散。后稼生三子。

② 男权至上。

③ 极有生活气息的对话。

校勘

底本：康熙本。参校：异史、二十四卷本、铸雪斋本、青柯亭本。

注释

〔1〕大名：明清府名，隶属直隶，今河北省邯郸市大名县。〔2〕河间：明清府名，隶属直隶，今河北省河间市。〔3〕怒征声色：愤怒之情表现在言语和脸色上。〔4〕苫次：子女为亡者守灵的草垫。〔5〕宗祏（shí）：宗祠。祏，宗庙中藏神主的石室。〔6〕送眼流眉者：指姬妾跟丈夫挤眉弄眼的调情。〔7〕悠忽之：拖延、怠慢过继之事。〔8〕玉成之：成全其买妾之事。

点评

在爱情婚姻问题上，聊斋先生有个比性爱重要，比嫡庶之争重要，凌驾一切又操纵一切的神力，那就是子嗣问题。子嗣像如来佛的手心，一切爱情"孙悟空"都跳不出其五指山。在本文中，"子嗣"把最嫉妒的嫡妻连氏变成了积极纳妾主义者。连氏当年反对丈夫纳妾私婢，晚年因为没有儿子受尽侄儿们欺凌，天上掉下个儿子，连氏立时神气起来。她保住了家产，也接受了教训，临死还嘱咐女儿和孙媳：如果自己三十不育，即使卖掉首饰，也要给丈夫纳妾！在聊斋故事里，"子嗣"有着扭转乾坤的神功，有着惩恶扬善的威力，有着变换人物个性、改变人与人之间关系的魔法。这是一个无比重要的问题。蒲松龄以自己对生活的丰富性的理解，自觉地或多半不自觉地，以"子嗣"为枢纽，对封建时代的爱情、人生做了深刻而广泛的开掘。因为爱情主人公和"子嗣"发生不同程度、不同角度的联系，创造出形形色色、绝不雷同的故事，从而反映出封建婚姻的本质。

殷氏

田園欣刬已無餘
忍注吞聲嗣
續盡谷浦
意外奵
珠還真
心從此
永消
除

狐女

伊衮，九江人〔1〕。夜有女来，相与寝处。心知为狐，而恋其美，讳不告人，即父母不知也。久而形体支离。父母始穷其故，伊实告之。父母大忧，使人更代伴寝，兼施敕勒〔2〕，卒不能禁。翁自与同衾，则狐不至；易以他人则又至。伊问之，狐曰："世俗符咒，何能制我？然俱有伦理，岂有对翁行淫者！"①翁闻之，益伴子不去，狐遂绝。

后值叛寇横恣，村人尽窜，一家相失。伊奔入昆仑山〔3〕，四顾荒凉，又无同侣，日既暮，心恐甚。忽见一女子来，急近就之，则狐女也。离乱之中，相见忻慰②。女曰："日已西下，势无复之〔4〕，君姑止此。我相佳地，暂创一室以避虎狼。"乃北行数武，遂蹲莽中，不知何作。少刻返，拉伊南去，约十余步，又曳之回。忽见大树千章，绕一高亭，铜墙铁柱，顶类金箔〔5〕；近视则墙可及肩，四围并无门户，而墙上密排坎窞〔6〕，女以足踏之而过，伊亦从之。既入，疑金屋非人工可造〔7〕，问所自来。女笑曰："君自居之，明日即以相赠。金铁各千万，计半生吃着不尽矣。"③既而告别。伊苦留之，乃止。曰："被人厌弃，已拚永绝〔8〕；今又不能自坚矣。"④及醒，狐女不知何时已去。天明，逾垣而出。回视卧处并无亭屋，惟四针插指环内〔9〕，覆脂合其上〔10〕；大树则丛荆老棘也。⑤

①狐亦有道。

②战争恐怖代替妖怪恐怖。狐女并非和伊某偶尔相逢，而是在其危难时施以援手。

③绝妙许诺。

④如泣如诉。

⑤点化得妙。铜墙铁柱是四根针固定顶针。顶类金箔是小巧玲珑口红盒儿。笑倒。

校勘

底本：青柯亭本。参校：异史、二十四卷本、铸雪斋本。

注释

〔1〕九江：明清府名，今江西省九江市。〔2〕敕勒：以"敕令"开头的驱鬼狐符咒。〔3〕昆仑山：地处安徽潜山县，与九江接近。〔4〕势无复之：看情况没有其他地方可以去。〔5〕顶类金箔：屋顶好像用金箔覆盖。〔6〕坎窞（dàn）：小小的洞穴。〔7〕金屋：即周围是铁墙铁柱、顶覆金箔的房屋。〔8〕已拚（pàn）永绝：已不惜永远断绝来往。〔9〕指环：即所谓"顶针"，妇女做针线活儿时戴在手指上，上面密布坑点，即文中"坎窞"。〔10〕脂合：口红盒。

点评

在《聊斋》形形色色的狐女之中，本文的狐女并非多令人喜爱的角色。首先因为她跟伊生的关系建筑在"淫"上，二人没多少感情基础，没多少思想交流；其次，她的淫还导致了伊生的病。但狐女又有醒目的特点，一是，她恪守不对翁行淫的道德规范；二是，她在伊生危难时给了他温情慰藉和实际帮助；三是，她小施法术，最终对伊生来了番有趣的调侃，给她心目中的负情郎镜花水月的致富前景。她向伊生许诺送他金铁各千万的"金屋"会"半生吃着不尽"，结果不过是顶针和口脂盒点化成。狐女的狡黠给人留下深刻的印象。

狐女

锺情何意来奔
女守礼偏知避
若翁脂合绣针
工幻化周旋难
得乱离中

张氏妇

凡大兵所至[1]，其害甚于盗贼，盗贼人犹得而仇之，兵则人所不敢仇也。其少异于盗者，惟不甚敢轻于杀人耳。甲寅岁[2]，三逆作乱[3]，南征之士，养马兖郡[4]，鸡犬庐舍一空，妇女皆被淫污。时遭霪霖，田中潴水为湖[5]，民无所匿，遂乘桴入高粱丛中[6]。兵知之，裸体乘马，入水冥搜，搒掠奸淫，鲜有遗脱。①

惟张氏妇独不伏，公然在家中。有厨舍一所，夜与夫掘坎深数尺，积茅焉；覆以薄[7]，加席其上，若可寝处。自炊灶下。有兵至，则出门应给之。二蒙古兵强与淫，妇曰："此等事，岂对人可行者？"②其一微笑，啁嗻而出[8]。妇与入室，指席使先登。薄折，兵陷。妇又另取席及薄覆其上，故立坎边，以诱来者。少间，其一复入。闻坎中号，不知何处，妇以手笑招之曰："在此矣。"兵踏席，又陷。妇乃益投以薪，掷火其中。火大炽，屋焚。妇乃呼救。火既熄，燔尸焦臭[9]。或问之，妇曰："两豕恐害于兵，故纳坎中耳。"③

由此离村数里，于大道旁并无树木处，携女红往坐烈日中。村去郡远，兵来率乘马，顷刻数至。笑语啁嗻，虽多不解，大约调弄之语。然去道不远，无一物可以蔽身，辄去，数日无患。一日，一兵至，殊无少耻，欲就妇烈日中。妇含笑④，不甚拒。而隐以针刺其马，马辄喷嘶，兵遂絷马股际，然后拥妇。妇出巨锥猛刺马项，马负痛骇奔。缰系股不得脱，曳驰数十里，同伍始代捉之。首躯不知何处，缰上一股，俨然在焉。

异史氏曰："巧计六出，不失身于悍兵。贤哉妇乎，慧而能贞！"

---

① 兵如匪，残不忍睹。俗曰"贼来如梳，兵来如篦，官来如剃"。

② 调虎离山分而治之。

③ 合情合理。对猪狗之兵，以猪狗视之。

④ 两次写其笑，大难面前，笑容灿烂，是假笑诱敌，智勇双全。

校勘

底本：异史。参校：二十四卷本、铸雪斋本。

注释

〔1〕大兵：此处指为平定三藩之乱调来的蒙古兵。〔2〕甲寅：康熙十三年（1674）。〔3〕三逆：即三藩，清初封明朝降将耿仲明为靖南王，尚可喜为平南王，吴三桂为平西王，称"三藩"。康熙十二年（1673）清圣祖玄烨下令削藩，三藩先后造反，历时八年，被清兵平定，史称"三藩之乱"。〔4〕兖郡：清兖州府，距孔府所在地曲阜数十里。〔5〕潴（zhū）水：积水。〔6〕桴：小筏。〔7〕薄：苇箔。〔8〕啁嗻（zhōu zhē）：形容蒙古兵说的话，原意为啰唆多言，也可以理解为张氏妇听不懂的蒙古语。〔9〕燔（fán）尸：烧焦尸体。

点评

张氏妇以暴易暴，胆大心细。当柔弱的妇女躲都躲不过污辱时，她公然在家，可见胆识过人。对两个企图污辱她的蒙古兵，她分而治之，一一坑陷。对那个光天化日下公然施暴的蒙古兵，她先让他放松警惕，以为弱女可欺，然后以针轻刺马，诱蒙古兵作茧自缚，将自己的腿拴在马腿上，然后，突出奇兵，用巨锥刺马，蒙古兵糊里糊涂丢了性命，其他悍兵也绝对想不到导演这幕惨剧的是个普通农妇。张氏妇在应付强敌时，轻松自如，智勇双全。本文只是十分简练地叙述她的行为，没有夸张，不带传奇色彩，甚至很少形容、描写，笔墨经济，人物形象却栩栩如生。《聊斋志异》最早的刻本青柯亭本未收录此篇，可能与此文强烈的民族思想有关。

于子游

①绝妙命名："于子游"即"鱼子游"，鱼的儿子出来游玩。

海滨人言：一日，海中忽有高山出，居人大骇。一秀才寄宿渔舟，沽酒独酌。夜既深，一少年人，儒服儒冠，自称："于子游①。"言词风雅。秀才悦，便与欢饮。饮至中夜，离席言别，秀才曰："君家何处？元夜茫茫〔1〕，亦太自苦。"答云："仆非土著，以序近清明，将随大王上墓。眷口先行，大王姑留憩息，明日辰刻发矣。宜归早治任也〔2〕。"秀才亦不知大王何人。送至艗首〔3〕，跃身入水，拨剌而去〔4〕，乃知为鱼之妖也。次日，见山峰浮动，顷刻已没。始知山为大鱼，即所云大王也。俗传清明前，海中大鱼携儿女往拜其墓，信有之乎？

②此鱼当为搁浅鲸鱼。

③此似乎不是眼睛，可能是鲸鱼喷水的鼻孔？

康熙初年，莱郡潮出大鱼〔5〕②，鸣号数日，其声如牛。既死，荷担割肉者一道相属。鱼大盈亩，翅尾皆具；独无目珠。眶深如井③，水满之。割肉者误堕其中，辄溺死。或云，"海中贬大鱼则去其目，以目即夜光珠"云〔6〕。

校勘

底本：异史。参校：二十四卷本、铸雪斋本。

注释

〔1〕元夜：玄夜，黑夜。因康熙皇帝名"玄烨"，避"玄"讳为"元"。〔2〕治任：整理行装。〔3〕艗首：船头。艗，水鸟，船家多在船头画艗鸟的形状，故船头亦称艗首，又称艗艏、艗首。〔4〕拨剌：鱼儿疾游，鱼尾拨水声。杜甫《漫成一绝》："沙头宿鹭联拳静，船尾跳鱼拨剌鸣。"〔5〕莱郡：莱州。〔6〕夜光珠：夜明珠。任昉《述异记》："南海有明珠，即鲸鱼目瞳。鲸死，而目皆无精，夜可以鉴，谓之夜光。"

点评

蒲松龄身居内地,很少到海边,对海边的事物有好奇之心,本文前段想象海中的大鱼清明节也要上墓,且有使者先行;后段所记,似乎为鲸鱼。

此文可与《海大鱼》对读。疑《海大鱼》为《于子游》初稿。

男妾

一官绅在扬州买妾，连相数家，悉不当意。惟一媪寄居卖女，女十四五，丰姿姣好，又善诸艺。大悦，以重价购得之。至夜入衾，肤腻如脂。喜扪私处，则男子也。骇极，方致穷诘。盖买好僮，加意修饰，设局以欺人耳。黎旦，遣家人奔赴媪所，则已遁去无踪。中心懊丧，进退莫决。适浙中同年某来访，因与告诉。某便索观，一见大悦，以原价赎之而去。

异史氏曰："苟遇知音，即予以南威不易[1]。何事无知婆子多作一伪境哉！"

校勘

底本：青柯亭本。参校：异史、二十四卷本、铸雪斋本。

注释

[1]南威：春秋时著名的美女，名"南之威"，据《战国策》，晋文公得后，三月不听朝政。

点评

买妾买到男人，已是怪事，更怪的是竟有人心甘情愿地以原价赎之，买妾的人玩女人，赎男妾的人玩娈童。官府中人的腐败真是一个赛过一个，花样翻新，层出不穷。

男妾

逐臭嗜痂信不誣
雌雄撲朔竟模糊
易將弁冕為中幗
始信人間有子都

汪可受[1]

湖广黄梅县汪可受能记三生[2]。一世为秀才，读书僧寺。僧有牝马产骡驹，爱而夺之。后死，冥王稽籍，怒其贪暴，罚使为骡偿寺僧。既生，僧爱护之，欲死无间[3]。稍长，辄思投身涧谷，又恐负豢养之恩，冥罚益甚，遂安之。数年，孽满自毙。生一农人家。堕蓐能言，父母以为不祥，杀之，乃生汪秀才家。秀才近五旬，得男甚喜。汪生而了了，但忆前生以早言死，遂不敢言，至三四岁人皆以为哑。一日，父方为文，适有友人过访，投笔出应客。汪入见父作，不觉技痒，代成之。父返见之，问："何人来？"家人答："无之。"父大疑。次日，故书一题置几上，旋出；少间即返，翳行窃步而入[4]。则见儿伏案间，稿已数行，忽睹父至，不觉出声，跪求免究。父喜，握手曰："吾家止汝一人，既能文，家门之幸也，何自匿为？"由是益教之读。少年成进士，后官至大同巡抚①。

① 据历史记载，汪可受晚年还是一个虔诚的佛教徒，他去世后，崇祯皇帝下令给予祭葬。

校勘

底本：青柯亭本。参校：异史、二十四卷本、铸雪斋本。

注释

[1]汪可受：（1559—1620），字以虚，号静峰，又号三槃居士，湖北黄冈市黄梅县人，明万历八年（1580）进士，官至大同巡抚、兵部侍郎。据历史记载，明神宗称他"天下清廉第一"。光绪二年（1876）《黄梅县志》有传。[2]湖广：湖北、湖南地区。黄梅县：湖北黄梅县。[3]无间：没机会。[4]翳行窃步：放轻脚步，悄悄行走。

点评

《聊斋》对佛教轮回说反其道而行之,佛教将前生作恶的人罚做畜牲,《聊斋》将前世畜牲变做高官。作恶秀才先做了骡马,经历了畜牲之道,再回人间做进士、巡抚。历史上汪可受是清廉官吏,先后受到明神宗和明思宗恩遇。蒲松龄写这个故事是不是想说明:有成就的读书人,往往经历过数世灾难考验?

江可愛

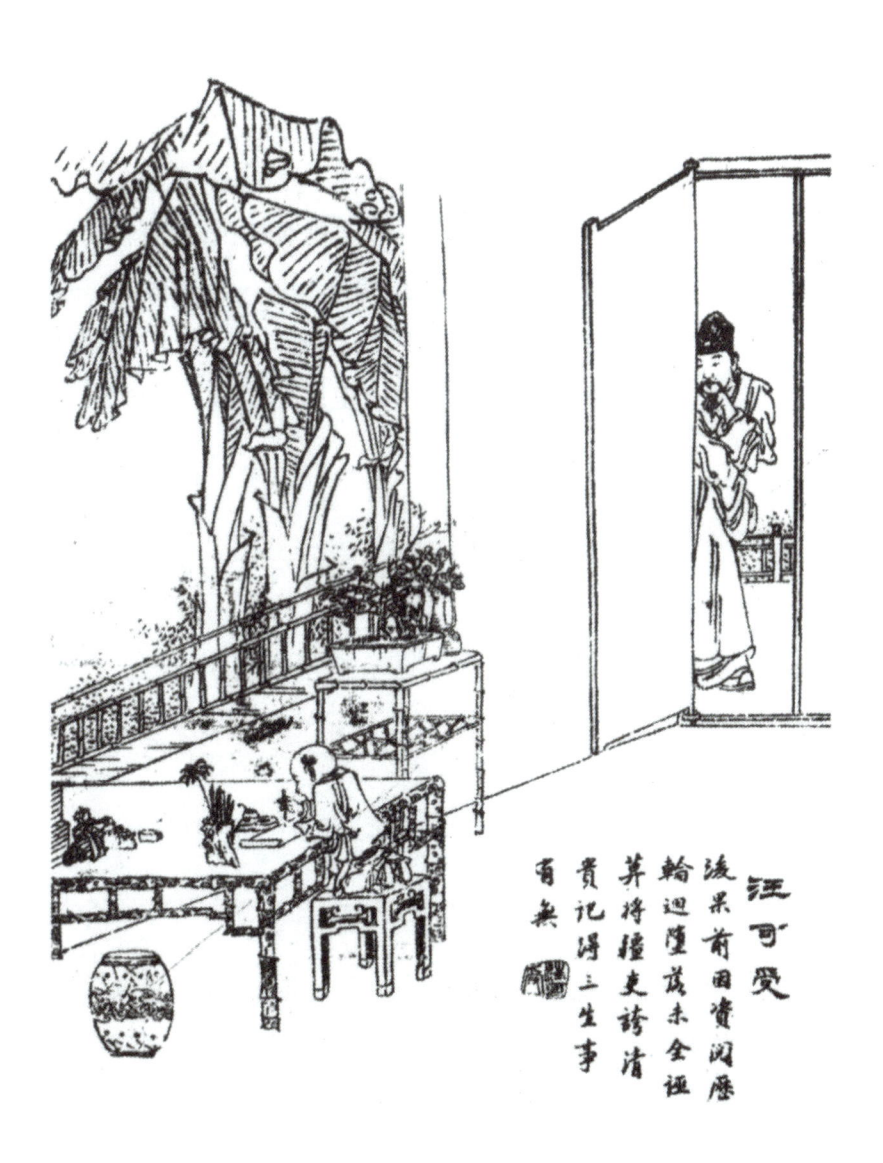

淺果前因資閱歷
翰迎陞黜未全誣
其將種麥誇清
貴記得三生事
百無

牛犊

楚中一农人赴市归[1]，暂休于途。有术人后至，止与倾谈。忽瞻农人曰："子气色不祥，三日内当退财，受官刑。"农人曰："某官税已完，生平不解争斗，刑何从至？"术人曰："仆亦不知。但气色如此，不可不慎之也！"农人颇不深信，拱别而归。次日牧犊于野，有驿马过[2]，犊望见，误以为虎①，直前触之，马竟毙。役执农人至官，官薄惩之，使偿马焉。盖水牛见虎必斗，故贩牛者露宿，辄以牛自卫；遥见马过，急驱避之，恐其误也。

① 虎和马多不同，难道牛犊近视眼？还是作者故神术人之术？

校勘

底本：异史。参校：铸雪斋本。

注释

[1] 楚中：今湖北、湖南、安徽一带。 [2] 驿马：驿站的马。

点评

蒲松龄终生只有一次南游，是他三十岁时到宝应县为同县孙蕙做幕宾，他对南方的习俗的了解多是传闻。此牛犊当为接近成年的有角水牛，可致马死命。此文将术人的判断吹得神乎其神，聊供一哂。

王大

李信，邑之博徒也。昼卧假寐，忽见昔年博友王大、冯九来邀与敖戏〔1〕，李亦忘其为鬼，忻然从之。既出，王大往约村中周子明，冯乃导李先行，入村东庙中。少顷，周果同王至，冯出叶子约与撩零〔2〕，李曰："仓卒无博资，辜负盛邀，奈何？"周亦云然。王云："燕子谷黄八官人放利债，同往贷之，宜必诺允。"于是四人相将俱去。

① 魂游气息。

飘忽间①，至一大村，村中甲第连亘，王指一门，曰："此黄公子家。"内一老仆出，王告以意，仆即入白。旋出，奉公子命，请王、李相会。入见公子，年十八九以来，笑语蔼然。便以大钱一提付李〔3〕，曰："固知君悫直〔4〕，无妨假贷；周子明我不能信之也。"②

② 鬼知人不可信，可见此人恶名远扬。

王委曲代为之请。公子要李署保，李不肯。王从旁怂恿之，李乃诺。亦授一千而出。便以付周，且述公子之意，以激其必偿。

出谷口，见一妇人来，则村中赵氏妻，素喜争善骂。冯曰："此处无人，悍妇宜小祟之。"遂与捉返入谷。妇大号，冯掬土塞其口。周赞曰："此等妇，只宜梏杙阴中〔5〕！"冯乃捋裤，以长石强纳之，妇若死。众乃散去，复入庙，相与博赌。

自午至夜分，李大胜，冯、周资皆空。李因以原资增息悉付王，使代偿黄公子；王又分给周、冯，局复合。居无何，闻人声纷拏，一人奔入曰："城隍老爷亲捉博者，今至矣！"众失色。李舍钱逾垣而逃。众顾资，皆被缚。既出，果见一神人坐马上，马后絷博徒二十余人。天未明，已至邑城，门启而入。至衙署，城隍南面坐，唤人犯上，执籍呼名。呼已，并令以利斧斫去将指〔6〕，乃以墨朱各涂两目，游市三周讫。押者索贿而后去其墨朱，众皆赂之。独周不肯，辞以囊空；押者约送至家而后酬之，亦不许。押者指之曰："汝真铁豆，炒之不能爆也！"③遂拱手去。周出城，以唾湿袖，且行且拭。及河自照，墨朱未去，掬水盥之，坚不可下，悔恨而归。

③语言生动形象。铁豆仍然被冥役索贿，可见衙役更恶。

先是，赵氏妇以故至母家，日暮不归，夫往逆之，至谷口，见妇卧道周。睹状，知其遇鬼，去其泥塞，负之而归。渐苏能言，始知阴中有物，宛转抽拔而出。乃述所遭。赵怒，遽赴邑宰，讼李及周。牒下，李初醒；周尚沉睡，状类死。宰以其诬控，笞赵械妇，夫妻皆无理以自伸。

越日，周醒，目眦忽变一赤一黑，大呼指痛，视之，筋骨已断，惟皮连之，数日寻堕。目上墨硃，深入肌理。见者无不掩笑。④

④冥罚反映到阳世。

一日，见王大来索负。周厉声但言无钱，王忿而去。家人问之，始知其故。共以神鬼无情，劝偿之。周龂龂不可〔7〕，且曰："今日官宰皆左袒赖债者，阴阳应无二理，况赌债耶！"⑤

⑤振振有词的歪理。

次日，有二鬼来，谓黄公子具呈在邑，拘赴质审；李信亦见隶来，取作间证，二人一时并死。至村外相见，王、冯俱在。李谓周曰："君尚带赤墨眼，敢见官耶？"周仍以前言告。李知其吝，乃曰："汝既昧心，我请见黄八官人，为汝还之。"遂共诣公子所。李入而告以故，公子不可，曰："负欠者谁，而取偿于子？"出以告周，因谋出资，假周进之。周益忿，语侵公子。

鬼乃拘与俱行。无何，至邑，入见城隍。城隍呵曰："无赖贼！涂眼犹在，又赖债耶！"周曰："黄公子出利债，诱某博赌，遂被惩创。"⑥城隍唤黄家仆上，怒曰："汝主人开场诱赌，尚讨债耶？"仆曰："取资时，公子不知其赌。公子家燕子谷，捉获博徒在观音庙，相去十余里。公子从无设局场之事。"城隍顾周曰："取资悍不还，反被捏造！人之无良，至汝而极！"欲笞之。周又诉其息重，城隍曰："偿几分矣？"答云："实尚未有所偿。"

⑥恶人诬告。

城隍怒曰："本资尚欠，而论息耶？"答三十，立押偿主。二鬼押至家，索贿，不令即活，缚诸厕内⑦，令示梦家人。家人焚楮锭二十提，火既灭，化为金二两、钱二千。周乃以金酬债，以钱赂押者，遂释令归。

既苏，臀疮坟起，脓血崩溃，数月始痊。后赵氏妇不敢复骂；而周以四指带赤墨眼，赌如故。此以知博徒之非人矣！

异史氏曰："世事之不平，皆由为官者矫枉之过正也。昔日富豪以倍称之息折夺良家子女，人无敢息者；不然，函刺一投，则官以三尺法左袒之〔8〕。故昔之民社官，皆为势家役耳。迨后贤者鉴其弊，又悉举而大反之。有举人重资作巨商者，衣锦厌粱肉，家中起楼阁、买良沃，而竟忘所自来。一取偿，则怒目相向。质诸官，官则曰：'我不为人役也。'呜呼！是何异懒残和尚〔9〕，无工夫为俗人拭涕哉！余尝谓昔之官诡，今之官谬〔10〕；诡者固可诛，谬者亦可恨也。⑧放资而薄其息，何尝专有益于富人乎？"

张石年宰淄川〔11〕，最恶博。其涂面游城亦如冥法，刑不至堕指，而赌以绝。盖其为官甚得钩距法〔12〕。方簿书旁午时〔13〕，每一人上堂，公偏暇，里居、年齿、家口、生业，无不絮絮问之。问已，始劝勉令去，有一人完税缴单，自分无事，呈单欲下。公止之。细问一过，曰："汝何博也？"其人力辩生平不解博。公笑曰："腰中当有博具。"搜之果然。人以为神，而并不知其何术。

⑦任你奸似鬼，敌不过更奸之小鬼。

⑧为民父母者执掌法度任意而为。

校勘

底本：康熙本。参校：异史、二十四卷本、铸雪斋本、青柯亭本。

注释

〔1〕敖戏：赌博。〔2〕叶子：纸牌。撩零：赌博争胜。〔3〕大钱：清初称每文重一钱四分的铜钱为大钱，一钱重的为小钱。一提：即一贯。一千文铜钱

1641

为一贯,相当于一两纹银。〔4〕悫(què)直:耿直。〔5〕椓(zhuó)杙(yì):将木橛敲进去。〔6〕将指:中指。〔7〕龂龂:喋喋不休地争辩。〔8〕三尺法:古时的法律条文写在三尺长的竹简上。〔9〕懒残和尚:唐代高僧明瓒禅师因性懒而食残,称"懒残和尚"。他见皇帝时,鼻涕垂在胸前,别人令他拭去,他说:"我岂有工夫为俗人拭涕耶?"〔10〕官谄:官府谄媚有势力者。官谬:官府断案荒谬无稽。〔11〕张石年:即张嵋,浙江杭州人,康熙二十五年(1686)任淄川县令,深受蒲松龄的爱戴。《聊斋诗集》中有多首诗写到他。〔12〕钩距法:钩索隐情的办法。〔13〕簿书旁午:忙碌地处理公文。

点评

蒲松龄对赌博深恶痛绝,他在《赌符》里曾说:"天下之倾家者莫速于博,天下之败德者亦莫甚于博。"本文采用人鬼交替的形式对赌徒做穷形尽相的描写。重点描绘周子明既嗜赌又赖账的"无赖+刁民"形象,写得曲曲如画、生动精彩。周子明因为在阴世赌博被画了赤墨眼,却就是一毛不拔,不肯偿债,回到人间,带着赤墨眼照赌不误。真是死不改悔、不可救药的赌徒。赌徒惩罚泼妇是小插曲,而附则的张石年则是作者对他所钦佩的县令的记实。

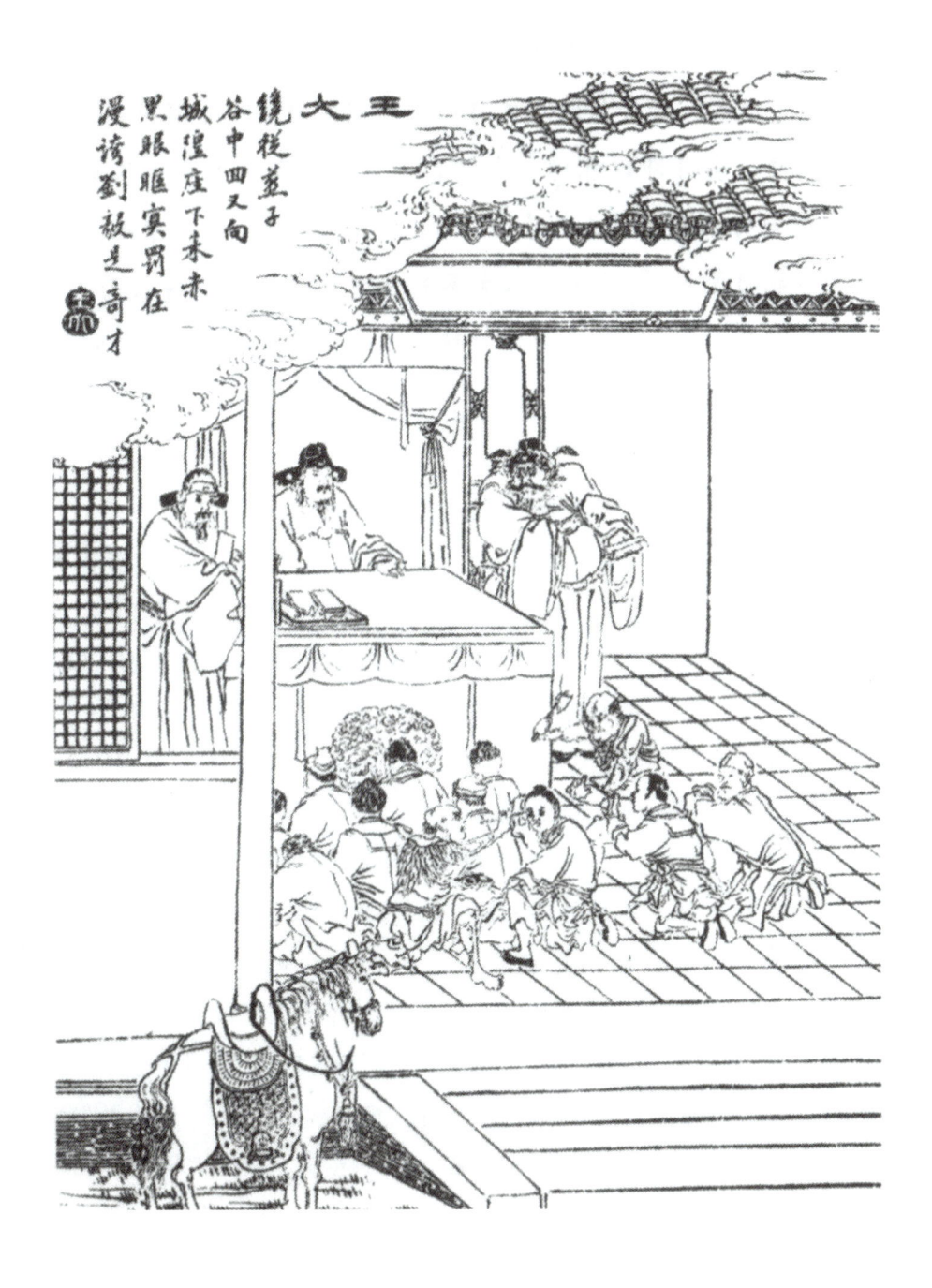

王大

繞徑蓋茅子
谷中四又向
城隍座下未來
黑眼眶實罰在
漫誇劉板是奇才

乐仲

乐仲，西安人。父早丧，母遗腹生仲。母好佛，不茹荤酒。仲既长，嗜饮善啖，窃腹诽母，每以肥甘劝进，母咄之。后母病，弥留，苦思肉。仲急无所得肉，刲左股献之。病稍瘥，悔破戒，不食而死。

仲哀悼益切，以利刃益刲右股见骨。家人共救之，裹帛敷药，寻愈。心念母苦节，又恻母愚，遂焚所供佛像，立主祀母[1]，醉后辄对哀哭，年二十始娶，身犹童子。娶三日，谓人曰："男女居室，天下之至秽，我实不为乐！"①遂去妻。妻父顾文渊，浼戚求返，请之三四，仲必不可。迟之半年，顾遂醮女。

① 伏后文有子。

仲鳏居二十年，行益不羁，奴隶优伶皆与饮，里党乞求不靳与；有言嫁女无釜者，便即灶头举赠之。自乃从邻借釜炊。诸无行者知其性，咸朝夕骗赚之。或以赌博无资，故对之欷歔，言追呼急[2]，将鬻子。仲措税金如干数，倾囊遗之；未及，诉租吏登门，始典质营办。②以是故，家日益落。

② 乐仲有佛心。表面放荡不羁，实际心存良善。

先是，仲殷饶，同堂子弟争奉事之，家中所有，任其取携，亦莫之较；及仲蹇落，存问绝少，幸仲达，不为意。值母忌辰，仲适病，不能上墓，将遣子弟代祀，仆造诸门，诸子弟皆谢以故，仲乃酹诸室中，对主号痛，无嗣之戚，颇萦怀抱。因而病益剧。瞢乱中觉有人摩抚之，目微启，则母也。惊问："何来？"曰："缘家中无人上墓，故来就飨，即视汝病。"问："母向居何所？"母曰："南海。"摩抚既已，遍体生凉。开目四顾，渺无一人，而病良瘥。

既起，思朝南海[3]。会邻村有结香社者[4]，卖田十亩，挟资投之。而社人以其不洁清③，共摈绝之。求同行，乃许之。及诣途，牛酒薤蒜[5]，熏腾满屋，

③ 乐仲之不洁清，表面不洁清；社人之洁清，表面之洁清。

众更恶之，乘其醉睡，不告而去。仲于是独行。至闽界，遇友人邀饮，有名妓琼华在座。适言南海之游，琼华愿相附以行。仲喜，即待趋装，遂与俱发，寝食与共之，而实一无所私。

既至南海，社中人清醮方毕，见其载妓而至，益非笑之，鄙不与同朝，仲与琼华窥其意，俟其既拜而后拜之。众拜已，恨无所现示，中有泣者。二人方投地，忽见遍海皆莲花，花上璎珞垂珠〔6〕；琼华见为菩萨，仲视花朵上皆其母④。因急呼奔母，跃入从之。众见万朵莲花，悉变霞彩，障海如锦。⑤少间云静波澄，一切都杳，而仲犹身在海岸，亦不自解其何以得出，衣履并无沾濡。望海大哭，声震岛屿。琼华挽劝之，怆然下刹〔7〕，命舟北渡。途中有豪家招琼华去，仲独憩逆旅。

有童子方八九岁，丐食肆中，貌不类乞儿。细诘之，则被逐于继母，心怜之，儿依依左右，苦求拔拯，仲遂携与俱归。问其姓氏，则曰："阿辛，姓雍，母顾氏。尝闻母言：'适雍六月，遂生余。余本乐姓。'"⑥仲大惊。自疑生平一度〔8〕，不应有子。因问乐居何乡，答云："不知。但母没时，付一函书，嘱勿遗脱。"仲急索书，辛启荷囊，取付仲，仲视之，则当年与顾家离婚书也。惊曰："真吾儿也！"审其年月良确，颇慰心愿。然家计日疏，居二年，割亩渐尽〔9〕，竟不能畜僮仆。

一日，父子方自炊，忽有丽人入，视之，则琼华也⑦，惊问："何来？"笑曰："业作假夫妻，何又问也？向不即从者，徒以有老媪在；今已死。顾念不从人，则无以自庇；从人，则又无以自洁。计两全者，无如从君，是以不惮千里。"遂解装代儿炊。仲良喜。至夜，父子同寝如故，另治一室居琼华。儿母之，琼华亦善抚儿。戚党闻之，皆馈仲，两人皆乐受之。客至治具，琼华悉为营备，仲亦不问所自来。琼华渐出金珠，赎故产，因而婢仆牛马，日益繁盛。

仲每谓琼华曰："仆醉时，卿当避匿，勿使我见。"

④琼华心中有佛，故莲花上皆佛；乐仲心中有母，故莲花上皆母。

⑤《聊斋》笔墨纵横变幻多端，美妙。

⑥儿子从天落下。

⑦实为香侣道伴的贤妻从天而降。

⑧散花天女。

琼华笑诺之。一日,大醉,急唤琼华。华艳妆出;⑧仲睨之良久,大喜,蹈舞若狂,曰:"吾悟矣!"顿醒,觉世界光明,所居庐舍尽为玉宇琼楼,移时始已。由此不复饮市上,惟对琼华饮。琼华茹素,以茶茗侍。一日微醺,命琼华为之按股,见股上刲痕,化为两朵赤菡萏,隐起肉际。奇之。仲笑曰:"卿视此花放后,二十年假夫妻分手矣。"琼华信之。

既为阿辛完婚,琼华渐以家付新妇,与仲别院居。子妇三日一朝,非疑难事不以闻告。役二婢,一温酒,一瀹茗而已。一日,琼华至儿所,新妇多所咨白,良久乃返,辛亦从往见父。入门,见父白足坐榻上。闻声,开眸微笑曰:"母子来大好!"即复瞑。琼华大惊曰:"君欲何为?"视其股上,莲花大放。试之,气已绝。即以两手捻合其花,且祝曰:"妾千里从君,大非容易。为君教子训妇,亦有微劳。即差二三年,何不一少待也?"一炊黍时,忽开眸笑曰:"卿自有卿事,何必又牵一人作伴也?无已,姑为卿留。"琼华释手,则花已复合。于是居处言笑如初。

积三年余,琼华年近四旬,犹窈窕如二十许人。忽谓仲曰:"凡人死后,被人捉头舁足,殊不雅洁。"遂命工治双椟。辛骇问之,答云:"非汝所知。"工既竣,沐浴妆竟,谓子及妇曰:"我将死矣。"辛泣曰:"数年赖母经纪,始不冻馁。母尚未得一享安逸,何遂舍儿而去?"曰:"父种福而子享,奴婢牛马,皆骗债者填偿尔父,我无功焉。我本散花天女,偶涉凡念,遂谪人间三十余年,今限已满。"遂登木自入。再呼之,双目已合。辛哭告父,父不知何时已僵,衣冠俨然。号恸欲绝。入棺,并停堂中,数日未殓,冀其复返。光明生于股际,照彻四壁。琼华棺内则香雾喷溢,近舍皆闻。棺既阖,香光遂渐减。⑨

既殡,乐氏诸子弟觊觎其有,共谋逐辛,讼诸官。官莫能辨,拟以田产半给诸乐。辛不服,以词质郡,久

⑨唐代《续玄怪录》:"延州一妇,有姿色,少年子弟悉与狎,数载而没,有胡僧敬礼于其墓,曰:'此锁骨菩萨,慈悲喜舍,顺缘已尽。'开墓视之,其骨钩结如锁状。"琼华形象,有可能取材于此。

不决。初，顾嫁女于雍，经年余，雍流寓于闽，音耗遂绝。顾老无子，苦忆女，遂诣婿所，则女死甥已逐。忿质公庭。雍惧，重赂之，顾不受，必欲得甥。雍穷觅郡邑，半年不得。一日，夫妻皆被刑辱，顾偶于途中，见彩舆过，斜避道左。舆中一美人呼曰："彼非顾翁耶？"顾诺。女子曰："汝甥即吾子，现在乐家，勿讼也。甥方有难，宜急往。"顾欲详诘，舆已去远。顾乃受赂入西安⑩。至，则讼方沸腾。顾即自投至官，言女大归日、再醮日，及生子年月，历历甚悉。诸乐皆被杖逐，案遂结。既归，言其见美人之日，即琼华没日，此时讼犹未兴也。辛为顾移来，授庐赠婢。六十余生一子⑪，辛亦顾恤之。

异史氏曰："断荤远室，佛之似也。烂熳天真，佛之真也。⑫乐仲对丽人，直视之为香洁道伴，不作温柔乡观也。寝处三十年，若有情，若无情，此为菩萨真面目，世中人乌得而测之哉！"

⑩拿雍家收买自己的钱再去找外孙，顾翁厉害。

⑪蒲松龄惯于帮人有后。

⑫点明主旨。

校勘

底本：康熙本。参校：异史、二十四卷本、铸雪斋本、青柯亭本。

注释

〔1〕立主：立神主，木制牌位。〔2〕追呼：催租者追索呼叫。〔3〕南海：传说观世音居南海。〔4〕香社：民间结伴拜佛的组织。〔5〕牛酒薤蒜：酒肉葱蒜韭菜是信佛者的戒物。〔6〕璎珞：珠玉做成的网状装饰。〔7〕怆然下刹：凄凉地离开寺庙。〔8〕生平一度：生平只有过一次夫妻性生活。〔9〕割亩：一次次将田亩分割开卖掉。

点评

《聊斋》点评家冯镇峦说："此篇直可作一部《圆觉经》读。"蒲松龄写过很多信佛者故事，此文的两个人物跟其他笃信佛者，如《菱角》中的母亲，很不一样。乐仲和琼华，表面上，一个是不拘小节、饮酒吃肉的俗人，一个是"人尽夫"的妓女。他们拜佛却拜出了满海莲花。作者想借这两人说明这样的道理：

真正信佛的人，不在于表面礼节，而在于内心忠诚。至诚即佛，至善即佛。乐仲侍母纯孝，待人纯善，即使他酒肉葱蒜熏腾满屋，即使他烧了佛像立母亲的神主，仍受到佛的青睐；琼华是谪降人间的仙女，她跟乐仲结成"香侣道伴"式夫妇，是作者幻想的夫妇形式，也是作者对"佛"做的新尝试。

樂仲

至孝幾同不孝論
幸哉一索占和婚
破除常戒持心戒
兩朵蓮苍現胘痕

香玉

①香玉第一次现身是真实的璀璨如锦的牡丹花。

②香玉二次现身是香风绕身的美女,暗点花神显身。

③由此香玉可联想到林黛玉之谓"香玉"。

④隶籍平康巷并非世间"人尽夫",暗指牡丹花什么人都可观看、爱悦。

　　劳山下清宫〔1〕,耐冬高二丈〔2〕,大数十围〔3〕;牡丹高丈余,花时璀璨如锦①。胶州黄生〔4〕,筑舍其中而读焉。一日,遥自窗中见女郎,素衣掩映花间〔5〕②。心疑观中乌得有此?趋出,已遁去。由此屡见之。遂隐身丛树中,以伺其至。无何,女郎又偕一红裳者来。遥望之,艳丽双绝。行渐近,红裳者却退,曰:"此处有人!"生乃暴起,二女惊奔,袖裙飘拂,香风流溢③。追过短墙,寂然已杳。爱慕殷切,因题句树上云:"无限相思苦,含情对短窗。恐归沙吒利〔6〕,何处觅无双〔7〕?"归斋冥想,女郎忽入。惊喜承迎。女笑曰:"君汹汹似强寇,使人恐怖,不知君竟骚士,无妨相亲。"生略叩生平,曰:"妾小字香玉,隶籍平康巷〔8〕④,被道士闭置山中,实非所愿。"生问:"道士何名?当为卿一涤此垢〔9〕。"女曰:"不必,彼亦未敢相逼,借此与风流士长作幽会,亦佳。"问:"红衣者谁?"曰:"此名绛雪,亦妾义姊。"遂相狎寝。既醒,曙色已红。女急起,曰:"贪欢忘晓矣!"着衣易履,且曰:"妾酬君作,口占勿笑。"曰:"良夜更易尽,朝暾已上窗〔10〕。愿如梁上燕,栖处自成双。"生握腕曰:"卿秀外惠中〔11〕,使人爱而忘死;顾一日之去,如千里之别。卿乘间当来,勿待夜也。"女诺之。由此夙夜必偕。每使邀绛雪来,辄不至,生以为恨。女曰:"绛姊性殊落落〔12〕,不似妾情痴也。当从容劝驾,不必过急。"

　　一夕,女惨然入曰:"君陇不能守,尚望蜀耶〔13〕?今长别矣。"问:"何之?"以袖拭泪曰:"此有定数,难为君言。昔日佳什,今成谶语矣〔14〕。'佳人已属沙吒利〔15〕,义士今无古押衙'可为妾咏。"诘之,不言,但有呜咽,竟夜不眠,早旦而去。生怪之。

次日，有即墨蓝氏〔16〕，入宫游瞩，见白牡丹，悦之，掘移径去。生始悟香玉乃花妖也，怅惋不已。过数日，闻蓝氏移花至家，日就萎悴。恨极，作《哭花》诗五十首，日日临穴，涕洟其处。

一日，凭吊而返，遥见红衣人挥涕穴侧；从容而近就之，女亦不避。生因把袂，相向汍澜，已而挽请入室，女亦从之。叹曰："童稚之姊妹，一朝断绝！闻君哀伤，弥触妾恸。泪堕九泉，或当感诚再作〔17〕；然死者神气已散，仓猝何能与吾两人共谈笑也？"生曰："小生薄命，妨害情人，当亦无福可消双美。曩烦香玉道达微忱〔18〕，胡再不临？"女曰："妾以年少书生，什九薄倖〔19〕，不知君固至情人也〔20〕。然妾与君交，以情不以淫。若昼夜狎昵，则妾所不能矣。"言已，告别。生曰："香玉长离，使人寝食俱废。赖卿少留，慰此怀思，何决绝如是？"女乃止，过宿而去。数日不复至，冷雨幽窗，苦怀香玉，辗转床头，泪凝枕簟〔21〕，揽衣更起，挑灯命笔，踵前韵曰〔22〕："山院黄昏雨，垂帘坐小窗。相思人不见，中夜泪双双。"⑤诗成自吟，忽窗外有人曰："作者不可无和〔23〕。"听之，绛雪也。启门内之。女视诗，即续其后曰："连袂人何处〔24〕？孤灯照晚窗。空山人一个，对影自成双。"生读之泪下，因怨相见之疏。女曰："妾不能如香玉之热，但可少慰君寂寞耳。"生欲与狎。曰："相见之欢，何必在此？"于是至无聊时，女辄一至；至则宴饮酬倡，有时不寝遂去。生亦听之，谓之曰："香玉吾爱妻，绛雪吾良友也⑥。"每欲相问："卿是院中第几株？早以见示，仆将抱植家中，免似香玉被恶人夺去，贻恨百年。"女曰："故土难移，告君亦无益也。妾尚不能终从，况友乎？"生不听，捉臂而出，每至牡丹下，辄问："此为卿否？"女不言，掩口笑之。

适生以残腊归〔25〕，过岁〔26〕，至二月间，忽梦绛雪至，愀然曰："妾有大难！君急往，尚得相见，迟无及矣。"醒而异之，急命仆马，星驰至山。则道士

⑤痴情黄生得新不忘旧。

⑥既是"良友"，则不宜描写与黄生欢爱。注重分寸。

将建屋，有一耐冬，碍其营造，工师方纵斤矣〔27〕。生知所梦即此，急止之。入夜，绛雪来谢。生笑曰："向不实告，宜遭此厄。今而后已知卿矣。卿如不至，当以艾炷相炙。"女曰："妾固知君如此，曩故不敢告也。"坐移时，生曰："今对良友，益思艳妻，久不哭香玉，卿能从我哭乎？"二人乃往，临穴洒涕，至一更向尽，绛雪抆泪劝止〔28〕，乃还。

又数夕，生方独居凄恻，绛雪笑入曰："喜信报君知：花神感君至情，俾香玉复降宫中。"生喜问："何时？"答云："不知，要不远耳。"天明下榻，生曰："仆为卿来，勿长使人孤寂。"女笑诺。两夜不至。生往抱树，摇动抚摩，颇唤绛雪，久之，无声，乃返。对烛团艾，将以灼树。女遽入，夺艾弃之曰："君恶作剧，使人创痏〔29〕，当与君绝矣。"生笑拥之。坐方定，香玉盈盈而入⑦。生望见，泣下流离，急起把握。香玉以一手捉绛雪，相对悲哽。已而坐道离苦，生把之觉虚，如手自握，惊其不类曩昔。香玉泫然曰："昔妾花之神，故凝；今妾花之鬼，故散也⑧。今虽相聚，君勿以为真，但作梦寐观可耳。"绛雪曰："妹来大好！妾被汝家男子纠缠死矣。"遂辞而去。香玉款笑如生平，但偎傍之间，仿佛以身就影〔30〕。生邑邑不欢，香玉亦俯仰自恨，乃曰："君以白蔹屑少杂硫黄〔31〕，日酹妾一杯水⑨，明年此日报君恩。"亦别而去。

明日，往观故处，则牡丹萌生矣。生从其言，日加培溉，又作雕阑以护之。香玉来，感激倍至。生谋移植其家，女不可，曰："妾弱质，不堪复戕〔32〕。且物生各有定处，妾来，原不拟生君家，违之反促年寿。但相怜爱，好合自有日耳。"生恨绛雪不至，香玉曰："必欲强之使来，妾能致之。"乃与生挑灯出，至树下，取草一茎，布掌作度〔33〕，以度树本，自下而上，至四尺六寸，按其处，使生以两爪齐搔⑩。俄见绛雪自背后出，笑骂曰："婢子来，益助桀为虐耶〔34〕！"牵挽

⑦ 用词准确而优美，盈盈而入，魂游也。花而神，花而魂，巧思迭出。

⑧ 形容臻妙。把花的鬼魂状态写得活灵活现，似乎花魂真实存在。

⑨ 贾宝玉前身浇灌林黛玉前身，可能源于此。

⑩ 乔木亦有腋窝而且怕痒，妙哉。

并入。香玉曰："姊勿怪，暂烦陪侍郎君。一年后，不相扰矣。"自此遂以为常。

生视花芽，日益肥茂，春尽，盈二尺许〔35〕。归后，亦以金遗道士，使朝夕培养之。次年四月至宫，则花一朵，含苞未放；方流连间，花摇摇欲拆〔36〕；少时已开，花大如盘，俨然有小美人坐蕊中，裁三四指许；转瞬间，飘然已下⑪，则香玉也。笑曰："妾忍风雨以待君，君来何迟也？"遂入室。绛雪亦至，笑曰："日日代人作妇，今幸退而为友。"遂相谈宴䜩和〔37〕，至中夜，绛雪乃去。两人同寝，款洽一如当年。

后生妻卒，生遂入山，不复归。是时，牡丹已大如臂，生每指之曰："我他日寄魂于此，当生卿之左。"两女笑曰："君勿忘之。"后十余年，忽病。其子至，对之而哀。生笑曰："此我生期，非死期也。何哀为！"谓道士曰："他日牡丹下有赤芽怒生〔38〕，一放五叶者，即我也。"遂不复言。子舆致而归〔39〕，至家，寻卒。次年，果有肥芽突出，叶如其数。道士以为异，益灌溉之。三年，高数尺，大拱把〔40〕，但不花。老道士死，其弟子不知爱惜，因其不花，斫去之。白牡丹亦憔悴，寻死。无何，耐冬亦死⑫。

异史氏曰："情之至者，鬼神可通⑬。花以鬼从〔41〕，而人以魂寄〔42〕，非其结于情者深耶？一去而两殉之〔43〕，即非坚贞，亦为情死矣。人不能贞，犹是情之不笃耳。仲尼读《唐棣》而曰'未思'〔44〕，信矣哉！"

⑪ 多么富于诗意的镜头！似电影、电视剧、动画之画面，美极、妙极。牡丹花神复活，是小说最美丽的片段之一。但明伦评："种则情种，报则情报，苞则情苞，蕊则情蕊。"

⑫ 但明伦评："爱妻良友，两两并写，各具性情，各肖口吻。入手用双提，中间从妻及友，又从友及妻，复恐顾此失彼，以言语时时并出之，末后三人齐结，笔墨一色到底。"

⑬《聊斋》中另一牡丹花神葛巾的悲剧，蒲松龄认为原因是常生"未达"，对所爱的人没有深信不疑。而黄生则是彻底的达人。

校勘

底本：康熙本。参校：异史、二十四卷本、铸雪斋本、青柯亭本。

注释

〔1〕下清宫：劳山道观名字。〔2〕耐冬：常绿木本植物，初夏开红花。〔3〕

1653

围：径尺为围。〔4〕胶州：今山东胶州，位于青岛西北。〔5〕掩映：忽隐忽现。〔6〕恐归沙吒（zhā）利：担心自己钟情的女子为权势者夺去。唐代许尧佐《柳氏传》：柳氏与韩翃（hóng）相爱，安史之乱中，二人离散，柳氏为番将沙吒利所得。虞候许俊设计将柳氏救出，与韩翃团聚。〔7〕何处觅无双：唐代薛调《无双传》：王仙客与刘无双有婚约，无双在兵变中入宫做宫女，侠客古押衙用药让无双假死，从宫中赚出，与王仙客团圆。古押衙为表明绝不泄露二人秘密而自杀。〔8〕平康巷：妓院。唐代长安丹凤街有平康坊，也称平康里，是妓女聚集的地方。〔9〕一涤此垢：洗去这耻辱。〔10〕朝暾（tūn）：初升的太阳。〔11〕秀外惠中：外貌秀美，资质聪慧。〔12〕落落：孤高自许，与人寡合。〔13〕君陇不能守，尚望蜀耶：你连我都守不住，还想得到绛雪吗？这是化用"得陇望蜀"典故。陇，是香玉自喻；蜀，是比喻绛雪。〔14〕谶语：预言吉凶祸福的话语。〔15〕"佳人已属"两句：宋代《彦周诗话》引用王晋卿诗句，意思是，佳人已被抢走，却没有《无双传》中古押衙那样的侠客相救。〔16〕即墨：今山东省即墨市。〔17〕感诚再作：感于赤诚而重生。〔18〕微忱：微薄心意。〔19〕什九薄倖：十个人中有九个薄情。〔20〕至情人：有真情的人。〔21〕簟（diàn）：竹席。〔22〕踵前韵：依照前诗的韵脚再作一首诗。〔23〕和：和他人的诗并用其韵。〔24〕连袂人：衣袖相连的同伴。〔25〕残腊：农历年底。〔26〕过岁：过了年。农历以春节为年。〔27〕纵斤：抡起斧头。〔28〕抆（wěn）：擦拭。〔29〕创瘢（wěi）：烧出疤痕。〔30〕以身就影：拥抱自己的影子。〔31〕白蔹（liǎn）：中药名。据《群芳谱》，种植牡丹，以此拌种，可使苗旺。〔32〕复戕：再次砍伐。〔33〕布掌作度：以手掌做丈量标准。〔34〕助桀为虐：帮恶人办坏事。原典出自《史记·留侯世家》。桀，夏朝末期暴君。〔35〕盈：超过。〔36〕拆：绽开。〔37〕谈宴赓和：边说笑宴饮边诗词唱和。〔38〕怒生：蓬勃生长。〔39〕舆致：用车接。〔40〕大拱把：两手合围那么粗。〔41〕花以鬼从：牡丹花的鬼魂跟随黄生。〔42〕人以魂寄：黄生死后灵魂跟随牡丹花神香玉。〔43〕一去而两殉之：黄生变成的无花牡丹被道士砍掉，香玉、绛雪都为之殉情而死。〔44〕"仲尼"句：作者引用孔子的话，意思是只要有至情，就能坚贞相爱。《论语·子罕》："'唐棣之华，偏其反而。岂不尔思？室是远而。'子曰：'未之思也，夫何远之有哉？'"意思是："'唐棣树的花优雅地摇摇摆摆，难道我不想念你？只因为家住得太远了。'孔子说：'还是没有想念，如果真的想念，有什么遥远的呢？'"

点评

　　黄生爱上白牡丹花神香玉,不仅不相猜疑,而且即使香玉成了花鬼,他照样爱,自己死后还要寄魂白牡丹花旁。黄生不仅对"异类"不疑,还要自己变成异类长相依。他的"达"登峰造极。《香玉》创造了古代文学爱情描写又一经典模式。古代诗词小说写忠贞不渝的爱情常用比翼鸟、连理枝。杨玉环和李隆基"在天愿作比翼鸟,在地愿为连理枝";六朝小说里韩凭夫妇生前不能相聚,死后墓地上的树枝枝相连,鸳鸯在上边啼鸣;乐府诗刘兰芝和焦仲卿以死跟封建家长抗争,最后变成交颈鸳鸯;梁山伯和祝英台一起化蝶。黄生爱花,自己最后也变成花。香玉在小说中先后以四种姿态出现:真实的花、花幻化成的花神美人、花的灵魂、花中美人。黄生死后变成"赤芽怒生,一放五叶"的花,伴随白牡丹。因赤芽不开花,被道士拔去,白牡丹也憔悴而死,完成了"花以鬼从,人以魂寄"缠绵悱恻的动人爱情悲剧。汤显祖说过,"情不起其所起,一往而深,生者可以死,死者可以生。生而不可死,死而不可复生,皆非情之至也"。杜丽娘为情而死,为情复生,成千古绝唱。黄生和香玉为了爱,可以义无反顾地选择死亡,可以费尽曲折地选择重生,生生死死,痴情不变。《香玉》写尽至情,是《聊斋志异》著名的柔美爱情故事,是古代小说的奇葩,又给《红楼梦》宝黛爱情以深刻影响,牡丹花神香玉和痴情的黄生成为古代小说人物画廊中的著名形象。

香玉

花因情死花當哭
花為情生花愈臭
可惜愛花人去後
辜負花風兩便狂

三仙

①命名巧妙有趣，令人绝倒。介秋衡，螃蟹也。"介"谐"蟹"，衡，横着走；常丰林，蛇也，山东俗谓蛇曰"长虫"，"常"谐"长"，丰林，在树林中也；麻西池，"麻"谐"蟆"，西池，池中物也。

②鲁迅先生说，《聊斋》亦颇有从唐传奇化出者。《玄怪录·元无有》写四精怪"今夕如秋，风月如此，吾党岂不为文，以纪平生之事"。《聊斋》与时俱进，不做口号联句，写起八股文来。一笑。

士人某赴试金陵，经由宿迁〔1〕，会三秀才，谈言超旷〔2〕，悦之。沽酒相欢，款洽间各表姓字：一介秋衡，一常丰林，一麻西池①。纵饮甚乐，不觉日暮。介曰："未修地主之仪〔3〕，忽叨盛馔〔4〕，于理未当。茅茨不远〔5〕，可便下榻。"常、麻并起，捉裾唤仆〔6〕，相将俱去。至邑北山，忽睹庭院，门绕清流。既入，舍宇清洁。呼僮张灯，又命安置从人。麻曰："昔日以文会友，今闱场伊迩，不可虚此良夜②。请拟四题，命阄〔7〕，各拈其一，文成方饮。"众从之。各拟一题，写置几上，拾得者就案构思。二更未尽，皆已脱稿，迭相传视。秀才读三作，深为倾倒，草录而怀藏之。主人进良酝，巨杯促釂，不觉醺醉。客兴辞，主人乃导客就别院寝。醉中不暇解履，着衣遂寝。既醒，红日已高，四顾并无院宇，惟主仆卧山谷中。大骇，呼仆亦起。见旁有一洞，水涓涓流溢，自讶迷惘，探怀中，则三作俱存。下山问土人，始知为"三仙洞"。盖洞中有蟹、蛇、虾蟆三物，最灵，时出游，人往往见之云。士人入闱，三题皆仙作，以是擢解〔8〕。

校勘

底本：青柯亭本。参校：异史、二十四卷本、铸雪斋本。

注释

〔1〕宿迁：江苏县名，明至清初属淮安府，今江苏省宿迁市。〔2〕超旷：超凡脱俗、旷达潇洒。〔3〕地主之仪：即地主之谊，住在本地的人对外地客人的招待义务。〔4〕叨：谦词，表示接受。盛馔：丰盛的饭菜。〔5〕茅茨：茅草房。这是对自己住所的谦称。〔6〕捉裾唤仆：拉着读书人的衣襟，招呼上他的仆人。

〔7〕命阄：将命题写到纸上制成阄。〔8〕擢解：在乡试中考中举人第一名，成为解元。

点评

　　这是作者对科举取士的巧妙讽刺。有才能的人考不中举人，无才能的人却高踞榜首。这些文章到底什么样儿？作者巧妙地想象出，这类文章是由三种人们最不齿的动物写成的：螃蟹、蛇、蛤蟆。但明伦评："擢解之文，而出之于怪，已奇；怪而为蟹、为蛇、为虾蟆，则更奇。恨未睹其文，不知其气味居何等耳。"

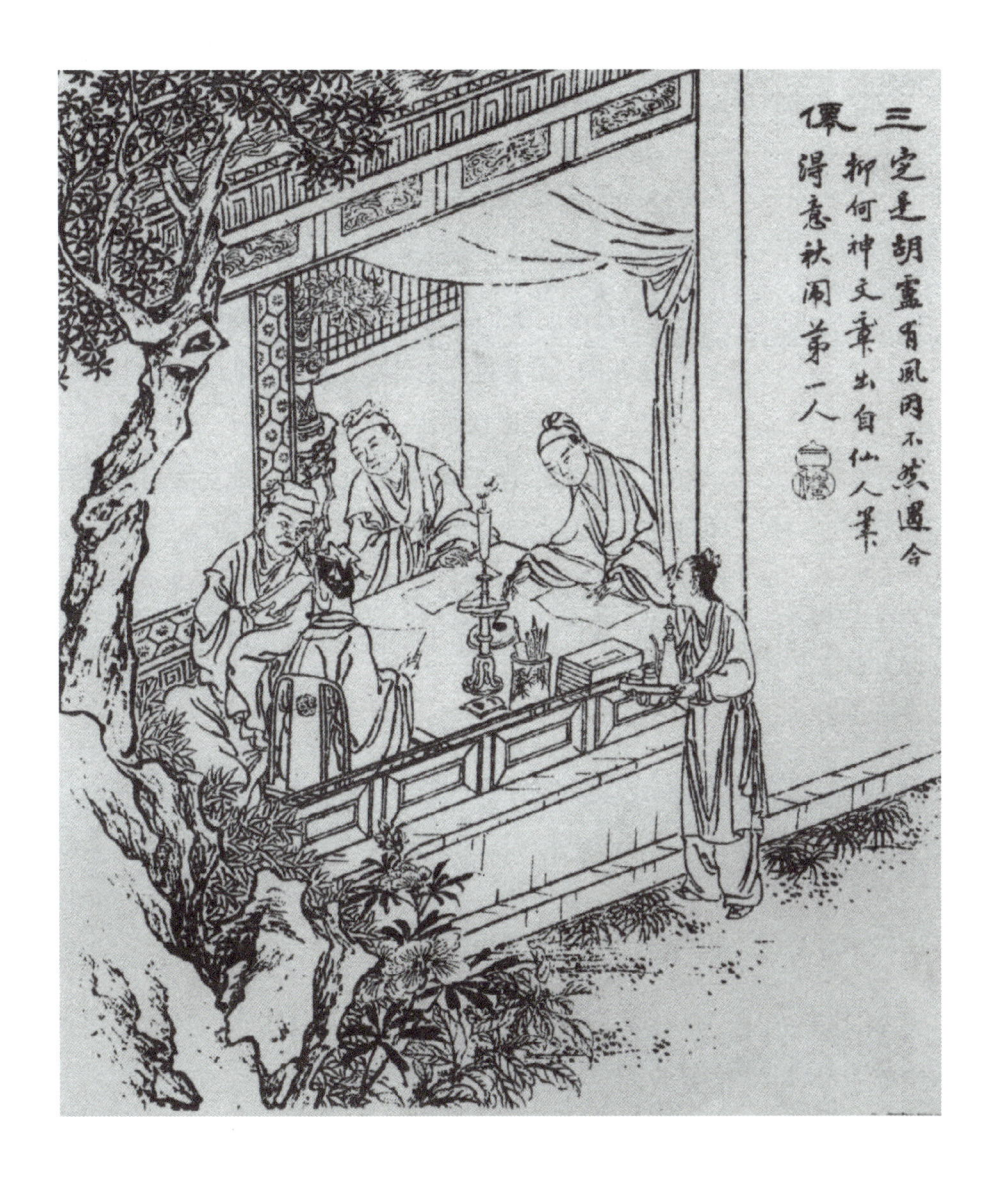

卷八

三定是胡靈有風肉不發遭合
柳何神文章出自仙人業
儂得意秋闈第一人

鬼隶

历城二隶，奉邑令韩承宣命[1]，营干他郡，岁暮方归。途遇二人，服装亦类公役，同行半日，近与话言。二人自称郡役。隶曰："济城快皂[2]，相识者十有八九，二君殊昧生平。"二人云："实相告：我乃城隍之鬼隶也。今将以公文投东岳。"隶问："函中何事？"答云："济南大劫，所报者，杀人之名数也。"惊问其数。曰："亦不甚悉，恐近百万。"隶问其期，答以"正朔[3]"。二隶相顾，计到郡则岁已除，恐罹于难；迟留惧贻谴责。鬼曰："违误限期罪小，入逢劫数祸大。宜他避，姑勿往。"隶从之，各趋歧路遁归。无何，北兵大至，屠济南，扛尸百万。二人亡匿得免。①

异史氏曰："趋吉避凶，人世之机，不意地府亦复如是。抑二隶本不在劫，故使鬼隶以谕之耶？"

①扛尸百万，可能有些夸张。据《国榷》记载，崇祯十一年（1638）冬，清兵进攻山东，正月破历城，巡按御史郭景昌、左布政史张秉文、历城县令韩承宣死难。济南被婴掠一空，济南城中积尸十三万有余。

校勘

底本：异史。参校：二十四卷本、铸雪斋本。

注释

[1]韩承宣（？—1639）：山西蒲州人，崇祯年间曾任历城知县。[2]快皂：捕快。[3]正朔：正月初一。

点评

在改朝换代中，普通百姓付出了血腥代价。清兵入济，济南十余万人被杀，这样的话题是统治者极力避忌的，蒲松龄用"鬼话"巧妙地把它写了出来。"异史氏曰"的意思似乎是对二役避难做出解释，实际是对"扛尸百万"的惨剧施障眼法。

王十

高苑民王十〔1〕，负盐于博兴〔2〕，夜为两人所获。意为土商之逻卒也，舍盐欲遁；足苦不前，遂被缚。哀之。二人曰："我非盐肆中人，乃鬼卒也。"十惧，但乞至家以别妻子。鬼不许，曰："此去亦未便即死，不过暂役耳。"十问："何事？"曰："冥中新阎罗莅任，见奈河淤平〔3〕，十八狱坑厕俱满〔4〕，故捉三等人使淘河：小偷、私铸〔5〕、私盐；又一等人使涤厕，乐户也〔6〕。"①

① 阎王好新政。

十从去，入城郭，至一官署，见阎罗在上，方稽名籍。鬼禀曰："捉一私贩王十至。"阎罗视之，怒曰："私盐者，上漏国税，下蠹民生者也。若世之暴官奸商所指为私贩者，皆天下之良民。贫人揭锱铢之本，求升斗之息〔7〕，何为私哉！"② 罚二鬼市盐四斗，并十所负，代运至家。留十，授以蒺藜骨朵〔8〕，令随诸鬼督河工。鬼引十去，至奈河边，见河内人夫，襁续如蚁〔9〕。又视河水浑赤，近之臭不可闻。淘河者皆赤体持畚锸〔10〕，出没其中。朽骨腐尸，盈筐负舁而出；深处则灭顶求之。惰者辄以骨朵击背股。同监者以香绵丸如巨菽，使含口中，乃近岸。③ 见高苑肆商，亦在其中，十独苛遇之，④ 入河楚背，上岸敲股。商惧，常没身水中，十乃已。经三昼夜，河夫半死，河工亦竣。前二鬼仍送至家，醒然而苏。

② 此阎罗是百姓的代言人也。

③ 香绵丸，构思妙。
④ 吐一口平日恶气。

先是，十负盐未归，天明，妻启户，则盐两囊置庭中，而十久不至。使人遍觅之，则死途中。舁之而归，奄有微息，大惑，不解其故。及醒，始言之。肆商亦于前日死，至是始苏。骨朵击处，皆成巨疽，浑身腐溃，臭不可近。十故诣之。望见十，犹缩首衾中，如在奈河状。一年始愈，不复为商矣。

1661

异史氏曰："盐之一道，朝廷之所谓私，乃不从乎公者也；官与商之所谓私，乃不从其私者也。近日齐、鲁新规，土商随在设肆，各限疆域。不惟此邑之民，不得去之彼邑；即此肆之民，不得去之彼肆。而肆中则潜设饵，以钓他邑之民：其售于他邑，则廉其直；而售诸土人，则倍其价以昂之。而又设逻于道，使境内之人，皆不得逃吾昂。其有境内冒他邑以来者，法不宥。彼此之相钓，而越肆假冒之愚民益多。一被逻获，则先以刀杖残其胫股，而后送诸官；官则桎梏之，是名'私盐'。呜呼！冤哉！漏数万之税非私⑤，而负升斗之盐则私之；本境售诸他境非私，而本境买诸本境则私之，冤矣！律中'盐法'最严，而独于贫难军民〔11〕，背负易食者，不之禁，今则一切不禁，而专杀此贫难军民！且夫贫难军民，妻子嗷嗷，上守法而不盗，下知耻而不娼；不得已，而揭十母而求一子〔12〕。使邑尽此民，即'夜不闭户'可也。非天下之良民乎哉！彼肆商者，不但使之淘奈河，直当使涤狱厕耳。而官于春秋节〔13〕，受其斯须之润〔14〕，遂以三尺法助使杀吾良民。然则为贫民计，莫若为盗及私铸耳：盗者白昼劫人而官若聋，铸者炉火亘天而官若瞽⑥，即异日淘河，尚不至如负贩者所得无几，而官刑立至也。呜呼！上无慈惠之师，而听奸商之法，日变日诡，奈何不顽民日生，而良民日死哉！"

故事：各邑肆商，旧例以若干石盐资岁奉邑宰，名曰"食盐⑦"。又，逢节序具厚仪〔15〕。商以事谒官，官则礼貌之，坐与语，或茶焉。送盐贩至，重惩不遑。张公石年宰令淄，肆商来见，循旧规，但揖不拜〔16〕。公怒曰："前令受汝贿，故不得不隆汝礼；我市盐而食⑧，何物商人〔17〕，敢公堂抗礼乎！"挦裤将答。商叩头谢过，乃释之，后肆中得二负贩者，其一逃去，其一被执至官。公问："贩者二人，其一焉往？"贩者云："奔去矣。"公曰："汝股病不能奔耶？"曰：

⑤庄子早有言："窃钩者诛，窃国者诸侯。"

⑥又聋又瞎，看到良善百姓就睁开了眼。

⑦好名。

⑧市盐而食，响亮。

"能奔。"公曰:"既被捉,必不能奔;果能,可起试奔,验汝能否。"其人奔数步欲止。公曰:"大奔勿止!"⑨其人疾奔,竟出公门而去。见者皆笑。公爱民之事不一,此其闲情,邑人犹乐诵之。

⑨好看煞。

校勘

底本:康熙本。参校:异史、二十四卷本、铸雪斋本、青柯亭本。

注释

〔1〕高苑:旧县名,今山东博兴高苑镇。〔2〕博兴:山东县名。〔3〕奈河:迷信传说中冥世之河,据唐传奇集《宣室志》,奈河出自鬼府,其水皆血,腥臭不可近。〔4〕十八狱:十八层地狱。〔5〕私铸:私自铸钱。〔6〕乐户:封建时代专门从事吹弹歌唱的一类人,名隶乐籍,称"乐户"。后来也用来称妓院。〔7〕升斗之息:以少量资本取得更少量的利息。〔8〕蒺藜骨朵:古兵器。长棒顶端有圆形瓜状骨朵,上加铁刺。〔9〕繈(qiǎng)续:像用绳子拴在一起连续不断。〔10〕畚锸(běn chā):簸箕和铁锹。〔11〕贫难军民:贫困的军户和平民。军户,开始于南北朝。明清时屯卫边疆及充军发配犯人及其子女也称军户,社会地位低下,生活贫苦。〔12〕揭十母而求一子:追求十分之一的利息。〔13〕春秋节:春夏秋冬四时的节日。〔14〕斯须之润:暂时得到一点儿进奉的钱财。〔15〕厚仪:厚重的礼物。〔16〕但揖不拜:只是做揖而不跪拜。按规定,商人见县令应行跪拜之礼,盐商因向过去的县令行贿,习惯了不跪拜。〔17〕何物商人:商人算什么玩意儿。

点评

随着岁月流逝,蒲松龄不仅关注知识分子命运,关注爱情婚姻问题,还对关系百姓生活的若干实际问题产生浓厚兴趣。盐法在古代是关乎国计民生的重要法律,在奸商和贪官控制下,盐法变成坑害百姓之法,劫贫济富之法,颠倒黑白之法。蒲松龄对百姓苦难忧心忡忡,却无力回天,只能想象出在"阴曹"中,由阎王把是非颠倒过来,派盐商淘臭气熏天的奈河,让私盐贩监工,甚至派小鬼替私盐贩送盐。这样的安排很有思想意蕴和哲理性。"异史氏曰"是蒲松龄关于盐法论的表述,言简意赅,层层深入,洞见盐法之症结。附则写县令张石年对盐商

1663

大义凛然，对盐贩恻隐同情，既是记述作者所敬重的官员轶事，也是描写"盐法"社会现象的小花絮。

三十

國課何曾按引償
誰分私販與官商
奈河何日重挑濬
應有人稽骨朵傷

大男

奚成列，成都士人也，先有一妻一妾。妾何氏，小字昭容。妻早没，继娶申氏，不能相善，虐遇何，因并及奚；终日哓聒，恒不聊生。奚忿怒，亡去；去后，何生一子大男。奚久去不返，申摈何不与同炊，计日授粟。大男渐长，何不敢求益，惟纺绩佐食。大男见塾中诸儿吟诵，羡之，告母欲读。母以其太稚，姑送诣塾，试使读以难之。而大男慧，所读倍诸儿。师异之，愿不索束贽〔1〕。何乃使从师，薄相酬。积二三年，经书全通。

一日归，谓母曰："塾中五六人，皆从父乞钱买饵，我何无也？"母曰："待汝长时，当告汝知。"大男曰："我方七八岁，何时长也？"母曰："汝往塾，路经关圣庙，当拜之，祐汝速长。"大男信之，每日两过，必入拜。母知之，问曰："汝所祝何词？"笑云："但祝明年便使我十五六岁。"母笑之。而大男学与躯长并速：至十岁，便如十三四岁者；其所为文，塾师不能窜易之。①一日，谓母曰："昔谓我壮大，当告父处，今可矣。"母曰："尚未，尚未。"又年余，居然成人，研诘益频，母乃缅述之。大男闻之，意不胜悲，欲往寻父。母曰："儿太幼，汝父存亡未知，何遽可寻？"大男无言而去，至午不归。往询诸师，则辰餐未复。母大惊，犹谓其逃塾，出资佣役，靡处不搜，竟杳无迹。

大男出门，不知何往之善，惟循途奔去，遇一人将如夔州〔2〕，自言钱姓。大男丐食相从。钱病其缓〔3〕，为赁代步，资斧皆耗之。至夔同食，钱阴投毒食中，大男瞑不觉。钱载至大刹，托为己子，偶病，绝资，卖诸僧。僧见其丰姿秀出，争购之。钱得金竟去。僧饮之，略醒。主僧始知之，诣视，奇其相，研诘始得颠末。又益怜之，责僧赠资使去。有泸州蒋秀才下第归〔4〕，途中问得故，

①大男，男子汉大丈夫之谓也。

卷八

嘉其孝，携与同行。至泸，主其家。月余，无往不谙。或言闽商有奚姓者，于是辞蒋，将之闽。蒋赠以衣履，其里党皆敛资助之。至途，有二布客，欲诣福清，邀与同侣。行数程，客窥囊金，引至空所，挚其手足，解夺而去。适有永福陈翁过其旁，脱其缚，载诸后车，遂至翁家。翁豪富，诸路商贾，多出其门，翁嘱南北客代访奚耗。留大男伴诸儿读。大男遂止，不复游。由是，家愈远，音益梗。②

何昭容孤居三四年，申氏减其费，抑勒令嫁。何自食其力，志不摇。申强卖于重庆贾，贾劫取而去。至夜，以刀自劙。贾不敢逼，俟创瘥，又转鬻于盐亭贾〔5〕。至盐亭，自刺心头，洞见脏腑。贾大惧，药敷之，既平，但求作尼。贾告之曰："我有商侣，身无淫具，每欲得一人主缝纫。此与作尼无异，亦可少偿吾值。"何诺，贾舆送去。入门，主人趋出，则奚生也。③盖奚已弃儒为商，贾以其无妇，故赠之也。相见悲骇，各述苦况，始知有儿寻父未归。奚乃嘱诸客旅，侦察大男。而昭容遂以妾为妻矣。

然自历艰苦，疴痛多疾〔6〕，不能操作，劝奚纳媵。奚鉴前祸，不从所请。何曰："妾如争床第者，数年来固已从人生子，尚得与君有今日之聚乎？且人加我者，隐痛在心，岂及诸身而自蹈之〔7〕？"④奚乃嘱客侣，为买三十余老妾⑤。逾半年，客果为买妾归，入门，则妻申氏。⑥各相骇异。

先是，申独居年余，兄苞劝令再适。申从之，惟田产为子侄所阻不得售。鬻诸所有，积数百金，携归兄家。有保宁贾，闻其富有奁资，以多金啖苞，赚娶之。而贾老废不能人。申怼兄，不安于室，梁缢井投，不堪其扰。贾怒，搜括其资，将卖作妾。而闻者嫌三十余，齿加长。贾将适夔，乃载与俱去。遇奚同肆，适中其意，遂货之而去。既见奚，惭惧不出一语。奚问同肆商，略知梗概，因曰："使遇健男，则在保宁，无再见之期，此亦数也。

② 曲曲折折，命如浮萍，一句总结。

③ 从天而降。

④ 贤妾变贤妻。蒲松龄的理想女性。

⑤ 三十余老妾，在那个时代算很老了。

⑥ 买妾买回嫡妻，奇而又奇。让悍妒嫡妻做妾，或者像《马介甫》那样连妾也做不成，是蒲松龄对悍妇的惩罚手段。

1667

然今日我买妾，非娶妻，可先拜昭容，修嫡庶礼。"⑦申耻之。奚曰："昔日汝作嫡，何如哉！"何劝止之。奚不可，操杖临逼，申不得已，拜之。然终不屑承奉，但操作别室，而何悉优容之，亦不忍课其勤惰。奚每与昭容谈宴，辄使役使其侧；何更代以婢，不听前。

会陈公嗣宗宰盐亭。奚与里人有小争，里人以逼妻作妾揭讼奚。公不准理，叱逐去。奚喜，与何窃颂公德。一漏既尽，僮忽叩扉，入白："邑令公至。"奚骇极，急觅衣履，则公已至寝门；益骇，不知所为。何审之，急出曰："是吾儿也！"⑧遂哭。公乃伏地悲咽。盖大男从陈公姓，业为官矣。

初，公至自都，迂道过故里，始知两母皆醮，伏膺哀痛。族人知大男已贵，反其田庐。公留仆营造，冀父复还。既而授任盐亭，又欲弃官寻父，陈翁苦劝之。会有卜者，使筮焉。卜者曰："小者居大，少者为长；求雄得雌，求一得两，为官吉。"公乃之任。为不得亲，居官不茹荤酒。是日得里人状，睹奚姓名，疑之。阴遣内纪纲窃访之，果父。乘夜微行而出。见母，益信卜者之神。临去，嘱勿播，出金二百，令即办装归。

至家，门户已新，益畜仆马，居然大家矣。申见大男贵盛，益自敛。兄苞知之，告于官，为妹争嫡。官廉得其情，怒曰："贪资劝嫁，去奚已更二夫，何颜争昔年嫡庶耶！"重笞苞。由此名分益定。而申姊何，何亦姊之。衣服饮食，悉不自私。申初惧其复仇，至是益愧悔。奚亦忘其旧恶，俾内外皆呼以太母，但诰命不及耳。

异史氏曰："颠倒众生，不可思议，此造物之巧也！奚生不能自立于妻妾之间，一碌碌庸人耳。苟非孝子贤母，乌能有此奇合，坐享厚糈以终身哉〔8〕！"

⑦懦弱的奚成列有封建礼法为凭，腰杆儿硬也。

⑧又是从天而降。

校勘

底本：康熙本。参校：异史、二十四卷本、铸雪斋本、青柯亭本。

注释

〔1〕束赞：学费。〔2〕夔州：明清府名，今重庆市奉节县。〔3〕病其缓：嫌他走得慢。〔4〕泸州：明清州名，今四川省泸州市。〔5〕盐亭：明清县名，属潼川府，今四川省绵阳市盐亭县。〔6〕疴（kē）痛：病痛。〔7〕岂及诸身而自蹈之：岂能自身做正妻而重蹈虐待侍妾的覆辙？〔8〕厚糈（xǔ）：丰厚的物质享受。

点评

蒲松龄嫡庶观念很强，他认为嫡庶有别，嫡庶有序，妻应宽怀大度，妾应安分守己。本文却写妻变为妾，妾变为妻，颠倒众生，不可思议。小说中心是讴歌贤子贤妇。大男是孝子，历尽千难万险，找到父亲；何氏是贤妇，否极泰来，成为嫡妻。奚成列两任嫡妻，一个善良而贞节，一个悍妒而变节，处处对比，格外鲜明。故事曲曲折折，线索却一丝不乱。变故一个接一个，却前有因后有果；巧合一次连着一次，却严丝合缝。故事按自然时节发展又不时插叙倒叙补叙，层次分明，简练生动。

大男
惘惘寻亲万
里行傍人
门户得功名
母贤子孝
终团聚悍
妇们心总
不平

外国人

己巳秋〔1〕,岭南从外洋飘一巨艘来〔2〕。上有十一人,衣鸟羽,文采璀璨。自言曰:"吕宋国人〔3〕。遇风覆舟,数十人皆死;惟十一人附巨木,飘至大岛得免。凡五年,日攫鸟虫而食;夜伏石洞中,织羽为帆。忽又飘一舟至,橹帆皆无,盖亦海中碎于风者,于是附之将返。又被大风引至澳门。"巡抚题疏〔4〕①,送之还国。

① 康熙二十八年广东巡抚为朱弘祚,他的儿子朱缃曾前去探望,这个见闻估计是朱缃讲给蒲松龄的。

校勘

底本:异史。参校:二十四卷本、铸雪斋本。

注释

〔1〕己巳:即康熙二十八年(1689)。〔2〕岭南:即岭南道,今广州。〔3〕吕宋国:菲律宾。〔4〕题疏:向皇帝奏本。

点评

这是清代亚洲十一人组成的"鲁滨孙漂流记"。五年居荒岛,大海任飘零,多么生动精彩!简直可以拍成电视连续剧。

人妖

马生万宝者，东昌人[1]，疏狂不羁。妻田氏，亦放诞风流，伉俪甚敦。有女子来，寄居邻人某媪家，言为翁姑所虐，暂出亡。其缝纫绝巧，便为媪操作。媪喜而留之。逾数日，自言能于宵分按摩[2]，愈女子瘵蛊[3]。媪常至生家游扬其术，田亦未尝着意。生一日于墙隙窥见女，年十八九已来，颇风格。心窃好之，私与妻谋，托疾以招之。媪先来，就榻抚问已，言："蒙娘子招，便将来。但渠畏见男子，请勿以郎君入。"妻曰："家中无广舍，渠依时复出入，可复奈何？"已又沉思曰："晚间西村阿舅家招渠饮，即嘱令勿归，亦大易。"媪诺而去。妻与生用拔赵帜易汉帜计[4]，笑而行之。

日曛黑，媪引女子至，曰："郎君晚回家否？"田曰："不回矣。"女子喜曰："如此方好。"数语，媪别去。田便燃烛展衾，让女先上床，己亦脱衣隐烛[5]。忽曰："几忘却厨舍门未关，防狗子偷吃也。"便下床启门易生。生塞窅入，上床与女共枕卧。女颤声曰："我为娘子医清恙也。"间以昵词，生不语。女即抚生腹，渐至脐下，停手不摩，遽探其私，触腕崩腾。女惊怖之状，不啻误捉蛇蝎，急起欲遁。生沮之[6]，以手入其股际。则擂垂盈掬，亦伟器也。大骇，呼火。生妻谓事决裂，急燃灯至，欲为调停，则见女赤身投地乞命。羞惧，趋出。生诘之，云是谷城人王二喜[7]。以兄大喜为桑冲门人[8]，因得转传其术。又问："玷几人矣？"曰："身出行道不久，只得十六人耳。"生以其行可诛，思欲告郡；而怜其美，遂反接而宫之[9]。血溢陨绝，食顷复苏。卧之榻，覆之衾，而嘱曰："我以药医汝，创痏平，从我终焉可也；不然，事发不赦！"王诺之。明日媪来，生绐之曰："伊是我表侄女王二姐也。以天阉为夫家所逐[10]，夜为我家言其由，始知之。忽小不康，将为市药饵，兼请诸其家，留与荆人作伴。"媪入室视王，见其面色败如尘土。即榻问之。曰："隐所暴肿，恐是恶疽。"媪信之去。生饵以汤，糁以散，日就平复。夜辄引与狎处；早起，则为田提汲补缀，洒扫执炊，如媵婢然。

居无何，桑冲伏诛，同恶者七人并弃市；惟二喜漏网，檄各属严缉。村人窃共疑之，集村媪隔裳而探其隐，群疑乃释。王自是德生，遂从马以终焉。后卒，即葬府西马氏墓侧，今依稀在焉。

异史氏曰："马万宝可云善于用人者矣。儿童喜蟹可把玩，而又畏其钳，因断其钳而畜之。呜呼！苟得此意，以治天下可也。"

校勘

底本：青柯亭本。参校：异史、二十四卷本。

注释

〔1〕东昌：明清府名，今山东省聊城市。〔2〕宵分：半夜。〔3〕瘵（zhài）蛊：表现为腹胀的消化道疾病。〔4〕拔赵帜易汉帜：夫妻调换的计策。典故出自《史记·淮阴侯列传》韩信攻打赵国时偷换旗帜取胜故事。〔5〕隐烛：灭烛。〔6〕沮：阻止。〔7〕谷城：旧县名，位于山东平阴县东阿镇。〔8〕桑冲：明代石州人，男扮女装，奸骗良家女子。事发后被凌迟。〔9〕反接而宫之：反绑其手进行阉割。〔10〕天阉：天生没有生育功能。

点评

明代成化年间，桑冲扮成女人，探听到哪家有美丽女子，就以教女红为掩护，或将女子诱奸或以蒙汗药迷昏奸淫，后在晋州高秀才家因其家男子欲对他非礼，才暴露了男子身份，经审案，桑冲在十余年内奸淫良家女子一百八十人，成为著名"人妖"案件。蒲松龄将"人妖"构思为马某夫妇联手，细致描写互骗过程，已与原案件不同。男扮女装进行流氓活动，没想到骗子受骗，被阉割成不男不女者，不管是品性还是躯体，都已成为地地道道的"人妖"，这是对畸形社会的记实。

人妖

相傳邪術起
吳沖多少紅
閨欲恨同天
逞凶生施妙
計逃離阿雲
辨雌雄

韦公子

①这位叔父搞功名至上的畸形教育，只要功名、不要道德的实用主义教育。本来韦公子外出玩女人得爬墙，有了这约法三章，他可以放心大胆、名正言顺，一边苦读圣贤书，一边逛花街柳巷，读的是修身齐家治国平天下的大道理，干的是寻花问柳、鸡鸣狗盗的勾当，读书做人两张皮，读书嫖妓两不误！天大的笑话。

②父子对面不相识，还搞上同性恋。丑恶到令人作呕的场面。韦公子是社会上层，表面上是道貌岸然的进士，实际上是个五毒俱全、在同性和异性间猎艳的下流坯子；罗惠卿是社会下层，表面是唱戏的少年，实际是午夜牛郎，只要给钱，什么都卖，可以卖自己，也可以卖妻子，还可以一起卖。进士、优童，上层、下层，都鲜廉寡耻。

③世界何等的小啊，韦公子神差鬼使地又跟亲生女儿钻进了乱伦的衾被！黄金鸳鸯更是把父女关系敲定了。

韦公子，咸阳世家〔1〕，放纵好淫，婢妇有色，无不私者。尝载金数千，欲尽览天下名妓，凡繁丽之区，罔不至。其不甚好者，信宿即去；当意，则作百日留。叔某公亦名官，休致归，闻其行，怒之，延明师，置别业，使与诸公子键户读。公子夜伺师寝，窬垣而归，迟明而返，以为常。一夜，失足折肱，师始知之。告公，公怒，不之惜，益施夏楚，俾不能起而后药之。月余渐愈，公与之约：能读倍诸弟，文字佳，出勿禁①；私逸者，挞如前。而公子最慧，读常过程〔2〕。如此数年，中乡榜。欲自败约，而公犹钳制之。赴都，以老仆从，授日记籍，使志其言动，故数年无过行。后成进士，公乃稍弛其禁；而公子或将有作，惟恐公闻，入曲巷中，辄托姓魏。

一日，过西安，见优僮罗惠卿〔3〕，年十六七，秀丽如好女，悦之，夜留缱绻，赠贻丰隆。闻其新娶妇尤韵妙，益触所好，私示意惠卿。惠卿无难色，至夜携妇至，果少好，遂三人共一榻。②留数日，眷爱臻至。谋与俱归，问其家口，答云："母早丧，惟父存耳。某原非罗姓。母少服役于咸阳韦氏，卖至罗家，四月生余，倘得从公子去，亦可察其耗问。"公子惊问："母何姓？"答："姓吕。"骇极，汗下浃体，盖其母即生家婢也。生无言。天明，厚赠之，劝令改业。伪托他适，约归时召致之，遂别而去。

后令苏州某邑，有乐妓沈韦娘，雅丽绝伦，心好之，潜留与狎。戏曰："卿小字取'春风一曲杜韦娘〔4〕'耶？"答曰："非也。妾母十七为名妓，有咸阳公子，与君侯同姓，留三月，订盟昏娶。公子去，八月生妾，因名韦，实妾姓也。公子临别时，赠黄金鸳鸯，今尚在。一去竟无音耗，妾母以是愤悒死。妾三岁，受抚于沈媪，故从其姓。"③

④"泻橐"就是倾其所有资财，向上司行贿，"弥缝"就是掩饰不法行为，特别是掩盖沈韦娘是他女儿的真相。结果，韦公子毒杀沈韦娘仅被免官，原因是轻描淡写的"浮躁"！不是蓄意杀人，甚至和"杀人"不沾边!!草菅人命！十几岁的沈韦娘，雅丽绝伦的沈韦娘，因为父亲的罪恶来到这个世界，又因为父亲要掩盖自己的罪恶离开了这个世界！
⑤韦公子对待同样沦落风尘的儿女采取截然不同的处理方式，也显示他的极端自私。对沈韦娘，痛下狠手残酷杀害，一个沦落风尘的女儿即使相认，也是父亲的耻辱，何况她还成了韦公子乱伦的活证据，所以一定得让她彻底消失。对罗惠卿，韦公子逃走前赠送了许多财物，劝他改业，潜意识里，韦公子还是把罗惠卿当成将来说不定可以接续香火的儿子。

公子闻其言，愧恨无以自容。默移时，顿生一策。忽起挑灯，唤韦娘饮，藏有鸩毒，暗置杯中。韦娘才下咽，溃乱呻嘶。众集视，则已毙矣。呼优人至，付以尸，重赂之。而韦娘所与交好者尽势家，闻之，不解其故，悉不平，共贿激优人，使讼于上官。公子惧，泻橐弥缝，卒以浮躁免官归家。④年三十八，颇悔前行。而妻妾五六人皆无子，欲继公之孙。公以其门无内行，恐习气染儿，虽诺嗣之，但待其老而后归之。公子愤欲往招惠卿⑤，家人皆以为不可，乃罢。又数年，忽病，辄挝心曰："淫婢宿妓者非人也！"公闻之，叹曰："是殆将死矣。"乃以次子之子，送诣其家，使定省之。月余寻卒。

异史氏曰："盗婢私娼，其流弊殆不可问。然以己之骨血，而谓他人父，亦已羞矣。而鬼神又侮弄之，诱使自食便液〔5〕，尚不自剖其心，自刭其首，而徒流汗投鸩，非人头而畜鸣者耶！虽然，风流公子所生子女，即在风尘中，亦皆擅场〔6〕。"

校勘

底本：康熙本。参校：异史、二十四卷本、铸雪斋本、青柯亭本。

注释

〔1〕咸阳：明清县名，属西安府，今陕西省咸阳市。〔2〕读常过程：读书常常超过规定的进度。〔3〕优僮：青年艺人，其实是男妓。〔4〕春风一曲杜韦娘：用刘禹锡《赠李司空妓》绝句诗。唐孟棨《本事诗》："刘尚书禹锡罢和州，为主客郎中、集贤学士。李司空罢镇在京，慕刘名，尝邀至第中，厚设饮馔。酒酣，命妙妓歌以送之。刘于席上赋诗曰：'高髻云鬟宫样妆，春风一曲杜韦娘。司空见惯浑闲事，断尽苏州刺史肠。'李因以妓赠之。"〔5〕自食便液：比喻和自己的子女发生性行为。〔6〕擅场：技艺超群。

点评

韦公子出身富家名门，科举考试登顶（中进士），做官做到知州，是有家产、有文化、有地位的头面人物。但放纵好淫的癖好给他制造了极其悲惨的人生困境，让他遇到可怕的人生尴尬，应该天打五雷轰的人生尴尬：搞同性恋搞到亲生儿子头上，玩妓女玩到亲生女儿头上。韦公子为掩盖罪恶毒死了亲生女儿，再靠几个臭钱把一条人命轻轻带过，把父亲杀害亲生女儿的罪行彻底抹平！这，就是当时的吏治，这就是强权社会的现实。韦公子这样道德败坏的达官贵人，有他的社会基础，尊卑有序的封建社会就是他的强大背景，金钱就是他的强大后盾。蒲松龄对韦公子这样的花花公子持特别严厉的批判态度，他用"自食便液"概括韦公子的人生。"自食便液"字面含义是把自己的大小便吃进去。深层含义是：父亲跟亲生子女乱伦。按照蒲松龄的观念，谁缺了德，现世报就报到子女身上。韦公子寻花问柳，结果就是虽然儿女双全，却都落进社会最肮脏的角落，成了他人也成了他本人寻花问柳的对象！"如此父亲"是世界文豪喜欢的命题。巴尔扎克名作《贝姨》写于洛男爵酷爱女色，因为养情妇，盗用公款，把亲哥哥、法兰西元帅气死，害得妻子儿子倾家荡产，是《人间喜剧》著名的典型。19世纪法国短篇小说巨匠莫泊桑的小说《一个儿子》，写一位法兰西院士玩弄旅店女佣，若干年后，看到自己无意中"制造"的酗酒无赖的儿子，悔恨终生。《韦公子》与这些名著异曲同工，而且整整早了两个世纪。

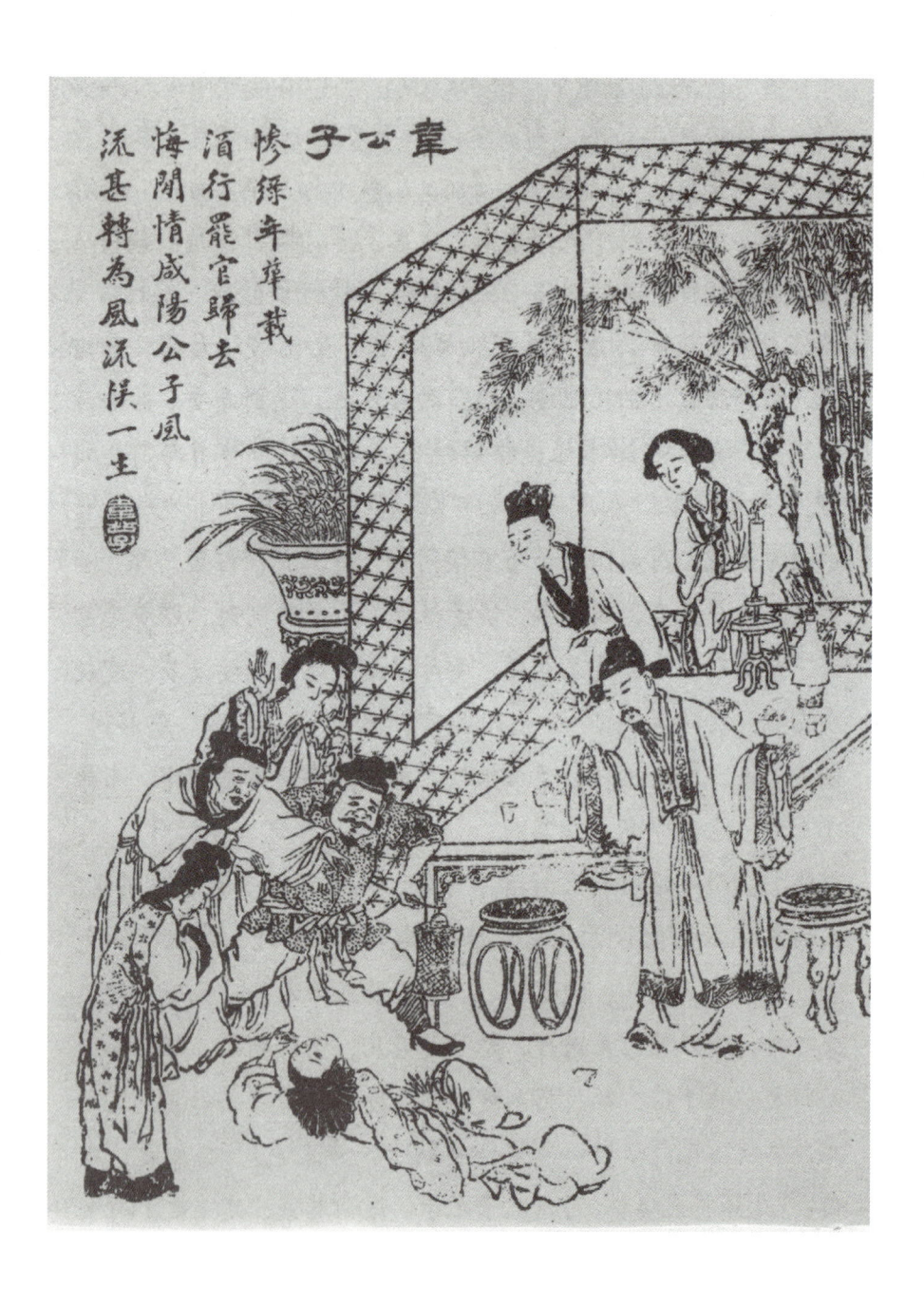

韦公子

惨绿年华载
酒行罢官归去
悔闲情咸阳公子风
流甚转为风流误一生

石清虚

① "邢云飞"即"形云飞"，清虚石上如塞新絮的云也。与石生死与共。

② 石能生絮，奇；石能择主，更奇。灵性之石。

③ 叟是来鉴定邢云飞爱石如命者，也是专门挑明清虚石和邢云飞生死与共关系者。

邢云飞①，顺天人，好石，见佳石，不靳重直。偶渔于河，有物挂网，沉而取之，则石径尺，四面玲珑，峰峦叠秀。喜极，如获异珍。既归，雕紫檀为座，供诸案头。每值天欲雨，则孔孔生云，遥望如塞新絮。有势豪某，踵门求观〔1〕。既见，举付健仆，策马竟去。邢无奈，顿足悲愤而已。仆负石至河滨，息肩桥上，忽失手，坠诸河。豪怒，鞭仆。即出金雇善泅者，百计冥搜，竟不可见，乃悬金署约而去〔2〕。由是寻石者日盈于河，迄无获者。后邢至落石处，临流於邑〔3〕，但见河水清澈，则石固在水中。邢大喜，解衣入水，抱之而出，檀座犹存。②既归，不肯设诸厅事，洁内室供之。

一日，有老叟款门而请，邢托言石失已久。叟笑曰："客舍非耶？"邢便请入舍，以实其无。既入，则石果陈几上，错愕不能言。叟抚石曰："此吾家故物，失去已久，今固在此耶。既见之，请即赐还。"邢窘甚，遂与争作石主。叟笑曰："既汝家物，有何验证？"邢不能答。叟曰："仆则故识之。前后九十二窍，巨孔中五字云：'清虚天石供〔4〕。'"邢审视，孔中果有小字，细于粟米，竭目力裁可辨认；又数其窍，果如所言。邢无以对，但执不与。叟笑曰："谁家物，而凭君作主耶！"拱手而出，邢送至门外，既还，则石失所在。大惊，疑叟，急追之，则叟缓步未远；奔去，索其袂而哀之。叟曰："奇矣！径尺之石，岂可以手握袂藏者耶？"邢知其神，强曳之归，长跪请之。叟乃曰："石果君家者耶，仆家者耶？"答云："诚属君家，但求割爱耳。"③叟曰："既然，石固在是。"还入室，则石已在故处。叟曰："天下之宝，当与爱惜之人。此石能自择主，仆亦喜之。然彼急于自见，其出也早，则魔劫未除。实将携去，待三年后，始以奉赠。

④叟乃石神清虚的主管者也。

⑤石屡被抢夺盗窃，而屡回邢云飞手中，宛如人与人的悲欢离合。

⑥尚书比起盗贼、势豪，抢夺财物手段高明。

⑦妙。

⑧该。夺石是其罪恶一端，其他罪行可想而知。

⑨又一个伸手的。

⑩悲剧是把美好的事物毁灭给人看。

既欲留之，当减三年寿数，始可与君相终始。君愿之乎？"曰："愿。"叟乃以两指捏一窍，窍软如泥，随手而闭。④闭三窍已，曰："石上窍数，即君寿也。"作别欲去。邢苦留之，辞甚坚；问其姓字，亦不言，遂去。

积年余，邢以故他出，夜有小偷入室，诸无所失，惟窃石而去。邢归，悼丧欲死；访察购求，全无踪绪。积有数年，偶入报国寺〔5〕，见卖石者，近视，则其故物，将便认取。卖者不服，因负石至官。官问："何所质验？"卖石者能言窍数。邢问其他，卖石者不能言。邢乃言窍中五字及三指痕，理遂得伸。官欲杖责卖石者，卖石者自言以二十金买诸市，遂释之。⑤

邢得石归，裹以锦，藏椟中，时出一赏，先焚异香而后出之。有尚书某，购以百金，而邢意万金不易也。某怒，阴以他事中伤之。⑥邢被收，典质田产。某托他人风示其子。子告邢，邢愿以死殉石。妻窃与子谋，献石尚书家。邢出狱始知，骂妻殴子，屡欲自经，皆以家人觉救，得不死。夜梦一丈夫来，自言："石清虚。"谓邢："勿戚，特与君年余别耳。明年八月二十日，昧爽时〔6〕，可诣海岱门〔7〕，以两贯相赎。"邢得梦，喜，敬志其日。而石在尚书家，更无出云之异⑦，久亦不甚贵重之。明年，尚书以罪削职，寻死。⑧邢如期诣海岱门，则其家人窃石出，将求售主。因以两贯市归。

后邢至八十九岁，自治葬具；又嘱子，必以石殉。既而果卒，子遵遗教，瘗石墓中。半年许，贼发墓，劫石去。子知之，莫可追诘，逾二三日，携仆在道，忽见两人，奔踬汗流〔8〕，望空自投，曰："邢先生，勿相逼！我二人将石去，不过卖四两银耳。"遂絷送诸官，一讯遂伏。问石，则鬻诸宫氏。取石至，官爱玩，欲得之，命寄诸库⑨。吏举石，石忽堕地，碎为数十余片。罔不失色。官乃重械两盗而放之。邢子拾石出，仍瘗墓中。⑩

异史氏曰："物之尤者祸之府。至欲以身殉石，亦痴甚矣！而卒之石与人相终始，谁谓石无情哉？古人云：

'士为知己者死。'非过也。石犹如此,而况人乎!"

校勘

底本:康熙本。参校:异史、二十四卷本、铸雪斋本、青柯亭本。

注释

〔1〕踵门:登门。〔2〕悬金署约:贴出招帖,找到石头的人奖励金钱。〔3〕临流於(wū)邑:对着河流哭泣。〔4〕清虚天石供:月宫的石制供品。清虚天,即月宫。〔5〕报国寺:北京城南的寺庙。〔6〕昧爽:拂晓,黎明。〔7〕海岱门:北京崇文门。〔8〕奔踬(zhì):奔跑中跌倒。

点评

在《聊斋》千姿百态的精灵中,来自月宫的石清虚颇为独特。它以奇石面目出现,又总表现出超乎常人的灵性和智慧。势豪、盗贼、尚书、县令都想将奇石占为己有,他们本质上都是贼,只是做贼方式不同,势豪强夺强抢,盗贼入室偷盗,尚书和县令利用手中的权力。围绕着这块奇石,展开一幅幅弱肉强食的社会图画。弱小子民邢云飞对黑恶势力一筹莫展,只能束手待毙。是石头保护了自己,也保护了邢云飞。石清虚对这些人敬鬼神而远之,或者像对势豪,藏得无影无踪,待邢云飞到来时蓦然出现;或者像对尚书,自掩其光芒,就是不让你看到孔孔生絮的奇观;或者干脆像对县令那样,宁可碎成片也不"入库"。就像仙境美女都是到人间寻找知音男子,石清虚到人间也是寻找知音的。邢云飞爱石如命,宁可减掉寿数也要与石相伴,尚书索石,他以命相殉。人和石之间演出一幕幕相知相悦相从相守相始终的动人悲剧。石有情,石有义,石有骨气,石有灵性。这块有灵性的石头无愧堂堂正正的伟丈夫。《左传》早就有过"石能言"故事,蒲松龄代石立言,写下《石清虚》这个动人故事,《石清虚》其实是一部短篇《石头记》,可看作曹雪芹长篇《石头记》的先声。

石清虚

异石玲珑竟不
顽屡遭攘窃屡
珠还笑他海徼
庵中容泪滴蟾
蜍别研山

卷八

曾友于

曾翁，昆阳故家也〔1〕。翁初死未殓，两眦中泪出如沈，有子六，莫解所以。次子悌，字友于，邑名士，以为不祥，戒诸兄弟各自惕，勿贻痛于先人；而兄弟半迂笑之。

先是，翁嫡配生长子成，至七八岁，母子为强寇掳去。娶继室，生三子：曰孝，曰忠，曰信。妾生三子：曰悌，曰仁，曰义。①孝以悌等出身贱，鄙不齿，因连结忠、信，若为党。即与客饮，悌等过堂下，亦敖不加礼。仁、义皆忿，与友于谋，欲相仇。友于百词宽譬〔2〕，不从所谋；而仁、义年最少，因兄言，亦遂止。

孝有女适邑周氏，病死。纠悌等往挞其姑，悌不从。孝愤然，令忠、信族中无赖子往捉周妻，搒掠无算，抛粟毁器，盎盂无存。周告邑宰。宰怒，拘孝等囚系之，将行申黜〔3〕。友于惧，见宰自投。友于品行，素为宰所仰重，诸兄弟以是得无苦。友于乃诣周所亲负荆，周亦器重友于，讼遂息。

孝归，终不德友于。无何，友于母张夫人卒，孝等皆不为服〔4〕，宴饮如故。仁、义益忿。友于曰："此彼之无礼，于我何损焉。"及葬，把持墓门，不使合厝。友于乃瘗母隧道中。②

未几，孝妻亡，友于招仁、义同往奔丧。二人曰："'期'且不论，'功'于何有〔5〕！"再劝之，哄然散去。友于乃自往，临哭尽哀。隔墙闻仁、义鼓且吹，孝怒，纠诸弟往殴之。友于操杖先从。入其家，仁觉而逃。义方窬垣，友于自后击仆之。孝等拳杖交加，殴不止。友于横身障阻之。孝怒，让友于。友于曰："责之者，以其无礼也，然罪固不至死。我不怙弟恶，亦不助兄暴。如怒不解，愿以身代之③。"孝遂反杖挞友于，忠、信

1683

亦相助殴兄，声震里党，群集劝解，乃散去。友于即扶杖诣兄请罪。孝逐去之，不令居丧次。而义创甚，不复食饮。仁代具词讼官，诉其不为庶母行服。官签拘孝、忠、信，而令友于陈状。友于以面目损伤，不能诣署，但作词禀白，哀求阁寝，宰遂消案不行。义亦寻愈。由是仇怨益深。仁、义皆幼弱，辄被敲楚。怼友于曰："人皆有兄弟，我独无！"友于曰："此两语，我宜言之，两弟何云！"因苦劝之，卒不听。友于遂扃户，携妻子借寓他所，离家五十余里，冀不相闻。

友于在家，虽不助弟，而孝等尚稍有顾忌；既去，诸兄一不当，辄叫骂其门，辱侵母讳〔6〕。仁、义度不能抗，惟杜门思乘间刺杀之，行则怀刃。

一日，寇所掠长兄成，忽携妇亡归。④诸弟以家久析，聚谋三日，竟无处可以置之。仁、义窃喜，招去共养之。往告友于。友于亦喜，既归，共出田宅居成。诸兄怒其市惠〔7〕，登其门窘辱之。而成久在寇中，习于威猛，闻之，大怒曰："我归，更无人肯置一屋；幸三弟念手足，又罪责之。是欲逐我耶！"以石投孝，孝仆。仁、义各以杖出，捉忠、信，并挞无数。成不待其讼先讼之，宰又使人请教友于。友于不得已，诣宰，俯首不言，但有流涕。亟问之。惟求公讯。宰乃判孝等各出田产归成，使七分相准〔8〕。

自此仁、义与成倍益爱敬，谈及葬母事，因并泣下。成恚曰："如此不仁，真禽兽也！"遂欲启圹，更为改葬。仁奔告友于，友于急归谏止。成不听，刻期发墓，作斋于茔。以刀削树，谓诸弟曰："所不衰麻相从者〔9〕，有如此树⑤！"众唯唯。于是一门皆哭临⑥，安厝尽礼。由此兄弟相安。

而成性刚烈，辄批挞诸弟，而于孝等尤甚。惟重友于，虽盛怒，友于至，一言即解。孝有所行，成往往不平之，故孝无十日不至友于所，潜对友于诟诅。友于婉谏，卒不纳。友于不堪其扰，又迁于三泊，僦屋而居，去家益远，

④ 突如其来。曾成既是嫡子又是长兄，故其他嫡子无奈他何。

⑤ 痛快。

⑥ 敬酒不吃吃罚酒。

音迹遂疏。逾二年，诸弟皆畏惮成，久遂相习，纷竞绝少。

而孝年四十六，生五子：长继业，三继德，皆嫡出；次继功，四继绩，皆庶出；又婢生继祖。皆成立。亦效父旧行，各为党，日相竞，孝亦不能呵止⑦。惟祖无兄弟，年又最幼，诸兄皆得而诟厉之。岳家故近三泊，会诣岳，窃迂道诣叔。入门，见叔家两兄一弟，弦诵怡怡〔10〕，乐之，久居不言归。叔促之，哀求寄居。叔曰："汝父母皆不知，我岂惜瓯饭瓢饮乎〔11〕！"乃归。过数月夫妻往寿岳母，告父曰："儿此行不归矣。"父诘之，因吐微隐。父虑与有凤隙，计难久居。祖曰："父虑过矣。二叔，圣贤也。"遂去，携妻之三泊。友于除舍居之，以齿儿行，使执卷从长子继善。祖最慧，寄籍三泊年余，入云南郡庠。与善闭户研读，而祖又讽诵最苦。友于益爱之。

自祖居三泊，家中兄弟益不相能。一日，微反唇，业诟辱庶母。功怒，刺杀业。官收功，重械之，数日死狱中。业妻冯氏，犹日以骂代哭。功妻刘闻之，怒曰："汝家男子死，谁家男子活耶⑧！"操刀入，挚杀冯，自投井中，亦死。冯父大立，悼女死惨，率诸子弟，藏兵衣底，往捉孝妾，裸挞道上以辱之。成怒曰："我家死人如麻，冯氏何得复尔！"吼奔而出⑨。诸曾从之，诸冯尽靡。成首捉大立，割其两耳。其子护救，继绩以铁杖横击，折其两股。诸冯各被夷伤，哄然尽散。惟冯子犹卧道周。众等莫可方略，成夹之以肘，置诸冯村而还。遂呼绩诣官自首。冯状亦至。于是诸曾皆被收。惟忠亡去，至三泊，徘徊门外，犹恐兄念旧恶。适友于率一子一侄入闱归，见忠，惊曰："弟何来？"忠长跪道左。友于益骇，握手入，诘得其情，大惊曰："且为奈何！一门乖戾，逆知奇祸久矣；不然，胡以窜迹至此。兄离家既久，与大令无声气之通，今即匐伏而往，只取辱耳。但得冯父子伤重不死，吾三人幸有捷者⑩，则此祸可以少解。"乃留之，昼与同餐，夜与共寝。忠颇感愧。居十余日，

⑦上梁不正下梁歪。

⑧生动。

⑨如画。

⑩曾友于不仅恪守封建道德，而且对社会人情洞若观火。

又见其叔侄如父子，兄弟皆如同胞，凄然下泪曰："今始知曩日非人。"友于亦喜其悔悟，相对酸恻。

俄报友于父子同科〔12〕，祖亦副榜〔13〕，大喜。不赴鹿鸣〔14〕，先归展墓。明季科甲最重〔15〕，诸冯皆为敛息。友于乃托亲友赂以金粟，资其医药，讼乃息。举家共泣，乞友于复归。友于乃与兄弟焚香约誓，俾各涤虑自新，遂移家还。祖从叔不欲归其家。孝乃谓友于曰："我乏德，不应有亢宗之子；弟又善教，即从其志，俾姑寄名为汝后。有寸进时，可赐还也。"友于从之。后三年，祖果举于乡。使移家去，夫妻皆痛哭，乃去。居数日，祖有儿方三岁，亡归友于家，藏伯继善室，不复返，捉去辄逃。孝乃令祖异居，与友于邻。祖开户通叔家。两间定省如一焉。自此成亦渐老，一门事皆取决于友于，因而门庭雍穆，称孝友焉。

异史氏曰："天下惟禽兽止知母而不知父，奈何诗书之家往往而蹈之也？夫门内之行，其渐渍子孙者，直入骨髓。故古云：其父盗，子必行劫，其流弊然也。孝虽不仁，其报亦惨，而卒能自知乏德，托子于弟，宜其有操心虑患之子也。论果报犹迂也。"

校勘

底本：康熙本。参校：异史、二十四卷本、铸雪斋本、青柯亭本。

注释

〔1〕昆阳：明清府名，属云南府，今云南晋宁县。〔2〕宽譬：委婉地劝解。〔3〕申黜：报告上司，免除功名。〔4〕不为服：不给庶母服丧。〔5〕"期"且不论，"功"于何有：根据《礼记》规定，对亲人服丧分期服、功服。期服，适用祖父母、伯叔父母、庶母，服丧一年；功服分大功小功，大功服丧九月，小功服丧五月。友于之母是曾孝等庶母，应服丧一年，曾孝妻是曾悌之嫂，是功服。这话意思是：曾孝他们应该给庶母服丧都不服，我们为什么要给嫂子服丧？〔6〕辱侵母讳：指名道姓地骂曾仁、曾义之母。按礼法规定，晚辈不可以称呼庶母的名字，曾孝等不仅直呼其名，还辱骂之。〔7〕市惠：买好。〔8〕七分相准：让曾成得到的财产相当于家庭总财产的七分之一。按：曾家共有兄弟七人，县令的判决是平均分配。〔9〕衰（cuī）麻相从：披麻戴孝。〔10〕弦诵怡怡：弦歌诵读，兄弟和睦。〔11〕瓯饭瓢饮：少量的饮食。〔12〕同科：同榜考中举人。〔13〕副榜：乡试副榜为贡生。〔14〕鹿鸣：鹿鸣宴。明清时乡试揭榜次日举行

宴会，宴请主考官及举人，宴会上歌《诗经·小雅·鹿鸣》。〔15〕科甲：科举。科举出身是做官的正途。举人和贡生都可以做官。

点评

在《聊斋》故事中，嫡出庶出之子关系是重要话题。《张诚》写异母兄弟之间的情谊，是讴歌"悌"，《曾友于》也讴歌"悌"，有更浓的说教气息。主人公名字就叫"悌"，字友于。蒲松龄构思故事出发点似源自《书》"惟孝友于兄弟，施于有政"。借曾友于为封建家庭如何处理嫡出庶出子关系树立一个榜样。曾友于在家庭争斗中，公正无私，克己复礼，忍辱负重，事事低调，处处避让，从在与嫡母兄弟争斗中主动吃亏，到自避乱门，潜身远离，是既温文尔雅、洁身自好又顾全大局的人物。曾友于还深知在社会中什么是最重要的，什么是可以暂时放弃的。他放弃在故乡祖宅的居住，放弃跟同父异母兄弟争长短，却始终不放弃自己刻苦读书求功名，不放弃对儿子的教育，他能逢凶化吉、遇难呈祥，主要并不是因为他的"友于"精神，而是他提升了自己的社会地位。这一点意味深长。曾友于跟不仁不义的曾孝形成鲜明对比，跟在强寇环境中长成的曾成也形成鲜明对比。兄弟之争，你来我往，此起彼伏，都是屑屑小事，却写得一波三折。小说以两千余字篇幅写两代人恩怨，用曾友于的恪守礼教又与人为善品性贯穿起来，时间跨度大，出场人物多，一丝不乱，紧凑集中。

曾纷纭攘攘日寻仇
友甘效延陵去国谋
于待看秋风联捷报乃
翁眶泪料应收

嘉平公子

嘉平某公子〔1〕，风仪秀美，年十七八，入郡赴童子试。偶过许倡之门，门内有二八丽人，因目注之。女微笑，点其首。公子喜，近就与语，女便问："寓居何所？"具告之。问："寓中有人否？"曰："无。"女曰："妾夕间奉访，勿使人知。"公子诺而归。既暮，排去僮仆，女果至，自言："小字温姬。"且云："妾慕公子风流，遂背媪而至。区区之意，深愿奉以终身。"公子亦喜，约以重金相赎，自此三两夜辄一至。

一夕，冒雨而来。入门，解去湿衣，冒诸椸上〔2〕，已乃脱足上小靴，求公子代去泥涂。遂上床，以被自覆。公子视其靴，乃五文新锦，沾濡殆尽，惜之。女曰："妾非敢以贱务相役，欲使公子知妾之痴于情也。"听窗外雨声不止，遂吟曰："凄风冷雨满江城。"求公子续。公子辞以不解。女曰："公子如此一人，何乃不知风雅！使妾清兴消矣〔3〕！"因劝令肄习，公子诺之。

往来既频，仆辈皆知。公子有姊夫宋氏，亦世家子，闻其事，窃求公子，一见温姬。公子言之，女必不可。宋隐身仆舍，伺女至，伏窗窥之，颠倒欲狂。急排闼，女起，窬垣而去。宋向往殊殷，乃修贽诣许媪，指名求之。则果有温姬，而死已久。宋愕然而退，以告公子，公子始知为鬼，而心终爱好之。至夜，以宋言告女，女曰："诚然。顾君欲得美女子，妾亦欲得美丈夫。各遂所愿足矣，人鬼何论焉？"①公子以为然。

① 洒脱之论。

试毕而归，女亦从之。他人不见，惟公子见之。至家，寄诸斋中。公子独宿不归，父母疑之。女归宁，始隐以告母。父母大惊，戒公子绝之。公子不能听。父母深以为忧，百术驱遣不得去。

一日，公子有谕仆帖，置案上，中多错谬："椒"

讹"菽","姜"讹"江","可恨"讹"可浪"。女见之，书其后云："何事'可浪'？'花菽、生江'。有婿如此，不如为倡。"遂告公子曰："妾初以为公子世家文人，故蒙羞自荐，不图虚有其表！以貌取人，毋乃为天下笑乎！"言已而没。公子虽愧恨，犹不知所题，折帖示仆②。闻者传以为笑。

异史氏曰："温姬可儿。翩翩公子，何乃苛其中之所有哉〔4〕！遂至悔不如倡，则妻妾羞泣矣。顾百计遣之不去，而见帖浩然〔5〕，则'花菽、生江'，何殊于杜甫之'子章髑髅'哉〔6〕！"

《耳录》云〔7〕：道傍设浆者，榜云："施恭结缘〔8〕"，讹"茶"为"恭"，亦可一笑。

有故家子，既贫，榜于门"卖古窑器"，讹"窑"为"淫"云："有要宣淫、定淫③者〔9〕，大小皆有，入内看物论价。"崔卢之子孙如此甚众〔10〕，何独"花菽、生江"哉。

② 妙就妙在公子还不知道温姬为什么走了。

③ 错字错到坎儿上，故而好笑。

校勘

底本：康熙本。参校：异史、二十四卷本、铸雪斋本、青柯亭本。

注释

〔1〕嘉平：南朝所置县名，明清属滁州，今安徽省全椒县西南。〔2〕胃（juàn）诸桅（yí）：挂在衣架上。〔3〕清兴：吟诗的雅兴。〔4〕苛其中之所有：苛刻地要求一定得有真才实学。〔5〕浩然：有无可留学、归去之想。此借用《孟子·公孙丑下》的"然后浩然有归志"。〔6〕子章髑髅：子章即段子璋，唐肃宗上元二年（761）造反，自立为梁王，被成都尹崔光远的部将花敬定所杀。杜甫《戏作花卿歌》称赞花敬定："子璋髑髅血模糊，手提掷还崔大夫。"《唐诗纪事》说吟这两句诗可以起到驱邪作用。〔7〕《耳录》：蒲松龄友人朱缃的作品。〔8〕恭：俗话将大便叫作"出恭"。〔9〕宣淫、定淫：宋代最著名的瓷窑是宣窑、定窑，因此人讹窑为淫，就成了宣淫、定淫。〔10〕崔卢之子孙：崔、卢是魏晋以来两大族姓，世居高位。后世遂以崔卢代指高门世家。

点评

　　一则调侃绣花枕头的巧妙故事，两个热烈相爱的人居然因错别字分手，错别字居然能起驱鬼作用，令人喷饭。这也是篇剥去妍皮见媸骨的好小说。温姬对公子多情，一路写来，轻快美妙，一见谕仆帖，留张挖苦之至的小纸条，飘然而去，妙。

嘉平公子

冷雨凄风绝妙词
首人端的是情痴
不期天上降魔
法俪是人间没
字碑

二班

卷八

①蒲松龄写亦物亦人时，总在描写中似乎不经意地漏泄之。此文漏泄班氏为虎多次，名字为"爪"为"牙"，一漏。

②身躯威猛，二漏。

③性格粗莽，三漏。

④虎预先得知医生将遇狼，故特意相救。

⑤老妪不类通常巾帼，四漏。

殷元礼，云南人，善针灸之术。遇寇乱，窜入深山。日既暮，村舍尚远，惧遭虎狼。遥见前途有两人，疾趁之。既至，两人问客何来，殷乃自陈族贯。两人拱敬曰："是良医殷先生也，仰山斗久矣！"殷转诘之。二人自言班姓，一为班爪，一为班牙①。便谓："先生，予亦避难，石室幸可栖宿，敢屈玉趾，且有所求。"殷喜从之。

俄至一处，室傍岩谷。爇柴代烛，始见二班容躯威猛②，似非良善。计无所之，即亦听之。又闻榻上呻吟，细审，则一老妪僵卧，似有所苦。问："何恙？"牙曰："以此故，敬求先生。"乃束火照榻，请客逼视。见鼻下口角有两赘瘤，皆大如碗，且云："痛不可触，妨碍饮食。"殷曰："易耳。"出艾团之，为灸数十壮〔1〕，曰："隔夜愈矣。"

二班喜，烧鹿饷客；并无酒饭，惟肉一品。爪曰："仓猝不知客至，望勿以辎重为怪〔2〕。"殷饱餐而眠，枕以石块。二班虽诚朴，而粗莽可惧③，殷转侧不敢熟眠。天未明，便呼妪问所患。妪初醒，自扪，则瘤破为创。殷促二班起，以火就照，敷以药屑，曰："愈矣。"拱手遂别。班又以烧鹿一肘赠之。

后三年无耗。殷适以故入山，遇二狼当道，阻不得行。日既西，狼又群至，前后受敌。狼扑之，仆；数狼争啮，衣尽碎。自分必死。忽两虎骤至，诸狼四散。虎怒，大吼，狼惧尽伏。虎悉扑杀之，竟去。殷狼狈而行，惧无投止。遇一媪来，睹其状，曰："殷先生吃苦矣！"殷戚然诉状，问何见识。媪曰："余即石室中灸瘤之病妪也。"殷始恍然，便求寄宿。媪引去，入一院落，灯火已张。曰："老身伺先生久矣。"④遂出袍袴，易其敝败。罗浆具酒，酬劝谆切。媪亦以陶碗自酌，谈饮俱豪，不类巾帼。⑤

1693

殷问："前日两男子，系老姥何人？胡以不见？"媪曰："两儿遭逆先生，尚未归复，必迷途矣。"殷感其义，纵饮不觉沉醉，酣眠座间。既醒，已曙，四顾竟无屋庐，孤坐岩石上。闻岩下喘息如牛，近视，则老虎方睡未醒。喙间有二瘢痕，皆大如拳⑥。骇极，惟恐其觉，潜踪而遁。始悟两虎即二班也。

⑥重要识别标志，也是小说构思妙着。

校勘

底本：康熙本。参校：异史、二十四卷本、铸雪斋本、青柯亭本。

注释

〔1〕壮：中医针灸，一灼为一壮。〔2〕輶（yóu）亵：简慢。

点评

人虎相知相助的动人故事。威啸山林的老虎不仅为母亲的病而求医，还在医生危难时相救。人们谈虎色变，老虎却孝义双全。但明伦评："惧遭虎而趁者适虎，观者代为危矣。乃拱立以敬之，山斗以尊之，栖宿以留之。能求医，能酬医，能报医，不可谓非孝且义也。人皆憎虎、畏虎、避虎而不敢见虎，不愿有虎，不自知其有愧此虎。盖虎而人，则力求为人，故皮毛虎，而心肠人；人而虎，则力学为虎，故皮毛人而心肠虎。虎不皆人心之虎，然人咸以其虎也而远之、避之，其受害犹少；人或为具有虎心之人，则人尚以其人也，而近之、亲之，其受害可胜言哉！"很有道理。

卷八

二刻
三年前事未全忘　德將光代逐狼醫士
償吞孫思邈入從
屋窟得仙方

车夫

有车夫载重登坡，方极力时，一狼来啮其臀。欲释手，则货敝身压，忍痛推之。既上，则狼已龁片肉而去。乘其不能为力之际，而窃尝一脔[1]，亦黠而可笑也。

> **校勘**
>
> 底本：青柯亭本。参校：异史、二十四卷本、铸雪斋本。

> **注释**
>
> 〔1〕脔：成块的肉。

> **点评**
>
> 在《聊斋》中，狼经常以凶残而愚蠢的面目出现，如前边《狼三则》所写。本文的狼却狡猾得很，趁火打劫，得了便宜就溜。人生在世，遇到这种狼的机会不多，遇到类似此狼的人的机会却不少。

车夫

山径推车展
步迟有狼窥
伺不曾知窃誉
一瞥真堪笑今是
登高用力时

乩仙

　　章丘米步云善以乩卜。每同人雅集，辄召仙相与赓和。一日友人见天上微云，得句，请以属对，曰："羊脂白玉天。"乩批云："问城南老董。"众疑其不能对，故妄言之。后以故偶适城南，至一处，土如丹砂，异之。有一叟牧豕其侧，因问之。叟曰："此'猪血红泥地'也。"忽忆乩词，大骇。问其姓，答云："我老董也。"属对不奇，而预知遇城南老董，斯亦神矣！

校勘

　　底本：青柯亭本。参校：异史、二十四卷本、铸雪斋本。

点评

　　"羊脂白玉天"对"猪血红泥地"对仗工整，但乩仙之妙不在能对得工整，而在预知城南老董。此篇估计是读书人中的传闻，而蒲松龄总是喜欢收集这类迷信之至的小故事。这类短简残片式的小文，如果不是存在于皇皇巨著《聊斋志异》里，恐怕早就湮没无闻了。

乩僊
莖走仙人鷹對精地
名巧合本天成預
知董叟城南路幻術
通靈六可驚

苗生

①虎力。

②虎情。

③再现虎力。

④还算温文有礼。

⑤微露虎威。

⑥极力忍让。

⑦俗话谓"龙吟虎啸",龙吟实际是虎啸。狮虎同为兽中王,民间习惯舞狮,此处舞狮暗指虎。

　　龚生,岷州人〔1〕。赴试西安,憩于旅舍,沽酒自酌。一伟丈夫入,坐与板谈。生举卮劝饮,客亦不辞。自言苗姓,言噱粗豪〔2〕。生以其不文,偃蹇遇之〔3〕。尊尽不复唤沽。苗曰:"措大饮酒,使人闷损矣!"起向垆头出钱行沽,提一巨瓨而入。生辞不饮,苗捉臂劝釂,臂痛欲折①。生不得已,为尽数觥。苗以羹碗自吸,笑曰:"仆不善劝客,行止惟君所便。"②

　　生即治装行。约数里,马病,卧于途,坐待路侧。行李重累,无所方计,苗寻至。诘知其故,遂谢装付仆,已乃以肩承马腹而荷之,趋二十余里,始至逆旅,释马就枥③。移时,生主仆方至。生乃惊为神人,相待优渥,沽酒市饭,与共餐饮。苗曰:"仆善饭,非君所能饱,饮可也。"引尽一瓨,乃起而别曰:"君医马尚须时日,余不能待,行矣。"遂去。后生场事毕,三四友人邀登华山,藉地作筵。方共宴笑,苗忽至,左携巨尊,右提豚肘,掷地曰:"闻诸君登临,敬附骥尾。"④众起为礼,相并杂坐,豪饮甚欢。众欲联句,苗争曰:"纵饮甚乐,何苦愁思。"众不听,设"金谷之罚〔4〕"。苗曰:"不佳者,当以军法从事⑤!"众笑曰:"罪不至此。"苗曰:"如不见诛,仆武夫亦能之也。"首座靳生曰:"绝巘凭临眼界空〔5〕。"苗信口续曰:"唾壶击缺剑光红〔6〕。"下座沉吟既久,苗遂引壶自倾。移时,以次属句,渐涉鄙俚。苗呼曰:"只此已足,如赦我者,勿作矣!"⑥众弗听。苗不可复忍,遽效作龙吟〔7〕,山谷响应;又起,俯仰作狮子舞⑦。诗思既乱,众乃罢吟,因而飞觥再酌。时已半酣,客又互诵闱中作,迭相赞赏。苗不欲听,牵生豁拳。胜负屡分,而诸客诵赞未已。苗厉声曰:"仆听之已悉。此等文只宜向床头对婆子读耳,广众中

⑧ 妙语。

⑨ 留靳为引出蒋生，留龚生，叙事角色也。

⑩ 口蜜腹剑。当心居心叵测、表面友好者。

刺刺者可厌也！"⑧众有惭色，更恶其粗莽，遂益高吟。苗怒甚，伏地大吼，立化为虎，扑杀诸客，咆哮而去。所存者，惟生及靳。⑨

靳是科领荐，后三年，再经华阴，忽见嵇生，亦山上被噬者。大恐欲驰，靳捉鞚使不得行。靳乃下马，问其何为。答曰："我今为苗氏之伥〔8〕，从役良苦。必再杀一士人，始可相代。三日后，应有儒服儒冠者见噬于虎，然必在苍龙岭下，始是代某者。君于是日，多邀文士于此，即为故人谋也。"靳不敢辨，敬诺而别。至寓所，筹思终夜，莫知为谋，自拚背约，以听鬼责。适有表戚蒋生来，靳述其异。蒋名下士〔9〕，邑尤生考居其上，窃怀忌嫉。闻靳言，阴欲陷之。折简邀尤，与共登临，自乃着白衣而往〔10〕，尤亦不解其意。至岭半，肴酒并陈，敬礼臻至⑩。会郡守登岭上，守故与蒋为通家，闻蒋在下，遣人召之。蒋不敢以白衣往，遂与尤易服冕。交着未竟，虎骤至，衔蒋而去。

异史氏曰："得意津津者，捉衿袖，强人听闻；闻者欠伸屡作，欲睡欲遁，而诵者足蹈手舞，茫不自觉。知交者亦当从旁肘之蹑之，恐座中有不耐事之苗生在也。然嫉忌者易服而毙，则知苗亦无心者耳。故厌怒者苗也？非苗也？"

校勘

底本：康熙本。参校：异史、二十四卷本、铸雪斋本、青柯亭本。

注释

〔1〕岷州：明属岷州卫，清为岷州，今甘肃省定西市岷县。明末清初岷州统属于陕西都指挥司，故岷州的考生需要到西安参加考试。〔2〕言噱：言谈笑语。〔3〕偃蹇遇之：傲慢地对待他。〔4〕金谷之罚：联句不成，罚酒三杯。典故出自晋石崇《金谷诗序》。〔5〕绝巘（yǎn）凭临眼界空：站在山的最高处临视，眼界就格外高，蔑视一切。此处是靳生以才学自诩。〔6〕唾壶击缺剑光红：以

1701

剑击唾壶，宝剑闪着红光。"唾壶击缺"典故出自《世说新语·豪爽》："王处仲每酒后，辄咏：'老骥伏枥，志在千里；烈士暮年，壮心不已。'以如意打唾壶，壶口尽缺。"这两句诗，前一句是文人以才学自诩，后一句是武夫实际是老虎以豪情自诩。〔7〕龙吟：龙的叫声。〔8〕伥：传说人被虎吃掉后，鬼魂为老虎服役，引虎吃人，这种鬼叫"伥鬼"，为虎作伥。〔9〕名下士：小有名气的读书人。〔10〕白衣而往：穿着普通市民的衣服前往。此处的"白衣"并非白色的衣服，而是没有功名者穿的普通衣服，不是秀才衣冠。

点评

　　表面上看，这是个虎精偶戏人间并恢复原形食人的故事，实际是作者对"士子"即知识分子品格和命运的思考，是描写科举制度对知识分子毒害之深的故事。士子们迷恋那些可以令其金榜题名的"闱中作"到了香臭不分的程度，把只能在床头向老婆孩子念的臭不可闻的文章当众宣读，是普遍社会现象，成了不可救药的社会顽症，小说幻想由老虎将这些书生扑杀。"为虎作伥"的俗话被利用到小说里，创造出蒋生想将文章优于自己的尤生送入虎口，结果却自己命丧虎口的情节。在当时的社会中，书生间为区区功名，互相嫉妒，互相踩踏，甚至互相陷害，像无法救治的毒瘤，小说让害人者害己，以示惩戒。作者最后说"厌怒者苗也？非苗也？"好像在绕圈子，比较隐晦，仔细琢磨，很明白：苗生是作者愿望的载体。苗生"虎而人"的形象精彩，他以人的形象出现时，处处暗示其虎性、虎威，扑地变虎就顺理成章。小说叙事角度不时变换，开头担任叙事角色的是龚生，通过龚生眼睛，隐写苗生的虎性、虎情、虎威，在龚生眼中，苗生是粗豪之士，也是堪交友者。苗生因为龚生进入"士子"的宴会后，叙事变成全知角度。待苗生扑杀众生后，叙事角色变为靳生，靳生引出蒋生后，再重新成为全知角度。叙事角度、角色不断变换，使得小说灵动活泼，读起来总有新鲜感。

苗生

龍吟獅舞氣豪雄
俗子何堪洞乃公
莊衣冠鷲一吼不
須更試劍光紅

蝎客

南商贩蝎者，岁至临朐，收买甚多。土人持木钳入山，探穴发石搜捉之。一岁，复至，寓于客肆。忽觉心动，毛发森悚，急告主人曰："伤生既多，今见怒于虿鬼[1]，将杀我矣！急垂拯救！"主人顾室中有巨瓮，乃使蹲伏，以瓮覆之。无何，一人奔入，黄发狞丑，便问主人："南客安在？"答曰："他出。"其人入室四顾，鼻作嗅声者三，遂出门去。主人曰："可幸无恙矣。"及启瓮视客，则客已化为血水。

校勘

底本：异史。参校：二十四卷本、铸雪斋本。

注释

〔1〕虿（chài）鬼：蝎类毒虫化成的恶鬼。

点评

蝎子向来被看作是毒虫，但它是生物链中不可或缺的一类。用做中药时，又可以以毒攻毒，故常作为治疗癌肿、中风等重症时的用药。蝎客为蝎鬼索命是一则荒诞无稽的传闻，但未尝不可以看作大自然对破坏自然生态者的惩罚。

杜小雷

①恶极。

②聪明。

③谨慎，以事实说明。

④孝顺。看来杜母息事宁人，不肯招惹恶妇。

⑤谭生平不详，以实证幻，《聊斋》常用手法。

杜小雷，益都之西山人。母双盲。杜事之孝，家虽贫，无日不甘旨奉之。一日，将他适，市肉付妻，令作馎饦〔1〕。妻最忤逆，切肉时杂蜣螂其中〔2〕①。母觉臭恶不可食，藏以待子②。杜归，问："馎饦美乎？"母摇首③，出示子。杜裂视，见蜣螂，怒甚。入室欲挞妻，又恐母闻④，上榻筹思，妻问之，亦不语。妻自馁，彷徨榻下。久之，喘息有声。杜叱曰："不睡，待敲扑耶！"亦觉寂然。起而烛之，但见一豕，细视，则两足犹人，始知为妻所化。邑令闻之，縶去，使游四门，以戒来者。谭薇臣曾亲见之⑤。

校勘

底本：青柯亭本。参校：异史、二十四卷本、铸雪斋本。

注释

〔1〕馎饦（bó tuō）：通常是汤饼，此文中似乎是肉馅饼。〔2〕蜣螂（qiāng láng）：即屎壳郎。

点评

人变成猪，现实生活中无此可能，但蒲松龄凿凿有据地说某人亲眼看到，这是障眼法。《聊斋》中人变动物，有明显的道德说教目的。向杲化虎，是控诉黑恶势力。杜妻化猪，则是道德律条要求。化猪仍保留人腿，是证明此猪确实是不孝恶妇所化。文章极短，但杜妻的极端可恶又做贼心虚，杜小雷的侍母至孝又处事谨慎，杜母的眼盲心明又与人为善，都栩栩如生。

杜小雷

恶妇心肠毒
似他豕身
顷刻转轮
迴城门游
遍人争看
共道杜
家逆
妇来

毛大福

①好名。狼都不吃。

②常人请医套数。

③狼的本性。

④前狼照会群狼"哥们儿，是我请的医生！"

⑤生动的群狼救医图。

⑥狼拿真凭实据告状。

太行毛大福①，疡医也〔1〕。一日，行术归，道遇一狼，吐裹物，退蹲道左②。毛拾视，则布裹金饰数事〔2〕。方怪异间，狼前欢跃，略曳袍服，即去。毛行，又曳之。察其意不恶，因从之去。

未几，至穴，见一狼病卧，视顶上有巨疮，溃腐生蛆。毛悟其意，拨剔净尽，敷药如法，乃行。日既晚，狼遥送之。行三四里，又遇数狼，咆哮相侵③，惧甚。前狼急入其群，若相告语④，从狼悉散去。毛乃归。

先是，邑有银商宁泰，被盗杀于途，莫可追诘。会毛货金饰，为宁氏所认，执赴公庭。毛诉所从来，官不之信，械之。毛冤极不能自伸，惟求宽释，请问诸狼。官遣两隶押入山，直抵狼穴。值狼未归，及暮不至，三人遂反。至半途，遇二狼，其一疮痕犹在，毛识之，向揖而祝曰："前蒙馈赠，今遂以此被屈。君不为我昭雪，回去榜掠死矣！"狼见毛被絷，怒奔隶。隶拔刀相向。狼以喙挂地大嗥；嗥两三声，山中百狼群集，围旋之。隶大窘。狼竟前啮絷索，隶悟其意，解毛缚，狼乃俱去⑤。归述其状，官异之，而犹未遽释毛。后数日，官出行在道。一狼衔敝履，委路间。未以为异，过之，狼又衔履奔前置之。官命收履，狼乃去⑥。既归，阴遣人访履主。或传某村有丛薪者，被二狼迫逐，衔履而去。拘来认之，果其履也。遂疑杀宁者必薪，鞫之果然。盖薪杀宁，取其巨金，衣底藏饰，未遑搜括，被狼衔去也。

昔一稳婆自他归〔3〕，遇一狼阻道，牵衣若欲召之。乃从去，见雌狼方娩不下。妪为用力按捺，既产，始放之归。明日，狼衔狍置庭中〔4〕。乃知此事自古有之也。

校勘

底本：青柯亭本。参校：异史、二十四卷本、铸雪斋本。

注释

〔1〕疡医：原为周代医官，《周礼·天官》："疡医掌肿疡、溃疡、金疡、折疡"，后指外科医生。〔2〕布裹金饰数事：布里包着几件金银首饰。〔3〕稳婆：接生婆。〔4〕狍（páo）：鹿的一种。颈长尾短，耳朵眼睛比寻常鹿大，后肢略长于前肢。

点评

"狼子野心何其毒也"，是人们说俗说惯了的话。天才就是要改变人们的习惯观念，做反面文章。《梦狼》中的狼是吃人的狼，是吃老百姓吃得白骨如山的恶狼，也是贪官污吏的象征，是个象征性的"狼"。此文中的狼是自然界的狼，却又是有情有义、有智有谋的狼。既是有灵性的动物，也是狼形的义士。它的同伴长了巨疮时，它知道哪位是外科医生，知道请医生得送礼，送下礼物再恭恭敬敬蹲在道左，等医生想个明白；医生帮了忙，它知恩必报，先帮医生劝走群狼，后帮医生洗清冤情。狼的表现，处处是真狼作派：蹲伏道左，以喙挂地大嗥，啮萦索，口衔履。哪个动作都是狼所有的，都不带任何一丝"人味"，但在这些"狼行"中又透着浓烈的人情味、人情美。

毛大福

且屠瘍醫作獸
醫特將金帛欵相
貽莫言粮子心多
野銜履居坐計
出奇

雹神

①唐梦赉曾官翰林院检讨，故称"太史"，是蒲松龄的年长朋友，最早为《聊斋志异》写序。《聊斋》中有多篇作品故神其人、故神其事。

②太史触犯也要下雹，但不过走过场，黑云不过像伞盖那么大，雹如小棉子且簌簌而落，有什么可怕？唐太史自己都没有发现，由他弟弟提醒之。

③以雹神作为唐太史的衬托。作者对唐梦赉友好之甚。

　　唐太史济武①，适日照，会安氏葬〔1〕。道经雹神李左车之祠〔2〕，暂入游眺。祠前有池，池水清澈，有朱鱼数尾游泳其中〔3〕。内一斜尾鱼唼呷水面，见人不惊。太史拾小石将戏击之。道士急止勿击。问其故，言："池鳞皆龙族，触之必致风雹。"太史笑其附会之诬，竟掷之。既而升车东迈，则有黑云如盖，随之以行。既而簌簌雹落，大如绵子〔4〕②。又行里余，始霁。太史弟凉武在后，相去一矢，少间追及，相与语，则竟不知有雹也。问之前行者亦然。太史笑曰："此岂广武君作怪耶〔5〕！"犹未之深异。

　　安村外有关圣祠，适有稗贩之客〔6〕，释肩门外，忽弃双篚，趋祠中，拔架上大刀旋舞，曰："我李左车也。明日将陪从淄川唐太史一助执绋〔7〕，敬先告主人。"数语而醒，自不知其所言，亦不识唐太史为何人。安氏闻之大惧。村去祠四十余里，敬修楮帛祭具，诣祠哀祷，但求怜悯，不敢烦其枉驾。太史怪其敬信之深，问诸主人。盖雹神灵迹最著，常托生人以为言，应验无虚语。若不虔祝以尼其行，则明日风雹立至矣。

　　异史氏曰："广武君在当年，亦老谋壮事者流也〔8〕。即司雹于东，或亦其不磨之气〔9〕，受职于天。然业神矣，何必翘然自异哉〔10〕！唐太史道义文章，天人之钦瞩已久，此鬼神之所以必求信于君子也③。"

校勘

底本：青柯亭本。参校：异史、二十四卷本、铸雪斋本。

注释

〔1〕会葬：参加葬礼。〔2〕雹神李左车祠：李左车是秦末谋士，封广武君，传说他死后成为雹神。《聊斋志异》两次写到他。〔3〕朱鱼：红色的鱼。〔4〕绵子：棉花籽。〔5〕广武君：这是以雹神李左车做人时的官衔称呼。〔6〕稗贩客：小商贩身份的客人。〔7〕执绋：送葬。〔8〕老谋壮事：深于谋略能干大事。《国语·晋语一》："郤叔虎曰：'既无老谋，而又无壮事，何心事君？'"〔9〕不磨：不可磨灭。〔10〕翘然自异：故意区别于他人，突出自己。

点评

雹神李左车在《聊斋》中两次出现，都没有挟带暴风骤雨、雷霆万钧之势，倒是相当有温情色彩。前一篇的雹神通情达理，把冰雹落到山谷里。这一次把冰雹下到对雹神不太恭敬的唐太史身上。雹神布散冰雹时，连上篇《雹神》的霹雳升空都免了，而且黑云小，雹子像棉花籽那么小，力度更小，轻轻而落，像"簌簌衣襟落枣花"，温柔而有诗意，像走过场，大概是怕惊了作者非常尊敬的前辈唐梦赉吧。天上的雹神给地上的太史做衬托，或者说烘托，用现在的话叫"神托儿"，你不是神吗？我比你更神，你这个神得要取得我信任才能成其为神。有趣！可能是唐梦赉自己故神其事要求作者记录渲染。中山大学收藏《聊斋诗文集》有仅署"唐"的四封书信，有一封提到"李左车一案久不成，亦当有以示我矣"。联系本故事，应该是唐梦赉本人曾向蒲松龄讲述他到安丘参加葬礼的遭遇，催促蒲松龄写到《聊斋志异》里。

電神

靈祠誰鼓鼕鼕池
魚司電相傳
李左車試有黑
電頭上護可知
稗販語非妄

卷八

李八缸

　　太学李月生[1]，升宇翁之次子也。翁最富，以缸贮金，里人称之"八缸"。翁寝疾[2]，呼子分金：兄八之，弟二之。月生觖望[3]。翁曰："我非偏有爱憎，藏有窖镪，必待无多人时，方以畀汝[4]，勿急也。"过数日，翁益弥留。月生虑一旦不虞[5]，觇无人就床头秘讯之，翁曰："人生苦乐皆有定数。汝方享妻贤之福，故不宜再助多金，以增汝过。"盖月生妻车氏，最贤①，有桓、孟之德[6]，翁是以云。月生固哀之，怒曰："汝尚有二十余年坎壈未历[7]，即予千金，亦立尽也。苟不至山穷水尽时，勿望给与也！"月生孝友敦笃，亦即不敢复言。犹冀父复瘳，旦夕可以婉告。无何，翁大渐[8]，寻卒。幸兄贤，斋葬之谋，弗与校计。

　　月生又天真烂漫，不较锱铢，且好客善饮，炊黍治具[9]，日促妻三四作②，不甚理家人生产。里中无赖窥其良懦，辄鱼肉之。逾数年，家渐落。窘急时，赖兄小周给，不至大困。无何，兄以老病卒，益失所助，至绝粮食。春贷秋偿，田所出，登场辄尽。于是割亩为活，业益消减。又数年，妻及长子相继殂谢[10]，无聊益甚。寻买贩羊者之妻徐，冀得小阜[11]；而徐刚烈，日凌藉之，至不敢与亲朋通吊庆礼③。忽一夜，梦父曰："今汝所遭，可谓山穷水尽矣。尝许汝窖镪，今其可矣。"问："何在？"曰："明日畀汝。"醒而异之，犹谓是贫中积想也。次日发土葺墉[12]，掘得巨金，始悟向言"无多人"，乃死亡将半也。

　　异史氏曰："月生，余杵臼交[13]，为人朴诚无少伪。余兄弟与交，哀乐辄相共。数年来，村隔十余里，老死竟不相闻。余偶过其居里，因亦不敢过问之。则月

①妻贤夫祸少，是常理；妻贤财去快，是特殊情况。李月生偏如此。

②妻若是小气泼悍者，倒成了聚宝盆？一笑。

③即"异史氏曰"所写作者与之多年不往来。说明因为悍妻的存在，连从小的好朋友也不来往了。

1713

④希望借妻财小阜，结果得河东狮大祸。

生之苦况，盖有不可明言者矣④。忽闻暴得千金，不觉为之鼓舞。呜呼！翁临终之治命〔14〕，昔习闻之，而不意其言言皆谶也〔15〕。抑何其神哉！"

校勘

底本：青柯亭本。参校：异史、二十四卷本、铸雪斋本。

注释

〔1〕太学：即国子监。〔2〕寝疾：病重。〔3〕觖（jué）望：愿望没得到满足。〔4〕畀（bì）：给。〔5〕不虞：死亡。〔6〕桓、孟之德：贤妇之德。桓，桓少君；孟，孟光。皆古代著名贤妻。桓少君嫁给鲍宣时，嫁妆很多，鲍宣不高兴，桓就把嫁妆都还给父亲，改穿粗布衣，跟鲍宣一起拉车回乡，到家后拜见完婆母，马上外出提水。孟光嫁给梁鸿，梁鸿为人做雇工，孟光每到吃饭时举案齐眉。二人事迹见《后汉书》。后世用"桓孟"做贤妇代称。〔7〕坎壈：困难，不得志。〔8〕大渐：病重。〔9〕炊黍治具：喝酒的饭菜。〔10〕殂谢：去世。〔11〕小阜：稍稍富裕。〔12〕葺墉：修墙。〔13〕杵臼交：贫贱之交。杵与臼，捣粮食的工具。〔14〕治命：临终清醒的遗言。〔15〕言言皆谶：每句话都成了预言。谶，预言。

点评

迷信故事，发生在作者亲密朋友身上，写得煞有介事，令人将信将疑。父亲知道月生为人大方，妻子贤惠，不会违犯丈夫的意志，担心儿子及其贤妻很快就把家中"八缸"银子全部消灭，临终只给月生一小部分，其他的留待他山穷水尽时再给。结果是，李月生的贤妻死了，悍妻进门，连老朋友都不通往来时，银子出现了。太神奇、太不可思议，也太没价值。没了贤妻，没了儿子，没了好友，要银子何用？但作为父亲，李八缸对儿子秉性有深入了解，深谋远虑地处理好家庭财物，有一定参考意义。

虹八工

阿蜀害藏异何
遲竟到山窮水
盡時四首猶當
當日語廿年坎
壈已爲知

老龙舡户

朱公徽荫巡抚粤东时[1],往来商旅,多告无头冤状。往往千里行人,死不见尸,甚至数客同游,全绝音信,积案累累,莫可究诘。初告,有司欲发牒行缉;迨投状既多,遂竟置不问。公莅任,稽旧案,状中称死者不下百余,其千里无主者,更不知其几何。公骇异恻怛[2],筹思废寝。遍访僚属,迄少方略。于是洁诚熏沐,致檄于城隍之神。已而斋寝[3],恍惚中①见一官僚,搢笏而入②。问:"何官?"答云:"城隍刘某。""将何言?"曰:"鬓边垂雪,天际生云,水中漂木,壁上安门。"言已而退。

既醒,隐谜不解。辗转终宵,忽悟曰:"垂雪者,老也;生云者,龙也;水上木为船;壁上门为户:合之非'老龙舡户'耶!"盖省之东北,曰小岭,曰蓝关,源自老龙津,以达南海,岭外巨商,每由此入粤。公早遣武弁,密授机谋,捉龙津驾舟者,次第擒获五十余名,皆不械而服。盖寇以舟渡为名,赚客登舟,或投蒙药[4],或烧闷香[5],使诸客沉迷不醒,而后剖腹纳石,以沉于水。冤惨极矣!自昭雪后,遐迩欢腾,谣涌成集焉。

异史氏曰:"剖腹沉石,惨冤已甚,而木雕之有司[6],更少疴痒[7],则粤东之暗无天日久矣!③公至而鬼神效灵,覆盆俱照[8],何其异哉!然公非有四目两口,不过疴瘵之念[9],积于中者至耳。苟徒巍巍然,出则刀戟横路,入则兰麝熏心,尊优则极,而何异于老龙舡户哉④!"

①迷离气息,生动。

②"搢笏而入",又不是朝见阎王,持笏何用?以示郑重?

③骂得好。

④在青柯亭本中,此句为"而何能与鬼神通哉",此处采用铸雪斋本。批判意思更尖锐。

校勘

底本:青柯亭本。参校:异史、二十四卷本、铸雪斋本。

注释

〔1〕朱公徽荫巡抚粤东：朱徽荫，即朱弘祚，山东高唐人，康熙二十六年（1687）任广东巡抚。事见《山东省志》。其子朱缃是蒲松龄的忘年交，此故事应是朱缃提供给聊斋先生的。〔2〕骇异恻怛：震惊诧异、同情忧伤。〔3〕斋寝：斋戒沐浴后就寝。〔4〕蒙药：蒙汗药。〔5〕闷香：迷魂香。〔6〕木雕之有司：宛如泥塑木雕、不关心百姓生死的官员。〔7〕疴痒：痛痒。〔8〕覆盆：朝下扣着的盆，里边不见天日，用来形容沉冤难雪。〔9〕痌瘝（tōng guān）之念：关心民众疾苦的念头。

点评

朱徽荫做广东巡抚期间一举歼灭众多杀人越货的龙船户是历史事实，有充分历史资料说明蒲松龄的创作有依据，但他又是在历史资料基础上做了文人化、偏向于"志怪"色彩的加工。朱徽荫《祭城隍文》很明确地写道：广东出现的大批杀人案件都是由船户做的："浙人之往惠、潮，身死无踪者，百有余人，皆系明明揽载而去，去竟不知所之。不识主名，不见踪迹，为沉为杀，了无可据。"说明朱徽荫早就掌握作案者的信息。朱破案后受到广泛传颂，城隍托梦的传奇说法应运而生，破案后的《各省士民公启》说："舡贼以驾船渡载为名，肆行谋劫，或烧闷香，或下蒙汗药，满船客商，眼睁不能言，手软不得动，被贼勒其咽喉，缚其手足，剖肠纳石，沉尸于水。"《公启》接着说，朱徽荫为此食不下咽，寝不安枕，向城隍祷告，城隍托梦，才知道做案者为"老龙舡户"。蒲松龄正是在这些材料的基础上，创造出巡抚如何诚心诚意求城隍，城隍如何郑重其事托梦，并以字谜揭示盗贼线索。这样的写法，使小说增加了神秘性和可读性。

老龙船户
盘四南接老龙津
谁中冤魂向
水滨万柁长年
并辑喜可知
谶语出神明

青城妇

费邑高梦说为成都守时[1]，有一奇狱。先是有西商客成都，娶青城山寡妇。既而以他故西归，年余复返。夫妻一聚，而商暴卒。同商疑之，具而告官，官亦疑妇有私，苦讯之。横加酷掠，迄无词。牒解郡臬[2]，并少情实，淹系狱底，积有时日。后高署有患病者，延一老医，适相言及。医闻之，遽曰："妇尖嘴否？"问："何说？"医初不言，诘再三，始曰："此处绕青城山有数村落[3]，其中妇女多为蛇交，则生女尖喙，阴中有物类蛇舌。至淫纵时则舌或出，一入阴管，男子阳脱立死。"高闻之骇，尚未深信。医曰："此处有巫媪，能内药使妇意荡，舌自出，是否可以验见。"高如其言，使媪治之，舌果出，其疑始解。牒报郡。郡官皆如法验之，乃释其罪。

校勘

底本：异史。参校：二十四卷本、铸雪斋本。

注释

[1]费邑高梦说：高梦说，山东费县人，康熙二年（1663）任成都府同知。
[2]牒解郡臬：备办文书押送往成都府和按察使司。[3]青城山：又名天谷山，在今四川都江堰市西南，清属成都府。

点评

荒诞不经的传闻。人能否与蛇交？能否有人蛇共体之物？都没有根据。《聊斋》在收集奇闻异事时，难免鱼龙混杂，泥沙俱下，此事不可信，笔法也无甚可观。

鸮鸟

长山杨令，性奇贪。康熙乙亥间〔1〕，西塞用兵〔2〕，市民间骡马辇运粮饷。杨假此搜括，地方头畜一空。周村为商贾所集，趁墟者车马辐辏〔3〕。杨率健丁悉篡夺之，计不下数百余头。四方估客，无所控告。

时诸令皆以公务在郡。会益都令董、莱芜令范、新城令孙，会集旅舍。有山西二商，迎门号诉，盖有健骡四头，俱被抢掠，道远失业，不能归，故哀求诸公为缓颊也。三公怜其情，许之。遂命驾共诣杨。杨治具相款。酒既行，众言来意，杨不听。众言之益切。杨举酒促醊以乱之，曰："某有一令，不能者罚。须一天上、一地下、一古人，左右问所执何物，口道何词，随问答之。"便倡云："天上有月轮，地下有昆仑，有一古人刘伯伦〔4〕。左问所执何物，答云：'手执酒杯。'右问口道何词，答云：'道是酒杯之外不须提。'"①

范公云："天上有广寒宫，地下有乾清宫，有一古人姜太公。手执钓鱼竿，道是'愿者上钩'。"②孙云："天上有天河，地下有黄河，有一古人是萧何。手执一本大清律，他道是'赃官赃吏'。"③杨有惭色，沉吟久之，曰："某又有之。天上有灵山，地下有泰山，有一古人是寒山〔5〕。手执一帚，道是'各人自扫门前雪'。"④众相视觑然，不作一语。

忽一少年傲岸而入，袍服华整，举手作礼。共挽坐，酌以大斗。少年笑曰："酒且勿饮。久闻诸公雅令，愿献刍荛〔6〕。"众请之，少年曰："天上有玉帝，地下有皇帝，有一古人洪武朱皇帝。手执三尺剑，道是'贪官剥皮'。"⑤众大笑。杨恚骂曰："何处狂生敢尔！"命隶执之。少年跃登几上，化为鸮，冲帘飞出，集庭树间，四顾室中，作笑声。主人击之，且飞且笑而去。

①王顾左右而言他。

②温情劝说。

③渐渐切题。新城县令居然有些胆略。

④油盐不进。

⑤痛快淋漓。朱元璋开国时，有贪官剥皮之令。

异史氏曰："市马之役，诸大令健畜盈庭者十之七⑥，而千百为群，作骡马贾者，长山外不数数见也〔7〕。圣明天子爱惜民力，取一物必偿其值，焉知奉行者流毒若此哉！鸮所至，人最厌其笑，儿女共唾之，以为不祥。此一笑则何异于凤鸣哉！"

⑥天下乌鸦一般黑。衮衮诸公与杨令，实际不过五十步笑百步。

校勘

底本：异史。参校：二十四卷本、铸雪斋本。

注释

〔1〕康熙乙亥：康熙三十四年（1695）。〔2〕西塞用兵：指康熙三十四年与噶尔丹的战争。〔3〕趁墟：赶集。〔4〕刘伯伦：即著名的嗜酒者刘伶。〔5〕寒山：唐代诗僧，长期隐居天台山。〔6〕刍荛（chú ráo）：割草砍柴者，乃自谦之辞。〔7〕数数：经常。

点评

这个故事有明确的时代背景，它写的是发生在康熙三十四年（1695）的事。这一年，《聊斋志异》初步成书已十六年，作者仍在不遗余力地收集、创作聊斋故事。作者目光越来越深沉犀利，也越来越关注国计民生。这是一则有关真实历史人物的荒诞故事。历史上确实有康熙三十四年与噶尔丹的战争，确实有征用民间头畜的朝廷命令，确实有担任长山县令的杨某，他也确实因骡马事件的"罣误"免官。但小说家不是历史学家，小说家要展开奇特的想象翅膀，将真实历史蒙上一层艺术的美丽外衣，使之变得更集中，更凝重，也更富于诗意化和寓意感。于是，一向被人们视为不祥之物的猫头鹰出现了。化身为少年的鸮鸟用精练的词句表达了人们惩罚贪官的愿望后，发出快意的笑声翩翩而逝。一点儿不错，"贪官剥皮"，无异于凤鸣。

古瓶

淄邑北村井湮，村人甲、乙縋入淘之。掘尺余，得髑髅。误破之，口含黄金，喜纳腰橐。复掘，又得髑髅六七枚。冀得含金，悉破之，而一无所有。惟其旁有磁瓶二、铜器一。器大可合抱，重数十斤，侧有双环，不知何用，斑驳陆离。瓶亦古，非近款。既出井，甲、乙皆死。移时乙苏，曰："我乃汉人。遭新莽之乱〔1〕，全家投井中。适有少金，因内口中，实非含殓之物〔2〕，人人都有也。奈何遍碎头颅？情殊可恨！"众香楮共祝之〔3〕，许为殡葬，乙乃愈；甲不能复生矣。

颜镇孙生闻其异，购铜器而去。瓶一，入袁孝廉宣四家〔4〕，可验阴晴：见有一点润处，初如粟米，渐阔渐满，未几而雨至；润退，则云亦开。其一入张秀才家，可志朔望〔5〕：朔则黑点起如豆，与日俱长；望则一瓶遍满；既望，又以次而退，至晦则复其初〔6〕。以埋土中久，瓶口有小石粘口上，刷剔不可下。遂敲去之，石落而口微缺，亦一憾事。浸花其中，花落结实，与在树者无异云。

校勘

底本：青柯亭本。参校：异史、二十四卷本、铸雪斋本。

注释

〔1〕新莽之乱：王莽居摄三年（8）篡汉，国号新，历时十五年。〔2〕含殓：放在尸体口中的金玉。〔3〕香楮：焚香烧纸。〔4〕袁孝廉宣四：袁藩，字宣四，举人。蒲松龄的好友。蒲松龄在西铺期间，二人有多次诗词唱和。〔5〕朔望：农历初一和十五。〔6〕晦：农历每月最后一天。

点评

意外地发现千年前埋在地下的物品并不稀奇，稀奇的是千年古瓶居然可以验阴晴、志日期。因为蒲松龄跟袁宣四极其密切的关系，奇异磁瓶可能真存在。不知在制造时有何法术？可惜没有流传下来。不过，更稀奇的是掘井者忽然以汉人的口气说话，估计物品的奇异有一定的现实依据，而汉代人附在清代人身体上说话多半是传闻，或系聊斋先生杜撰。

古瓶

土花深護漢時瓶
鬱鬱千秋得地靈
朔望陰晴都可驗
勝他測日與占星

元少先生

韩元少先生为诸生时〔1〕,有吏突至,白主人欲延作师,而殊无名刺。问其家阀,含糊对之。束帛缄赘〔2〕,仪礼优渥,先生许之,约期而去。至日果以舆来。迤逦而往,道路皆所未经。忽睹殿阁,下车入,气象类藩邸〔3〕。既就馆,酒炙纷罗,劝客自进,并无主人。筵既撤,则公子出拜;年十五六,姿表秀异。展礼罢,趋就他舍,请业始至师所〔4〕。公子甚慧,闻义辄通。

而先生以不知家世,颇怀疑闷。馆有二僮给役,私诘之,皆不对。问:"主人何在?"答以事忙。先生求导窥之,僮不可。屡求之,僮乃诺,导至一处,闻拷楚声〔5〕。自门隙目注之,见一王者坐殿上,阶下剑树刀山,皆冥中事。大骇。方将却步,内已知之,因罢政〔6〕,叱退诸鬼,疾呼僮。僮变色曰:"我为先生,祸及身矣!"战惕奔入。王者怒曰:"何敢引人私窥!"即以巨鞭重笞讫。乃召先生入,曰:"所以不见者,以幽明异路。今已知之,势难再聚。"因赠束金使行,曰:"君天下第一人〔7〕,但坎壈未尽耳①。"使青衣捉骑送之。先生疑身已死,青衣曰:"何得便尔!先生食御一切置自俗间,非冥中物也。"既归,坎坷数年,中会、状〔8〕,其言皆验。

① 蒲松龄总挑偏僻字眼,人生坎坷,必用"坎壈"。

校勘

底本:青柯亭本。参校:异史、二十四卷本、铸雪斋本。

注释

〔1〕韩元少:韩菼(1637—1704),苏州人,康熙十二年(1673)状元,授翰林院编修,官至礼部尚书。《清史列传》有传。〔2〕束帛缄赘:送给老师

的成捆绸缎和封好的银两。〔3〕藩邸：亲王的府邸。〔4〕请业：向老师学习课业。〔5〕拷楚声：拷打声和因被拷打呻吟的声音。〔6〕罢政：停止办公。〔7〕天下第一人：状元。〔8〕中会、状：进士考试取得第一（会试第一），殿试一甲一名（状元）。

点评

　　阎王爷有儿子，而且是个彬彬有礼、好学上进的儿子；阎王爷到人世间请老师，而且是请将来要做状元者来给儿子当老师；老师的一切精美食用物用，都是细心地从人世间采买。阎王爷相当慈爱、相当有眼光、相当周详。只是不知阴世间读完书做什么？做官？参加阴世科举？皆不得而知。这个给阎王爷请去做教师者是封建时代少有的幸运者，所谓"天下第一人"，这样的人没有特殊的福分，成吗？于是，做过阎王爷西宾、有过阎王爷亲口称"天下第一人"的故事应运而生。《元少先生》应当是元少先生本人创造并传扬，最后由蒲松龄定型的十分美丽的鬼话。

元少先生

元少先生譽
早馳當時文章學
問冤當時曲征
赤磬櫻桃宴且
作冥中童子師

薛慰娘

丰玉桂，聊城儒生也，贫无生业。万历间，岁大祲〔1〕，孑然南遁。及归，至沂而病。力疾行数里，至城南丛葬处，益惫，因傍冢卧。少间，如梦，至一村，有叟自门中出，邀生入。屋两楹，亦殊落落〔2〕。室内一女子，年十六七，仪容慧雅。叟使瀹柏枝汤①，以陶器供客。因诘生里居、年齿，既已，乃曰："洪都姓李，平阳族〔3〕。流寓此间，今三十二年矣。君志此门户，余家子孙如见探访，即烦指示之。老夫不敢忘义。义女慰娘颇不丑，可配君子。三豚儿到日，即遣主盟。"生喜，拜曰："犬马齿二十有二，尚少良配。惠以眷好固佳；但何处得翁之家人而告诉之也？"叟曰："君但住北村中，相待月余，自有来者，止求不惮烦耳。"生恐其言不信，要之曰："实告翁：仆故家徒四壁，恐后日不如所望，中道之弃，人所难堪。即无姻好，亦不敢不守季路之诺〔4〕，即何妨质言之也〔5〕？"叟笑曰："君欲老夫旦旦耶〔6〕？我稔知君贫。此订非专为君，慰娘孤而无依，相托已久，不忍听其流落，故以奉君子耳。何见疑！"即捉臂送生出，拱手合扉而去。②

生忽似梦觉，则身卧冢边，日已将午。渐起，次且入村，村人见之皆惊，谓其已死道旁经日矣。顿悟叟即冢中人也，隐而不言，但求寄寓。村人恐其复死，莫敢留。村有秀才与同姓，闻之，趋诘家世，盖生缌服叔也〔7〕。喜导至家，饵治之，数日寻愈。因述所遇，叔亦惊异，遂坐待以觇其变。

居无何，果有官人至村，访父墓址，自言平阳进士李叔向。先是，其父李洪都，与同乡某甲行贾，死于沂，某因瘗诸丛葬处。既归，某亦寻死。是时翁三子皆幼。长伯仁，后举进士，令淮南〔8〕。数遣人寻父墓，迄

---

① 丰玉桂入梦，其实是已死，进入阴世，李叟就地取材，拿墓地柏树泡茶，奇想。

② 丰、李、薛三家构成网络：丰玉桂将于慰娘结亲；慰娘是李洪都义女；李的儿子将来启棺。

无知者。次仲道，举孝廉。叔向最少，亦登第。于是亲求父骨，至沂，无处不谙。是日问村人，皆莫之识。生乃引至葬所，指示之。叔向未敢信，生为具陈所遇，叔向奇之。审视，有两坟近相接，或言三年前有宦者，葬少妾于此③。叔向恐误发他冢，生遂以所卧处示之。叔向命舁材其侧，始发冢。冢开，则见女尸，服妆黯败，而粉黛如生。叔向知其误，骇极，莫知所为。而女已顿起，四顾曰："三哥来耶？"④叔向惊，就问之，则慰娘也。乃解衣蔽覆，舁归逆旅。急发旁冢，冀父复活。既发，则肤革犹存，而抚之僵燥〔9〕，悲哀不已。装敛入材，清醮七日；女亦缞绖若女。忽告叔向曰："曩阿翁有黄金二锭⑤，曾分一为妾作䭇。妾以孤弱无藏所，仅以采线縶腰，而未将去，兄得之否？"叔向不知，乃使生反求诸圹，果得之，一如女言。叔向仍以线志者分赠慰娘。暇乃审其家世。

先是，女父薛寅侯⑥无子，止生慰娘，甚钟爱之。一日女自金陵舅氏归⑦，将媪问津渡〔10〕。操舟者乃金陵媒也。适有宦者，任满赴都，遣觅美妾，凡历数家，无当意者，故将为扁舟诣广陵。忽遇女，隐生诡谋，急招附渡。媪素识之，遂与共济。中途投毒食中，女媼皆迷。推媪堕江，载女而返，以重金卖诸仕宦者。入门，嫡始知，怒甚。女又惘然，莫知为礼，遂挞楚而囚禁之。北渡三日，女方醒。婢言始末，女大泣。一夜宿于沂，自经死，乃瘗诸乱冢中⑧。女至墓，为群鬼所凌，李翁时呵护之，女乃父事翁。翁曰："汝命合不死，当为择一快婿。"一日，生既见而出，反谓女曰："此生品诣可托。待汝三兄至，为汝主婚。"一日曰："汝可归候，汝三兄将来矣。"盖即发墓之日也。

女于丧次，为叔向缅述之。叔向叹息良久，乃以慰娘为妹，俾从李姓。略买衣妆，遣归生，且曰："资斧无多，不能为妹子办妆。意将偕归，以慰母心，何如？"女亦欣然。于是夫妻从叔向，轝柩并发。及归，母诘得其故，

③慰娘来历，她何以是"少妾"又有风波。

④墓中死人开口已是奇事，居然开口准确地叫"三哥"，奇而又奇。

⑤李洪都经商，故有黄金。细心交代。

⑥又出来一家：薛家。

⑦慰娘的复杂经历引出两家：掠卖慰娘的强盗和因陪伴慰娘被杀之媪，此处都没出现他们的姓氏。伏笔，以便于后文突做惊人之笔。

⑧薛慰娘成"少妾"，其实仍是少女。

爱逾所生,馆诸别院。丧次,女哀悼过于儿孙。母益怜之,不令东归,嘱诸子为之买第。

适有冯氏卖宅,直六百金,仓猝未能取盈,暂收契券,约日交兑⑨。及期,冯早至,适女自别院入省母,突见之,绝似当年操舟人,冯亦似惊。女趋过之。两兄亦以母小恙,俱集母所。女问:"厅前踯躅者为谁?"仲道曰:"几忘却,此必前日卖宅者也。"即起欲出。女止之,告以所疑,使诘难之。仲道诺而出,则冯已去,而巷南塾师薛先生⑩在焉。因问:"何来?"曰:"昨夕冯某浼早登堂,一署券保〔11〕。适途遇之,云偶有所忘,暂归便返,使仆坐以待之。"少间,生及叔向皆至,遂相攀谈。慰娘以冯故,潜来屏后窥客,细视之,则其父也。突出,持抱大哭。翁惊涕曰:"吾儿何来?"众始知薛即寅侯也。仲道虽于街头屡遇之,初未悉其名字。至是共喜,为述前因,设酒相庆。因留信宿,自道行踪。盖失女后,妻以悲死,鳏居无依,故游学至此也⑪。生约买宅后,迎与同居。翁次日往探,冯则举家遁去,乃知杀媪卖女者即其人也。

冯初至平阳,贸易成家;比年赌博,渐就消乏,故货居宅,卖女之资,亦濒尽矣。慰娘得所,即亦不甚仇之,但择日徙居,更不追其所往。李母馈遗不绝,一切日用皆供给之。生遂家于平阳,但归试甚苦〔12〕。幸是科举孝廉。

慰娘富贵,每念媪为己死,思有以报其子。媪夫姓殷氏⑫,一子名富,好博,贫无立锥。一日,以赌局争注〔13〕,殴杀人命,亡归平阳,虽不识生,然以慰娘故,远相投。生喜,留之门下。研诘之,道其所杀姓名,盖即操舟冯某也。骇叹久之,因为道破,乃知冯即杀母仇人也⑬。益喜,遂佣为生家服役,亦家于西。薛寅侯就养于婿,婿为买妇,生子女各一焉。

校勘

底本：康熙本。参校：异史、二十四卷本、铸雪斋本、青柯亭本。

注释

〔1〕岁大祲（jìn）：农业受到大灾。〔2〕落落：零落。〔3〕平阳族：山西平阳府人士。〔4〕季路之诺：季路是孔子弟子，讲究信誉。这句话的意思是：因为我家贫，可能婚姻成就不了，但是即使不结为婚姻，我也会遵守对你的承诺，等待你的家人。〔5〕质言：直言。〔6〕旦旦：信誓旦旦。〔7〕缌（sī）服叔：远房叔叔。〔8〕令淮南：做淮南县令。〔9〕僵燥：僵硬干燥。〔10〕将媪问津渡：携带老仆妇打听渡河的事。〔11〕券保：做买卖房产的中保人。〔12〕归试：回到家乡参加科举考试。按科举考试的规定，秀才必须回到家乡参加岁试、科试、乡试。〔13〕赌局争注：赌博时为赌注而争斗。

点评

一个鬼魂复活、被害者报仇的复杂故事，简言之：金陵冯某害死薛慰娘，慰娘在鬼义父帮助下复活嫁给丰玉桂，成为有权势的李家一员，在李家为其夫妇买房时遇到当年的仇人和失散的父亲……作为篇名的女鬼薛慰娘和凡人丰玉桂的婚姻是黏合这个复杂故事的线索，牵涉到故事的有五户人家：第一，丰家，丰玉桂本应是传统男主角，但在小说里仅起到穿针引线作用；第二，李家，鬼魂李洪都成为女鬼薛慰娘的义父并将她许配丰玉桂，丰指点李的儿子移葬，李家继而成为丰玉桂和薛慰娘后来的家；第三，薛家，薛慰娘被害后，其父游学在外，最终在游学地与女儿相遇；第四，冯家，杀了殷媪、掠卖慰娘的强盗冯某最终把房屋"送"给了薛慰娘，自己被殷媪儿子所杀；第五，殷家，陪伴薛慰娘的殷媪被冯某杀害，若干年后，殷媪的儿子在赌博时无意中将冯某杀死，然后投奔薛慰娘。故事相当曲折，人际关系非常复杂，对短篇小说来说很难处理，但作者处理得时时有提线，事事有着落。小说章法很出色，但因线索太多、出场人物太杂，人物形象显得苍白单薄。

薛慰娘

逅魂香艷踐鴛盟掌上還
珠喜弄摯一局摴蒲沈
恨雪彼蒼此際有權衡

田子成

① 《聊斋》中人物命名颇为讲究，耜者，掘地之工具也，良耜，掘地之良具也。故而能携父骨以归。父亲靠了儿子才能归葬，父亲名字叫"子成"。

② 田子成死后，其妻杜氏自杀，葬在竹桥西。诗歌如泣如诉地表达了他对妻子的怀念。

江宁田子成，过洞庭覆舟而没。子良耜①，明季进士，时在抱中。妻杜氏闻讣，仰药而死。良耜受庶祖母抚育，得以成立，筮仕湖北〔1〕。年余，奉宪命营务湖南〔2〕，至洞庭痛哭而返。自告才力不及，降县丞，隶汉阳，甚非所乐，辞不就。院司强督促之〔3〕，乃就。辄放浪江湖间，不以官职自守。

一夕，舣舟江岸〔4〕，闻洞箫声，抑扬可听。乘月步去，约半里许，见旷野中茅屋数椽，荧荧灯火。近窗窥之，有三人对酌其中，上座一秀才，年三十许；下座一叟；侧座吹箫者年最少。吹竟，叟击节赞佳。秀才面壁吟思，若罔闻。叟曰："卢十兄必有佳句，请长吟，俾得共赏之。"秀才乃吟曰："满江风月冷凄凄，瘦草零花化作泥。千里云山飞不到，梦魂夜夜竹桥西。"②吟声怆恻。叟笑曰："卢十兄故态作矣！"因酌以巨觥，曰："老夫不能属和，请歌以侑酒。"乃歌"兰陵美酒"之什。歌已，一座解颐。

少年起曰："我视月斜何度矣。"突出见客，拍手曰："窗外有人，我等狂态尽露也！"遂挽客入，共一举手。叟使与少年相对坐。试其杯皆冷酒，辞不饮。少年知其意，即起，以苇炬燎壶而进之。良耜亦命从者出钱行沽，叟固止之。因讯邦族，良耜具道生平。叟致敬曰："吾乡父母也。少君姓江，此间土著。"指少年曰："此江西杜野侯。"又指秀才："此卢十兄，与公同乡。"卢自见良耜，殊偃蹇不甚为礼〔5〕。良耜因问："家居何里？如此清才，殊早不闻。"答曰："流寓已久，亲族恒不相识，可叹人也！"言之哀楚。叟摇手乱之曰："好客相逢，不理觞政，聒絮如此，厌人听闻！"遂把杯自饮，曰："一令请共行之，不能者罚。每掷三骰，以相逢为率〔6〕，须一古典相合。"乃掷得幺二三，唱曰："二加幺三点相同〔7〕，鸡黍三年约范公〔8〕：朋友喜相逢。"次少年，掷得双二单四，曰："不读书人，但记俚典，勿以为笑。四加双二点相同〔9〕，四人聚义古城中〔10〕：兄弟喜相逢。"卢得双幺单二，曰："二加双幺点相同〔11〕，吕向两手抱老翁〔12〕：父子喜相逢。"良耜掷，复与卢同，曰："二加双幺点相同，茅容二簋款林宗〔13〕：主客喜相逢。"③

令毕，良耜兴辞。卢始起，曰："故乡之谊，未遑倾吐，何别之遽？将有所问，愿少留也。"良耜复坐，问："何言？"曰："仆有老友某，没于洞庭，与君同族否？"良耜曰："是先君也，何以相识？"曰："少时相善。没日，惟仆见之，因收其骨，葬江边耳。"良耜出涕下拜，求指墓所。卢曰："明日来此，当指示之。要亦易辨，去此数武，但见坟上有丛芦十茎者④是也。"良耜洒涕，与众拱别。

至舟，终夜不寝，顿念卢情词似皆有因。不能待旦，昧爽而往，则舍宇全无，益骇。因遵所指处寻墓，果得之。丛芦其上，数之，适符其数。恍然悟卢十兄之称，皆其寓言；所遇乃其父之鬼也。细问土人，则二十年前，有高翁富而好善，溺水者皆拯其尸而埋之，故有数坟在焉。遂发冢负骨，弃官而返。归告祖母，质其状貌皆确。江西杜野侯，乃其表兄，年十九，溺于江；后其父流寓江西。又悟杜夫人殁后，葬竹桥之西，故诗中忆之也。但不知叟何人耳。

③酒令为小说主题服务，其他人的酒令都是为卢十兄的酒令铺垫。

④丛芦十茎，卢十兄也。

校勘

底本：康熙本。参校：异史、二十四卷本、铸雪斋本、青柯亭本。

注释

〔1〕筮仕湖北：初次外出到湖北做官。〔2〕宪命：巡抚或布政使的命令。

1733

〔3〕院司：巡抚衙门与按察使司。〔4〕舣(yǐ)舟：移船靠岸。〔5〕偃蹇：傲慢。卢十兄是田良耜之父田子成，父不对子行礼。在不明真相者看来就是傲慢。〔6〕以相逢为率：所掷三骰点数，其一之数与另二和数同，就是相逢。〔7〕二加幺三点相同：一、二相加为三，与三点数相同。〔8〕鸡黍三年约范公：用范式、张劭鸡黍之交的故事。〔9〕四加双二点相同：二加二为四，点数相同。〔10〕四人聚义古城中：刘备、关羽、张飞、赵云四人聚古城。〔11〕二加双幺点相同：两个一点相加为二，点数相同。〔12〕吕向两手抱老翁：唐代吕向幼时，父亲外出不归，吕向寄居外祖家，他做翰林后，有一天上朝归来，路遇一老人，突然心动，一问，竟然是其父。〔13〕茅容二簋款林宗：茅容、郭林宗是汉代人，茅容留郭林宗住家中，杀鸡后奉母亲用，自己和客人用粗菜。郭林宗认为茅容贤孝，大加赞扬。

点评

《田子成》中这个儿子与父亲鬼魂相遇的故事是在朦胧的月下，在抑扬可听的洞箫声中，在荧荧灯火的茅屋数椽中展开。凄冷的环境，幽雅的箫声，沉溺的鬼魂，融合无间，幽美闲雅。作为短篇小说艺术大师，蒲松龄对小说艺术形式开拓多有贡献。小说如何写得精美，做得精巧？如何写他人之未写？如何出人意外而入人意中？聊斋先生可谓挖空心思。在本文中，值得注意的是三种小说"操作"技巧：其一是酒令；其二是人物命名；其三是字谜。酒令左右情节的发展：田良耜与父亲的鬼魂一起饮酒，父亲的鬼魂用酒令"父子喜相逢"暗示父子关系。人物命名操纵小说情节：子名良耜，意思是好锄头，故掘父骨归葬，靠了儿子才能魂归故乡，所以此人名"田子成"。田子成又以"卢十兄"假名出现，再提醒儿子：他的墓上有丛芦十茎，用字谜法将人物名字和景物联系起来。这些手法，即在小说中使用酒令、用人物命名操纵故事，还有使用字谜，都在《红楼梦》中得到了进一步的发展。

田子战

旷埜無人月
自明何來茅
屋苦唫散愁
觀涪書千行
泪不織同鄉
盧十兄

王桂庵

①写芸娘不着眼"美"而着意"韵",严肃自重。

②开头两百余字像光天化日下的"三岔口",二人互相揣摩,演得面面生风。王桂庵从因惊艳而追求到下决心求婚,是因为榜人女的人格力量。她谨慎观察偶然相遇的贵公子。王投金锭,她不贪财,"拾弃之";王投金手镯,因是信物,她机警地藏起来。

③不知对方何许人,爱情却油然而生。

④王桂庵梦中看到的这棵树叫合欢树,又叫马樱花。树的叶子早上伸开,晚上合上,所以它还有两个名字,一个叫"夜合",一个叫"合昏",合昏的"昏"不是和结婚的"婚"同音?小说家要在小说梦境中安排一棵树,也不会随便安排,必须有点寓意。王桂庵在梦中看到的树绝对不允许是柳树,是松树,是杨树,而只能是合欢树。

　　王樨,字桂庵,大名世家子〔1〕。适南游,泊舟江岸。邻舟榜人女〔2〕,绣履其中,风姿韵绝①。王窥瞻既久〔3〕,女若不觉。王朗吟"洛阳女儿对门居〔4〕",故使女闻。女似解其为己者,略举首一斜瞬之〔5〕,俯首绣如故。王神志益驰,以金锭一枚遥投之,堕女襟上。女拾弃之,若不知为金也者。金落岸边,王拾归,益怪之,又以金钏掷之,堕足下,女操业不顾。无何,榜人自他归。王恐其见钏研诘,心急甚,女从容以双钩覆蔽之〔6〕②。榜人解缆,顺流径去。

　　王心情丧惘〔7〕,痴坐凝思③。时王方丧偶,悔不即媒定之。乃询诸舟人,皆不识其何姓。乃返舟急追之,目力既穷,杳不知其所往。不得已,返舟而南。务毕〔8〕,北旋,又沿江细访,并无音耗。抵家,寝食皆萦念之。逾年,复南,买舟江际〔9〕,若家焉。日日细数行舟,往来者帆樯皆熟,而曩舟殊渺。居半年,资罄而归;行思坐想,不能少置。

　　一夜,梦至江村,过数门,见一家柴扉南向,门内疏竹为篱,意是亭园,径入之。有夜合一株〔10〕④,红丝满树。隐念:诗中"门前一树马缨花〔11〕",此其是矣。过数武,苇苞光洁。又入之,见北舍三楹,双扉阖焉。南有小舍,红蕉蔽窗。探身一窥,则槠架当门,罥画裙其上,知为女子闺闼,愕然却退。而内已觉之,有奔出瞰客者,粉黛微呈,则舟中人也。喜出非望,曰:"亦有相逢之期乎!"方将狎就,女父适归,倏然惊觉,始知为梦。景物历历,如在目前。秘之,恐与人言,破此佳梦。

　　后年余,再适镇江。郡南有徐太仆,与有世谊〔12〕,招之饮。信马而去,误入小村,道途景色,仿佛平生所历。一门内，马缨一树，梦境宛然。骇极，投鞭径入〔13〕。种种物色，与梦无别。再入，则房舍一如其数。梦既验，不复疑虑，直趋南舍，舟中人果在其中。遥见王，惊起，以扉自幛，叱问："何处男子？"王逡巡间，犹疑是梦。女见步履渐近，闯然扃户。王曰："卿不忆掷钏者耶？"备述相思之苦，且言梦征〔14〕。女隔窗审其家世，王具道之⑤。女曰："既属宦裔，中馈必有佳人，焉用妾？"王曰："非以卿故，婚娶固已久矣。"女曰："果如所言，足知君心。妾此情难告父母，然亦方命而绝数家〔15〕。金钏犹在，料钟情者必有耗问耳。适父母偶适外戚，行且至。君姑退，倩冰委禽，计无不遂；若望以非礼成偶〔16〕，则用心左矣〔17〕。"⑥王仓卒欲出，女遥呼："王郎，妾芸娘，姓孟氏，父字江蓠。"⑦王诺，记而出。

罢筵早返，谒江蓠。江逆入，设坐篱下。王自道家阀〔18〕，即致来意，兼纳百金为聘。翁曰："息女已字矣。"王曰："讯之甚确，固待聘耳，何见绝之深？"翁曰："适间所语，不敢为诳。"王神情俱失，拱别而返，不知其言信否。当夜辗转，无人可以媒之。向欲以情告太仆，恐娶榜人女为先生笑〔19〕；今情急，无可为媒，质明〔20〕，诣太仆，实告之。太仆曰："此翁与有瓜葛，是祖母嫡孙，何不早言？"王始吐隐情。太仆疑曰："江蓠固贫，素不以操舟为业，得毋误乎？"乃遣子大郎诣孟。孟曰："仆虽空匮，非卖婚者。曩公子以金自媒，谅仆必为利动，故不敢附为婚姻⑧。既承先生命，必无错谬。但顽女颇恃娇爱，好门户辄便拗却〔21〕，不得不与商榷，免他日怨远婚也。"遂起，少入而返，拱手："一如尊命〔22〕。"约期乃别。大郎复命，王乃盛备禽妆，纳采于孟〔23〕，假馆太仆之家〔24〕，亲迎成礼。

居三日，辞岳北归。夜宿舟中，问芸娘曰："向于此处遇卿，固疑不类舟人子。当日泛舟何之？"答云："妾叔家江北，偶借扁舟一省视耳。妾家仅可自给，然

---

⑤这段"写得神情逼真，场面极洽，气氛极浓"（语出《吴组缃小说课》第146页，人民文学出版社2019年出版）。

⑥好莱坞名片《魂断蓝桥》男主角罗伊在申请结婚时才问女主角玛拉姓什么，被看成经典爱情故事的趣笔和典范。岂不知三百多年前蒲松龄笔下的灰姑娘早就这样做过。一对恋人，女如运筹帷幄的诸葛亮，男如毛手毛脚的莽张飞，同是情痴，风貌各异。地位悬殊却爱如铁石，是这段痴恋动人之处。

⑦芸娘告诉王桂庵的是父亲的字而不是名，说明她有文化，不是榜人女。

⑧有清贫守志的父亲，才有高洁有志的女儿。孟父必须征求女儿的意见，是位通情达理的好父亲。

⑨ 王桂庵不改纨绔习气。乱开玩笑引起后文波澜,是描写芸娘的重要笔墨。

⑩《吴组缃小说课》第148页评这段描写:"以千钧力量,满腔热情,重重地鞭打了富家公子的轻薄儿戏之不严肃的习性,颂扬了小家小户贫家女子的高洁可贵的品质。"

⑪ 襁褓认父,突笔、妙笔!铸雪斋本"即扑求抱"描绘父子天生亲情生动,比康熙抄本"即求援抱"更准确。

⑫《聊斋》小说人物命名非常讲究。男主角字"桂庵",名"樨",樨为常绿小乔木,开暗黄色小花,有特殊香气,通称"桂花"。男主角对爱情的执着非常感人。女主角名"芸娘"。"芸"为香草之名,也叫芸香,是有驱虫作用的药草。《礼记·月令》"仲冬之月芸始生"。芸娘为人正气凛然,她与王桂庵一见钟情,却拒绝苟合,一定要明媒正娶。她以死抗争不做妾。"芸"又有花草枯黄貌之义,《诗经·小雅·苕之华》:"苕之华,芸其黄矣。"孔颖达疏:"及其将落则全变为黄,芸为极黄之貌。"芸娘投江,香草枯萎。蒲松龄用一个"芸"字,把人物性格和命运两方面都概括了。

傥来物颇不贵视之。笑君双瞳如豆〔25〕,屡以金资动人。初闻吟声,知为风雅士,又疑为儇薄子作荡妇挑之也。使父见金钏,君死无地矣。妾怜才心切否?"王笑曰:"卿固黠甚,然亦堕吾术矣。"女问:"何事?"王止而不言。又固诘之,乃曰:"家门日近,此亦不能终秘。实告卿:我家中固有妻在,吴尚书女也。"芸娘不信,王故庄其词以实之〔26〕。芸娘色变⑨,默移时,遽起,奔出;王躧履追之〔27〕,则已投江中矣。王大呼,诸船惊闹,夜色昏蒙,惟有满江星点而已。王悼痛终夜,沿江而下,以重价觅其骸骨,亦无见者⑩。

邑邑而归,忧怛交集。又恐翁来视女,无词可以相对。有姊婿官河南,遂命驾造之,年余始归。途中遇雨,休装民舍,见房廊清洁,有老妪弄儿厦间。儿睹王入,即扑求抱⑪。王怪之,又视儿秀婉可爱,揽置膝头。妪唤之,不去。少顷,雨霁,王举儿付妪,下堂趣装。儿啼曰:"阿爹去矣〔28〕!"妪耻之,呵之不止,强抱而去。王坐待治任〔29〕,忽有丽者自屏后抱儿出,则芸娘也。方诧异间,芸娘骂曰:"负心郎!遗此一块肉,焉置之?"王乃知为己子,酸来刺心,不暇问其往迹,先以前言之戏,矢日自白〔30〕。芸娘始反怒为悲,相向涕零。

先是,第主莫翁〔31〕,六旬无子,携媪往朝南海〔32〕。归途泊江际,芸娘随波下⑫,适触翁舟。翁命从人拯出之,疗控终夜〔33〕,始渐苏。翁媪视之,是好女子,甚喜,以为己女,携之而归。居数月,欲为择婿,女不可。逾十月,举一子,名之"寄生"。王避雨其家,寄生方周岁也。王于是解装,入拜翁媪,遂为岳婿。居数日,始举家归。至,则孟翁坐待,已两月矣。翁初至,见仆辈情词恍惚,心颇疑怪。既见,始共欢慰。历述所遭,乃知其枝梧者有由也〔34〕。

校勘

底本：康熙本。参校：异史、二十四卷本、铸雪斋本、青柯亭本。

注释

〔1〕大名：今河北省邯郸市大名县。〔2〕榜人：船夫。〔3〕窥瞻：偷看。〔4〕洛阳女儿对门居：语出王维诗《洛阳女儿行》："洛阳女儿对门居，才可容颜十五余。谁怜越女颜如玉，贫贱江头自浣纱。"王桂庵借此诗向榜人女示好。〔5〕斜瞬之：从眼角快速看一眼。〔6〕双钩：纤弯的双脚。钩，莲钩，女子缠的小脚。〔7〕丧惘：沮丧，怅惘。〔8〕务毕：办完事。〔9〕买舟：雇船。〔10〕夜合：马樱花的别名。〔11〕门前一树马缨花：语出元代诗人虞集《水仙神》："钱塘江上是奴家，郎若闲时来吃茶。黄土筑墙茅盖屋，门前一树马樱花。"〔12〕世谊：世交。〔13〕投鞭：下马。〔14〕梦征：梦中的征兆。〔15〕方命：抗拒命令。〔16〕非礼成偶：不经正式婚姻私通。〔17〕左：错。〔18〕家阀：家世门第。〔19〕先生：长辈。〔20〕质明：天刚亮。〔21〕拗却：拒绝。〔22〕一如尊命：一切按您的嘱托办理。〔23〕纳采：古代婚礼"六礼"之一，男方向女方送订婚礼物。〔24〕假馆：借用馆舍。〔25〕双瞳如豆：目光短浅。〔26〕庄其词以实之：郑重说明以证实其事。〔27〕躧（xǐ）履：急忙趿拉着鞋。〔28〕阿爹：爸爸。〔29〕治任：整理行装。〔30〕矢日：指着太阳发誓。〔31〕第主：房主。〔32〕南海：特指南海观音所在处，即今浙江普陀山。〔33〕疗控：对落水者的急救。控，将溺水者覆身，控制头部，使之吐水。〔34〕枝梧：吱唔，语言搪塞。

点评

富家公子王桂庵对不知姓名的榜人女一见钟情，虚嫡妻位以待，苦苦寻觅两年，"情痴"二字，当之无愧。无独有偶，闺中弱女也在等待，还为这无望的等待数次抗婚。为偶然的惊鸿一瞥，为电光石火般的感情交流，为一个没留下地址和姓名几乎不可能再见的人，忠心耿耿、殷切翘盼。茫茫人海，冉冉岁月，真诚纯净，坚如磐石，其情足以感天地、惊鬼神。精诚所至，金石为开。见面述相思、定终身，本是意料中文字。天才作家却不落窠臼，二人的喜相逢既是情节发展的枢纽，又成了刻画人物的关键。王桂庵以百金求婚，反而被拒绝，清高的父亲，衬托着自重自珍的女儿。有情人终成眷属，痴情人情重愈酌情的考验却刚开始。婚后，王桂庵开个"家中固有妻在"玩笑，芸娘毫不犹豫地投进滔滔江水。

为维护自己的人格尊严,她绝不做富儿玩物,宁死不做妾,宁死不与轻薄儿为伍!芸娘追求平等的爱,不平等,毋宁死!在严酷考验下,柔弱婉妙的少女表现了高尚的胸怀和刚烈的品性,个性魅力熠熠生辉。叙事文字既"矢矫变化,如生龙活虎,不可捉摸"(但明伦评),又明快简捷,优美娴雅。故事情节既丝丝入扣、环环相生、周密严谨,又"不险不快,险绝快绝"(冯镇峦评)。时而如山路崎坎,惊险迭出;时而如小溪潺潺,平静温馨。真是"平江恬静之际,复起惊涛,远山迤逦而来,突成绝壁"(但明伦评)。令王桂庵心旷神怡的美梦,会因"女父适归"而惊醒;眼看成功的婚姻,又因孟父无中生有地宣布"息女已字"而半路搁浅;二人婚后生活也波澜丛生,王桂庵开玩笑,芸娘投江,"积数载之相思,得三日之好合,一句戏言未了,满江星点共含悲"(但明伦评);二人劫后相遇,作者也不让芸娘遽然出现,而以寄生襁褓认父布成疑阵。"山重水复疑无路,柳暗花明又一村。"小说家布局如大将布阵,巧计迭出。

三柱卷

馬纓花下
竹籬斜夢境
尋來路不差
載得美人江
上去舊停橈
霧浪如衣

寄生

寄生字王孙，郡中名士。父母以其襁褓认父，谓有凤惠[1]，钟爱之。长益秀美，八九岁能文，十四入郡庠。每自择偶。父桂庵有妹二娘，适郑秀才子侨，生女闺秀，慧艳绝伦。王孙见之，心窃爱好，思慕良久，积久，寝食俱废。父母大忧，苦研诘之，遂以实告。父遣冰于郑；郑性方谨[2]，以中表为嫌[3]，却之。而王孙愈病，母计无所出，阴婉致二娘，但求闺秀一临存之[4]。郑闻益怒，出恶声焉。父母既绝望，听之而已。

郡有大姓张氏，五女皆美；幼者名五可，尤冠诸姊，择婿未字。一日上墓，途遇王孙，自舆中窥见，归以白母。母沈知其意[5]，见媒媪于氏，微示之。媪遂诣王所。时王孙方病，讯知之，笑曰："此病老身能医之。"芸娘问故。媪述张氏意，极道五可之美。芸娘喜，使媪往候王孙。媪入，抚王孙而告之。王孙摇首曰："医不对症，奈何！"媪笑曰："但问医良否耳：其良也，召和而缓至[6]①，可矣；执其人以求之，守死而待之，不亦痴乎？"王孙歔欷曰："但天下之医无愈和者。"媪曰："何见之不广也？"遂以五可之容颜发肤，神情态度，口写而手状之。王孙又摇首曰："媪休矣！此余愿所不及也。"反身向壁，不复听矣。媪见其志不移，遂去。

一日，王孙沉痼中，忽一婢入曰："所思之人至矣！"喜极，跃然能起。急出舍，则丽人已在庭中。细认之，却非闺秀，着松黄袍，细褶绣裙，双钩微露，神仙不啻也。拜问姓名，答曰："妾，五可也。君深于情者，而独钟闺秀，使人不平。"王孙谢曰："生平未见颜色，故目中止一闺秀。今知罪矣！"遂与要誓[7]。方握手殷殷，适母来抚摩，蘧然而觉[8]，则一梦也。回思声容笑貌，宛在目中。阴念：五可果如所梦，何必求所难遘②，因

①一媒婆也，焉知这些春秋战国的历史典故？

②寄生似得乃父钟情遗传，实际纨绔习气青出于蓝而胜于蓝，朝秦暮楚，二三其德。

而以梦告母。母喜其念少夺，急欲媒之。

王孙恐梦见不的[9]，托邻妪素识张氏者，伪以他故诣之，嘱其潜相五可[10]。妪至其家，五可方病，靠枕支颐，婀娜之态，倾绝一世。近问："何恙？"女默然弄带，不作一语。母代答曰："非病也。连朝与爷娘负气耳[11]！"妪问故。曰："诸家问名，皆不愿，必如王家寄生者方嫁。是为母者劝之急，遂作意不食数日矣。"妪笑曰："娘子若配王郎，真是玉人成双也。渠若见五娘，恐又憔悴死矣！我归即令倩冰，如何？"五可止之曰："姥勿尔，其不谐，益增笑耳！"妪锐然以必成自任，五可方微笑。

妪归，复命，一如媒媪言。王孙详问衣履，无不与梦适合，大悦。意虽稍舒，然终不以人言为信。过数日渐瘵，秘招于媪来，谋以亲见五可。媪难之，姑应而去。久之不至。方欲觅问，媪忽忻然而入曰："机幸可图。五娘向有小恙，日令婢辈将扶，移过对院。公子往伏伺之，五娘行缓涩，委曲可以尽睹。"王孙喜如其教，明日，命驾早往，媪先在焉。即令絷马村树。导入临路舍，设座掩扉而去③。少间，五可果扶婢出，王孙自门隙目注之。女从门外过，媪故指挥云树以迟纤步，王孙窥觇尽悉，仿佛又入梦中，喜颤不能自持④。未几媪至，曰："可以代闺秀否？"王孙申谢而返，始告父母，遣媒要盟。

及媒往，则五可已别字矣⑤。王孙失意，悔闷欲死，即刻复病。父母忧甚，责其自误。王孙无词，惟日饮米汁一合。积数日，鸡骨支床[12]，较前尤甚。媪忽至，惊曰："何恙之甚？"王孙涕下，以情告。媪笑曰："痴公子！前日人趁汝来[13]，而汝却之；今日汝求人，而能必遂耶？虽然，尚可为力。早与老身谋，即许京都皇子，能夺还也。"⑥王孙大悦，求策。媪命函启遣伻[14]，约次日候于张所。桂庵恐以唐突见拒，媪曰："前与张公业有成言，延数日而遽悔之；且彼字他家，尚无函信。谚云：'先炊者先餐。'何疑也！"⑦桂庵从之。

③见神见鬼。

④心猿意马，见异思迁。

⑤故起波澜。

⑥三姑六婆的语言精彩。

⑦口若悬河。

次日二仆往，并无异词，厚犒而归。王孙喜，病复，起。由此闺秀之想始绝。

初，郑子侨却聘，闺秀颇不怿〔15〕；及闻张氏婚成，心愈抑郁，遂病，日就支离〔16〕。父母诘之，不肯言。婢窥其意，隐以告母。郑闻之，怒不医，以听其死。二娘恧曰："吾侄亦殊不恶，何守头巾戒〔17〕，杀吾娇女！"郑恚曰："若所生女，不如早亡，免贻笑柄！"以此夫妻反目。二娘故与女言，将使仍归王孙，若为媵。女俯首不言，若甚愿之。二娘商郑，郑更怒，一付二娘，置女若已死，不复预闻。二娘爱女切，欲实其言。女乃喜，病始渐瘥。窃探王孙，亲迎有日矣。及期，以侄完婚，伪欲归宁，昧旦〔18〕，使人求仆舆于兄。兄最友爱，又以居村邻近，遂以所备亲迎车马，先迎二娘。既至，则妆女入车，使两仆两媪护送之。及门，以毡贴地而入。时鼓乐已集，从仆叱令吹擂，一时人声沸聒。王孙奔视，则女子以红帕蒙首，骇极欲奔；郑仆夹扶，便令交拜。王孙不知何由，即便拜讫。二媪扶女，径坐青庐，始知其闺秀也。举家皇乱，莫知所为。

时渐濒暮〔19〕，王孙不复敢行亲迎之礼。桂庵遣仆以情告张；张怒，遂欲断绝。五可不肯，曰："彼虽先至，未受雁采〔20〕；不如仍使亲迎。"父纳其言，以对来使。使归，桂庵终不敢从。相对筹思，喜怒俱无所施。张待之既久，知其不行，遂亦以舆马送五可至，因另设青帐于别室。而王孙周旋两间，蹀躞无以自处。母乃调停于中，使序行以齿〔21〕，二女皆诺。及五可闻闺秀差长，称"姊"有难色。母甚虑之。比三朝，同会于母所，五可见闺秀风致宜人，不觉右之〔22〕，自是始定。然父母恐其积久不相能，而二女更无间言〔23〕，衣履易着，相爱如姊妹焉。

王孙始问五可却媒之故，笑曰："无他，聊报君之却于媪耳。尚未见妾，意中止有闺秀；即见妾，亦略靳之〔24〕，以觇君之视妾，较闺秀何如也。使君为伊病，而不为妾病，则亦不必强求容矣〔25〕。"王孙笑曰："报亦惨矣！然非于媪，何得一觏芳容。"五可曰："是妾自欲见君，媪何能为。过舍门时，岂不知眈眈者在内也。梦中业相要，何尚未之信耶？"王孙惊问："何知？"曰："妾病中梦至君家，以为妄；后闻君亦梦，乃知魂魄真到此也。"王孙异之，遂述所梦，时日悉符。父子之良缘，皆以梦成，亦奇情也。故并志之。

异史氏曰："父痴于情，子遂几为情死。所谓情种，其王孙之谓欤？不有善梦之父，何生离魂之子哉！"

校勘

底本：康熙本。参校：异史、二十四卷本、铸雪斋本、青柯亭本。

注释

〔1〕凤惠：天才，天生的智慧。〔2〕方谨：方正拘谨，墨守成规。〔3〕中表：与祖父母、父母的兄弟姐妹的亲戚关系。父系为姑表，母系为姨表。郑子侨认为寄生与闺秀乃姑表兄妹，不宜结亲。〔4〕临存：亲临省问。〔5〕沈知其意：探明了她的意图。〔6〕召和而缓至：意思是只要是美女，找哪个都一样，就像请名医，请哪个治病都一样。和、缓都是春秋战国时秦国的名医。《左传·昭公元年》："晋侯求医于秦，秦伯使医和视之。"《左传·成公十年》："公疾病，求医于秦，秦伯使缓为之。"〔7〕要誓：订立婚娶誓言。〔8〕蘧（qú）然：惊觉，含惊喜之意。语本《庄子·大宗师》："成然寐，蘧然觉。"〔9〕不的：不准确。〔10〕潜相：暗中相看。〔11〕负气：赌气。〔12〕鸡骨支床：瘦得皮包骨头，身体极度虚弱。语自《世说新语·德行》："王戎、和峤同时遭大丧，俱以孝称。王鸡骨支床，和哭泣备礼。"〔13〕趁汝：追求你。〔14〕函启遣伻：派仆人送婚书。〔15〕怿：高兴。〔16〕日就支离：一天比一天憔悴。〔17〕头巾戒：书呆子的清规戒律。〔18〕昧旦：破晓，天将亮未亮之际。《诗经·郑风·女曰鸡鸣》："女曰鸡鸣，士曰昧旦。"〔19〕濒暮：天色渐晚。〔20〕雁采：古代婚礼"六礼"之一，即男方向女方求婚，行以雁纳采之礼。《仪礼·士昏礼》："昏礼，下达纳采，用雁。"〔21〕序行以齿：按年龄排序。〔22〕右之：尊重她，称她为"姊"。古代以右为尊重。〔23〕间言：异议。〔24〕略靳之：稍微吝啬一点儿。意思是五可对寄生也要稍稍拿捏一把。〔25〕求容：取悦。

点评

写完父亲恋情，再写儿子婚姻，创造了小说史佳话，蒲松龄的得意之情在"异史氏曰"中溢于言表。然而仔细对比阅读，却不能不说，从《王桂庵》到《寄生》，一蟹不如一蟹。以写人而论，《王桂庵》写痴心人历尽艰难同素心人白头偕老；《寄生》写二心人费心劳神让二美共一夫。《王桂庵》写两性平等的爱情，生生死死、死死生生、魂魄相从、感人肺腑；《寄生》写男性中心的婚姻，曲曲折折、周周旋旋、阴差阳错、变故迭出。《王桂庵》中男女主角皆具神采，次要人物别具风骚；《寄生》男主角较为苍白，次要人物如媒婆于媪，却喧宾夺主。两篇小说中两代人对爱情态度截然不同：桂庵选妻既重色更重德，寄生选妻纯是选美；桂庵痴于情，寄生迷于色；芸娘严正地要求爱情专一，五可和闺秀卑微地同意将爱与人共享；芸娘用一颗纯洁明净的心恋爱，靠自爱一步步征服王桂庵，五可用一颗争强好胜的心求爱，靠计谋一步步控制寄生；芸娘宁死不做妾，五可、闺秀做妾也甘心；《王桂庵》浓墨重彩写男女平等的爱情和女性的自珍自重自尊，《寄生》笔歌墨舞写男性中心的胜利和女性尊严的荡然无存；《王桂庵》写真诚爱情对金钱和封建理念（如门当户对）的对抗；《寄生》写在父母之命、媒妁之言支持下男人"乱点鸳鸯谱，两占风月楼"（冯镇峦评）……

《寄生》中较成功的人物是五可。五可为得寄生青目，费尽心思，刻意经营：第一步，五可对寄生一见生情，求父母出面，做出女求男的尴尬事儿；第二步，五可形之于梦，靠美色横刀夺爱；第三步，五可通过前来侦伺的邻妪，转达对寄生的深情；第四步，让于媪出面导演寄生偷窥喜剧，引寄生惜香怜玉；第五步，五可在寄生求婚时故作惊人之举，造"已别字"谎言，考验寄生会不会为自己害相思病。五可像蜘蛛结网一样网住了寄生，谁知百密一疏，闺秀竟在母亲操纵下，李代桃僵，抢先与寄生拜了天地。功败垂成的五可迈出了第六步也是最艰难的一步，破釜沉舟，厚着脸皮，坐自家舆马送亲上门！一个深闺弱女，既敢对心仪的男子主动出击，还懂得如何以美色相诱，又会利用父母慈爱取得合法婚姻，更能在关键时刻斩关夺隘，为达目的，不择手段，管他羞人不羞人，管他礼数不礼数，自己想得到的东西，哪怕冒天下之大不韪，也要千方百计得到！五可是个敢作敢为、坚韧任性、心机周密、有杀伐决断的独特少女形象，可谓王熙凤、贾探春形象的先声。

寄生

父阮鍾情子更癡
夢魂顛倒絮柳思
畫屏開處紋鵬射
得意吟成卻扇詩

周生

周生者，时邑侯之幕客〔1〕。时邑侯适公出，夫人徐〔2〕，有参礼碧霞元君之愿〔3〕，以道赊远故〔4〕，将遣仆赍仪代往〔5〕。使周为祝文〔6〕。周作骈词〔7〕，历叙平生，颇涉狎谑。中有云："栽般阳满县之花，偏怜断袖〔8〕①；置夹谷弥山之草，惟爱余桃〔9〕。"此诉夫人所愤也，诸如此类甚多。脱稿，示同幕凌生。凌以为亵〔10〕，戒勿用。弗听，付仆而去。居无何，周生卒于署；既而仆亦死；又未几，徐夫人产后病，亦卒。人犹未之异也。

周生子自都来迎父榇，夜与凌生同宿。梦父戒之曰："文字不可不慎也！我不听凌君言，遂以亵词致干神怒，遽夭天年；又贻累徐夫人，且殃及焚文之仆，恐冥罚之不免也！"醒以告凌，凌梦亦同，因述其文。周子方知之，为之惕然。

异史氏曰："恣情纵笔，辄洒洒自快，此文客之常也。然淫嫚之词，何敢以告神明哉！狂生无知，冥谴其所应尔。但使贤夫人及千里之仆，骈死而不知其罪，不亦与俗中之刑律犹分首从者〔11〕，反多愦愦耶？冤已！"

① 青柯亭本为"栽洛阳满县之花"，以"洛阳"代替"般阳"，挖苦同性恋意味更直接，但与点明时惟豫为淄川县令似乎远了点，故仍采用"般阳"。"般阳"与"夹谷"形成对比。

校勘

底本：青柯亭本。参校：异史、二十四卷本、铸雪斋本。

注释

〔1〕时邑侯之幕客：淄川县令时惟豫的幕宾。邑侯，县令的别称。时惟豫，汉军镶蓝旗人，贡生，康熙三十三年至三十七年（1694—1698）任淄川县令，被弹劾罢官，起复后官至泉州府厦门海防同知。乾隆八年（1743）《淄川县志》有传。幕客，即幕宾，明清时地方官员聘请协助处理文字、刑名、钱谷等事务的人

员，无官职，但报酬较丰厚，俗称"师爷"。〔2〕夫人徐：时惟豫的夫人徐氏，蒲松龄有《祭时夫人徐》："谢安石之闺门，能吟飞絮；左太冲之娇女，早倚轻妆。世习礼官之容，为清门之第一；少受蓝田之聘，见白璧之成双。"说明徐夫人出身清贵且能文。其中"官衙冷淡，守桓、孟之高风"，隐约透露徐夫人因为丈夫搞同性恋受到冷落，但仍然恪守妇德。〔3〕碧霞元君：道教的神，东岳大帝之女，又叫"泰山娘娘"。〔4〕赊远：路远。〔5〕赍仪：带着礼物。〔6〕祝文：祝祷文字。〔7〕骈词：骈体文。〔8〕栽般阳满县之花，偏怜断袖：般阳是淄川古称，断袖是同性恋典故，这句话是讽刺县令搞同性恋。当年潘岳做河阳县令时，满县树桃李花，人号曰："河阳一县花"。后来文人习惯用"洛阳花"代指男性同性恋，如"可怜秦馆女，不及洛阳花"（隋秦玉鸾诗句），"郎如洛阳花，妾似武昌柳"（隋张碧兰诗句）。青柯亭本用"洛阳"代替"般阳"。断袖，同性恋著名典故，据《汉书》，汉哀帝与男宠董贤共寝，帝欲起，贤未觉，帝断袖而起。〔9〕置夹谷弥山之草，惟爱余桃：夹谷，淄川的山谷。余桃，吃了半边的桃，也是同性恋著名典故。据《韩非子》，卫君宠爱弥子瑕，弥与君游桃园，食桃而甘之，以其半啖卫君。君曰："爱我哉，忘其口味，以啖寡人。"〔10〕亵：亵渎。〔11〕俗中之刑律犹分首从：人间法律尚且把首犯和从犯分开处理。

点评

这个故事似乎写因为不谨慎的文字导致三人丧命，其实重点是讽刺热衷于搞同性恋的县令。这位县令在聊斋诗文中又多次以礼贤下士的面目出现，蒲松龄在《题时明府余山旧意书屋》称赞时惟豫"京洛才人，英才磊落；燕山国士，年少风流"。而且说淄川因为"文学为官，弦歌万户"。恭维不可不谓不厉害，然而这位县令又因爱男风，导致妻子的悲剧。小说用幕客写亵词而致三人病亡，是隐晦描写。

周生

翻翻书记负才名
色花从笔底生
误一朝埋玉树谁
教亵渎清
神明

褚遂良〔1〕

　　长山邑民赵某，税屋大姓。病痞结〔2〕，又孤贫，奄就危殆。一日力疾就凉，移卧檐下。及醒，见绝代丽人坐其旁，因便诘问，女曰："我特来为汝作妇。"某惊曰："无论贫人不敢有妄想；且奄忽垂毙，有妇欲何为！"女曰："我能治之。"某曰："我病非仓猝可除，纵有良方，其如无资买药何！"女曰："我医疾不用药也。"遂以手按赵腹，力摩之。觉其掌热如火。移时腹中痞块，隐隐作解拆声〔3〕。又少时欲登厕。急起走数武，解衣大下，胶液流离，结块尽出①，觉通体爽快。

　　返卧故处，谓女曰："娘子何人？祈告姓氏，以便尸祝〔4〕。"答云："我狐仙也。君乃唐朝褚遂良，曾有恩于妾家，每铭心欲一图报。日相寻觅，今始得见，夙愿可酬矣。"某自惭形秽，又虑茅屋灶煤，玷染华裳。女但请行。赵乃导入家，土莝无席〔5〕，灶冷无烟②，曰："无论光景如此，不堪相辱；即卿能甘之，请视瓮底空空，又何以养妻子？"女但言："无虑。"言次，一回头，见榻上毡席衾褥已设；方将致诘，又转瞬，见满室皆银光纸裱贴如镜，诸物已悉变易，几案精洁，肴酒并陈矣③。遂相欢饮。日暮与同狎寝，如夫妇。

　　主人闻其异，请一见之，女即出见，无难色。由此四方传播，造门者甚夥。女并无所拒绝。或设筵招之，女必与夫俱。一日，座中一孝廉，阴萌淫念。女已知之，忽加诮让。即以手推其首；首过楹外，而身犹在室，出入转侧，皆所不能④。因共哀免，方曳出之。

　　积年余，造请者日益烦，女颇厌之。被拒者辄罪赵。值端阳，饮酒高会，忽一白兔跃入。女起曰："舂药翁来见召矣〔6〕！"谓兔曰："请先行。"兔趋出，径去。女命赵取梯。赵于舍后负长梯来，高数丈。庭有大树一章，

①按摩大师。

②穷到极，困到极。

③镜花水月的书生梦。

④恰到好处的惩罚。

1751

⑤就地取材，点铁成金。

⑥若童子返回述说一番月宫美景，则意趣全无。

便倚其上；梯更高于树杪。女先登，赵亦随之。女回首曰："亲宾有愿从者，当即移步。"众相视不敢登。惟主人一僮，踊跃从诸其后，上上益高，梯尽云接，不可见矣。共视其梯，则多年破扉，去其白板耳⑤。群入其室，灰壁败灶依然，他无一物。犹意僮返可问，竟终杳已⑥。

校勘

底本：青柯亭本。参校：异史、二十四卷本、铸雪斋本。

注释

〔1〕褚遂良：字登善（596—685），钱唐（今浙江省杭州市）人，唐初著名大臣、书法大家，受唐太宗遗诏辅政，拜相，因反对武则天被贬斥而死。新旧《唐书》有传。〔2〕症结：腹内结痞块。〔3〕解坼声：裂开的声音。〔4〕尸祝：设下灵位祭祀。〔5〕土莝（cuò）：土炕上铺着碎草。〔6〕舂药翁：对月宫中舂药白兔的称呼。

点评

蒲松龄对古代正直清高的知识分子有特殊好感，经常让他们的后身在《聊斋》故事里享受一番他们生前从来没享受过的幸福生活。这位穷困到极点、差点儿没命的书生因为是褚遂良后身，艳福享尽还升天为仙，可谓美到极点，乐到极点。重病霍然而愈，穷居变成华屋，踩着破门板升入月宫，作者思路变幻，文笔如龙，男主角的穷而安贫，女主角的钟情念旧，都很生动。

褚遂良

貧病相連劇可哀急
連傑子降瑤臺忠臣
一代芳名播稽查獵
膺甄福來

刘全〔1〕

邹平牛医侯某〔2〕，荷饭饷耕者。至野，有风旋其前，侯即以杓掬浆祝奠之。尽数杓，风始去。一日，适城隍庙，闲步廊下，见内塑刘全献瓜像，被鸟雀遗粪，糊蔽目睛。侯曰："刘大哥何遂受此玷污！"因以爪甲为除去之。

后数年，病卧，被二皂摄去。至官衙前，逼索财贿甚苦。侯方无所为计，忽自内一绿衣人出，见之，讶曰："侯翁何来？"侯便告诉。绿衣人即责二皂曰："此汝侯大爷①，何得无礼！"二皂喏喏，逊谢不知。俄闻鼓声如雷。绿衣人曰："早衙矣。"遂与俱入，令立墀下，曰："姑立此，我为汝问之。"遂上堂点手，招一吏人下，略道数语。吏人见侯，拱手曰："侯大哥来耶？汝亦无甚大事，有一马相讼，一质便可复返。"遂别而去。

少间，堂上呼侯名，侯上跪，一马亦跪。官问侯："马言被汝药死，有诸？"侯曰："彼得瘟症，某以瘟方治之。既瘳，隔日而死，与某何涉？"马作人言，两相苦。官命稽籍，籍注马寿若干，应死于某年月日，数确符。因呵曰："此汝天年适尽，何得妄控！"②叱之而去。因谓侯曰："汝存心方便，可以不死。"仍命二皂送回。前二人亦与俱出，又嘱途中善相视。侯曰："今日虽蒙覆蔽，生平实未识荆。乞示姓字，以图衔报。"绿衣人曰："三年前，仆从泰山来，焦渴欲死。经君村外，蒙以杓浆见饮，至今不忘。"吏人曰："某即刘全。曩被雀粪之污，闷不可耐，君手为涤除，是以耿耿。奈冥间酒馔，不可以奉宾客，请即别矣。"侯始豁悟，乃归。

既至家，款留二皂，皂并不敢饮其杯水。侯苏，盖死已逾两日矣。自此益修善行。每逢节序，必以浆酒酹刘全。年八旬，尚强健，能乘马驰走。一日，于途间见刘全骑马来，如将远行。拱手道温凉毕，刘曰："君数已尽，

①被索贿者立马变成"你大爷"，好玩儿。

②事事皆由前定，《聊斋》固定思路。

勾牒出矣。勾役欲相招，我禁使弗须。君可归治后事。三日后，我来同君行。地下代买小缺，亦无苦也。"遂去。侯归告妻子，招别戚友，棺衾俱备。第四日日暮，对众曰："刘大哥来矣。"入棺遂殁。

校勘

底本：青柯亭本。参校：异史、二十四卷本、铸雪斋本。

注释

〔1〕刘全：《西游记》第十一回，刘全代替唐太宗给冥王进瓜。〔2〕邹平：明清县名，属济南府。今山东滨州邹平市。

点评

一则充满人情味的鬼故事，作者劝善之意非常明显：人即使偶尔做点儿善事，也说不定就在关键时刻给自己关键性帮助。牛医不过干了两件举手之劳的事，结果不仅死而复生，享得高寿，还在死前有人预先买下冥府的小官给他做。刘全原本就是胡编乱造的小说人物，到了《聊斋》里，他成了神，而且成神不忘善人本性。小说写冥世活动，却总出现人世间凡人称呼如"大爷""大哥"，煞是有趣。

劉全
雀糞無瑕污
日靖刮除頻
宵昧平生他
年相遇欣相
慰狺殘金
鏡一刮情

土化兔

靖逆侯张勇镇兰州时出猎[1]，获兔甚多，中有半身或两股尚为土质。故一时秦中争传土能化兔。此亦物理之不可解者。

> **校勘**
>
> 底本：异史。参校：二十四卷本、铸雪斋本。

> **注释**
>
> [1] 靖逆侯张勇：张勇（1616—1684），西安人，原为明朝副将，降清后任甘肃总兵，封靖逆将军，晋靖逆侯。《清史列传》《清史稿》有传。

> **点评**
>
> 土中因原有虫卵，可生昆虫类动物，岂能化兔？作者认为是"物理之不可解者"，实际是根本不可能的事。估计是被猎杀之兔长期丢弃野外，下半身或两腿腐化到土中造成的误传。

鸟使

苑城史乌程家居[1]，忽有鸟集屋上，音色类鸦[2]。史见之，告家人曰："夫人遣鸟使召我矣。急备后事，某日当死。"至日果卒。殡日，鸦复至，随榇缓飞，由苑之新[3]。至殡宫，始不复见。长山吴木欣目睹之[4]。

> 校勘

底本：异史。参校：二十四卷本、铸雪斋本。

> 注释

[1]苑城：今山东邹平县苑城镇。[2]音色类鸦：形状和叫声像乌鸦。[3]新：新城，今山东省淄博市桓台区。[4]吴木欣：吴长荣（1656—1705），长山人，贡生，为蒲松龄忘年小友朱缃的从姐丈，是怀才不遇的人物。康熙五十五年（1716）《长山县志》记其"性聪慧，志卓迈，制行矜名节，为文尚识力，年未五十，郁愤以死。士论惜之"。

> 点评

蒲松龄痴迷志怪小说，他的朋友也纷纷落入其中，吴木欣即其一。《蒲松龄集》里有《题吴木欣〈班马论〉》和《题吴木欣〈戒谑论〉》，说明二人志趣相投。这则轶闻文字虽短，写夫妇间感情却相当动人。

姬生

① 道高一尺，魔高一丈。

南阳鄂氏患狐〔1〕，金钱什物，辄被窃去。迕之，祟益甚。鄂有甥姬生，名士，素不羁，焚香代为祷免，卒弗应；又祝舍外祖，使临己家，亦不应。众笑之，生曰："彼能幻变，必有人心。我固将引之，俾入正果。"① 三数日辄一往祝之。虽固不验，然生所至，狐遂不扰，以故，鄂常止生宿。生夜望空请见，邀益坚。一日，生归，独坐斋中，忽房门缓缓自开。生起，致敬曰："狐兄来耶？"殊寂无声。又一夜，门自开，生曰："倘是狐兄降临，固小生所祷祝而求者，何妨即赐光霁〔2〕？"即又寂然。案头有钱二百，及明失之。生至夜增以数百。中宵，闻布幄铿然，生曰："来耶？敬具时铜数百，以备取用。仆虽不充裕，然非鄙吝者。若缓急有需，无妨质言，何必盗窃？"少间视钱，脱去二百。生仍置故处，数夜不复失。有熟鸡，欲供客而失之。生至夕又益以酒，而狐从此绝迹矣。

鄂家祟如故。生又往祝曰："仆设钱而子不取，设酒而子不饮；我外祖衰迈，无为久祟之。仆备有不腆之物，夜当凭汝自取。"乃以钱十千、酒一樽，两鸡皆聂切〔3〕，陈几上。生卧其旁，终夜无声，钱物如故。狐怪从此亦绝。

生一日晚归，启斋门，见案上酒一壶，燖鸡盈盘〔4〕；钱四百，以赤绳贯之，即前日所失物也。知狐之报。嗅酒而香，酌之色碧绿，饮之甚醇。壶尽半酣，觉心中贪念顿生，蓦然欲作贼，便启户出。思村中一富室，遂往越其墙。墙虽高，一跃上下，如有翅翎。入其斋，窃取貂裘、金鼎而出，归置床头，始就枕眠。天明，携入内室，妻惊问之，生嗫嚅而告，有喜色。妻骇曰："君素刚直，何忽作贼！"生恬然不为怪，因述狐之有情。

妻恍然悟曰："是必中之狐之酒毒也。"因念丹砂可以却邪，遂觅研入酒使饮之，少顷，生忽失声曰："我奈何做贼！"妻代解其故，爽然自失。又闻富室被盗，噪传里党。生终日不食，莫知所处。妻为之谋，使乘夜抛其墙内。生从之。富室复得故物，其事遂寝。

生岁试冠军〔5〕，又举行优〔6〕，应受倍赏。及发落之期〔7〕，道署梁上粘一帖云〔8〕："姬某作贼，偷某家裘、鼎，何为行优？"梁最高，非跂足可粘〔9〕。文宗疑之，执帖问生。生愕然，思此事除妻外无知者；况署中深密，何由而至？因悟曰："此必狐之为也。"遂缅述无讳〔10〕，文宗赏礼有加焉。生每自念无取罪于狐，所以屡陷之者，亦小人之耻独为小人耳②。

异史氏曰："生欲引邪入正，而反为邪惑。狐意未必大恶，或生以谐引之，狐亦以戏弄之耳。然非身有夙根，室有贤助，几何不如原涉所云'家人寡妇，一为盗污遂行淫'哉〔11〕！吁！可惧也！"

吴木欣云："康熙甲戌〔12〕，一乡科令浙中〔13〕，点稽囚犯，有窃盗已刺字讫，例应逐释。令嫌'窃'字减笔从俗，非官板正字，使刮去之；候创平，依《字汇》中点画形象另刺之〔14〕。盗口占一绝云：'手把菱花仔细看〔15〕，淋漓鲜血旧痕斑。早知面上重为苦，窃物先防识字官。'禁卒笑之曰："诗人不求功名，而乃为盗？'盗又口占答之云：'少年学道志功名，只为家贫误一生。冀得资财权子母，囊游燕市博恩荣〔16〕。'"即此观之，秀才为盗，亦仕进之志也③。狐授姬生以进取之资，而返悔为所误，迂哉！一笑。

②哲理。学政的处理颇有人情味。

③尖刻挖苦。蒲松龄用几十年时间，始终没扣开乡试大门，某些因乡试得意而做官者的丑行，为他热心关注。

校勘

底本：康熙本。参校：异史、二十四卷本、铸雪斋本。

注释

〔1〕南阳：明清府名，今河南省南阳市。〔2〕光霁：光风霁月。对人容貌的恭维。〔3〕聂切：切成薄片。〔4〕燂（tán）鸡盈盘：满满一盘烤熟的雏鸡。〔5〕岁试冠军：岁试第一名。岁试，是对秀才的甄别考试，由各省学政主持，考一、二、三等有赏，四等以下受罚。〔6〕举行优：选为优贡。清制学政每三年从府、州、县秀才中选拔品学兼优者，与督抚核定人数，送国子监，称优贡生，经朝考合格后可任命官职。〔7〕发落之期：清代秀才岁考、科考后宣布等次及相应赏罚，称"发落"，无故缺席，则革去顶戴。〔8〕道署：学政的官衙。〔9〕跛（bá）足：踮起脚。〔10〕缅述无讳：如实讲述毫不隐讳。〔11〕"几何"二句：一个人一旦因为客观原因而行止有亏，就会在罪恶之渊越陷越深。原典出自《汉书·游侠传·原涉》。原涉之父乃秩二千石的南阳太守，父亲去世后，原涉守丧三年，行为谨慎，名显京师，被举荐为谷口令，居官半年后为报家仇辞官，结交天下豪杰，有人讽刺他："子本吏二千石之世，结发自修，以行丧推财礼让为名，正复仇取仇，犹不失仁义，何故遂自放纵，为轻侠之徒乎？"涉应曰："子独不见家人寡妇邪？始自约敕之时，意乃慕宋伯姬及陈孝妇，不幸一为盗贼所污，遂行淫失，知其非礼，然不能自还。吾犹此矣！"〔12〕康熙甲戌：康熙三十三年（1694）。〔13〕乡科：乡试取中的举人。〔14〕《字汇》：明代至清初通行的字典。为《康熙字典》之前收字最多的字书。〔15〕菱花：镜子。〔16〕囊游燕市博恩荣：偷钱的目的是为了捐官，到朝廷取得恩荣。

点评

一些研究文章将姬生做贼说成是科举制度毒害的结果，其实本文是写奸邪如何拉人下水并陷害之的故事。姬生为保护外祖父不受狐祟，宁可自己做出牺牲，对狐一再退让、仁至义尽。狐却以怨报德，害姬生做贼，并在关键时刻陷害他。这样的狐始终没受到制裁，是社会黑暗之一状。附则既写县令的残忍，又写社会逼儒为盗，与正文相得益彰。

姬生
自作穿窬自盖
愆相夫赖百宝
人赘休言狂药
绵迷性酿琨都
应足盗泉

卷八

果报

安丘某生通卜筮之术，其为人邪荡不检[1]，每有钻穴逾隙之行，则卜之。一日忽病，药之不愈，曰："吾实有所见。冥中怒我狎亵天数[2]，将重谴矣，药何能为！"亡何，目暴瞽，两手无故自折。

某甲者，伯无嗣，甲利其有，愿为之后。伯既死，田产悉为所有，遂背前盟。又有一叔家颇裕，亦无子，甲又父之，死，又背之①。于是并三家之产，称富一乡。一日，暴病若狂，自言曰："汝欲享富厚而生耶！"遂以利刃自割肉，片片掷地。又曰："汝绝人后，尚欲有后耶！"剖腹流肠，遂毙。未几，子亦死，产业归人矣。果报如此，可畏也夫！

① 只接收伯、叔遗产却不尽子嗣祭扫之类责任。

校勘

底本：青柯亭本。参校：异史、二十四卷本、铸雪斋本。

注释

[1]邪荡不检：邪恶放荡不检点。[2]狎亵天数：古人认为，一切由天来决定，某生通过占卜知道上天意志，再借用占卜做坏事，是对上天的亵渎。

点评

古人相信"善有善报，恶有恶报，不是不报，时候未到"，此文写的两个故事都是作恶者最终受到了严厉的惩罚。因为人物是作者善恶观念的表达，因而谈不上有什么人物创造和故事情节，这类故事封建教诲性很强。

1763

果报二

谓他人父刬他
坟麦饭何堪充
馁而等语世间
贤嗣子请看膈
刻向瓦畔

公孙夏

保定有国学生某[1],将入都纳资[2],谋得县尹。方趣装而病,月余不起。忽有僮入曰:"客至。"某亦自忘其疾,趋出逆客。客华服,类贵者。三揖入舍,叩所自来。客曰:"仆,公孙夏,十一皇子坐客也[3]。闻治装将图县秩[4],既有是志,太守不更佳耶?"某逊谢,但言:"资薄,不敢有奢愿。"客请效力,俾出半资,约于任所取盈①。某喜求策,客曰:"督、抚皆某昆季之交[5],暂得五千缗[6],其事济矣。目前真定缺员[7],便可急图。"某讶其本省[8],客笑曰:"君迁矣!但有孔方在,何问吴、越桑梓耶[9]②?"某终踌躇,疑其不经,客曰:"无须疑惑。实相告:此冥中城隍缺也。君寿尽,已注死籍。乘此营办,尚可以致冥贵。"即起告别,曰:"君且自谋,三日当复会。"遂出门跨马去,某忽开眸,与妻子永诀。命出藏镪,市楮锭万提[10],郡中是物为空。堆积庭中,杂刍灵鬼马[11],日夜焚之,灰高如山。

三日,客果至。某出资交兑,客即导至部署,见贵官坐殿上,某便伏拜。贵官略审姓名,便勉以"清廉谨慎"等语③。乃取凭文,唤至案前与之④。某稽首出署。自念监生卑贱,非车服炫耀,不足震慑曹属[12]。于是益市舆马,又遣鬼役以彩舆迓其美妾。区画方已,真定卤簿已至[13]。途中里余,一道相属,意甚得。忽前导者钲息旗靡[14],惊疑间,见骑者尽下,悉伏道周;人小径尺,马大如狸⑤。车前者骇曰:"关帝至矣!"某惧,下车亦伏,遥见帝君从四五骑,缓辔而至。须多绕颊[15],不似世所模肖者;而神采威猛,目长几近耳际⑥。马上问:"此何官?"从者答:"真定守。"帝君曰:"区区一郡,何直得如此张皇!"某闻之,洒

①待上任后刮了地皮交。

②《聊斋》名言。明写阴世实写阳世。铜臭世界,阴霾地狱。

③鬼脸欺人欺世,滑稽的走过场。

④有钱买得鬼送官。

⑤人马缩小,写关圣的冥世气势对恶人威慑,妙。

⑥《聊斋》重新为关羽画像。络腮胡像毛张飞,眼睛特大,观察世界清楚。

⑦妙。

⑧字都写不成个，其国子监功名也是买的。关圣认为，正常求取仕进可以，但是用金钱买官，就跟卖官爵发财有同样罪过。

⑨对此人来说既是赔了夫人又折兵，也是塞翁失马，他可以回到人间继续买人间的官了。

⑩郭华野的轶事其实就是小说正文的原型。对比正文与"异史氏曰"对真人真事的描写，可以看出从生活原型到小说创作的变异，看出作家的天才巧思。郭华野的故事不仅是正文的补充，且是研究作者小说创作的重要资料。

然毛悚；身暴缩，自顾如六七岁儿⑦。帝君命起，使随马蹄行。道旁有殿宇，帝君入，南面坐，命以笔札授某，俾自书乡贯姓名。某书已，呈进；帝君视之，怒曰："字讹误不成形象！此市侩耳，何足以任民社〔16〕！"又命稽其德籍〔17〕。旁一人跪奏，不知何词。帝君厉声曰："干进罪小〔18〕，卖爵罪重〔19〕！"⑧旋见金甲神缧锁去。遂有二人捉某，褫去冠服，笞五十，臀肉几脱，逐出门外。四顾车马尽空，痛不能步，偃息草间。细认其处，离家尚不甚远。幸身轻如叶，一昼夜始抵家。

豁若梦醒，床上呻吟。家人集问，但言股痛。盖瞑然若死者，已七日矣，至是始寤。便问："阿怜何不来。"盖妾小字也。先是，阿怜方坐谈，忽曰："彼为真定太守，差役来接我矣。"乃入室丽妆，妆竟而卒，才隔夜耳。家人述其异。某悔恨爬胸，命停尸勿葬，冀其复还。数日杳然，乃葬之。某病渐瘳，但股疮大剧，半年始起。每自曰："官资尽耗，而横被冥刑，此尚可忍；但爱妾不知异向何所，清夜所难堪耳。"⑨

异史氏曰："嗟夫！市侩固不足南面哉！冥中既有线索，恐夫子马踪所不及到，作威福者正不胜诛耳。吾乡郭华野⑩先生传有一事〔20〕，与此颇类，亦人中之神也。先生以清鲠受主知〔21〕，再起总制荆楚〔22〕。行李萧然，惟四五人从之，衣履皆敝陋，途中人皆不知为贵官也。适有新令赴任，道与相值。驼车二十余乘，前驱数十骑，驺从以百计。先生亦不知其何官，时先之，时后之，时以数骑杂其伍。彼前马者怒其扰，辄呵却之。先生亦不顾瞻。亡何，至一巨镇，两俱休止。乃使人潜访之，则一国学生，加纳赴任湖南者也〔23〕。乃遣一价召之使来。令闻呼骇疑；及诘官阀，始知为先生，悚惧无以为地，冠带匍伏而前。先生问：'汝即某县县尹耶？'答曰：'然。'先生曰：'蕞尔一邑〔24〕，何能养如许驺从？履任，则一方涂炭矣！不可使殃民社，可即旋归，勿前矣。'令叩首曰：'下官尚有文凭。'"先生即令取凭，审验已，曰：'此亦细事，代若缴之可耳。'令伏拜而出，归途不知何以为情，而先生行矣。世有未莅任而已受考成者〔25〕，实所创闻〔26〕。盖先生奇人，故信其有此快事耳。"

校勘

底本：康熙本。参校：异史、二十四卷本、青柯亭本。

注释

〔1〕国学生：国子监学生，监生。〔2〕入都纳资：到京城捐钱买官。〔3〕坐客：座上客。〔4〕县秩：县令的职位。〔5〕督、抚皆某昆季之交：总督与巡抚都是我兄弟般的朋友。〔6〕五千缗：五千贯钱，相当于五千两银子。〔7〕真定：河北真定府。明至清雍正元年（1723）府名，雍正即位后为避讳改为"正定"。〔8〕讶其本省：惊讶他可以在本省做官。按清朝官吏制度的规定，官员不允许在家乡任职。保定和真定都属于直隶省。〔9〕何问吴、越桑梓：管它是在家乡还是像吴、越那样边远的外地。〔10〕市楮锭万提：买来纸钱万串。〔11〕刍灵鬼马：纸糊草扎的假人假马。〔12〕曹属：府衙中的下属。〔13〕真定卤簿：真定府的仪仗队。〔14〕钲息旗靡：锣鼓停了，旌旗都收了起来。〔15〕须多绕颊：长着络腮胡须。按《三国演义》的描写，关云长髯长二尺，垂于胸前。〔16〕民社：任职府、州、县的地方长官。〔17〕稽其德籍：查考阴司对其生前德行的记录。〔18〕干进：谋求仕进。〔19〕卖爵：出卖官位。〔20〕郭华野：即郭琇（1638—1715），山东即墨人，著名清官，曾任湖广总督。《清史稿》称他"材力强干，善断疑狱"，"抨击权相，有直臣之风"。〔21〕以清鲠受主知：因为清廉耿直受到皇帝的赏识。〔22〕再起总制荆楚：再次得到皇帝的起用，任湖广总督。康熙二十八年（1689）御史张星法弹劾山东巡抚钱珏被指为诬劾，左都御使郭华野受到牵连革职，休致。康熙三十八年（1699），康熙南巡，郭琇迎驾于德州，康熙认为"其人有胆量，无朋比"，授湖广总督。〔23〕加纳：买到官。〔24〕蕞（zuì）尔：非常小。〔25〕考成：考核官吏。〔26〕创闻：前所未有的奇闻。

点评

卖官鬻爵是黑暗吏治的重要方面，《聊斋志异》刺贪刺虐，入骨三分，对这一黑暗现象的描写真是奇而又奇，深而又深。本文的国学生某，连字都写不成个儿，其监生本就是买来的，他还要凭着几个臭钱买个实职官儿做。阳世还没买到手就死了，继续买冥世的官而且是更大的官，他在阳世想买的是七品县令，到了阴世他可以买到五品太守（知府）。"但有孔方在，何问吴、越桑梓耶"，多么惊心动魄的语言！只要金钱开路，连向来标榜的不允许在桑梓做官的规定都可以不遵守。孔方兄成了官场的万灵通行证！封建吏治已经黑暗到不可救药的程度！关云长的出现，寄托了作者的理想，也是幻想。关云长和张飞是三国时的武将，是《三国演义》塑造的文学形象，却多次被请到《聊斋》里清理吏治和文坛，这也是没有办法的办法，或者说根本不可能兑现的办法。小说描卖官丑剧，状小人得志，画正神威仪，写清官懿行，形象逼真，细节生动。正文写的是冥世，实际是阳间的倒影；"异史氏曰"掇拾的是封建社会凤毛麟角般的清官，其实就是小说原型。郭华野任湖广总督是康熙三十八年的事，离《聊斋志异》初步成书已经二十年，作者也年逾花甲，《公孙夏》是作者晚年的重要作品，是聊斋先生经过了漫长岁月后，对人生、社会、官场有了更清醒认识，在小说创作上积累了更多经验后的作品，是思想艺术俱佳的代表作。

公孫夏

不讀書詩且
買官仕遂當
作利途有澄
清畢竟異中易
永握銅符已掛冠

韩方

① 韩方在本文中仅仅起到叙事角色的作用。以凡间之人引出阴世之鬼。

② 清兵入关,杀人如麻,被杀者的悲惨遭遇《公孙九娘》等已有描写。冤鬼变祟人鬼,一笔写两面,一方面隐写当年,另一方面讽刺当世。

明季,济郡以北数州县,邪疫大作,比户皆然。齐东农民韩方〔1〕①,性至孝。父母皆病,因具楮帛,哭祷于孤石大夫之庙〔2〕。归途零涕,遇一人衣冠清洁,问:"何悲?"韩具以告,其人曰:"孤石之神不在于此,祷之何益?仆有小术,可以一试。"韩喜,诘其姓字。其人曰:"我不求报,何必通乡贯乎?"韩殷殷请临其家。其人曰:"无须。但归,以黄纸置床上,厉声言:'我明日赴都,告诸岳帝!'病当已。"韩恐不验,坚求移趾。其人曰:"实告子:我非人也。巡环使者以我诚笃〔3〕,俾为南县土地。感君孝,指授此术。目前岳帝举枉死之鬼,其有功人民,或正直不作邪祟者,以城隍、土地用〔4〕。今日殃人者,皆郡城北兵所杀之鬼②,急欲赴都自投,故沿途索赂,以谋口食耳,言告岳帝,则彼必惧,故当已。"韩悚然起敬,伏地叩谢,及起,其人已渺。惊叹而归。遵其教,父母皆愈。以传邻村,无不验者。

异史氏曰:"沿途祟人而往,以求不作邪祟之用,此与策马应'不求闻达之科'者何殊哉〔5〕!天下事大率类此。犹忆甲戌、乙亥之间〔6〕,当事者使民捐谷,疏告九重,谓民乐输〔7〕。于是各州县如数取盈,甚费敲扑〔8〕。时郡北七邑被水,岁祲,催办尤难。唐豹岩太史〔9〕偶至利津,见系逮者十余人。即当道中问其为何事,答云:'官捉吾等赴城,比追乐输耳〔10〕。'农民亦不知'乐输'二字作何解,遂以为徭役敲比之名〔11〕,岂不可叹而可笑哉!"

校勘

底本:康熙本。参校:异史、二十四卷本、铸雪斋本、青柯亭本。

注释

〔1〕齐东：明清县名，属济南府，今山东滨州市邹平市。〔2〕孤石大夫：山东济南、淄博、泰安多处有"石大夫"显灵治病的传说。《章丘县志》记章丘东陵山下有大石，常化为人行医，自号"石大夫"。王士禛考证过石大夫与泰山石敢当的关系。〔3〕巡环使者：传说阴司巡视人间的神。〔4〕"岳帝"四句：东岳大帝要从屈死的鬼里选拔有功于人民，或者正直不扰民者，任命为城隍、土地。这句话具有反讽含意，从不祟民的冤鬼里选官，企图入选者在奔往岳帝庙途中却到处骚扰百姓，是地地道道的挂羊头卖狗肉。所以阴司使者告诉韩方的办法是宣布"我明日赴都，告诸岳帝"。祟人之鬼自然就不敢继续祟人。〔5〕策马应"不求闻达之科"：意思是：明明热衷功名，口头上却说"不求闻达"。不求闻达，就是清高自重、对功名不感兴趣，偏偏骑着马去追求，也是反讽。此事原型出自唐代《因话录》：唐德宗时，搜求不求闻达者，有个书生奔驰入京，问他做什么，他说"将应不求闻达科"。〔6〕甲戌、乙亥：康熙三十三（1694）、三十四年（1695），这两年因对西塞用兵征纳苛捐杂税。〔7〕乐输：自愿交纳。〔8〕敲扑：将百姓拖到公堂上打板子催交赋税。〔9〕唐豹岩太史：即唐梦赉，号豹岩。〔10〕比追：限期催逼纳税。〔11〕敲比：同"比追""敲扑"。

点评

一篇短文所涉及的时序，从明代末年到康熙盛世，历时半个多世纪，所涉及内容很广，有选吏、纳税、科举。正文和"异史氏曰"共同组成封建末世人生悖论的精彩图画：其一，沿途祟人而往以求"正直不作邪祟"的官；其二，汲汲奔驰在途以求"不求闻达"的功名；其三，打着板子向老百姓要"自愿交纳"的税外之税。都是表面文章和实际内涵背道而驰，表面上仁义廉耻，骨子里男盗女娼，表面宣言和实际内蕴形成巨大裂缝，说明封建社会延续到所谓的"康熙盛世"，已经社会混乱，官吏腐败，道德崩溃，近于枯木朽株。

韓方

至性應推田舍奴
沐頭黃紙六靈符
不知瘦鬼稽留
日藏帝聰明覺得無

卷八

纫针

虞小思，东昌人。居积为业[1]。妻夏，归宁而返，见门外一妪，偕少女哭甚哀。夏诘之。妪挥泪相告。乃知其男子王心斋，亦宦裔也。家中落，无衣食业，浼中保贷富室黄氏金作贾。中途遭寇，巨梃中颅，丧资，幸不死。至家，黄索偿，计子母不下三十金，实无可准抵[2]。黄窥其女纫针美，将谋作妾。使中保质告之：如其肯可，可折债外，仍以廿金压券。王谋诸妻，妻泣曰："我虽贫，固簪缨之胄[3]。彼以执鞭发迹[4]，何敢遽媵吾女！且纫针固自有婿耳，汝何得擅作主！"

先是，同邑傅孝廉之子，与王投契，生男阿卯，与襁中论婚。后孝廉官于闽，年余而卒。妻子不能归，音耗俱绝。以故纫针十五尚未字也。妻言及此，王无词，但谋所以为计。妻曰："不得已，其妾试谋诸两弟。"盖妻范氏，其祖曾任京职，两孙田产尚多也。次日，妻携女归告两弟，两弟任其涕泪，并无一词肯为之设处。范乃号啼而归。适逢夏诘，且诉且哭。

夏怜之，视其女，绰约可爱，益为哀楚。因邀入其家，款以酒食，慰之曰："母子勿戚，妾当竭力。"范未遑谢，女已哭伏在地①，益加惋惜。筹思曰："虽有薄蓄，然三十金亦复大难。当典质相付。"母子拜谢。夏以三日为约。别后，百计为之营谋，亦未敢告诸其夫。三日未满其数，又使人假诸其母。范母女已至，因以实告。又订次日。抵暮，假金至，合裹并置床头。

至夜，有盗穴壁以火入，夏觉，睨之，见一人臂跨短刀，状貌凶恶。大惧，不敢作声，伪为睡者。盗近箱，意将发扃。回顾，夏枕边有裹物，探身攫去，就灯解视；乃入腰囊，不复胠箧而去[5]。夏乃起呼。家中惟一小婢，隔墙呼邻，邻人集而盗已远。夏乃对灯啜泣，亡何，婢

①夏氏与纫针素不相识，挺身相助。纫针与之心心相印。

1773

睡去，夏乃引带自经于棂间。天曙，婢觉，呼人解救，四肢已冰。虞闻奔至，诘婢始得其由，惊涕营葬。时方夏，尸不僵，亦不腐。过七日，乃殓之。

既葬，纫针潜出，哭于其墓。暴雨忽集，霹雳大作，墓发，纫针震死。②虞闻奔验之，则棺木已启，妻呻嘶其中，抱出之。见女尸，不知为谁。夏审视，始辨之。方相骇怪。未几，范至，见女已死，哭曰："固疑其在此，今果然矣！闻夫人自缢，日夜不绝声。今夜语我，欲哭于殡宫，我未之应也。"夏感其义，遂与夫言，即以所葬材穴葬之。范拜谢。虞负妻归，范亦归告其夫。

闻村北一人被雷击死于途，身有朱字云："偷夏氏金贼。"俄闻邻妇哭声，乃知雷击者即其夫马大也。村人白于官，官拘其妇械鞫之，则范氏以夏之措金赎女，对人感泣，马大赌博无赖，闻之而盗心遂生也。官押妇搜赃，则止存二十数；又检马尸得四数。官判卖妇偿补责还虞。夏益喜，全金悉仍付范，俾偿债主。③

葬女三日，夜大雷电以风，坟复破，女乃顿苏。④不归其家，往扣夏氏之门。盖认其墓，疑其复生也。夏惊起，隔扉问之。女曰："夫人果生耶！我纫针耳。"夏骇为鬼，呼邻媪诘之，知其复活，喜内入室。女自言："愿从夫人服役，不复归矣。"夏曰："得无谓我捐金为买婢耶？汝葬后，债已代偿，可勿见猜。"女益感泣，愿以母事。夏未诺，女曰："儿能操作，亦不坐食。"天明，告范，范喜，急至。母女相见，哭失声。亦从女意，即以属夏。范去，夏强送女归。女啼思夏。王心斋自负之来，委诸门内而去。夏见惊问，始知其故，遂亦安之。女见虞至，急下拜，呼以父。虞固无子女，见女依依怜人，颇以为欢。女纺绩缝纫，勤劳臻至。夏偶病剧，女昼夜给役。见夏不食，亦不食；面上时有啼痕，向人曰："母有万一，我誓不复生！"夏少瘳，始解颜为欢。夏愈，闻之流涕，曰："我四十无子，但得生一女如纫针足矣。"夏自少不育；逾年忽生一男，人以为行善之报⑤。

②但明伦评："夏之仗义，女之感德，曲折写来，肝胆毕露。"冯镇峦评："一起一跌，怒涛翻天。"

③一诺千金。

④雷霆一再起作用。

⑤蒲松龄的固定思维。对行善者报以后嗣。

居二年，女益长。虞与王谋，不能坚守旧盟。王曰："女在君家，婚姻惟君所命。"女十七，惠美无双。此言出，问名者趾错于门，夫妻为之简对〔6〕。黄某亦遣媒来。虞恶其为富不仁，力却之。为择于冯氏。冯，邑名士，子亦慧而能文。将告于王；王出负贩未归，遂径诺之。黄以不得于虞，亦托作贾，迹王所在，设馔相邀，更复助以资本，渐渍习洽。因自言道其子慧，以自媒。王感其情，又仰其富，遂与订盟。既归诣虞，则虞昨日方受冯氏婚书。闻王言，颇不悦，呼女出，告以情。女怫然曰："债主，吾仇也！以我事仇，但有一死！"⑥王无颜，托人告黄以冯氏之盟。黄怒曰："女姓王，不姓虞。我约在先，彼约在后，何得背盟！"遂控于邑宰，宰意以先约判归黄。冯曰："王某以女付虞，固言婚嫁不复预闻，且某有定婚书，彼不过杯酒之谈耳。"宰不能断，将惟女愿从之。黄退，又以金赂邑宰，求其左袒，以此月余不决。

一日，有孝廉北上公车过东昌〔7〕⑦，使人问王心斋。适问于虞，虞转诘之，盖孝廉姓傅，即阿卯也。入闽籍，十八已乡捷矣。犹以前约未婚。其母嘱令便道访王，问其女已嫁否也。虞大喜，邀傅至家，历述所遭，然婿远来数千里，患无质实〔8〕。傅启箧，出王当日允婚书。虞招王至，验之果真，乃共喜。是日当官覆审，傅投刺谒宰，其案始销。涓吉约期乃去。礼闻后〔9〕，市币帛而还，居其旧第，行亲迎礼。进士报已自闽中还，又报至东，盖傅又捷南宫矣〔10〕。复入都观政而返〔11〕。女不乐南渡，傅亦以庐墓在，遂独往迁父柩，载母俱归。后数年，虞卒，子才七八岁，女抚之过于其弟。使读书，得入邑庠，家称素封，皆傅力也。

异史氏曰："神龙中亦有游侠耶？彰善瘅恶〔12〕，生死皆以雷霆，此'钱塘破阵舞'也〔13〕。轰轰屡击，皆为一人，焉知纫针非龙女谪降者耶？"

⑥志气过其父。债主黄某似乎是作者的提线木偶，开头他想纳妾，现在又成给儿子娶妇。总之不断骚扰。

⑦贤婿从天而降。

校勘

底本：康熙本。参校：异史、二十四卷本、铸雪斋本、青柯亭本。

注释

〔1〕居积：经商。囤积货物以待高价时抛出。王充《论衡·知实》："子贡善居积，意贵贱之期，数得其时，故货殖多，富比陶朱。"〔2〕准抵：以房产地产为抵押。〔3〕簪缨之胄：官宦人家出身。〔4〕执鞭：执鞭驾车，指做贫贱的工作。〔5〕胠箧（qū qiè）：撬开箱子。〔6〕简对：选择，应对。〔7〕公车：汉代以官府的车子接送应举者进京城，故后世称举人进京参加考试为"公车"，也代指举人。〔8〕质实：凭据。〔9〕礼闱：礼部考试，即会试。〔10〕捷南宫：考中进士。〔11〕观政：即"观政进士"。明代新取中的进士，正式授官之前需要拨到部院见习正事，称"观政进士"，观政期满，正式授官。〔12〕彰善瘅（dàn）恶：奖励美善，惩罚邪恶。〔13〕钱塘破阵舞：唐代传奇《柳毅传》中虚拟的威武雄壮乐舞。

点评

对作恶者民间有句俗话，"不怕打雷劈了？"在此文中，雷不仅劈了偷金贼，且一再起到惩恶扬善、扭转乾坤的作用，成为小说曲折跌宕的主要因素。小说中两个女性人物为《聊斋》画廊增添了新的类别、新的形象、新的亮色。作者将通常出现在男士身上的"侠义"品格赋予女性人物。夏氏侠肝义胆，对素不相识者尽力相助，当赎身银子被盗后，以死明心迹；纫针洁身自好、知恩报恩，对夏氏不是亲女胜过亲女。两个没有血缘关系的女性之间相知相从的丝丝柔情非常感人。相比之下，在小说里出现的男士除虞小思、傅阿卯之外，都私欲丛生、晦暗不明：黄氏见色起意、恃财欺人；王心斋对亲生女儿不负责任、见利忘义；夏氏舅舅为富不仁，对外甥女儿毫无恻隐之心；至于盗贼马大，更是狗彘不如、为雷所劈。蒲松龄坚定地相信，九九归一，不管通过什么方式，天不可欺，好人好报。最终是《聊斋》传统大团圆：夏氏年过四十喜得娇子并受到义女终生呵护，不美富贵的纫针嫁作进士妇。这样的"报应"虽然俗套，但对于一心想借小说明心志、征善恶的聊斋先生来说，恐怕也只能如此。

蝃蝀

弱息嬌姿肇
禍胎回生起
死伏神雷手
婚杠自生奸
計天違桑龍
佳婿宋

桓侯

荆州彭好士，自他饮归。下马溲便，马龁草路侧。有细草一丛，蒙茸可爱，初放黄花，艳光夺目，马食已过半矣。彭拔其余茎，嗅之有异香，因内诸怀。超乘复行，马驽驶绝驰〔1〕，颇觉快意，竟不计算归途，纵马所之。忽见夕阳在山，始将旋辔。但望乱山丛沓，并不知其何所。一青衣人来，见马方喷嚏，代为捉衔，曰："天已近暮，吾家主人便请宿止。"彭问："此属何地？"曰："阆中也〔2〕。"彭大骇，盖半日已千余里矣，因问："主人伊谁？"曰："到自知之。"又问："何在？"曰："咫尺耳。"遂代鞚疾行，人马若飞。过一山头，见半山中屋宇重叠，杂以屏幔，遥睹衣冠一簇，若有所伺。彭至，下马，相向拱敬。主人出，气象刚猛，巾服都异人世。拱手向客，曰："今日客莫远于彭君。"因揖彭，请先行。彭谦谢，不肯遽先。主人捉臂行之。彭觉捉处如被械梏，痛欲折①，不敢复争，遂行。下此者犹相推让，主人或推之，或挽之，客皆呻吟倾跌，似不能堪，一依主命而行。

① 力大无比。

登堂，则陈设炫丽，两客一筵。彭暗问接坐者："主人何人？"答云："此张桓侯也。"彭愕然，不敢复咳。合座寂然。酒既行，桓侯曰："岁岁叨扰亲宾，聊设薄酌，尽此区区之意。值远客辱临，亦属幸遇。仆窃妄有干求，如少存爱恋，即亦不强。"彭起问："何物？"曰："尊乘已有仙骨，非尘世所能驱策。欲市马相易如何？"彭曰："敬以奉献，不敢易也。"桓侯曰："当报以良马，且将赐以万金。"彭离席伏谢。桓侯命人曳起之。俄顷，酒馔纷纶，日落，命烛。众起辞，彭亦告别。桓侯曰："君远来焉归？"彭顾同席者曰："已求此公作居停主人矣〔3〕。"桓侯乃遍以巨觥酬客，谓彭曰："所怀香草，鲜者可以成仙，枯者可以点金；草七茎，得金一万。"即命僮出方授彭，彭又拜谢。桓侯曰："明日造市，请于马群中任意择其良者，不必与之论价，吾自给之。"又告众曰："远客归家，可少助以资斧。"众唯唯。觞尽，谢别而出。途中始诘姓字，同座者为刘子翚〔4〕。同行二三里，越岭，即睹村舍。众客陪彭并至刘所，始述其异。

先是，村中岁岁赛社于桓侯之庙，斩牲优戏，以为成规，刘其首善者也。三日前，赛社方毕。是午，各家皆有一人邀请过山。问之，言殊恍惚，但敦促甚急，过山见亭舍，相共骇疑。将至门，使者始实告之；众亦不敢却退。使者曰："姑集此，邀一远宾，行至矣。"盖即彭也。众述之惊怪。其中被把握者，皆患臂痛；解衣烛之，肤肉青黑。彭自视亦然。众散，刘即襆被供寝。既明，村中争延客；又伴彭入市相马。十余日，相数十匹，苦无佳者；彭亦拚苟就之。又入市，见一马，骨相似佳；骑试之，神骏无比。径骑入村，以待鬻者；再往寻之，其人已去。遂别村人欲归。村人各馈金资，遂归。

马一日行五百里。抵家，述所自来，人不之信，囊中出蜀物，始共怪之。香草久枯，恰得七茎，遵方点化，家以暴富。遂敬诣故处，独祀桓侯之祠，优戏三日而返。

异史氏曰："观桓侯燕宾，而后信武夷幔亭非诞也〔5〕。然主人肃客，遂使蒙爱者几欲折肱，则当年之勇力可想。"

吴木欣言："有李生者，唇不掩其门齿，露于外盈指。一日，于某所宴集，二客逊上下，其争甚苦。一力挽使前，一力却向后。力猛肘脱，李适立其后，肘过触喙，双齿并堕，血下如涌。众愕然，其争乃息。"此与桓侯之握臂折肱，同一笑也。

校勘

底本：康熙本。参校：异史、二十四卷本、铸雪斋本、青柯亭本。

注释

〔1〕骛驶绝驰：跑得飞快。〔2〕阆中：四川县名。〔3〕居停主人：寄宿主人。〔4〕刘子翚（huī）：应当是南宋人刘子翚（1101—1147），福建人，曾以父荫短期为官，辞官后居武夷山讲学，精通《周易》，著有《屏山集》。朱熹曾从师于刘，刘临终向朱传授"不远复"的三字符。〔5〕武夷幔亭：陆羽《武夷山记》引神话传说，秦始皇二年（前245）武夷山君在山上置幔亭，请人聚饮。

1779

点评

　　蒲松龄喜爱"桃园三结义"的关羽和张飞，他们的神灵多次在《聊斋》故事出现，在俚曲《快曲》中，蒲松龄干脆让张飞用丈八蛇矛杀了曹操。本文的张飞既勇力过人，又通情达理，豪爽大方。喜欢神骏，如此礼貌周全地"交易"，亦相当有趣。以"不远复"修身养性的南宋易学大师刘子翚穿越时空来参加张飞的聚会并帮助彭好士远客回家，又恰好跟朱熹主管过武夷山幔亭峰麓的冲祐观联系起来。聊斋先生思联千古，将一个神异故事写得颇富人情味。

桓宾

好借神駒迎遠客
伸立誼宴佳賓登堂
推挽胝扣折想見將
軍勇絕倫

粉蝶

阳曰旦，琼州土人也〔1〕。偶自他郡归，泛舟于海，遭飓风，舟将覆；忽飘一虚舟来〔2〕，急跃登之。回视则同舟尽没。风愈狂，瞑然任其所吹。亡何风定，开眸忽见岛屿，舍宇连亘。把棹近岸，直抵村门。村中寂然，行坐良久，鸡犬无声。见一门北向，松竹掩蔼〔3〕。时已初冬，墙内不知何花，蓓蕾满树①。心爱悦之，逡巡遂入。遥闻琴声，步少停。有婢自内出，年约十四五，飘洒艳丽〔4〕。睹阳，返身遽入。俄闻琴声歇，一少年出，讶问客所自来，阳具告之。转诘邦族，阳又告之。少年喜曰："我姻亲也。"遂揖请入院。

院中精舍华好，又闻琴声。既入舍，则一少妇危坐，朱弦方调〔5〕，年可十八九，风采焕映〔6〕。见客入，推琴欲逝，少年止之曰："勿遁，此正卿家眷属。"因代溯所由。少妇曰："是吾侄也。"因问其祖母尚健否？父母各平安否？阳曰："父母都各无恙；惟祖母六旬，得疾沉痼，一步履须人耳。侄实不省姑系何房，望祈明告，以便归述。"少妇曰："道途辽阔，音问梗塞久矣。归时但告而父，'十姑问讯矣'，渠自知之。"阳问："姑丈何族？"少年曰："海屿姓晏。此名神仙岛，离琼三千里，仆流寓亦不久也。"十娘趋入，使婢以酒食饷客，鲜蔬香美，亦不知其何名。饭已，引与瞻眺，见园中桃杏含苞，颇以为怪。晏曰："此处夏无大暑，冬无大寒，花无断时。"阳喜曰："此乃仙乡。归告父母，可以移家作邻。"晏但微笑。

还斋炳烛〔7〕，见琴横案上，请一聆其雅操。晏乃抚弦捻柱。十娘自内出，晏曰："来，来！卿为若侄鼓之。"十娘即坐，问侄："愿何闻？"阳曰："侄素不读《琴操》，实无所愿。"十娘曰："但随意命题，

①倘若知花名，则是人间矣，不知，故为仙境。

皆可成调。"阳笑曰："海风引舟，亦可作一调否？"十娘曰："可。"即按弦挑动，若有旧谱，意调崩腾；静会之，如身仍在舟中，为飓风之所摆簸。②阳惊叹欲绝，问："可学否？"十娘授琴，试使勾拨，曰："可教也。欲何学？"曰："适所奏《飓风操》，不知可得几日学？请先录其曲，吟诵之。"十娘曰："此无文字，我以意谱之耳。"乃别取一琴，作勾剔之势〔8〕，使阳效之。阳习至更余，音节粗合，夫妻始别去。阳目注心凝，对烛自鼓；久之，顿得妙悟，不觉起舞。举首忽见婢立灯下，惊曰："卿固犹未去耶？"婢笑曰："十姑命待安寝，掩户移檠耳。"审顾之，秋水澄澄，意态媚绝。阳心动，微挑之，婢俯首含笑。阳益惑之，遽起挽颈。婢曰："勿尔！夜已四漏，主人将起，彼此有心，来宵未晚。"方狎抱间，闻晏唤"粉蝶"。婢作色曰："殆矣！"急奔而去。阳潜往听之，但闻晏曰："我固谓婢子尘缘未灭，汝必欲收录之。今如何矣？宜鞭三百！"十娘曰："此心一萌，不可给使，不如为吾侄遗之。"阳甚惭惧，返斋灭烛自寝。天明，有童子来侍盥沐，不复见粉蝶矣。③心惴惴恐见谴逐。俄晏与十娘并出，似无所介于怀，便考所业。阳为一鼓。十娘曰："虽未入神，已得什九，肄熟可以臻妙。"阳复求别传。晏教以《天女谪降》之曲，指法拗折，习之三日，始能成曲。晏曰："梗概已尽，此后但须熟耳。娴此两曲，琴中无哽调矣〔9〕。"阳颇忆家，告十娘曰："吾居此，蒙姑抚养甚乐；顾家中悬念。离家三千里，何日可能还也！"十娘曰："此即不难。故舟尚在，当助一帆风，子无家室，我已遣粉蝶矣。"乃赠以琴，又授以药曰："归医祖母，不惟却病，亦可延年。"遂送至海岸，俾登舟。阳觅楫，十娘曰："无须此物。"因解裙作帆，为之紫系。阳虑迷途，十娘曰："勿忧，但听帆漾耳。"系已，下舟。阳凄然，方欲拜别，而南风竞起，离岸已远矣。视舟中糇粮已具，然止足供一日之餐，心怨其吝。腹馁不敢多食，惟恐遽尽，

② 音乐魅力。

③ 粉蝶立即被谪人间，她与阳虽然有明晚之约，却再也不露面。

④仙粮。

但啖胡饼一枚[10]，觉表里甘芳。余六七枚，珍而存之，即亦不复饥矣。④俄见夕阳欲下，方悔来时未索膏烛。瞬息，遥见人烟，细审则琼州也。喜极。旋已近岸，解裙裹饼而归。

入门，举家惊喜，盖离家已十六年矣，始知其遇仙。视祖母老病益惫，出药投之，沉疴立除。共怪问之，因述所见。祖母泫然曰："是汝姑也。"

初，老夫人有少女名十娘，生有仙姿，许字晏氏。婿十六岁入山不返，十娘待至二十余，忽无疾自殂，葬已三十余年。闻旦言，共疑其未死。出其裙，则犹在家所素着也。饼分啖之，一枚终日不饥，而精神倍生。老夫人命发冢验视，则空棺存焉。

旦初聘吴氏女未娶，旦数年不还，遂他适。共信十娘言，以俟粉蝶之至；既而年余无音，始议他图。临邑钱秀才，有女名荷生，艳名远播。年十六，未嫁而三丧其婿。遂媒定之，涓吉成礼。既入门，光艳绝代，旦视之，则粉蝶也。惊问曩事，女茫乎不知。盖被逐时，即降生之辰也。每为之鼓《天女谪降》⑤之操，辄支颐凝想，若有所会。

⑤粉蝶乃仙女谪降。

校勘

底本：康熙本。参校：异史、二十四卷本、铸雪斋本、青柯亭本。

注释

[1]琼州：明清府名，今海南省海口市琼山区。[2]虚舟：无人驾驶的船。[3]掩蔼：遮掩。[4]飘洒：轻松自然。[5]朱弦：用熟丝制作的弦。[6]焕映：光华四射。[7]炳烛：点上蜡烛。[8]勾剔：弹琴手法。[9]哽调：难以演奏的曲子。[10]胡饼：芝麻烧饼。

点评

蒲松龄想象出各种各样的仙境，仙境是不老不死的乐园，有永远的欢乐，永恒的生命。此文的仙境是海外仙岛,四季如春,群芳烂漫,居住在此的人悠哉游哉,趣味悠然,飘飘而仙。十娘如在人世间,应是年过半百的老人,但仙境中的她不仅朱颜永驻,还成了杰出的音乐家。仙境亦有人情,十娘仍惦记着尘世的母亲并除其沉疴。粉蝶是个流星式的人物,她跟阳曰旦的一见钟情并谪降人间,似乎就是为了通过阳曰旦的眼睛传达仙境的信息。因而相比于其他以女主角为篇名的《聊斋》故事,粉蝶个人的感情生活较少,却承担穿针引线、叙事变幻的作用。

  蒲松龄是不是擅长弹奏之类,已不可考,但他很擅长描写音乐的魅力,《宦娘》写温如春偶然遇到的道士的琴艺,《粉蝶》中十娘现场创作并演奏《飓风操》,都丝丝入扣,读之如闻其声。

粉蝶

天風吹送上
仙山學得瑤
琴一曲還蝶自
戀蒼蒼引蝶雙
飛雙宿到人間

李檀斯〔1〕

长山李檀斯，国学生也。其村中有媪走无常〔2〕，谓人曰："今夜与一人舁檀老，投生淄川柏家庄一新门中，身躯重赘，几被压死。"时李方与客欢饮，悉以媪言为妄。至夜，无疾而卒。天明，如所言往问之，则其家夜生女矣。

校勘

底本：康熙本。参校：异史、铸雪斋本。

注释

〔1〕李檀斯：生平不详。蒲松龄文集有《祭李檀斯》，称他为"亲翁"，说他"夫何年未至耳顺，遽委骨于北邙"。说明李没有活到六十岁就突然去世了。
〔2〕走无常：可以在阴世阳世来回行走。

点评

根据佛教的观点，人死之后会轮回再生，而被轮回者是经过一个大的转轮再次来到人间，此文却想象出由阳世的人暂时到阴世服役并抬其轮回，滑稽可笑。

锦瑟

沂人王生，少孤，自为族[1]，家清贫，然风标修洁[2]，洒然裙屐少年也[3]。富翁兰氏，见而悦之，妻以女，许为起屋治产。娶未几，而翁死。妻兄弟鄙不齿数，妇尤骄倨，常佣奴其夫；自享饎馔，生至则脱粟瓢饮[4]，折梜为匕置其前[5]。王悉隐忍之。年十九，往应童试被黜。自郡中归，妇适不在室，釜中烹羊胛熟[6]，就啖之。妇入不语，移釜去。①生大惭，抵箸地上，曰："所遭如此，不如死！"妇恚，问死期，即授索为自经之具。生忿投羹碗败妇颡[7]。

生含愤出，自念良不如死，遂怀带入深壑。至丛树下，方择枝系带，忽见土崖间微露裙幅，瞬息，一婢出，睹生急返，如影就灭，土壁亦无绽痕。固知妖异，然欲觅死，故无畏怖，释带坐觇之②。少间，复露半面，一窥即缩去。念此鬼物，从之必有死乐，因抓石叩壁曰："地如可入，幸示一途！我非求欢，乃求死者。"久之，无声。王又言之，内云："求死请姑退，可以夜来。"音声清锐，细如游蜂。生曰："诺。"遂退以待夕。

居无何，星宿已繁，崖间忽成高第，静敞双扉。生拾级而入。才数武，有横流涌注，气类温泉。以手探之，热如沸汤，不知其深几许。疑即鬼神示以死所，遂踊身入。热透重衣，肤痛欲糜，幸浮不沉。泅没良久，热渐可忍，极力爬抓，始登南岸，一身幸不泡伤。行次，遥见夏屋中有灯火，趋之。有猛犬暴出，龁衣败袜。摸石以投，犬稍却。又有群犬要吠，皆大如犊。危急间婢出叱退，曰："求死郎来耶？吾家娘子悯君厄穷，使妾送君入安乐窝，从此无灾矣。"挑灯导之。启后门，黯然行去。

入一家，明烛射窗，曰："君自入，妾去矣。"生入室四瞻，盖已归己家矣。反奔而出，遇妇所役老媪曰：

---

① 《聊斋》中悍妇甚多，此妇恃娘家有钱有势而在婿家横行。

② 心理描写细致。

"终日相觅,又焉往!"反曳入。妇帕裹伤处,下床笑逆,曰:"夫妻年余,狎谑顾不识耶?我知罪矣。君受虚诮〔8〕,我被实伤,怒亦可以少解。"乃于床头取巨金二铤置生怀,曰:"以后衣食,一惟君命,可乎?"③生不语,抛金夺门而奔,仍将入壑,以叩高第之门。

③对照后文,此处应是锦瑟点化幻境试探王生是否与昔决绝。

既至野,则婢行缓弱,挑灯犹遥望之。生急奔且呼,灯乃止。既至,婢曰:"君又来,负娘子苦心矣。"王曰:"我求死,不谋与卿复求活。娘子巨家,地下亦应需人。我愿服役,实不以有生为乐。"

婢曰:"乐死不如苦生,君设想何左也!吾家无他务,惟淘河、粪除、饲犬、负尸;作不如程〔9〕,则聃耳劓鼻、敲肘剁趾〔10〕。君能之乎?"答曰:"能之。"又入后门,生问:"诸役何也?适言负尸,何处得如许死人?"婢曰:"娘子慈悲,设'给孤园〔11〕',收养九幽横死无归之鬼〔12〕。鬼以千计,日有死亡,须负瘗之耳。请一过观之。"移时,见一门,署"给孤园"。入,见屋宇错杂,秽臭熏人。园中鬼见灯群集,皆断头缺足,不堪入目。回首欲行,见尸横墙下;近视之,血肉狼藉④。曰:"半日未负,已被狗咋。"即使生移去之。生有难色,婢曰:"君如不能,请仍归享安乐。"生不得已,负置秘处。乃求婢缓颊,幸免尸污。婢诺。

④恐怖。

行近一舍,曰:"姑坐此,妾入言之。饲狗之役较轻,当代图之,庶几得当以报。"去少顷,奔出,曰:"来,来!娘子出矣。"生从入。见堂上笼烛四悬,有女郎近户坐,乃二十许天人也。生伏阶下,女郎命曳起之,曰:"此一儒生,乌能饲犬?可使居西堂,主簿籍。"生喜伏谢,女曰:"汝以朴诚,可敬乃事。如有舛错,罪责不轻也!"生唯唯。婢导至西堂,见栋壁清洁,喜甚,谢婢。始问娘子官阀,婢曰:"小字锦瑟⑤,东海薛侯女也〔13〕。妾名春燕。旦夕所需,幸相闻。"婢去,旋以衣履衾褥来,置床上。生喜得所。

⑤李商隐《锦瑟》:"锦瑟无端五十弦,一弦一柱思华年。庄生晓梦迷蝴蝶,望帝春心托杜鹃。沧海月明珠有泪,蓝田日暖玉生烟。此情可待成追忆,只是当时已惘然。"

黎旦,早起视事,录鬼籍。一门仆役尽来参谒,馈

1789

酒送脯甚多。生引嫌，悉却之。日两餐皆自内出。娘子察其廉谨，特赐儒巾鲜衣。凡有斋赍，皆遣春燕。婢颇风格，既熟，频以眉目送情。生斤斤自守，不敢少致差跌，但伪作骏钝〔14〕。积二年余，赏给倍于常廪〔15〕，而生谨抑如故〔16〕。⑥

⑥王生得益于自律。

一夜，方寝，闻内第喊噪。急起捉刀出，见炬火光天。入窥之，则群盗充庭，厮仆骇窜。一仆促与偕遁，生不肯，涂面束腰杂盗中呼曰："勿惊薛娘子！但当分括财物，勿使遗漏。"时诸舍群贼方搜锦瑟不得，生知未为所获，潜入第后独觅之。遇一伏妪，始知女与春燕皆越墙矣。生亦过墙，见主婢伏于暗陬，生曰："此处乌可自匿？"女曰："吾不能复行矣！"生弃刀负之。奔二三里许，汗流竟体，始入深谷，释肩令坐。欻一虎来，生大骇，欲迎当之，虎已衔女。生急捉虎耳，极力伸臂入虎口，以代锦瑟⑦。虎怒释女，嚼生臂，脆然有声。臂断落地，虎亦径去。女泣曰："苦汝矣！苦汝矣！"生忙遽未知痛楚，但觉血溢如水，使婢裂衿裹断处。女止之，俯觅断臂，自为续之，乃裹之。东方渐白，始缓步归，登堂如墟。天既明，仆媪始渐集。女亲诣西堂，问生所苦。解裹，则臂骨已续；又出药糁其创，始去。由此益重生，使一切享用悉与己等。⑧

⑦考验。

⑧王生在阳世受悍妇欺负，在阴世求得平等。

臂愈，女置酒内室以劳之。赐之坐，三让而后隅坐。女举爵如让宾客。久之，曰："妾身已附君体，意欲效楚王女之于臣建〔17〕。但无媒，羞自荐耳。"生惶恐曰："某受恩重，杀身不足酬。所为非分，惧遭雷殛，不敢从命。苟怜无室，赐婢已过。"

一日，女长姊瑶台至，四十许佳人也。至夕，招生入，瑶台命坐，曰："我千里来为妹主婚，今夕可配君子。"生又起辞。瑶台遽命酒，使两人易盏。生固辞，瑶台夺易之。生乃伏地谢罪，受饮之。瑶台出，女曰："实告君：妾乃仙姬，以罪被谪。自愿居地下收养冤魂，以赎帝谴。适遭天魔之劫，遂与君有附体之缘。远邀大姊来，固主婚嫁，亦使代摄家政，以便从君归耳。"生起敬曰："地下最乐！某家有悍妇；且屋宇隘陋，势不能容委曲以共其生〔18〕。"女笑，但言不妨。既醉，归寝，欢恋臻至。

过数日，谓生曰："冥会不可长，请郎归。君干理家事毕，妾当自至。"以马授生，启扉自出，壁复合矣。生骑马入村，村人尽骇。至家门，则高庐焕映矣。先是，生去，妻召两兄至，将箠楚报之；至暮不归，始去。或于沟中得生履，疑其已死。既而年余无耗。有陕中贾某，媒通兰氏，遂就生第与妇合。半年中，修建连亘。贾出经商，又买妾归，自此不安其室。贾亦恒数月不归。生讯得其故，怒，系马而入。见旧媪，媪惊，伏地。生叱骂久，使导诣妇所，寻之已遁，既于舍后得之，已自经死⑨。遂使人舁归兰氏。呼妾出，年十八九，风致亦佳，遂与寝处⑩。贾托村人，求反其妾，妾哀号不肯去。生乃具状，将讼其霸产占妻之罪，贾不敢复言，收肆西去。

方疑锦瑟负约，一夕，正与妾饮，则车马扣门而女至矣。女但留春燕，余即遣归。入室，妾朝拜之，女曰："此有宜男相，可以代妾苦矣。"即赐以锦裳珠饰。妾拜受，立侍之；女挽坐，言笑甚欢。久之，曰："我醉欲眠。"生亦解履登床，妾始出；入房，则生卧榻上；异而反窥之，烛已灭矣。生无夜不宿妾室。一夜，妾起，潜窥女所，则生及女方共笑语。大怪之。急反告生，则床上无人矣。天明，阴告生；生亦不自知，但觉时留女所、时寄妾宿耳。生嘱隐其异。久之，婢亦私生，女若不知之⑪。婢忽临蓐难产，但呼"娘子"。女入，胎即下；举之，男也。为断脐置婢怀，笑曰："婢子勿复尔！业多〔19〕，则割爱难矣。"自此，婢不复产。妾出五男二女。居三十年，女时返其家，往来皆以夜。一日携婢去，不复来。生年八十，忽携老仆夜出，亦不返。

⑨蒲松龄笔下悍妇多，各有悍的缘由，作者多治悍办法，《马介甫》的尹氏受到狐仙惩罚；《阎王》的嫂子被阴世处罚；江城前世孽缘，为和尚化解；兰氏泼悍是凭借娘家的权势，视己为金玉，视夫为粪土。最后她犯了封建律条中最不可饶恕的罪名（夫在再嫁），不得不自杀，兰氏受到的惩罚在《聊斋》故事中最严重。

⑩本来安分守己的王生忽然如此，可能出于"汝夺吾妻，吾夺汝妾"。

⑪妻贤，丈夫多享齐人之福，蒲松龄一向的酸腐思想。

校勘

底本：康熙本。参校：异史、二十四卷本、铸雪斋本、青柯亭本。

注释

〔1〕自为族：整个家族只有他一个人。〔2〕风标修洁：仪表出众，潇洒漂亮。〔3〕洒然裙屐少年：装扮得很整齐却华而不实的青年人。裙屐少年，原指贵游子弟的衣着。裙，下裳，屐，木底鞋。清余怀《板桥杂记·雅游》："裙屐少年，油头半臂，至日亭午，则提篮挈榼，高声唱卖逼汗草、茉莉花。"〔4〕脱粟瓢饮：粗劣的饮食。脱粟，只去皮壳、不加精制的糙米。瓢饮，非茶非汤，用瓢饮水，比喻简陋。〔5〕折稊（tí）为匕：折断草茎做筷子。〔6〕羊胛：羊腿肉。〔7〕投羹碗败妇颡：把碗丢过去打破了妻子的额头。〔8〕虚诮：表面的、非实质性的伤害。〔9〕作不如程：完成不了规定的工作。〔10〕刵（èr）耳劓（yì）鼻、敲刖（yuè）胫（jǐng）趾：割耳割鼻，砍断小腿、脚趾。〔11〕给孤园：佛教语"给孤独园"的省称，又称祇园精舍。给孤独是印度著名的佛教信徒，广行善事，热心供养佛陀。此处是收留孤独鬼魂。〔12〕九幽：阴曹地府。〔13〕东海薛侯：薛国君主，薛国为黄帝所封之国，位于东海边，今山东半岛。〔14〕骏（ái）钝：呆笨。〔15〕常廪：固定的薪水。〔16〕谨抑：谨慎小心抑制自己。〔17〕楚王女之于臣建：春秋时，楚平王死后，吴国侵犯楚国，楚国大夫钟建负楚王女逃走，后楚王女主动嫁钟建。〔18〕势不能容委曲以共其生：绝对不能让您委曲求全跟她一起过日子。〔19〕业多：原意是作孽多，此处指生孩子多。

点评

王生在小说露面时，无纨绔子弟经济条件却有纨绔子弟习气，不得不投靠有钱的岳父吃软饭，受到强势妻子凌辱也忍气吞声，直到忍无可忍，才跳出牢笼，躲避家中悍妇，宁可死，宁可到地狱做负尸苦差，对悍妇登峰造极的惧怕，是他转变人生态度的关键：自力更生，用辛勤劳动赢得立足之地，哪怕在地狱中。蒲松龄用"锦瑟"为篇名，可能取唐诗的寓意。李商隐的《锦瑟》（"锦瑟无端五十弦"）争论最多，说法最多，其中既有追忆人生的因素，也寓有历尽苦难才能修成正果的因素。但明伦评曰："不到万分困苦，不下十分功夫，如何干得出大学问，如何干得出大事业。""生于忧患，死于安乐，上下古今，此理不易。"女主角锦瑟是受到天谴、到地狱赎罪的仙女，王生实际上是跟她患难与共，并在关键时刻为锦瑟舍生忘死，他们最后能够双双脱离惩罚（悍妇之惩和上天之惩），花好月圆,照蒲松龄看来,是他们认真进行道德修养的结果。小说文笔超脱,虚幻迷离。

锦瑟

夏惠曾经阅
历多受恩深重
复如何天魔
却後天缘合真
是人间安乐窝

太原狱

太原有民家，姑妇皆寡。姑中年不能自洁，村无赖频来就之。妇不善其行，阴于门户墙垣阻拒之。姑惭，借端出妇；妇不去，颇有勃谿〔1〕，姑益恚，反相诬，告诸官。官问奸夫姓名，媪曰："夜来宵去，实不知其阿谁，鞫妇自知。"因唤妇。妇果知之，而以奸情归媪，苦相抵。拘无赖至，又哗辩："两无所私，彼姑妇不相能，故妄言相诋毁耳。"官曰："一村百人，何独诬汝？"重笞之。无赖叩乞免责，自认与妇通。械妇，妇终不承。逐去之。妇忿告宪院，仍如前，久不决。

时淄邑孙进士柳下令临晋〔2〕，推折狱才〔3〕，遂下其案于临晋。人犯到，公略讯一过，寄监讫，便命隶人备砖石刀锥，质理听用〔4〕。共疑曰："严刑自有桎梏，何将以非刑折狱耶？"不解其意，姑备之。明日升堂，问知诸具已备，命悉置堂上。乃唤犯者，又一一略鞫之。乃谓姑妇："此事亦不必甚求清析。淫妇虽未定，而奸夫则确。汝家本清门，不过一时为匪人所诱，罪全在某。堂上刀石具在，可自取击杀之。"①姑妇趑趄，恐邂逅抵偿〔5〕②，公曰："无虑，有我在。"③于是媪妇并起，掇石交投。妇衔恨已久，两手举巨石，恨不即立毙之，媪惟以小石击臀腿而已。又命用刀。妇把刀贯胸膺，媪犹逡巡未下。公止之曰："淫妇我知之矣。"命执媪严梏之，遂得其情。笞无赖三十，其案乃结。

①如此断案，前所未闻。

②思虑合理。

③说得干脆。

附记：

公一日遣役催租，租户他出，妇应之。役不得贿，拘妇至。公怒曰："男子自有归时，何得扰人家室！"遂笞役，遣妇去。乃命匠多备手械〔6〕，以备敲比。明日合邑传颂公仁。欠赋者闻之，皆使妻出应，公尽拘

1795

④蒲松龄似对向众多妇人用刑有微词。

而械之。余尝谓:"孙公才非所短,然如得其情,则喜而不暇哀矜矣〔7〕。"④

校勘

底本:康熙本。参校:异史、二十四卷本、铸雪斋本、青柯亭本。

注释

〔1〕勃谿(xī):争吵。〔2〕孙进士柳下:即孙宪元(1627—?),淄川人,顺治十二年(1655)进士。曾任临晋知县、滦州知府等,乾隆八年(1743)《淄川县志》有传。〔3〕推折狱才:被公认为擅长断狱的人才。〔4〕质理:审讯案件。〔5〕邂逅抵偿:不小心打死了人时要给偿命。〔6〕手械:用于手的刑具。〔7〕"如得"二句:如果查明实情,就很高兴,也就顾不上对罪犯施怜悯之心。

点评

孙柳下能够将其他官员都弄不清的案件顺利断明,因为他熟谙人的心理。私通双方自然互相爱护,被诬陷者则对坏人恨之入骨。看哪个女人手下留情,哪个女人就是奸妇,合情合理。如此断案法,其实早就见于元杂剧《包待制智赚灰栏记》,马员外嫡妻与奸夫毒杀亲夫,反诬员外之妾海棠为凶手并夺取海棠之子以霸占家产,包公审案时,用白粉画一圈,将小孩放在里边,宣布:哪个能将孩子拖出,孩子就是哪个的。孩子多次被嫡妻用力拉出,包公判断:这个只想赢得官司、不爱惜孩子的不是生母。孙柳下有可能受到这个故事的启发。

太康獄
巫峰一曲兩雲迷地
姊何堪久劫謨
勇性相形壺寶判
長官雙目拭芡犀

新郑讼〔1〕①

① 新郑讼与太原狱形成对照，青柯亭刻本题《新郑狱》，不及《异史》等抄本题《新郑讼》确切。

② 张某病重，用可躺的双轮车。两个车夫，一个推车，一个牵挽。

③ 真成贼喊捉贼。

④ 滑贼。

⑤ 以同盗恫吓其说实话。

⑥ 王士禛《诰封中宪大夫福建福州府知府石君宗玉墓志铭》描述石宗玉断案："祥符、宋京邑，地大物众，讼狱之繁，吏抱案牍，雁鹜行进，君五官并用，判决如流水，尘牍一清。"

长山石进士宗玉〔2〕，为新郑令。适有远客张某经商于外，因病思归，不能骑步，凭手车一辆〔3〕②，携资五千，两夫挽载以行。至新郑，两夫往市饮食，张守资独卧车中。有某甲过，睨之，见旁无人，夺资去。张不能御，力疾起，遥尾缀之，入一村中；又从之，入一门内。张不敢入，但自短垣窥觇之。甲释所负，回首见窥者，怒执为贼③，缚见石公，因言情状。问张，备述其冤。公以无质实，叱去之。二人下，皆以官无皂白。公置若不闻，颇忆甲久有逋赋〔4〕，遣役严追之。逾日即以银三两投纳。石公问金所自来，甲云："质衣鬻物〔5〕。"皆指名以实之④。石公遣役令视纳税人，有与甲同村者否。适甲邻人在，唤入问之："汝既为某甲近邻，金所从来，尔当知之。"邻曰："不知。"公曰："邻家不知，其来暧昧。"甲惧，顾邻曰："我质某物、鬻某器，汝岂不知？"邻急曰："然，固有之矣。"公怒曰："是必与甲同盗，非刑询不可！"⑤命取梏械。邻人惧曰："吾以邻故，不敢招怨〔6〕；今刑及己身，何讳乎，彼实劫张某钱所市也〔7〕。"遂释之。时张以丧资未归，乃责甲押偿之。石公此类甚多，此亦见石之能实心为政也。

异史氏曰："石公为诸生时，每一艺出，得者秘以为宝，观其人，恂恂雅饬〔8〕，意其人翰苑则优，似非簿书才者，乃一行作吏，神君之名，噪于河朔⑥。谁谓文章仅华国之具哉〔9〕！故志之，以风有位者〔10〕。"

校勘

底本：青柯亭本。参校：异史、二十四卷本、铸雪斋本。

注释

〔1〕新郑：明清县名，属开封府，今河南省新郑市。〔2〕长山石进士宗玉：即石曰琮（1650—1710），字宗玉，长山人。康熙三十年（1691）进士，曾任祥符县令、福州知府，卒于官。嘉庆六年（1801）《长山县志》有传。王士禛为他作墓志铭。〔3〕手车：手推车，旧时有独轮车或双轮车。〔4〕逋（bū）赋：欠税。〔5〕质衣鬻物：卖掉衣物。〔6〕招怨：招引怨恨。〔7〕劫张某钱所市：用抢劫张某的铜钱换成的银子。〔8〕恂恂雅饬：恭顺文雅。〔9〕文章仅华国之具：文章仅能为国家增华添彩而不能经世致用。〔10〕以风有位者：以讽谏那些在位的高官。

点评

石宗玉是蒲松龄早年敬仰的淄川文士，他当年文章写得好，被认为可能将来发挥其写文章的特长，没想到他不仅文章写得好，还擅长断案。王士禛为他写的墓志铭也有简练记载。蒲松龄记录石宗玉的故事是希望"以风有位"，讽喻那些身居高位却无所事事者。石某断案，靠的是"借宾定主法"，就是不直接审问到底某甲抢没抢钱，而是了解某甲原来有没有钱、现在有没有钱。他先是不分青红皂白将两个告状者轰出，再借催税促使某甲将抢来的钱拿出来。当庭审案时，他能细心地从邻居的"急曰"判断出邻居不得不做伪证，虚张声势用刑，逼邻居说实话。认真思考前因后果，好好把握人物心理，不轻易判断，不臆断，是其成功之因。

新郎集犬猪

通赋岁友一再
催输将何自
浮赀财算言
卑白无分别
祇待郡人作
逢来

李象先

①清初李象先与顾炎武同修《山东通志》，思想也相通。有人举荐李象先应博学鸿词科，李赋诗"志不二朝惟织斋，皇家爵禄视同灰。白头到死披长发，甘做大明老秀才"。李象先成"闻人"与其父有关，其父李中行万历年间曾任镇江知府，家中藏书丰富，象先兄弟四人皆有文名。

李象先，寿光之闻人也〔1〕①。前世为某寺执爨僧〔2〕，无疾而化。魂出栖坊上〔3〕，下见市上行人，皆有火光出颠上，盖体中阳气也。夜既昏，念坊上不可久居，但诸舍暗黑，不知所之。惟一家灯火犹明，飘赴之。及门则身已婴儿。母乳之。见乳恐惧；腹不胜饥，闭目强吮。逾三月余，即不复乳；乳之则惊惧而啼。母以米沈间枣栗哺之，得长成，是为象先。儿时至某寺，见寺僧，皆能呼其名。至老犹畏乳。

异史氏曰："象先学问渊博，海岱清士〔4〕。子早贵〔5〕，身仅以文学终〔6〕，此佛家所谓福业未修者耶？弟亦名士〔7〕。生有隐疾，数月始一动；动时急起，不顾宾客，自外呼而入，于是婢媪尽避；适及门复瘥，则不入室而反。兄弟皆奇人也。"

校勘

底本：异史。参校：二十四卷本、铸雪斋本。

注释

〔1〕李象先：即李焕章（1614—1692？），乐安（今山东广饶）人。明代秀才，入清后未参加科举，著有《龙湾稿》等，参编《山东通志》《青州府志》《益都县志》等。雍正十一年（1733）《乐安县志》有传。寿光：明清县名，属青州府。闻人：有声望的人。《荀子·宥坐》："夫少正卯，鲁之闻人也。"〔2〕执爨（cuàn）僧：负责做饭开斋的和尚。〔3〕坊：牌坊。〔4〕海岱：原指东海至泰山之间，也可专指青州，《尚书·禹贡》："海岱惟青州。"清士：高洁之士。《史记·伯夷列传》："举世混浊，清士乃见。"〔5〕子早贵：李象先子李新命，康熙八年（1669）举人，官至江西宁州知州。民国七年（1918）《乐安县志》有记载。〔6〕文学：此处指秀才。〔7〕弟亦名士：据考证，李象先有

两个弟弟，具体哪个有隐疾，不详。

点评

作者似乎想借李象先的故事说明佛家因果，认为其兄弟二人皆是"福业未修"，因而一个没有功名，一个阳痿并出许多洋相，暗寓劝世之意。其实按思想范畴，比蒲松龄年长二十余岁的李象先应看作是明朝遗老，并非福业未修，蒲松龄写得比较隐晦，但对李以"海岱清士"相称，说明他还是有偏向的。

房文淑

①巧舌如簧。

②深知底里。

③操纵局面。

④决不做妾。

开封邓成德〔1〕，游学至兖州界，寓败寺中，佣为造齿籍者缮写〔2〕。岁暮，僚役各归其家，邓独爨庙中。黎旦，有少妇叩门而入，艳绝，至佛前焚香叩拜而去。次日，又如之。至夜，邓起挑灯，适有所作，女至益早。邓曰："来何早也？"女曰："明则人杂，故不如夜。太早，又恐扰君清睡。适望见灯光，知君已起，故至耳。"生戏曰："寺中无人，寄宿可免奔波。"女哂曰："寺中无人，君是鬼耶？"①邓见其可狎，俟拜毕，曳坐求欢。女曰："佛前岂可作此。身无片椽，尚作妄想！"②邓固求不已。女曰："去此三十里某村，有六七童子，延师未就。君往访李前川，可以得之。托言携有家室，令别给一舍，妾便为君执炊，此长久之计也。"③邓虑事发获罪，女曰："无妨。妾房氏，小名文淑，并无亲属，恒终岁寄居舅家，谁知之？"邓喜。既别女，即至某村，谒见李前川，其谋果遂。约岁前即携家至。既反，早旦告女。女约候于途中。邓告别同党，借骑而去。女果待于半途，乃下骑，以辔授女，御之而行。至斋所，相得甚欢。

积六七年，居然琴瑟，并无追逋逃者。女忽举一子。邓以妻不育，得之甚喜，名之"兖生"。女曰："伪配终难作真。妾将辞君而去，又生此累人物何为！"邓曰："命好，倘得余钱，拟与卿遁归乡里，何出此言？"女曰："多谢，多谢！我不能胁肩谄笑，仰大妇眉睫，为人作乳媪，呱呱者难堪也！"④邓代妻明不妒，女亦不言。月余，邓解馆，谋与前川子同出经商，告女曰："我思先生设帐，必无富有之期。今学负贩，庶有归时。"女亦不答。至夜，女忽抱子起。邓问："何作？"女曰："妾欲去。"邓急起，追问之，家门未启，而女已杳。

1803

骇极，始悟其非人也⑤。邓以形迹可疑，故亦不敢告人，托之归宁而已。

⑤惊鸿一瞥。

初，邓离家，与妻娄约，年终必返；既而数年无音，传其已死。兄以其无子，欲改醮之。娄更以三年为期，日惟块然一室，以纺绩自力。⑥一日，既暮，往扃外户，一女子掩入，怀中绷儿，曰："自母家归，适晚。知姊独居，故求寄宿。"娄内之。至房中，视之，二十余丽者也。喜与共榻，因弄其儿，儿白如瓠。叹曰："未亡人遂无此物！"女曰："我正嫌其累人，即嗣为姊后，何如？"娄曰："无论娘子不忍割爱；即忍之，妾亦无乳能活之也。"女曰："此即何难。当儿生时，患无乳，饮药半剂而效。今余药犹存，即以奉赠。"遂出一裹，置窗间。娄漫应之，未遽怪也。既寝，及醒呼之，则儿在而女已启门去矣。骇极。日向辰，儿啼饥，娄不得已，饵其药，移时涍流，遂哺儿。积年余，儿益丰肥，渐学语言，爱之不啻己出，由是再醮之心遂绝。但早起抱儿，不能操作谋衣食，益窘。

⑥蒲松龄的片面贞节观，男人可以寻花问柳，女人必须从一而终。

一日，女忽至。娄恐其索儿，先问其不谋而去之罪，后叙其鞠养之苦。女笑曰："姊告诉艰难，我遂置儿不索耶？"⑦遂招儿。儿啼入娄怀，女曰："犊子不认其母矣！此百金不能易，可将金来，署立券保。"娄以为真，颜作赪，女笑曰："姊勿惧，妾来正为儿也。别后虑姊无豢养之资，因多方措十余金来。"乃出金授娄。娄恐其过此以往索儿有词，坚却之。女置床上，出门径去。抱子出追，其去已远，呼之亦不顾。犹疑其意恶。然得金，少权子母，家以饶足。

⑦针锋相对，摇曳多姿。

又三年，邓贾有赢余，治装归。方共慰藉，睹儿，问谁氏子。妻告以故，问："何名？"曰："渠母呼之兖生。遂仍其旧。"邓惊曰："此真吾子也！"问其时日，即夜别之日。邓乃历叙与房文淑离合之情，益共欣慰。犹望女至。而终渺矣。

校勘

底本：康熙本。参校：异史、二十四卷本、铸雪斋本、青柯亭本。

注释

〔1〕开封：明清府名，今河南省开封市。〔2〕造齿籍者：编制户口簿的人。

点评

房文淑在邓成德困难时给他温暖的家，邓妻不育，房给他生下传宗接代的儿子，却天马行空，独来独往，决不做妾，在跟男人交往时完全操纵局面，有主见，乐意合即合，不乐意合，飘然而去，是有独立意识的新型女性。情节变幻莫测却合情合理，人物着笔不多却姿态横生。

葛文渊

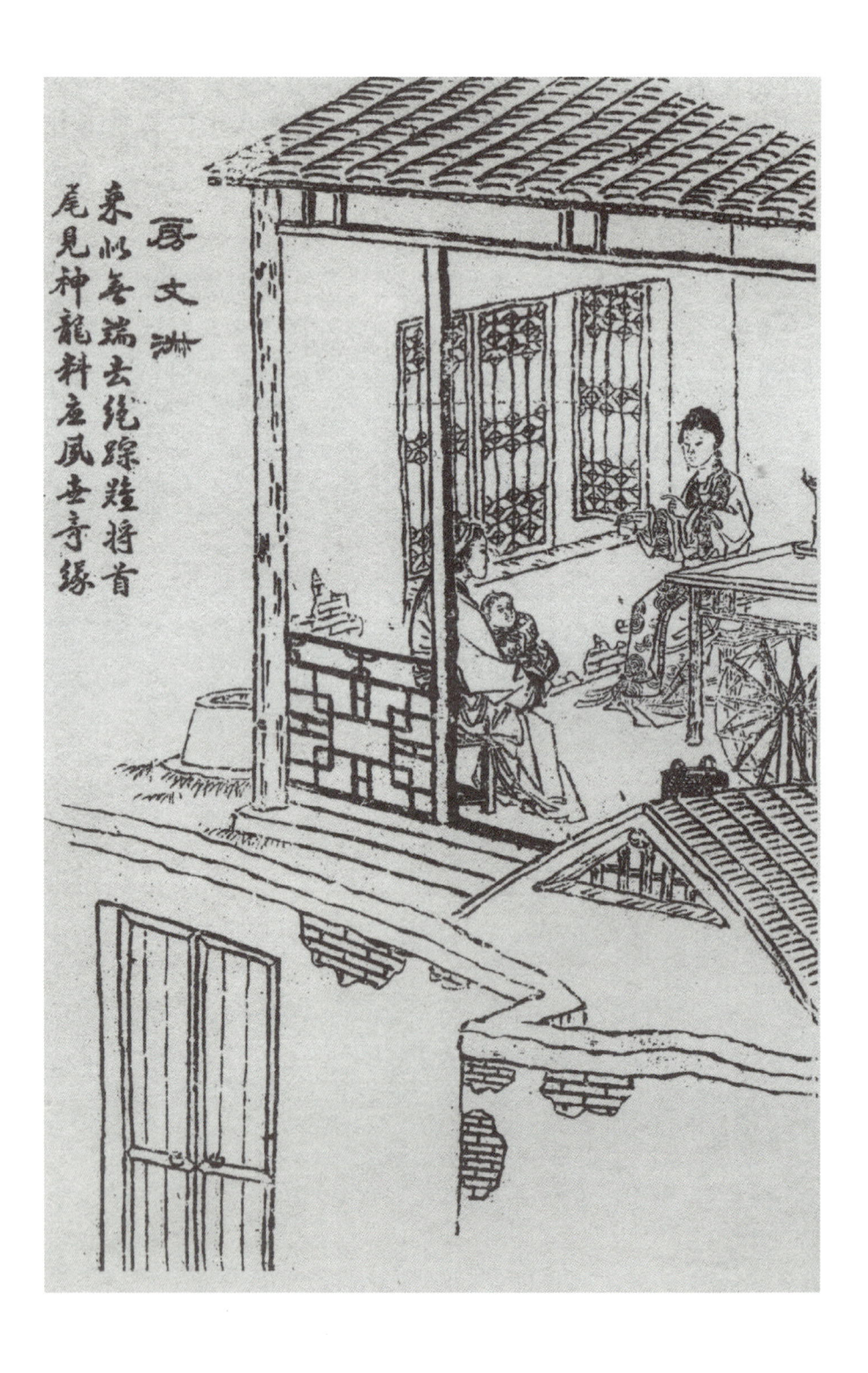

来似冬端去绝踪 蹉跎辜负首
尾见神龙料应凤壶寺缘

秦桧〔1〕

青州府冯中堂家杀一豕〔2〕，燖去毛鬣〔3〕，肉内有字，云："秦桧七世身。"烹而啖之，其肉臭恶，因投诸犬。呜呼！桧之肉，恐犬亦不当食之矣！

闻益都人说："中堂之祖，前身在宋朝为桧所害，故生平最敬岳武穆〔4〕。特于青州城北通衢旁建岳王殿，秦桧、万俟卨伏跪地下〔5〕。往来行人瞻礼岳王，则投石桧、卨，香火不绝。后大兵征于七之年，冯氏子孙毁岳王像。数里外，有俗祠"子孙娘娘"，因昇桧、卨其中，使朝跪焉。百世下必有杜十姨、伍髭须之误〔6〕，甚可笑也。

又：青州城内旧有澹台子羽祠〔7〕。当魏珰烜赫时〔8〕，世家中有媚之者，就子羽毁冠去须〔9〕，改作魏监。此亦骇人听闻者也。

校勘

底本：康熙本。参校：异史、二十四卷本、铸雪斋本、青柯亭本。

注释

〔1〕秦桧：字会之（1090—1155），宋江宁人，南宋时两次拜相，以"莫须有"罪名杀害岳飞。〔2〕冯中堂：冯溥（1609—1692），青州府益都县人，官至文华殿大学士。冯将皇帝赏给他的花园命名为"偶园"，青州人称"冯家花园"。〔3〕燖（xún）：把宰杀的猪等用开水烫后去毛。〔4〕岳武穆：岳飞（1103—1142），字鹏举，著名抗金英雄，《宋史》卷三六五有传。后世辑有《岳忠武王文集》。〔5〕万俟卨（mò qí xiè）：南宋陷害岳飞的奸臣。〔6〕杜十姨、伍髭须：杜甫曾任拾遗，故误"杜拾遗"为"杜十姨"，伍子胥被误"伍髭须"，都是传说有误。〔7〕澹台子羽：春秋时人澹台灭明（前512—？），字子羽，孔子弟子。因长得丑不为孔子重视，退而修行，南游，有弟子三百人，孔子感叹："以貌取人，失之子羽。"〔8〕魏珰：魏忠贤（1568—1627），明代大宦官。因汉代宦官以貂尾和珰为帽饰，故后世用"珰"称宦官。〔9〕毁冠去须：去掉帽子和胡须。

点评

　　秦桧是中华民族千百年中坏人恶德的代表，他的七世身是肉都不能吃的臭猪，蒲松龄对其厌恶到了顶点。冯中堂先世为秦桧所害，其后人却毁了岳飞祠，就像将孔子贤弟子改成宦官魏忠贤祭祀一样，一代不如一代，令人啼笑皆非。简短的记载而愤世嫉俗之思存焉。

秦檜

自壞長城
說老秦書
生扣馬識
摧臣今元
宰相何
在六道輪
迴七坐身

浙东生

① 但明伦评:"凡自诩其能者,必败于其所能之事。其大者干造物之所忌,其小者致鬼物之揶揄。果能而有自矜之心且不可,况无能乎?"

② 以网网狐,狐以网报之,妙;以胆力自诩,则令其与虎有咫尺之距,吓个半死,更妙。

浙东生房某客于陕教授生徒〔1〕,尝以胆力自诩①。一夜裸卧,忽有毛物从空堕下,击胸有声。觉大如犬,气咻咻然,四足挠动。大惧欲起,物以两足扑倒之,恐极而死。经一时许,觉有人以尖物穿鼻,大嚏,乃苏。见室中灯火荧荧,床边坐一美人,笑曰:"好男子!胆气固如此耶!"生知为狐,益惧。女渐与戏,胆始放,遂共款昵。积半年,如琴瑟之好。一日,女卧床头,生潜以猎网蒙之。女醒,不敢动,但哀乞。生笑不前。女忽化白气,从床下出,恚曰:"终非好相识!可送我去。"以手曳之,身不觉自行。出门,凌空翕飞。食顷,女释手,生晕然坠落。适世家园中有虎阱,揉木为圈〔2〕,结绳作网,以覆其口。生坠网上,网为之侧,以腹受网②,身半倒悬。下视,虎蹲阱中,仰见卧人,跃上,近不盈咫〔3〕,心胆俱碎。园丁来饲虎,见而怪之,扶上,已死。移时,始渐苏,备言其故。其地乃浙界,离家止四百余里矣。告之主人,赠以资而遣之。尝告人曰:"虽得两死,然非狐则贫不能归也。"

校勘

底本:康熙本。参校:异史、二十四卷本、铸雪斋本、青柯亭本。

注释

〔1〕浙东:古代以钱塘江为界,分浙东、浙西。陕:陕西。〔2〕揉木:将木头弯曲或伸直。〔3〕近不盈咫:距离非常近。咫为八寸。

点评

浙东生忘恩负义,结果受狐仙制裁,这一制裁相当有哲理性:浙东生以大胆自诩，狐仙就总是对其"胆"示以考验。先以毛茸茸的真狐形象出现，后丢到老虎笼子上吓之。世上像浙东生这样吹牛皮撒大谎者不少，阅读《聊斋》可以得到一些教益。小说写人极有分寸，浙东生网狐，听到哀求，仍"笑不前"，究竟是想真正网住狐制裁？还是仅仅恶作剧？留给读者思索；浙东生挂在虎笼上，老虎扑上来，"近不盈咫"，大约离虎口只有十几厘米，可怕之极偏偏又无实质伤害。仅仅令自诩胆大者心胆碎，是狐仙对浙东生以牙还牙，有趣。

浙东主
客宜有义
伴凄其欲
返家园未有
期尽得一鹭
送猎网得
归转觉是
便宜

1812

博兴女

博兴民王某[1]，有女及笄。势豪某窥其姿，伺女出，掠去，无知者。至家逼淫，女号嘶撑拒，某缢杀之。门外故有深渊，遂以石系尸沉其中。王觅女不得，计无所施。天忽雨，雷电绕豪家，霹雳一声，龙下，攫豪首去。未几，天晴，渊中女尸浮出，一手捉人头，审视则豪头也。官知，鞫其家人，始得其情。龙其女之所化与？不然，何以能尔也？奇哉！

校勘

底本：康熙本。参校：异史、二十四卷本、铸雪斋本、青柯亭本。

注释

[1]博兴：明清县名，属青州府，今山东省博兴县。

点评

在黑暗时世，有多少人冤沉海底？对于无头冤狱，官府不过以缉凶了事，何况博兴女是死是活还是被人掠卖，一概没有任何线索，她的冤情似乎要永远成为谜团。博兴女却改变了这种状况，生前极力抗拒势豪，死后化龙攫去其首展示在人前，既报了仇，又令真相大白，事情离奇，却大快人心。

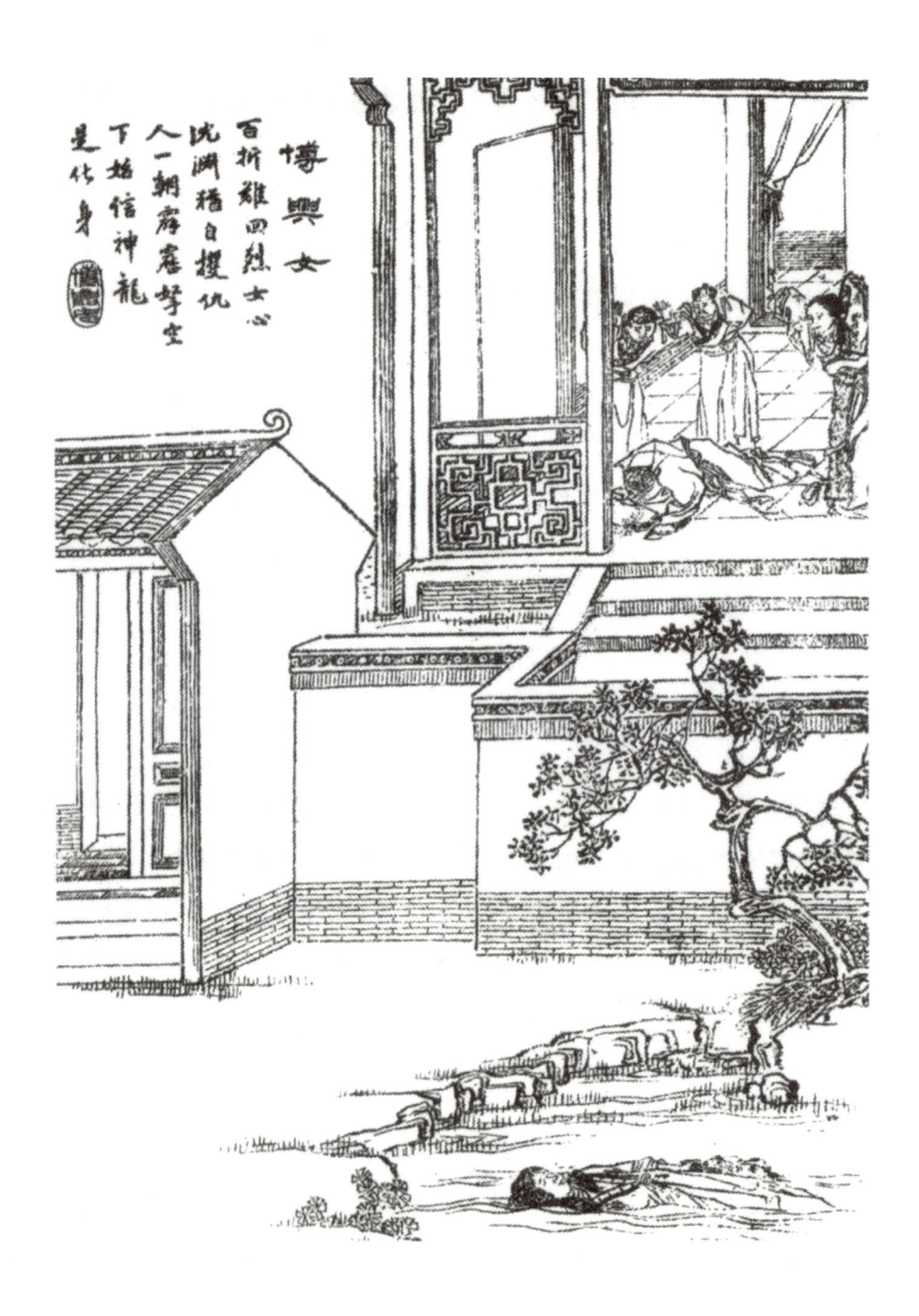

博兴女

百折难回烈女心
沈渊稽日搜仇人
一朝庙廊莘空
下嫁信神龙是化身

一员官

济南同知吴公[1]，刚正不阿。时有陋规：凡贪墨者，亏空犯赃罪[2]，上官辄庇之，以赃分摊属僚[3]，无敢梗者。以命公，不受，强之不得，怒加叱骂。公亦恶声还报之，曰："某官虽微，亦受君命。可以参处，不可以骂詈也！要死便死，不能损朝廷之禄，代人偿枉法赃耳！"上官乃改颜温慰之。人皆言斯世不可以行直道，人自无直道耳，何反咎斯世之不可行哉①！会高苑有穆清怀者，狐附之，辄慷慨与人谈论，音响在坐上，但不睹其人。适至郡，宾客谈次，或诘之曰："仙固无不知，请问郡中官共几员？"应声答曰："一员。"共笑之。复诘其故。曰："通郡官僚虽七十有二，其实可称为官者，吴同知一人而已。"

是时泰安知州张公者[4]，人以其木强[5]，号之"橛子"。凡贵官大僚登岱者，夫马兜舆之类，需索烦多，州民苦于供亿[6]。公一切罢之。或索羊豕，公曰："我即一羊也，一豕也，请杀之以犒驺从。"大僚亦无奈之。公自远宦，别妻子者十二年。初莅泰安，夫人及公子自都中来省之，相见甚欢。逾六七日，夫人从容曰："君尘甑犹昔[7]，何老悖不念子孙耶[8]？"公怒，大骂，呼杖，逼夫人伏受责。公子覆母身号泣，乞代。公横施挞楚，乃已。夫人即偕公子命驾归，矢曰："渠即死于是，吾亦不复来矣！"逾年，公果卒。此不可谓非今之强项令也②。然以久离之琴瑟，何至以一言而躁怒至此，不情矣哉！威福能行于床笫，事更奇于鬼神矣。

①直抒情怀。

②强项令是刚正不向强权屈服的官员。东汉光武帝时，董宣为洛阳令，湖阳公主仆人杀人，藏匿于主家，公主外出时随行，董宣候于途，以刀画地，痛言公主之失，将恶奴格杀之。皇帝令其向公主谢罪，终不肯俯，帝赦强项令，赐钱三十万。

校勘

底本：康熙本。参校：异史、二十四卷本、铸雪斋本、青柯亭本。

注释

〔1〕同知：知府的副职。吴公：当为虚构人物。查《济南府志》，与下文"张公"同时的济南府同知中无姓吴者。〔2〕贪墨者亏空犯赃罪：贪污者亏空公款犯了贪污罪。〔3〕以赃分摊属僚：将因贪污亏空的公款转嫁给官府所属官员，分摊归还。〔4〕泰安：明至清雍正十三年（1735）前为泰安州。张公：应为张迎芳（？—1690），康熙二十一年（1682）任泰安知州。〔5〕木强（jiàng）：倔强刚直。〔6〕供亿：供应。〔7〕尘甑：饭锅上长了尘土，意思是穷得没饭吃。甑，煮饭的瓦器。〔8〕老悖不念子孙：年老糊涂不替子孙考虑。

点评

本文写了两个"强项令"，两个正直不阿的封建官员抵制封建官场的歪风邪气，世人皆醉他独醒，在贪污成风、阿谀成风的封建社会，极其难得。作者写此二人着笔不多，只有一两个细节，一两句典型化语言，人物就栩栩如生。在多种《聊斋》版本中，《一员官》都是最后一篇。冯镇峦说："殿以此篇，抬文人之身份，成得意之文章。"蒲松龄一生追求金榜题名，想做个正直的官员，既光宗耀祖，又造福黎民。《聊斋》最后一篇，仍然表现他的真挚追求。此文写的是真人真事，正因是真人真事，才更加可贵。

一 貧官

同知骨鯁古貌
吭儻屬休將一
倒看難得仙人
有其實此公局
郊竟無官

蒲松龄和《聊斋志异》

蒲松龄是享有世界声誉的小说家。《聊斋志异》与《红楼梦》双峰并峙，成为中国古代小说的两座丰碑。李希凡给蒲松龄故居题词："聊斋红楼，一短一长，千古绝唱，万世流芳。"

一、蒲松龄生平

蒲松龄（1640—1715），字留仙，又字剑臣，号柳泉居士。除三十岁离乡南游一年外，终生乡居。其一生可以这样简单概括：读书、求功名、文学创作、做私塾教师养家糊口。《聊斋志异》是蒲松龄落拓科场、身处社会下层感受民间疾苦、终生磨一书的结果。

蒲松龄撰《族谱序》自称"般阳土著"。学术界对其远祖有回族、女真族、蒙古族、汉族诸说。

明崇祯十三年（1640）农历四月十六日夜间，山东省淄川县蒲家庄商人蒲槃梦见身披袈裟、瘦骨嶙峋的和尚走进内室。和尚裸露的胸前贴块膏药。蒲槃从梦中惊醒，听到婴儿哭声。原来，他第三个儿子出生了。抱儿洗榻上，月斜过南厢。蒲槃惊讶地看到，新生儿胸前有块铜钱大青痣，跟他梦中所见瘦和尚胸前膏药大小、位置完全符合。

苦行僧转世说，来自《聊斋自志》。蒲松龄一生确实三苦并存：科举失利苦，塾师生活苦，《聊斋志异》写得苦。

（一）痛苦的科举拼搏

顺治十五年（1658）秀才考试，成为蒲松龄的辉煌时刻。

全县第一！府考第一！提学道施闰章主持道试，全省第一！

科举考试的八股文要求揣摩圣贤语气，代圣贤立言。施闰章出的制艺题《蚤起》出自《孟子》"齐人有一妻一妾"。顾名思义，应模仿孟子语气，阐发《孟子》修身齐家治国平天下的大道理。蒲松龄却把八股文写得既像小品又像小说，寥寥数语，把追名逐利者嘴脸描绘出来，开头这样写：

> 尝观富贵之中皆劳人也，君子逐逐于朝，小人逐逐于野，皆为富贵也，至于身不富贵，则又汲汲焉伺候于富贵之门，而犹恐其相见之晚。若乃优

蒲松龄和《聊斋志异》

游晏起而漠无所事者，非放达之高人，则深闺之女子耳。

施闰章评点："将一时富贵之态，毕露于二字（早起）之上。"

蒲松龄踌躇满志，走上求仕之路。不过对他来说，踏上科举路，无异于迈进地狱门。秀才功名最低，却最辛苦。各省学道任期三年，一到任先举行秀才"岁考"，考不好降为童生。岁考第二年举行"科考"，考前两等可参加三年一次的乡试。蒲松龄为求举人功名，三十多年反复参加岁试、科考，但乡试总名落孙山。他的锦绣文章虽受大诗人施闰章赞赏，用刻板八股文做敲门砖的考官却不认可。

康熙二十六年（1687）蒲松龄乡试失利，写下：

得意疾书，回头大错，此况何如？觉千瓢冷汗沾衣，一缕魂飞出舍，痛痒全无……（《大圣乐·闱中越幅被黜，蒙毕八兄关情慰藉，感而有作》）

"越幅"即考生答卷时，跳过一页，写到下一页。按科举考试规则，试卷真草不全、题字错落、越幅曳白、涂抹污染，均为"违式"，要张榜除名。对名满齐鲁的蒲松龄来说，"越幅"不仅是惨重失败，还是难堪羞辱。

康熙二十九年（1690）乡试，头场考试蒲松龄的文章终于破天荒被送到主考翰林面前，打算取他第一名，没想到二场考试又出错！像资深接生婆把新生儿襁褓包倒了：

风檐寒灯，谯楼短更，呻吟直到天明。伴崛强老兵，萧条无成，熬场半生。回首自笑濛腾，将孩儿倒绷。（《醉太平·庚午秋闱，二场再黜》）

三年复三年，所望尽虚悬。康熙三十九年（1700），六十一岁的蒲松龄写《与韩刺史樾依书》说："仕途黑暗，公道不彰，非袖金输璧，不能自达于圣明，真令人愤气填胸，欲望望然哭向南山而去！"

蒲松龄做了半个世纪秀才，直到康熙四十九年（1710）才"挨贡"成贡生。他终于有了做低层学官资格，但仍要排队等待出仕机会。五年后蒲松龄逝世，其长子蒲箬写《柳泉公行述》，仍称他"候选儒学训导"。

蒲松龄由热衷追求，到深沉怨恨，至彻底绝望。因对科举制度有深刻认识，《聊斋志异》较早集中揭露科举制度的弊端和危害。

（二）生活贫苦困窘

蒲松龄十八岁时遵父母之命娶妻刘氏，二十五岁兄弟分家后，二十亩薄田难以维持妻儿生活，他开始做私塾老师。《闹馆》《学究自嘲》《塾师四苦》等纪实作品写为师苦，为师贱，"自行束脩以上，只少一张雇工纸"，"半饥半饱清闲客，无锁无枷自在囚"。父亲逝世，老母在堂，孩子陆续出生，收入低微，赋税一加再加，"家徒四壁妇愁贫"。忧荒忧灾忧税，成为聊斋诗重要内容。《田家苦》："稻粱易餐，征输最难。疮未全医，肉已尽剜。"《日中饭》写蒲家没饭吃，煮锅麦粥，几个儿子抢起来。大儿子先把勺子抢到手，到锅底捞稠的；二儿子拿着碗吵着跟哥哥抢；三儿子刚会走路，翻盆倒碗像饿鹰；小女儿站在一边可怜巴巴看着父亲。"瓮中儋石已无多，留纳官粮省催科。官粮亦完室亦罄，如此蛩蛩将奈何？"蒲松龄《除日祭穷神文》幽默地说：穷神，我和你有何亲，偏把我的门儿进？我就是你贴身家丁，护驾将军，也该放我几天假。你为何步步把我跟，时时不离身，像缠热了的情人？

在古代大作家里，蒲松龄平民特点突出。他和下层百姓同命运，共呼吸，从普通百姓角度观察关注描写社会。

（三）《聊斋志异》写得苦

蒲松龄从小喜欢天马行空的作品，如《庄子》《列子》《史记·游侠列传》《李太白集》。大约他二十五岁时《聊斋志异》的写作已开始。南游时其东家孙蕙注意到写小说影响求功名，劝蒲松龄只有"敛才攻苦"，才能科举成功。所谓"敛才攻苦"就是收敛写小说的才能，集中精力研习八股文。终生挚友张笃庆多次写诗劝蒲松龄放弃写小说："聊斋且莫竞谈空。"蒲松龄不接受朋友劝阻，在穷困潦倒全家食粥的情况下，数十年如一日写作《聊斋志异》。他写小说非但拿不到稿费，笔墨纸砚都得从嘴里省。冬天穿个破棉袄，手冻得笔都拿不住，脚像给猫咬了，砚台磨的墨水结冰了，还是着迷似的写、写、写！不管听到什么新鲜事，马上写。蒲松龄南游期间有两句诗："新闻总入鬼狐史，斗酒难消块磊愁。"鬼狐向来是中国小说重要内容，但"鬼狐史"不是单纯鬼狐故事，而是以鬼狐写人生，以鬼狐寄托忧国忧民块磊愁。数十年陷入小说创作和生存矛盾的蒲松龄坚信"千秋业付后人猜"（《偶感》）。《聊斋志异》终会被后人认可，即使饥寒交迫、得不到世俗功利，蒲松龄也坚守信念、不变初心！

康熙十八年（1679），《聊斋志异》初步成书，蒲松龄写《聊斋自志》叙述创作过程和辛酸。此后数十年笔耕不辍。《夏雪》是康熙四十六年（1707）所作。一本小说孜孜不倦写了四十多年！

清初文坛盟主王士禛四次阅读《聊斋志异》并写下评语，如：

《张诚》："一本绝妙传奇，叙次文笔亦工。"
《侠女》："神龙见首不见尾，此侠女其犹龙乎？"
《连城》："雅是情种，不意牡丹亭后，复有此人。"①

王士禛写下《戏书蒲生〈聊斋志异〉卷后》：

姑妄言之姑听之，豆棚瓜架雨如丝。
料应厌作人间语，爱听秋坟鬼唱时。②

"姑妄言之"用苏轼黄州谈鬼典故。"鬼唱时"典出李贺《秋来》诗"秋来鬼唱鲍家诗"。王士禛对《聊斋志异》宗旨，做出了切合实际的认识。"厌作人间语"，包括对聊斋故事取材和寓意的理解。作为青云得志的高官，王士禛或许不能完全理解蒲松龄的良苦用心，但他以高明鉴赏家的眼力，抓住了《聊斋志异》真谛：厌恶人间丑恶，托言鬼狐。

蒲松龄《次韵答王司寇阮亭先生见赠》：

志异书成共笑之，布袍萧索鬓如丝。
十年颇得黄州意，冷雨寒灯夜话时。③

奉和诗倾诉创作甘苦辛酸，殚精竭虑，布袍萧索，两鬓如丝，为中华传统文化添砖加瓦矢志不移！

（四）短暂南游和西铺坐馆

蒲松龄平生唯——次远游和西铺三十年坐馆，对他的创作有重要作用。

康熙九年（1670），蒲松龄到江苏省宝应县给同乡孙蕙做一年幕宾。南游做幕，既是齐鲁之子饱览江淮风情的"风光游"，又是困于场屋穷秀才近距离观察仕途百态的"官场游"。短暂的官场生活对蒲松龄毕生思考、写作，有至关重要的作

---

① 王士禛评语引自任笃行《全校会注集评〈聊斋志异〉》相关篇目，齐鲁书社2000年5月出版。
② 《续修四库全书》第1414册第457页，上海古籍出版社2002年1月出版。该册收录王士禛《蚕尾诗集》卷一。乾隆时期，因避讳雍正皇帝名，王士禛被改称"王士祯"。
③ 路大荒编《蒲松龄集》第543页，上海古籍出版社1986年4月出版。

用。《聊斋》名篇《莲香》明确记载是蒲松龄据南游途中听闻改写的,开创了"鬼狐有情"、一篇小说两个女主角的写作套路。

宝应连年水灾,民众流离失所。公门之中,却魍魉当道、魑魅横行。《大人行》把朝廷重臣过境与兵燹类比,像诗体"朝廷高官贪赃扰民调查报告",成为《聊斋志异》官场故事的预演:

> 金貂学士来帝傍,鸣钲喧聒高盖张。
> 旌旆摩戛鸣刀枪,风鬃雾鬣云锦行。
> 人声马声腾寒苍,河道填咽塞康庄。
> 黄河壅蔽波不扬,止处汹汹如沸汤。
> 尘霾暗天白日黄,庐儿狰狞噪官堂。……

蒲松龄在宝应幕中与后来成为孙蕙侍妾的顾青霞相识,影响到他的感情生活和《聊斋》创作。顾青霞能歌善舞,喜欢宫词,擅长书法,善解人意。《聊斋》女鬼如连琐、宦娘身上,有明显的顾青霞印痕。

蒲松龄南游前后,曾在淄川王永印、王昌荫、沈天祥家坐馆。馆东皆官宦缙绅,他们的生活圈子对《聊斋志异》题材开拓有作用(如《鬼哭》)。南游归来初期,蒲松龄与退休侍郎高珩、御史唐梦赉有较密切交往,曾随高珩、唐梦赉访劳山,泽及小说创作(如《香玉》《劳山道士》《金和尚》)。高珩、唐梦赉欣赏蒲秀才的小说,为康熙十八年(1679)初步成书的《聊斋志异》写序。

康熙十八年蒲松龄到淄川西铺毕家坐馆。毕府为名门望族,毕际有(1623—1692)曾任通州知州。毕际有之父毕自严(1569—1638)官至户部尚书,他建的万卷楼,为明清著名藏书楼之一。毕府有浓厚的文化气息,阖府喜欢轶史小说,为蒲松龄的创作提供了宽松的环境甚至写作素材;万卷楼藏书不仅提供博览群书条件且成为《聊斋》故事重要取材来源;蒲松龄在毕府和官场人物特别是刑部尚书、清初文坛盟主王士禛相识。这些见闻扩大了《聊斋志异》的写作范围。

蒲松龄西铺坐馆三十年,七十岁才撤帐回家。

康熙五十二年(1713),江南画家朱湘麟来淄川。蒲筠把他请到家中,为老父亲画像。蒲松龄应儿子请求穿上"公服"即贡生服,右手拈须,端坐椅上。在长幅绢本画像上,蒲松龄亲笔写下两则题志:

> 尔貌则寝,尔躯则修。行年七十有四,此两万五千余日,所成何事,

而忽已白头？奕世对尔孙子，亦孔之羞。康熙癸巳自题。

癸巳九月，筠嘱江南朱湘麟为余肖像，作世俗装，实非本意，恐为百世后所怪笑也。松龄又志。

康熙五十四年（1715）正月二十二日酉时，蒲松龄在聊斋依窗危坐而卒。

蒲松龄著作等身，除《聊斋志异》外，传世作品还有：《聊斋文集》《聊斋诗集》《聊斋词集》；《闹馆》等戏三出；俚曲十五种，《墙头记》至今是山东多剧种保留剧目；杂著《日用俗字》《农桑经》。《农桑经》让蒲松龄进入古代农学家行列。《日用俗字》和俚曲成为研究淄川方言的宝库。

蒲松龄现存生平资料较为丰富。故居、墓地基本完整保留。画像及拟表等手稿存蒲松龄故居。《聊斋志异》半部手稿存辽宁省图书馆。南游期间《鹤轩笔札》手稿存青岛市博物馆。还有些手稿如《蒲氏族谱》存日本庆应义塾大学。

二、何谓"聊斋"，何曰"志异"

"斋"，书斋也。"聊"的释义主要有三：其一，动词，在无所事事的夜晚漫谈和聆听；其二，动词，寄托、依赖、凭借；其三，副词，暂且、勉强、略微。

人们喜欢将"聊斋"说成"聊天书斋"，似乎合理，还符合小说是"街谈巷议""道听途说"的观点。蒲松龄当然会在书斋跟朋友聊天，但说"聊斋即聊天之斋"似乎皮相了点儿。作为书斋命名，"聊"的依赖、寄托之意似乎更明显。"聊"又有"姑且"之意。《诗经·桧风·素冠》："我心伤悲兮，聊与子同归。"聊斋是蒲松龄鹏飞无望、退而著书，聊以存身、聊以明志之所在。苏联汉学奠基者阿列克谢夫院士把"聊斋"译为"聊以自慰的书斋"。

"聊斋"可能与陶渊明《归去来兮辞》有情感共鸣：

登东皋以舒啸，临清流而赋诗。聊乘化以归尽，乐夫天命复奚疑。[4]

顺从大自然，知命安分，消消停停过日子吧！蒲松龄虽有"致君尧舜上"的思想，科举考试却屡屡铩羽，只好用陶渊明安慰自己。不能蟾宫折桂，就寄意于东篱黄花。不能金殿对策，就怡情悦性，搞文学创作。这是古代某些有才能的知识分子乐意采取的生活态度。

---

[4] 逯钦立校注《陶渊明集》第159页，中华书局1979年出版。

"聊斋"还可能和《离骚》有精神衔接：

> 路漫漫其修远兮，吾将上下而求索。饮余马于咸池兮，总余辔乎扶桑。折若木以拂日兮，聊逍遥以相羊……吾令帝阍开关兮，倚阊阖而望余。⑤

《离骚》写想去天国而天门不开，是屈原报国无门的自叙。蒲松龄有志让自己的鬼狐史与屈赋一样不朽。故而《聊斋自志》开头就类比屈原："披萝带荔，三闾氏感而为骚。"

"聊斋"还可能取意苏东坡贬黄州姑且言鬼、李贺不得志"二十心已朽"（《赠陈商》）姑且吟鬼，都含"聊以如此"之意。

何曰"志异"？"志"是动词，意思是"写"。"异"是名词，新奇怪异的事。"志异"就是描写各种新奇怪异的事。

聊斋"志异"，是对传统志怪小说的创新性发展。

"志怪"二字最早见于《庄子·逍遥游》："齐谐者，志怪者也。"齐谐是专门记载怪异故事的人。此处"志"为动词。

志怪小说，就是搜奇猎异，或虚构人世不存在的人和事。用现代文艺理论术语，是创造超现实的他界。神、鬼、妖的他界模式与梦幻、离魂，由早期志怪小说家创造，经魏晋南北朝、唐传奇，到《聊斋志异》发挥到极致。

不少小说研究者认为，志怪小说有五大范畴，即神、鬼、妖、梦幻、离魂。我认为志怪小说包括八大范畴，即：神、鬼、妖、梦幻、离魂、远国异民、博物奇趣、常人异行。需要说明的是：神鬼妖等志怪方式不能截然分开，有的小说可能单纯描写人与神、鬼、妖交往；有的小说神、鬼、妖并存；有的小说神、鬼、妖、梦幻、离魂多种方式并存。远国异民、博物奇趣、常人异行，也可能在神鬼狐妖、梦幻离魂故事出现，或成为辅助性手段。

志怪小说最大特点是作家展开想象翅膀，天马行空，大做"奇"文章，形象奇、故事奇、情节奇。不受拘束的构思，提供给作家才思和文采超常发挥的阵地。志怪小说作者借想象搭建美丽的空中楼阁，令平凡生活中的读者产生阅读快感，受到民众欢迎。

六朝小说和唐传奇中这八大范畴的相应代表作如下：

一曰神。汉魏六朝小说《天上玉女》《清溪庙神》《汉武故事》，唐人小说《柳

---

⑤ 朱熹《楚辞集注》第 1 页，上海古籍出版社 1979 年出版。

毅》《崔玄微》《裴航》等，是著名人神恋故事。如干宝《搜神记·董永妻》⑥：

  父亡，无以葬，乃自卖为奴，以供丧事。（三年丧毕，董永欲供奴职。道逢一妇人自愿给他做妻子。）主曰："妇人何能？"永曰："能织。"主曰："必尔者，但令君妇为我织缣百匹。"于是永妻为主人家织，十日而毕。女出门，谓永曰："我，天之织女也。缘君至孝，天帝令我助君偿债耳。"语毕，凌空而去，不知所在。

二曰鬼。六朝小说《吴王小女》《秦闵王女》《赵泰》，唐人小说《李章武传》等，是著名人鬼恋小说。如曹丕《列异传·谈生》：

  谈生者，年四十，无妇。常感激，读《诗经》。夜半，有女子年可十六，姿颜服饰，天下无双，来就生为夫妇，乃言："我与人不同，勿以火照我也。三年之后，方可照。"为夫妻，生一儿，已二岁；不能忍，夜伺其寝后，盗照视之，其腰以上生肉如人，腰下但有枯骨。妇觉，遂言曰："君负我。我垂生矣，何不能忍一岁而竟相照也？"

三曰妖。唐人小说《补江总白猿传》《任氏传》等，是著名人妖交往故事。如郭璞《玄中记·姑获鸟》：

  姑获鸟夜飞昼藏，盖鬼神类。衣毛为飞鸟，脱毛为女人。一名天帝少女，一名夜行游女，一名钩星，一名隐飞。鸟无子，喜取人子养之，以为子。今时小儿衣不欲夜露者，为此物爱以血点其衣为志，即取小儿也。故世人名为鬼鸟，荆州为多。昔豫章男子见田中有六七女人，不知是鸟，匍匐往，先得其毛衣，取藏之。即往就诸鸟，诸鸟各去就毛衣，衣之飞去，一鸟独不得去，男子取以为妇，生三女，其母后使女问父，知衣在积稻下，得之，衣而飞去，后以衣迎三女，三女得衣亦飞去。

四曰梦幻。唐人小说《枕中记》《南柯太守传》《三梦记》等，是著名梦幻故事。

---

⑥ 《董永妻》等六朝小说，收入《太平广记》，中华书局1961年9月出版。鲁迅《古小说钩沉》也收入曹丕《列异传·谈生》、郭璞《玄中记》姑获鸟等故事。

刘义庆《幽明录·焦湖庙祝》开后世"梦文学"先河：

> 焦湖庙祝有柏枕……枕后一小坼孔，县民汤林行贾，经庙祝福，祝曰："君婚姻未？可就枕坼边。"令汤林入坼内，见朱门，琼宫瑶台胜于世，见赵太尉，为林婚，育子六人，四男二女，选秘书郎，俄迁黄门郎。林在枕中，永无思归之怀，遂遭违忤之事。祝令林出外间，遂见向枕。谓枕内历年载，而实俄顷之间矣。

五曰离魂。《幽明录·庞阿》是最早的离魂故事：石氏女对美男子庞阿一见钟情，来找庞阿，庞妻将石氏女缚送石家。石氏女至石家，化为烟，原来去的是石氏女灵魂。一年后庞妻去世，石氏女如愿以偿。

六曰远国异民。上古神话已有过描述。《山海经》写各种奇国。宋代洪迈《夷坚志》有"猩猩八郎"，写商人到荒岛与猩猩结合，最后逃回中华。

七曰博物奇趣。六朝小说《刘玄石》《干将莫邪》，唐人小说《古镜记》等，是著名奇趣博物故事。如吴均《续齐谐记·紫荆树》：

> 京兆田真，兄弟三人，共议分财，生资皆平均，惟堂前一株紫荆树，共议欲破三片。明日就截之，其树即枯死，状如火燃。真往见之，大惊，谓诸弟曰："树本同株，闻将分斫，所以憔悴，是人不如木也。"因悲不自胜，不复解树。树应声荣茂。兄弟相感，合财宝，遂为孝门。真仕至大中大夫。

八曰常人异行。六朝小说《东方朔饮不死之酒》《孝妇周青》等，写常人异行。《搜神记·韩凭夫妇》写韩凭妻为宋康王夺走，夫妇殉情而死，康王故意将他们埋在路两边：

> 王曰："尔夫妇相爱不已，若能使冢合，则吾弗阻也。"宿昔之间，便有大梓木生于二冢之端，旬日而大盈抱，屈体相就，根交于干下，枝错于干上。又有鸳鸯，雌雄各一，恒栖树上，晨夕不去，交颈悲鸣，音声感人。

前辈志怪作家这些构思方法《聊斋志异》都创造性地采用，写出名篇：
一曰神，如：《画壁》《劳山道士》《翩翩》；
二曰鬼，如：《画皮》《聂小倩》《连琐》；

三曰狐妖，如：《婴宁》《花姑子》《香玉》；

四曰梦幻，如：《续黄粱》《梦狼》《狐梦》；

五曰离魂和异化，如：《阿宝》《向杲》；

六曰远国异民，如：《夜叉国》《罗刹海市》；

七曰博物奇趣，如：《种梨》《鸽异》；

八曰常人异行，如：《偷桃》《口技》。

相比前辈小说家，聊斋写仙游往往进一步寓道德教化；写鬼魂，常常有意识寓人生哲理；状妖怪多具人情；写梦幻可刺贪刺虐；驰想天外实则刻画人生；怪异记载多蕴含世情。聊斋对前辈作家有继承，更有创新发展。

《聊斋志异》还有大量描绘现实生活的作品，如《胡四娘》《细柳》《乔女》等。不管幻想还是写实，都生动有趣，有丰厚的文化内涵。

郭沫若为"聊斋"写的对联，高度概括《聊斋志异》思想内容艺术手法：

写鬼写妖高人一等，

刺贪刺虐入骨三分。

三、《聊斋志异》的思想内容

（一）刺贪刺虐"官虎吏狼"

"官虎吏狼"是蒲松龄对封建社会的经典性概括。《梦狼》写官衙白骨如山，当官的要吃饭，就有头巨狼叼个人来。《续黄粱》写宰相声色狗马，卖官鬻爵，鱼肉人民。朝中大臣"各为立仗马"自保而已。《成仙》写官员"原无皂白"，是不拿刀枪的强盗。《潞令》写官越坏，升官机会越多。《公孙九娘》写清廷大屠杀，"碧血满地，白骨撑天"。《促织》写从皇帝到地方官吏欺压百姓，导致良民倾家荡产。《罗刹海市》说整个社会"花面逢迎，世情如鬼"。《石清虚》《商三官》《向杲》《梅女》《张鸿渐》《红玉》《辛十四娘》等，描写从地方到朝廷的强梁世界。1942年延安文艺座谈会前夕，毛泽东主席对鲁艺教员说：《席方平》可作清代史料看，是对封建社会人间酷吏官官相卫、残害人民的控诉书。

（二）对科举制度的深刻描绘

科举取士是封建社会选拔官吏的制度，八股文是考试内容。顾炎武《日知录》说："八股之害等于焚书，而败坏人才有甚于咸阳之郊所坑者。"蒲松龄之前，文艺作品描写取士现象已有个别佳作：冯惟敏写八十岁中状元的杂剧《不伏老》；拟话本《钝秀才一朝交泰》《老门生三世报恩》写读书人不得志时的惨状和金榜题名后一步登天。蒲松龄被公认为小说史上第一个全方位描写科举制度的作家。他以满腔悲愤抒写：死魂灵为功名魂游（《叶生》）；取士文体是金盆玉碗贮狗矢（《贾奉雉》）；考官昏聩瞎眼爱钱，科场暗无天日（《司文郎》《于去恶》），选才制度成戕害读书人和败坏社会风气的毒瘤（《王子安》《胡四娘》）。

（三）爱情的百花园

多彩多姿、优美雅洁的爱情故事构成《聊斋》的美丽风景，最受读者欣赏。聊斋爱情散发着传统文化幽兰般的清香。《香玉》写黄生和牡丹花神生死恋六世情；《连城》写青年男女不论贫富的知己之恋；《宦娘》写知音相约来世的纯洁精神恋；《娇娜》《阿绣》写爱不为占有为奉献；……聊斋爱情故事或描写生死不渝的爱情，或描写青年男女为爱情幸福宁为玉碎、不为瓦全，或描写建立在共同理想和爱好基础上、健康而有诗意的爱。对朝秦暮楚的登徒子、见利忘义的豺鼠子、玩弄女性的儇薄子，聊斋通过《武孝廉》《丑狐》等故事给予严厉惩罚。而作为封建时代小说，聊斋爱情描写既有近代文明因素，又带明显封建色彩，如《邵九娘》《林氏》《妾击贼》《金生色》等宣扬男性中心、二美一夫、嫡庶相安、子嗣至上。

（四）发人深省的社会生活画面

《聊斋》内容丰富，举凡时代风俗、社会伦理莫不涉及。《张诚》写同父异母兄弟手足情深；《王成》写诚信人一夜致富；《陆判》《王六郎》写人鬼间相濡以沫；《细柳》写"虎妈"如何教育儿子成才；《聂小倩》《小谢》在鬼魂故事融入道德修养；《崔猛》《王六郎》等讴歌人间真情；《仇大娘》《小二》《乔女》描写女性才能；《劳山道士》《武技》《佟客》等劝善惩恶，表现作者救世的苦口婆心……蒲松龄针砭好逸恶劳、轻薄无行、阿谀奉承、吹牛皮撒大谎，把缺点和有害的东西表现为滑稽，如描写绣花枕头一包草的《嘉平公子》等，成为《聊斋》中的有趣故事。

四、《聊斋志异》的艺术成就

（一）古代精灵百趣图

观察把握大自然芸芸众物，构思各种精灵，古今中外没有一部小说出现《聊斋》如此丰富精彩的"物而人"画廊。蒲松龄把大自然生物外形和特点糅进精灵躯体，赋予诗意化内涵。千姿百态的精灵，由虫、鸟、花、木、水族、走兽幻化而成，从天上，从水中，从深山密林，从蛮荒原野，纷至沓来人间，带来大批有特殊意趣的故事。聊斋精灵故事像变幻莫测的万花筒，一篇一样式，一篇一内涵，是华夏精彩纷呈的"精灵百趣图"。聊斋精灵一直像平常人感受人世磨难，抒写悲欢离合。他们又有异于常人的奔放激情、执着追求、深刻哲理内涵、令人心动神移的美。关键时刻，异类身份暴露。鲁迅《中国小说史略》说"偶见鹘突，知复非人"。读聊斋精灵故事，可感受人生穷通祸福、爱恨情仇，感受大自然之美与人性之美的拼凑和结合，体味诗情画意、绮丽才思。

聊斋创造各种花解语，把牡丹、菊花、荷花变成士子贤妻：

葛巾艳丽，像花大瓣繁的紫牡丹；

香玉凄美，像冰清玉洁的白牡丹；

黄英俊爽，像笑迎秋风的悬崖秋菊。

荷花三娘子清新，像出淤泥而不染的芙蓉。

一个个带翅膀精灵，为求真爱，彩翼翩翩向人间飞来：

《绿衣女》，绿衣长裙、婉妙无比的少女做书生爱侣；

《阿英》，鹦鹉修炼成娇婉善言的美女，到人间恪尽妻责。

一个个不可思议的"物"演绎诗意人生：

《花姑子》，聪慧钟情的少女是香獐所化；

《西湖主》，美丽高贵的公主是扬子鳄所化；

《阿纤》，勤劳善积蓄的少女乃老鼠所化；

《素秋》，粉白如玉的智谋才女是书蠹所化；

《白秋练》，白鳖豚幻化成爱诗少女争取爱的权利；

《石清虚》，太空石与爱石者心心相印；

《画马》，元代画家画的马来人间做一日千里坐骑……

西方小说家喜欢写人的"异化"，卡夫卡写人异化为大甲虫，马尔克斯让人长出猪尾巴。蒲松龄早就写双向异化。人可以异化为物，物可以异化为人。《黎氏》写无行士子随便领荡妇回家，后娘化狼，吃掉子女。《向杲》写壮士化虎，向恶人复仇。

聊斋颠覆传统狐狸精形象，创造出多彩多姿的新形象。写出媚丽迷人、智谋超群的狐狸精美女群像，绘出运筹帷幄、惩贪治虐的狐叟狐书生行乐图：

娇娜，娇波流慧、细柳生姿、纯如水晶的阳光女孩；

婴宁，爱花爱笑、有道家式心地超然境界；

阿绣，冒民间阿绣名跟刘子固相会，追求前世已追求的美；

辛十四娘，巧治强横势力，救助轻狂男人，是狐中仙；

红玉，帮遭受塌天大祸冯生重振家业，是"狐亦侠"；

鸦头，受尽鞭楚，忠于爱情，可与唐代名臣魏征并列；

青凤、小翠、莲香、舜华、凤仙、封三娘、房文淑、胡四姐、小梅、恒娘……聊斋狐狸精既用迷人风采吸引男人眼球，又充满独立意识，是处理难题能手，靠过人才智在社会安身立命，活得自在潇洒，不做男人附庸，能在男人受难时救助，也能把负心汉押上道德法庭。

聊斋狐叟常担任人间善恶判断者。《青凤》《狐嫁女》的狐叟富于阅历、派头十足。《九山王》遭受族灭之祸的老狐狸给仇人带来灭族之祸。遵化署狐送贪官上法庭。《胡四相公》的狐书生温文尔雅，与人为善。

狐女、狐叟、狐书生，狐狐神采飞扬，有趣好看。

（二）神鬼梦幻新质

《聊斋志异》问世三百年魅力不衰，鬼故事是重要因素。聊斋鬼虽有鬼气森森的一面，更有美丽清新、奇幻妙绝的一面。比人间故事更有趣，更有深刻内涵。

蒲松龄写出鬼的存在形式，写出各类精彩的鬼，钟情鬼，复仇鬼，报恩鬼，历尽三世轮回冤情不解的鬼，还有鬼中之鬼。《章阿端》写人死为鬼，鬼死为聻，鬼可以轮回，聻只能永远沉沦。

聊斋凄美女鬼牵动读者心弦：连琐、宦娘、小谢、伍秋月、公孙九娘、林四娘、梅女、晚霞、鲁公女……她绿裙飘飘，她弹着叮咚琴曲，她吟着优美诗篇，她唱着伊凉之音，她甩出鲜花朵朵，她骑着黑色马驹……向读者冉冉走来，走出不同个性，不同故事，不同命运。聊斋女鬼在聊斋书生面前蓦然出现和悠然消失，像一阵微风，像一缕轻烟。弱不禁风的女鬼，忧愁伤感的女鬼，以泪洗面的女鬼，唤起人间书生怜香惜玉的柔情。聊斋女鬼怎样返回人世？靠跟她们打交道的正人君子正气浩然，导引女鬼，走出阴冷的坟墓，走出祟人魅影，走向完善，重回人间。聊斋女鬼和聊斋书生有错综复杂的关系，有时，书生爱情让女鬼白骨顿生春意（《连琐》）；有时，女鬼跟书生心心相印却保持精神恋爱（《宦娘》）；有时，即使做鬼，也不能摆脱恶势力迫害（《伍秋月》）……聊斋女鬼能起死回生、借体还魂、能做活人妻，但如果她遇到的对手是朝廷屠刀，一切能给女鬼带来幸福的招数都没用，《公孙九娘》和《林四娘》，只能以悲剧结局。聊斋女鬼离不开社会，离不开时局。

聊斋恶鬼有浓郁的社会品格。《画皮》有黑色性又含哲理。青面獠牙的恶鬼掏走猎艳者的心，妻子哀求真人不露相的乞丐救助，用鼻涕黏痰再造一颗心，见异思迁者都有颗肮脏的心。《席方平》写正气凛然的斗士掀翻黑暗吏治，从城隍、郡司到阎王一反到底！下油锅、上刀山、遭锯解，绝不屈服！《叶生》《司文郎》《于去恶》写读书人为功名魂游，《考弊司》写学府成割学生肉的地方，《饿鬼》的学官前世是饿鬼，《三生》写前世畜生这辈子却高居人上的官员。

蒲松龄崇拜干宝，聊斋鬼故事对比《搜神记》却青出于蓝而胜于蓝。再把外国作家的鬼故事拿来比一比，从但丁《神曲》到歌德笔下的魔鬼梅菲斯特，20世纪风行的电影，从《鬼魂西行》《冷酷的心》到《人鬼情未了》，论人文关怀和艺术手法，论天马行空的想象，蒲松龄不比晚几个世纪的西方作家差。

聊斋遇仙故事脍炙人口。人神交往，吉人天相，劝善惩恶：

《劳山道士》写懒惰取巧就碰壁；

《罗刹海市》，借美男子马骥在大罗刹国和龙宫的不同遭遇，讽刺社会以丑为美、黑白颠倒；

《翩翩》，仙女通过心灵净化把浮浪子弟罗子浮变成有责任心的男儿；

《蕙芳》，朴实木讷、穷得娶不起妻的二混，娶天上仙女为妻；

《菱角》，观音菩萨为爱导航，帮助恋人乱中团圆；

《雷曹》，乐云鹤因一饭之恩，被带到天上，摘回文曲星做儿子；

《雹神》，怜悯众生的雹神将冰雹降到山谷，不伤庄稼……

《聊斋志异》扩大了梦幻文学疆域，把梦幻变成凡人联系神鬼狐妖的巧妙手段。聊斋梦做得新奇、巧妙、有哲理：

《莲花公主》，梦中真能娶媳妇，眼睛一眨，美丽公主变成嘤嘤叫的蜜蜂；

《续黄粱》，梦中宰相，贪赃枉法，在地狱遭到清算；

《梦狼》，贪官被乱民砍下头，神灵给故意安反，让他"自顾其背"……

聊斋神鬼梦幻故事充满超前想象：

《陆判》，想换心就换心，想换头就换头；

《嫦娥》，孕妇自己做剖腹产；

《成仙》，两个好朋友瞬息间换脸；

《彭海秋》，书生向天上招手，飞船飘然而至；

《丐仙》，高玉成寒冬的后园突然春天般温暖，异鸟成群，青鸾、黄鹤、凤凰、巨蝶飞来飞去，高玉成看到如此难以置信的景象，想亲手摸摸，"以手抚之，殊无一物"。似乎三百年前已有互联网虚拟世界。

（三）前人作品改写升华

据朱一玄教授《〈聊斋志异〉资料汇编》考证，近一百四十个聊斋故事能从前人作品找到"本事"。几十个重新构筑传统题材的聊斋故事成脍炙人口的名篇：《画壁》《画皮》《劳山道士》《香玉》《促织》《向杲》《侠女》《续黄梁》《莲花公主》《阿绣》《种梨》《陆判》《胡四娘》等。尤为可贵的是传统题材绽放刺贪刺虐的思想芬芳，如《促织》取材于吕毖《明朝小史》：

> 宣宗好促织之戏，遣使取之江南，价贵数十金。枫桥一粮长，以都督遣觅，得一最良者，用所乘骏马易之。妻谓骏马所易，必有异，窃视之，跃出，为鸡啄食，惧，自缢死。夫归，伤其妻，亦自经焉。

蒲松龄做了脱胎换骨的再创造。皇帝让地方供促织，不是传统产促织的地方，而是不产促织的华阴县；不是偶尔要一次而是常供；官吏借此搜刮，百姓倾家荡产。最好促织的获得，《明朝小史》写骏马所易，虽然金贵，毕竟还有骏马可易。蒲松龄让读书人成名像儿童一样捉促织。促织死则是因为成名之子揭盆观看，比《明朝小史》妻子看更可信。好奇是儿童天性。小孩玩促织，一天死几个有什么了不起？现在却性命交关。孩子不小心把促织弄死，怕得跳井。《明朝小史》促织被公鸡啄食造成悲剧。聊斋促织却能斗败大公鸡，还能伴随音乐跳舞。皇帝一高兴，一人得志，鸡犬升天。抚臣得到皇帝奖励，让县宰录取成名做秀才，"裘马过世家"。蒲松龄这样改写目的是为了说明，天子偶用一物，能造成百姓卖妇贴儿的惨剧。百姓性命不如促织，批判矛头指向只知享乐不顾百姓死活的皇帝和媚上邀宠、残民以逞的官吏。

（四）一定要把故事讲好

蒲松龄算得上是古代最爱讲故事也最会讲故事的小说家，《聊斋志异》真正具有"故事"特质的约三百篇。如此多篇目，如何把一个一个故事讲好？如何既不重复别人，也不重复自己？蒲松龄为高产短篇小说家做出榜样。

1. 一书而兼二体

《聊斋志异》是古代最杰出的短篇小说集，却没被纪昀收进《四库全书》。盛时彦《姑妄听之·跋》说到纪昀为何这样做：

> 先生尝云："《聊斋志异》盛行一时，然才子之笔，非著书之笔也。……小说既述见闻，即属叙事，不比戏场关目，随意装点……（《聊斋志异》）今燕昵之词，媟狎之态，细微曲折，摹绘如生，使出自言，似无此理，使出作者代言，则何以而闻见之，又所未解也。"

《四库全书》不收《聊斋志异》，似乎因为它不好分类，"一书而兼二体"，既有笔记，又有完整故事，人物对话戏剧性太强。殊不知，这正是《聊斋志异》的优势：它既继承古代笔记主要是志怪小说的简略记述，又继承唐传奇细致入微的细节描写，还接受古代戏剧制造并解决矛盾的写法。漏收中国古代杰出短篇小说集，不是蒲松龄的遗憾，是纪昀和《四库全书》的遗憾。

2. 用传奇法志怪

鲁迅曾说《聊斋志异》"用传奇法而以志怪"。传奇与志怪是两种类型的小说。前者以曲折故事写人的遭遇，后者以简括记叙写鬼怪神灵。蒲松龄熔二者于一炉。不管写人写鬼写狐写妖，都变化多端。如《西湖主》写书生陈弼教奇遇扬子鳄。从陈生偶适南方、观丽人荡秋千写起，中间拾红巾题诗，被侍者以"死罪"恫吓，正焦急万分，忽变出意外，被西湖主招为驸马。洞房花烛才知道鸿运的来由：原来，西湖主是他无意中救过的猪婆龙（扬子鳄）！故事在纵横开阖中展开，人物在瞬息万变的情势下，一会儿欢喜，一会儿思虑，一会儿恐惧，一会儿纳罕。像《西湖主》这样本属"志怪"却写成曲折离奇的故事，《聊斋志异》屡见不鲜。

3. 短篇小说章法集大成

《聊斋志异》可看成是古代短篇小说构思综合成果。六朝小说、唐传奇、白话小说用过的构思方法，在聊斋都能找到，且得到发展。如：

第一，戏言成真或戏言贾祸。

《婴宁》：王子服郊游拣到姑娘丢的梅花一枝，害相思病。表兄吴生胡诌拈花姑娘乃你姨妹，住西南山中。王子服往西南山，果然寻见拈花女郎，她果然是表妹，他们成了亲！

《王桂庵》：王桂庵携妻子归家途中，胡诌"家中固有妻"，引出芸娘跳江、寄生"襁褓认父"。

第二，误会和悬念。

《侠女》：顾生邻舍搬来贫穷的母女。顾母想把邻女变成儿媳妇，邻女不同意。顾生想亲近邻女，邻女冷冰冰。忽然邻女对顾生嫣然微笑，欣然交欢⋯⋯女郎行为自相矛盾，成了顾生母子的悬念。最终由女郎解开谜团：她有杀父之仇要报，因顾生照顾她母亲，而顾生贫穷不能娶亲，她决定为顾家生个儿子传宗接代。

第三，偶然和巧合。

《青凤》：耿生在荒宅巧遇狐女青凤。青凤叔叔严词指责二人私会，钟情者只能劳燕分飞。耿生郊外野游，看到小狐被猎狗追杀，将小狐狸抱回家，放到床上，变成青凤。

《青娥》：霍生与青娥结婚生子，青娥的父亲却要她进深山修行，于是，青娥"死"了。霍生为给母亲求药误入深山，正巧走进青娥修炼的洞府。

《巧娘》：傅廉夜入古墓遇巧娘。巧娘因生前嫁天阉夫君，抱恨而死，遇上傅廉，又是个"寺人"。老狐狸精将傅廉变成伟男，女鬼巧娘给傅家生儿子。天下巧事都叫傅廉遇到，这样的故事能不叫《巧娘》？

世界何等的小。无缘对面不相识，有缘千里来相会。只要合乎情理，小说尽可采用，也该采用"偶然""巧合"。

第四，巧用戏胆。

"戏胆"是传统戏剧概念。剧中出现某一物品，如京剧《锁麟囊》的囊，对情节发展起举足轻重作用。现代戏剧学家将其称为"主题道具"。《聊斋志异》有上百篇被改编成戏剧影视，就是因为聊斋故事性强，戏剧因素明显。许多篇章中，戏胆起画龙点睛、提纲挈领作用。

《彭海秋》中的绫巾是男女主角的"联系巾"。娟娘与彭好古相会于醉梦，仙人彭海秋为他们订三年之约，将彭好古的绫巾赠娟娘。三年后，他们扬州相会，二人都觉得似曾相识，而绫巾宛在。

《神女》中珠花对突兀多变而层次井然的故事至关重要。米生莽撞地到不认识的贵家拜寿，他受到陷害时，地仙神女送珠花给他解困，他舍不得用来换功名，最终却用来救助神女父亲……

表面上看，这些物件似微不足道，仔细推敲却发现：

它与小说人物个性主导面紧紧相连；

它与小说故事发展走向相连；

它与人物命运和故事结局紧紧相连。

"戏胆"在聊斋故事中的运用自如，使得故事集中而简练，以尽量少篇幅，容纳尽量多的生活，也使得主线鲜明，构思别致。聊斋故事的小道具与《桃花扇》那把用李香君鲜血画成的桃花扇如出一辙。孔尚任与蒲松龄都生活在康熙年间，都是齐鲁学者型作家，说不定还同时在济南住过。他们写剧、写小说，不约而同采取同样构思方式，是有趣的文学现象。

第五，诗词入小说。

《聊斋志异》是诗化小说，诗意盎然，以诗词入小说随处可见。

有时，诗词做点睛之笔。《鸮鸟》写几个当官的用酒令劝说贪官不要过分盘剥，没效果。进来个傲岸少年，吟"手执三尺剑，道是'贪官剥皮'"。少年酒令成小说文眼。

有时，诗词是情节骤转变换点。《公孙九娘》和《林四娘》都写人鬼之恋，开头男女主角的爱情像和风细雨。公孙九娘在新婚之夜吟出"血腥犹染旧罗裙",述说在于七之乱中被冤杀的经历。情节急转而下,新婚爱人分手。林四娘跟陈宝钥优雅地谈诗论文,林四娘吟出"谁将故国问青天?"描述在鲁王府被杀的惨剧。小说戛然而止。

有时,诗词是主人公遇合的重要依托。女鬼连琐吟"玄夜凄风却倒吹,流萤惹草复沾帏"。杨于畏续上"幽情苦绪何人见,翠袖单寒月上时"。素不相识的一人一鬼踏上爱的旅途。白秋练因慕生吟诗生爱慕之心,用诗治病。仙人岛上仙女却用诗歌调侃夫婿:从此不吟诗,亦藏拙之一道也。

有时,诗词成为主人公命运暗寓。田子成过洞庭湖翻船而死。其子良耜求父亲遗骨,看到三人饮酒。"卢十兄"吟诗并向田良耜指点田子成墓地。田良耜果然找到父亲遗骸,他大悟:"卢十兄"是父亲鬼魂!他的诗句"满江风月冷凄凄"暗藏溺鬼身份,"梦魂夜夜竹桥西"暗藏田妻葬埋处。诗歌成了《田子成》小说构思重要环节。

第六,"异史氏曰"锦上添花。

聊斋故事篇末"异史氏曰"的立意和客观效果,都与《史记》"太史公曰"近似。蒲松龄以"异史氏"自居,却将"太史公"的职责担在肩上。"异史氏曰"在《聊斋志异》起什么作用?简言之:"异史氏曰"可缩短读者同作品距离。

月中有无嫦娥?嫦娥可否被招至人间?人能否穿墙而过?这些本没什么疑问,是向壁虚构的。然"异史氏曰"却说:"闻此事未有不大笑者。"看来,劳山道士真正存在,毕竟那么多人听闻此事。

"异史氏曰"可做艺术追求的自我阐释,如:

> 幻由人作,此言类有道者。人有淫心,是生亵境;人有亵心,是生怖境。菩萨点化愚蒙,千幻并作,皆人心所自动耳。

《画壁》提出"幻由人作",表面上似乎以佛教的理念解释自己的故事,实际上是蒲松龄对神鬼狐妖类作品主旨的阐释。只要你殷切盼望,热切等待,你所期望的一切就会实现。"千幻并作,皆人心所自动",进一步说明,聊斋中的"千幻",不管是狞恶的鬼,还是优雅的仙,不管是宁静缥缈的天际,还是阴森恐怖的阴间,都为作者艺术构思服务。

"异史氏曰"可以是对社会现象的哲理思考,如:

窃叹天下之官虎而吏狼者，比比也。即官不为虎，而吏且将为狼，况有猛于虎者耶！

《聊斋志异》八卷本卷三《驱怪》写：某大人物家有妖怪，将徐秀才请来，不说请捉妖怪，只把徐秀才深夜安排到花园。妖怪出现，徐秀才急中生智，用被子将妖怪蒙住。故事本身不起眼，值得注意的是"异史氏曰"前八个字：

黄狸黑狸，得鼠者雄。

翻译成白话："不管黄猫黑猫，抓住老鼠就是好猫。"多么振聋发聩而又意味深长的名言？

"异史氏曰"有时成为相对独立的小品，有世态鸟瞰，有典型事例，有天外奇想的历史故事，像面多棱镜，折射出沉沦的社会。一百九十四篇"异史氏曰"是《聊斋志异》重要部分。它们既有深刻思想内涵，又有感动读者的艺术魅力。蒲松龄将其当成抒情诗、战斗檄文甚至"施政纲要"，夹叙夹议，如大江奔流，亦庄亦谐，嬉笑怒骂，皆成文章。

（五）杰出的语言成就

《聊斋志异》的语言是奇特而耐人寻味的文学现象：

它以典雅文言写成，却像白话小说《红楼梦》，拥有亿万读者；

它用典数以千计，散见于经史子集、杂史小说、诗词歌赋等数百种典籍，博学教授未必能全部参透它，不识字的市庸村媪也知道它；

它是荟萃中国古代文化的百科全书，又是引人入胜、老幼咸宜的中国故事。

《聊斋志异》的语言既准确、鲜明、生动，又典雅、优美、凝练，不论写景、对话、场面，寥寥数语，形神俱现，如：

乱山合沓，空翠爽肌，寂无人行，止有鸟道。（《婴宁》）

"春风一度，即别东西，何劳审究，岂将留名字做贞坊耶？"（《荷花三娘子》）

僧笑命李试其技，李乃解衣唾手，如猿飞，如鸟落，腾跃移时，诩诩然骄人而立。僧又笑曰："可矣。子既尽吾能，请一角低昂。"李欣然，即各交臂作势。既而支撑格拒，李时时蹈僧瑕；僧忽一脚飞掷，李已仰跌丈余。（《武技》）

特别值得注意的是,《聊斋志异》总是按作者需要对古书语句裁长补短、随意变换。如《王成》几乎每段都有古语借用。开头王成"与妻卧牛衣中,交谪不堪"。用《诗经·邶风·北门》"室人交遍谪我"之意。王成认了狐祖母,"呼妻出现,负败絮,菜色黯焉"。用陶潜《与子俨书》"败絮自拥"和《礼记·王制》"民无菜色"。狐祖母谢绝王成留她同住:"汝一妻不能自存活,我在,仰屋而居,复何裨益?"用《宋史·富弼传》"但仰屋窃叹者"。王成贩葛,天偏偏连阴雨,"不意淙淙彻暮,檐雨如绳"。用黄山谷诗句"蓬窗高卧雨如绳"。王成将至京,传闻"葛价翔贵"。用《汉书·食货志》"谷价翔贵"。王成贩鹌鹑,众鹑皆死,仅存一只。店主审视曰:"此似英物。"用《晋书·桓温传》"真英物也"。亲王要买王成之鹑,曰:"赐而重直,中人之产可致。"用《汉书·文帝纪》:帝欲建露台,匠人计之约需百金。上曰:"百金,中人之产也,何以台为?"文帝用"中人之产"反对浪费,亲王用"中人之产"引诱王成。王成不肯卖鸟,说:"臣以为连城之璧不过也",用《史记》和氏璧故事。……研究者对聊斋用典寻章摘句,考证颇费工夫,而对读者来说,小说叙事写人信手拈来,变前人之语为己言,不存在深奥的阅读障碍。《王成》不过写懒汉发财,何以涉及如此多的历史故事?其实,蒲松龄写这个小说时,并非有意掉书袋、炫才学,而是无意中选择最适合言情状物的文言字句。这些字句早已不再作为典故出现,是作者自己的语言。蒲松龄读书破万卷,下笔如有神。酿得蜜成花不见,百炼钢化绕指柔。

五、《聊斋志异》的影响

前人称《聊斋志异》为"稗史必读之书"(采薇子《虫鸣漫录》),"小说家谈狐说鬼之书,以《聊斋》第一"(倪鸿《桐阴清话》)。青柯亭刻本出现后,摹仿聊斋者渐起:和邦额《夜谭随录》、世灏《影谈》、冯起凤《昔柳摭谈》、宣鼎《夜雨秋灯录》、屠绅《六合内外琐记》、俞樾《右台仙馆笔记》等,大都模仿《聊斋志异》记述鬼怪,而"孤愤"之旨和关注民生精神缺失。或识见弊陋,或文字拙劣,无法抗衡《聊斋志异》。《聊斋志异》从神鬼狐妖身上找生活的诗意,阐发人生真谛。《聊斋》仿作不过制造茶余谈资、饭后笑料而已。沈起凤《谐铎》、浩歌子《萤窗异草》、袁枚《新齐谐》、纪昀《阅微草堂笔记》,颇有可观处,但无论思想境界还是艺术水平,都难与《聊斋志异》比肩。

《聊斋志异》颇受戏剧影视界欢迎。早在清道光年间,黄燮清就将《曾友于》改成《脊令原》,将《西湖主》改成《绛绡记》,将《庚娘》改成《飞虹啸》。陈烺将《张诚》改成《负薪记》,将《姊妹易嫁》改成《错姻缘》。此后,全国许多剧种不断改编聊斋故事，仅《胭脂》就有京剧、越剧、评剧、川剧、秦腔、河北梆子、郿鄠戏、山东梆子、五音戏等剧种演出。据纪根垠《蒲松龄著作与地方戏曲》统计，新中国成立前已有京剧、昆曲、越剧、评剧、川剧、秦腔、滇剧、华剧、婺剧、莆仙戏、河北梆子、山东梆子、吕剧、五音戏、柳琴戏、茂腔、柳腔、平调等近二十个剧种改编一百余出聊斋戏。其中，川剧有聊斋戏六十余出；京剧有聊斋戏四十余出。梅兰芳大师演过《牢狱鸳鸯》（《胭脂》）；程砚秋与王瑶卿演过《夜叉国》《罗刹海市》；荀慧生演过《西湖主》《大男》；金少梅演过《婴宁》；汪笑侬、刘喜奎演过《珊瑚》；欧阳予倩演过《青梅》《章阿端》《仇大娘》，与周信芳合演《嫦娥》《晚霞》……新中国成立后，聊斋改编热度不减，新凤霞与赵丽蓉演出《花为媒》（《寄生》）；建国十周年献礼演出，吕剧《姊妹易嫁》、越剧《胭脂》获一等奖。淄博五音剧团演出《胭脂》《姊妹易嫁》《侠女》《窦女》《续黄粱》等。《画皮》《冤狱》《瑞云》《葛巾》《宦娘》《红玉》《连城》《王桂庵》等被京剧、越剧、评剧、河北梆子、柳腔、高密茂腔等搬上舞台。

1922年商务印书馆影戏部将《珊瑚》改为《孝妇羹》拍成电影，是第一部聊斋电影。至1947年，又有八部聊斋电影问世。新中国成立到1992年拍了十六部聊斋故事片，如谢铁骊导演的《古墓荒斋》。港台也拍过多部聊斋电影，如张国荣、王祖贤主演《倩女幽魂》（《聂小倩》）。20世纪90年代，福建电视台录制聊斋电视系列剧四十八部，较尊重原著，惜编、导、演水平一般。进入21世纪，聊斋改编热再度兴起。大陆港台拍摄多部聊斋电视剧，大陆电影《画皮》创造数亿票房，编剧导演都借"聊斋"金字招牌招揽市场，人物和故事却面目全非。

《聊斋志异》不仅从18世纪以来是华夏街谈巷议内容，中国盛传不衰的畅销书，且风行世界三百年，流传之广、影响之大，中国古代白话小说只有"四大名著"可与之抗衡。

蒲松龄站在中国文化史肩上，从《山海经》到唐传奇、话本拟话本、明代四大奇书，从《诗经》《楚辞》到唐诗、宋词、元明清戏剧，从"四书""五经"到正史、稗闻，无不为他所用。读《聊斋志异》能浓缩性了解中国文化。

《聊斋志异》不仅是中国文学的骄傲，且是世界文库的东方瑰宝。美国传教士卫三畏于1848年在《中国总论》发表《种梨》《骂鸭》英语译文，是《聊斋志异》最早的外文译文。青柯亭本《聊斋志异》问世第二年（1768年）就传入日本。1887年出现第一部《聊斋志异》日文译本《艳情异史》。到20世纪结束，《聊斋志异》已有英、法、德、日、俄、意大利、西班牙、挪威、瑞典、捷克、匈牙利、罗马尼亚、保加利亚、越南等二十余种外文译本。有朝鲜文、维吾尔文、蒙古文等多种少数民族文字译本。

世界多部大百科全书郑重介绍奇书《聊斋志异》：

《大英百科全书》称它"继承了中国古代散文的传统，富有浪漫主义色彩"。

《法兰西大百科全书》称"《聊斋志异》的文学语言是卓越的，有力的，达到了中国古典散文的高峰"。

《日本大百科事典》称它"描绘幻境冥界与人间社会的错综，鬼怪与世人感情的交流，它的文字简洁、清新，是中国志怪文学的杰作"。

《聊斋志异》成为世界人民了解中国封建社会的"清明上河图"，被推崇为汉语世界的《十日谈》《天方夜谭》，甚至泽及他邦，影响他国文学发展。日本明治十六年出版菊地三溪的《本朝虞初新志》即模仿《聊斋志异》。近代日本著名小说家芥川龙之介曾创作四篇取材于《聊斋志异》的小说。日本作家太宰治、安冈章太郎、栗田氏、涩流龙彦、霜川远志等创作的幽鬼与生者交往故事，直接受《莲香》《连琐》《陆判》等影响。21世纪日本走红的魔幻作家、《妖猫传》作者梦枕貘，其名作《阴阳师》销量四百万，改编成电视、电影、舞台剧，这部书的包装或者说宣传策略是号称"日本聊斋"。

对当代中国作家起重要影响的拉美作家马尔克斯和博尔赫斯都是《聊斋志异》的忠实读者。博尔赫斯在阿根廷出版的西班牙文《聊斋序》中说：

> 《聊斋》在中国的地位，犹如《一千零一夜》之在西方……蒲松龄并不以其所叙述的神奇而令人叫绝。他更让人想起斯威夫特，这不仅由于其寓言故事的怪诞，更由于其叙述风格的简洁、客观和他的讽刺意图。蒲松龄笔下的地狱使我们想起克维多笔下的同类境域。它们是昏暗的、受行政管辖的。那里的法庭、侍从、法官、书记在受贿与官僚主义方面比人间任何年代、任何地方的原型都不逊色……幽默与讽刺的泼辣以及强大的想象力……毫不费力地编织情节，其跌宕起伏如流水，千姿百态如行云。这是梦幻的王国，或者更确切地说，是梦魇的画廊和迷宫。……一个国家的特征在其想象中表现得最为充分。[7]

2012年获得诺贝尔文学的中国作家莫言获奖致辞说，山东老乡蒲松龄最会

---

[7] 《世界文学五十年作品选》散文卷，新华出版社2003年1月出版。

讲故事，他是蒲松龄的传人。莫言的代表作《生死疲劳》《檀香刑》写人兽轮回，亦人亦兽，有特异功能者看出各种人的兽类原形，如袁世凯是大王八，德国总督狼头人身，明显受聊斋故事如《席方平》《向杲》影响。

六、《聊斋志异》的主要版本

《聊斋志异》现存主要版本：

1. 半部手稿，收正文二百三十七篇，作者定稿本，最有价值。

2. 康熙抄本，现存最早抄本，抄于康熙末年，八卷形式，存二百六十篇，文字最接近手稿本。其中一百三十一篇为现存半部手稿本缺失。

3.《异史》抄本，抄于雍正末年，分六卷，篇目最全，存四百八十五篇，其中《跳神》有目无文，与手稿本对比，错误较少，有较高校勘价值。

4. 二十四卷抄本，抄于乾隆十五年（1750），收四百七十四篇，较铸雪斋本多出《放蝶》《夏雪》等重要篇章，较多保留原本风貌。

5. 铸雪斋抄本，抄于乾隆十六年（1751），十二卷，存四百七十四篇，十四篇有目无文。对手稿有擅自改动处。但因是据手稿本过录的朱氏抄本抄成，有重要参考价值。

6. 青柯亭刻本，乾隆三十一年(1766)，赵起杲以郑方坤抄自蒲家手稿本的过录本编刻，十六卷，收文四百三十二篇。对《聊斋志异》某些篇章，特别是涉及改朝换代的文字做窜改。但保留《聊斋志异》基本面貌和精华，问世后很快流行。根据青柯亭本做的注本、选本、评点本、插图本不断出现。影响较大的有：吕湛恩注本、何垠注本、何守奇评本、但明伦评本、冯镇峦评本。

7. 图说本，光绪年间，出现数种《聊斋志异》图说，《聊斋图说》尤为精美。今存四十六册，绘四百二十个聊斋故事，绘图七百二十五幅。《聊斋图说》原存故宫，八国联军侵华时，由沙俄军队抢到俄国。1958年苏联文化部将其归还中国，现由中国国家博物馆和青岛市博物馆分别收藏。

8. 三会本，1962年上海中华书局出版张友鹤辑校会校会注会评本，以半部手稿和铸雪斋抄本为底本，校以青柯亭本，收录王士禛、但明伦、冯镇峦、何守奇评，吕湛恩、何垠注，分十二卷，五百零三篇，流行甚广。但因铸雪斋抄本和青柯亭本都有对手稿随意擅改处，有待进一步校勘。

9. 全校会注集评本，2000年齐鲁书社出版任笃行辑校《聊斋志异》，吸取"三会本"出版后新发现的康熙抄本、二十四卷抄本、异史等抄本的编排及内容，整理而成。